—————— 想象,比知识更重要

幻象文库

日本未来时

日本科幻与科幻日本

（美）真澄·华盛顿、尼克·马马塔斯 编

丁丁虫 等 译

新 星 出 版 社　NEW STAR PRESS

英文版序（一）

我的书案上搁着西方作家的小说。刚开始审阅的时候，我挑出那些不地道的日本人名和专有名词，用铅笔标注出来。"这不是日本人会有的名字……"我写道，或者"这个名词的拼写应该是……"然而，当我真正开始阅读每个故事的时候，我就把铅笔扔到一旁了。那些拼写其实无伤大雅，不必修改。我们都知道"田芥"听起来不像一个常见的日本人名，可是菲利普·迪克的《高堡奇人》并不会因此而失色半分。

后来，其中一个日文短篇的英语译文送到了书案上，我开始阅读。不久，我心中产生了一种奇怪的感觉……等一下，这篇小说用英文写出来竟然比日文版更易懂。怎么回事？这个故事仿佛等待了很久，终于盼到了用英语问世的一天。

这本选集收录的作品精彩纷呈，都是秉着跨越文化、互相理解的精神去创作的，我有幸成为第一个读者，甚喜。在这一刻，这两种文化真正地交汇在了同一个页面上。那么，下一页是什么呢？更多的故事！希望我们能够继续一起享受阅读的乐趣。

在此谨向这本选集的各位作者和译者表示谢意。还要特别感谢一位同事,她不知疲倦地工作,参与了高堡(Haikasoru)出版社每一本书的出版,她就是我们的文字编辑丽贝卡·唐尼。

——真澄·华盛顿

英文版序（二）

  高堡出版社专门以英文译介出版日本的科幻、奇幻以及恐怖小说。几年前当我应聘来这里做编辑的时候，并没有什么明确的期待。市面上也有日本科幻小说的英译选集，不过主要关注历史题材。和许多人一样，我也以为当代日本科幻小说的主流是赛博朋克：主角都是黑帮背景，在霓虹乱闪、光怪陆离的世界里发扬武士道精神；偶尔也会有些故事反映社会现实，映射美国在二战中击败日本并从此在日本驻军以及日本如何在经济领域一雪前耻的往事。然而我错了，错得很愉快，错得很欣慰。

  日本科幻与西方科幻颇为相似：有的硬，有的软；有的阴郁黑暗，有的欢快荒诞；有的构思严谨缜密，有的情节天马行空。实际上，若论对科幻的热忱，没有几个西方科幻迷能与日本科幻作家相比。日本人对西方科幻小说界了解颇多，而西方人则对日本所知甚少。虽然电子游戏、漫画以及动画片在一定程度上填补了这方面的知识空缺，却未能完全消除鸿沟。就像我自己，我对日本科幻的印象并不准确，因为这种印象来自美国科幻作品里面对日本的描写——霓虹灯和经济较量，这些都是西方人的偏见。这种偏见导致了一个问题：西方作家拿取日本文化里的某些概念，掺杂自己对日本人行为模式的刻板印象，以此为构件，塑造出一个异常奇怪的种族。于是，从西方人的笔下看日本，其失真程度就好比透过万花筒照哈哈镜。

《日本未来时》正是要弥合西方与日本在科幻奇幻小说领域的沟壑。参与本书的好几位日本作者专门为了这个项目创作了新的故事——这些作品的英译本甚至比其母语版本出版得更早。至于来自西方的作家，他们当中有几位与日本有一些私人联系，他们也全力以赴，彻底突破了美学上的文化差异。于是，本书中出现了虚拟世界、日本汉字，甚至还有一个巨型机甲中队，书中故事不但瑰丽多彩，而且原汁原味。科幻作家总是热衷探索奇异新世界——在《日本未来时》中，我们探索我们自己的世界。

——尼克·马马塔斯
加利福尼亚，旧金山
2012年2月

目录

1	物　哀
20	分手之绝响
39	禁区武器高隆比娜
55	无差别化引擎
96	树　海
125	内在天文学
143	一览无余
170	金色面包
200	一息一画
211	鲸　肉
222	山海民
243	慈悲观音
288	自生之梦

物　哀

著 /（美）刘宇昆

译 / 汪梅子

这个世界状如"伞"字，不过是个写得不太好看的"伞"，就像我写的字，整个字的比例都不对。

父亲若是看到我的字仍然如此稚气，一定会深感羞愧。的确，有很多字我甚至已经不太会写了。八岁之后，我就不在日本上学了。

不过眼下，姑且用上这个歪歪扭扭的字吧。

上半部分的伞篷是太阳帆。这个拉长的字也难以体现它有多大。太阳帆是一个不断旋转的圆盘，直径足有一千千米，厚度却只有宣纸的百分之一，宛如一只巨型风筝，不漏掉路过的每一个光子。确实可以遮天蔽日。

伞篷下方悬垂着一条碳纳米管线缆，有一百千米长，轻盈、坚固、柔韧。线缆末端挂着希望号的核心——居住舱。它是一个圆柱体，高五百米，这个世界的全部一千零二十一名居民都生活于此。

太阳光照耀着太阳帆，驱动我们不断加速，沿着不断扩大的螺旋轨道，逐渐远离太阳。加速度使我们能够立足于甲板，使一切获得重力。

轨道带领我们前往一颗名为室女座61的恒星。现在还看不到它，因为被太阳帆挡住了。希望号会在大约三百年后抵达。如果运气好，我的曾曾曾孙子会看到它——我曾经数过到底应该有多少个"曾"，不过现在已经不记得了。

居住舱没有窗户，无法观赏群星掠过的景象。大部分人早就厌倦了星空，对此并不在意。但我喜欢透过安装在飞船底部的摄像头观看太阳不断后退的红光，那是我们的过去。

"大翔。"父亲把我叫醒。"把你的东西收拾好。该走了。"

我的小箱子都装好了，只差把围棋塞进去。围棋是父亲在我五岁的时候送的。一天当中，我最喜欢和父亲对弈的时光。

我和父母出门之时，太阳尚未升起。邻居也都站在各家房前，带着行李，我们在夏季星空下彬彬有礼地彼此寒暄。我和往常一样搜寻着天锤星。自打我记事起，夜空中除了月亮，最亮的便是这颗小行星，它的亮度每年还在不断增加。

一辆车顶装着大喇叭的卡车在路中间缓缓行驶。

"久留米市的各位市民，请注意！请有序前往公交车站。有足够的大巴将你们运送至火车站。你们将搭乘火车前往鹿儿岛。请勿自驾。请务必将道路让给疏散大巴和政府用车！"

各家都在人行道上慢慢走着。

"前田太太。"父亲向我家邻居说，"我来帮您拿行李吧。"

"太感谢了。"前田婆婆答道。

走了十分钟，前田婆婆停下来，倚在路灯柱上。

"婆婆，快到了。"我说。她点点头，因为喘不上气来，没有说话。我试图给她鼓劲。"您盼着在鹿儿岛见到孙子吗？我也很想念米奇君。您可以跟他坐在一起，在太空飞船上好好休息。他们说，大家都有位子。"

母亲朝我露出赞许的微笑。

"咱们能在这里，真是太幸运了。"父亲说。他指指朝公交车站有序前进的人流，穿着洁净衬衣和体面鞋子的小伙子，搀扶年迈父母的中年妇人，空荡荡的干净街道，还有静悄悄的气氛——尽管人很多，但大家都是悄声低语。家人、邻里、朋友、同事……众人之间的深厚羁绊有如丝线，难以觉察，却十分坚韧，丝线密布，令空气仿佛闪闪发光。

我在电视上看到了世界其他地方发生的事：劫匪尖叫着冲过街道，士兵和警察朝空中开枪，有时也朝人群开枪；建筑着火，尸体成堆；将军对着疯狂的人群高喊，发誓要为过往的不公复仇，哪怕世界行将毁灭。

"大翔，我想让你记住此情此景。"父亲环顾四周，十分激动，"正是在这灾难当前的时候，我们表现出了万众一心的力量。你要明白，定义我们的，不是形单影只的孤独，而是包围我们的关系网络。人必须超越自私自利的需求，才能让我们所有人和谐生活下去。一个人渺小软弱，但大家紧密团结起来，日本国就能无往不利。"

"清水先生，"八岁的鲍比说，"我不喜欢这个游戏。"

学校位于圆柱形居住舱的核心，这样可以在最大程度上避免辐射。教室前方挂着一面巨大的美国国旗，孩子们每天早上对着它宣誓。美国国旗的两侧各有一排小一些的旗帜，是希望号上其他各国幸存者的国旗。最左边是一面小孩画的日之丸旗，白纸的边角已经卷了起来，一度红艳的初升旭日也褪成了橙色的落日。这是我登上希望号的那天画的。

我拉过一把椅子，在鲍比和他的小伙伴埃里克的桌前坐下。"为什么呢？"

两个孩子之间摆着一张棋盘，纵横各十九条直线交会其上。棋盘格的交叉点上摆着一片黑色和白色的棋子。

每两周，我便有一天不必像平常一样监测太阳帆的状态，而是到这里来给孩子们讲讲日本的事。有时候我觉得这样做有点蠢。我自己所拥有的也不过是孩提时代对日本的模糊记忆，又能教给他们什么呢？

但也没有其他选择。所有我这样的外国技术人员都认为，我们有责任参与学校的文化多样性项目，尽力传授我们的知识。

"这些棋子长得都一个样。"鲍比说，"而且也不会动。没劲。"

"那你喜欢什么游戏？"我问。

"《小行星守卫者》！"埃里克说，"那个游戏才好玩呢。可以拯救世界。"

"我问的是不在电脑上玩的游戏。"

鲍比耸耸肩。"那，可能是国际象棋吧。我喜欢后。它又厉害，又跟其他棋子都不一样。它是英雄。"

"国际象棋都是小打小闹。"我说，"围棋的视角更广阔。可以一览全局。"

"可是围棋里没有英雄。"鲍比固执地说。

我不知该如何回答他。

鹿儿岛没有可供住宿的地方，大家都睡在通往太空港的公路边。

我们能看到地平线上停着巨大的逃生飞船，在阳光下闪着银光。

父亲告诉我，天锤星上坠落的碎片朝火星和月球飞来了，所以飞船必须把我们带到更远的地方，前往深空，这样才能保证我们的安全。

"要是能坐在靠窗的位置就好了。"我一边说，一边想象着群星从眼前掠过的景象。

"应该把靠窗的位置让给比你更小的孩子。"父亲说，"记住，我们都必须做出牺牲，这样才能共存。"

我们把箱子垒起来，盖上被单，搭成挡风蔽日的窝棚。政府的督察员每天都来分发补给，维持秩序。

"请保持耐心！"政府督查员说，"我们知道，事情进展得有些缓慢，但我们正在尽力解决。大家都会有座位的。"

我们很耐心。白天，有些母亲自发组织起来给孩子们上课，父亲们建立起一套优先制度，确保飞船最终准备就绪时，有老有小的家庭能最先登船。

等了四天，政府督察员的保证听着也不那么可靠了。人群中流言四起。

"是飞船的问题。飞船出故障了。"

"制造方对政府撒了谎，说飞船已经准备就绪，其实还没有。现在首相进退两难，不敢说出真相。"

"我听说只有一艘飞船，只有身居要职的几百人能获得座位。其他飞船不过是些空壳子，做做样子而已。"

"他们正盼着美国人回心转意，给咱们这些同盟的国家再造几艘飞船。"

母亲找到父亲，对他耳语几句。

父亲摇摇头，制止了她。"别再说这种话。"

"可是，为了大翔——"

"不行！"我从未见过父亲如此生气。他把嘴边的话又咽了回去。"咱们必须相信彼此，相信首相，相信自卫队。"

母亲看起来不太高兴。我拉住她的手。"我不害怕。"我说。

"这就对了。"父亲如释重负地说，"没有什么好怕的。"

他把我抱了起来。我有点不好意思，从我还很小的时候起，他就不再这样做了。他指着我们周围目力所及的稠密人群，足有数十万人之多。

"看看这里有多少人：他们是各家各户的奶奶、爸爸、姐姐、弟弟。无论是谁，若是着了慌，在这么多人当中散布流言，那都是很自私的错误行为，而且会波及很多人。我们必须安守本分，始终顾全大局。"

明迪和我慢慢做爱。我喜欢把脸埋进她的深色卷发中，嗅着发丝的气味，浓密，温暖，有如海水让我的鼻子发痒，就像是新鲜的盐。

结束之后，我们并排躺着，凝视着我的天花板上的显示器。

我一直循环播放不断后退的星空。明迪在导航部门工作，她会帮我把驾驶舱的高清视频录下来。

我会假装头顶是巨大的天窗，我们就躺在繁星之下。我知道有人喜欢在显示器上播放地球从前的照片和视频，但那样会让我觉得难过。

"日语里'星星'怎么说？"明迪问。

"ほし"。我说。

"客人呢？"

"おきゃくさん。"

"所以，咱们就是ほしおきゃくさん？星之客？"

"日语里不这么讲。"我说。明迪是个歌手，她很喜欢英语之外的语言的发音。有一次，她对我说："如果不理解歌词的含义，就很难感受到歌曲之美。"

明迪的母语是西班牙语,但她的西班牙语还不如我的日语。她常问我一些日语词怎么讲,再把它们写进她的歌里。

我试图给她用诗意的语言把这句话组织出来,但我并不确定自己说对了没有。"われわれは、ほしのあいだにきゃくにきて。"我们化作群星之间的旅客。

"每句话都有千万种说法。"爸爸这样说过,"每一种说法都适用于某一个特定场合。"他告诉我,日语充满微妙灵活的优雅,每一句话都像是一句诗。日语极为复杂,暗含之意与字面一样意味深长,来龙去脉与繁复层次有如武士刀之钢。

我真希望父亲在身边,我便可以问他:二十五岁生日这天,作为大和民族的最后一个幸存者,此时此刻的"我想念你",应该怎么说?

"我姐姐很喜欢日本的图画书。漫画。"

明迪和我一样都是孤儿。这也是我们彼此吸引的部分理由。

"你还记得她吗?"

"不太记得了。我上飞船时才五岁左右。那之前,我记得有很多枪支交火,我们都藏在暗处,还四下逃窜,哭泣,偷吃的。她总是给我念漫画书,为了让我保持安静。后来……"

我只看过一次视频录像。是从我们的高空轨道拍摄的,小行星击中了地球,地球仿佛一颗蓝白花纹交杂的弹球,摇晃起来。随即,毁灭一波一波扩散,静无声息,缓缓吞噬了地球。

我将她揽入怀中,轻轻吻了她的额头,那是抚慰的吻。"咱们不说难过的事了。"

她伸出双臂紧紧抱住我,仿佛再也不肯放开我。

"那些漫画,你还有印象吗?"我问。

"我记得里面有很多巨大的机器人。当时我就想,日本真厉害啊。"

我努力想象着：日本到处都是英雄一样的巨型机器人，奋力拯救民众。

大喇叭里广播了首相的谢罪讲话。还有些人用手机观看了转播。

我对这事没什么印象了，只记得他声音单薄，模样憔悴苍老。他看起来充满真诚的歉意。"我辜负了国民。"

流言竟然是真的。飞船制造者拿了政府的钱，造出的飞船却不够坚固，也无法实现他们原本承诺的功能。他们一直虚张声势到最后一刻。我们发现真相的时候，已经太迟了。

日本不是唯一辜负国民的国家。刚发现天锤星即将撞击地球时，其他各国便开始争论各自应当为联合疏散行动做出多少贡献。后来，联合疏散计划夭折之时，大部分人认为，还不如赌天锤星轨道偏离地球，金钱和生命还是用在同类相争上吧。

首相的讲话结束了，人群中仍是一片寂静。有几个愤怒的声音大喊大叫，但很快便也安静下来。渐渐地，人们收拾好行李，井然有序地离开了临时营地。

"大家就这么回家了？"明迪难以置信地问道。

"是的。"

"没有人抢东西？没有人惊慌失措满街乱跑？没有士兵当街暴动？"

"这可是在日本。"我对她说。我听到自己话中的自豪感，与父亲遥相呼应。

"大概大家心灰意冷。"明迪说，"干脆听天由命了。可能是日本文化的影响。"

"才不是！"我竭力保持语气平静。她的话惹怒了我，就像鲍比说围棋没劲一样。"不是这个原因。"

"爸爸在和谁说话？"我问。

"是汉密尔顿博士。"母亲说，"我们以前在美国一起念大学，他和你爸爸，还有我。"

我看到父亲对着电话说英语。他简直像换了一个人：不仅仅是说话的节奏和语调，面部表情也变得丰富了，还手舞足蹈地比画起来。他看起来就像个外国人。

父亲对着电话吼了起来。

"爸爸说什么了？"

母亲嘘了一声，叫我不要说话。她专注地看着父亲，听着他说的每一个字。

"No。"父亲对着电话说，"No！"这句话不用翻译，我也听懂了。

后来，妈妈说："他是想做正确的事，以他自己的方式。"

"他还是这么自私。"父亲怒道。

"这么说不公平。"母亲说，"他并没有偷偷联系我。他给你打了电话，因为他觉得，如果你们俩位置对调，他也会心甘情愿让他爱的女人获得活下来的机会，哪怕是和另一个男人一起。"

父亲看着她。我从来没听到过父母对彼此说"我爱你"，但有些话不一定非要说出来才成立。

"我绝对不会答应他的。"母亲微笑着说。随即，她便去厨房给我们做午饭了。父亲的目光跟随着她。

"天气不错。"父亲对我说，"咱们出去散散步吧。"

我们在人行道上遇到了散步的邻居。大家彼此寒暄，互问健康。一切都显得风平浪静。天锤星在头顶的暮色中愈加耀眼。

"你一定很害怕吧，大翔。"他说。

"他们不打算造更多的逃生飞船了吗？"

父亲没有回答。夏末的风将蝉鸣送至耳畔：知了，知了，知了。

"蝉声鸣不已，安有死亡时。"

"爸爸？"

"这是松尾芭蕉的诗。你听得懂吗？"

我摇摇头。我不太喜欢诗。

父亲叹了口气，对我露出一个微笑。他看着夕阳，又吟诵一句："夕阳无限好，只是近黄昏。"

我自己也跟着念了一遍。其中的某种东西打动了我。我试图用语言描述那种感觉："就像有只柔软的小猫在舔我的心。"

父亲没有笑我，却肃穆地点点头。

"这是唐代诗人李商隐的诗。他虽然是中国人，但这诗中的情感却很日本。"

我们继续走着，我在一朵黄色的蒲公英前停了下来。我觉得那花儿倾斜的角度非常美，心中又涌起猫咪舔舐一般的感觉。

"这花……"我一时踌躇，找不到合适的词语。

父亲开了口："风起黄花垂，夜升幽月细。"

我点点头。这画面在我看来似乎稍纵即逝，却又隽永长存，正像是我作为一个小孩对时间的感觉。这让我觉得既悲且喜。

"一切都会逝去，大翔。"父亲说，"你心里的那种感觉叫物哀。生命中，万事无常，便是这种感觉。太阳、蒲公英、鸣蝉、天锤星，还有我们所有人，我们都受到麦克斯韦方程组的约束，我们都只是暂时的存在，终将消散，无论是一瞬还是一世。"

我环顾四周，看着洁净的街道，漫步的人群，草地，暮色，我明白了，万物皆有其位，一切平安无事。父亲和我继续散步，我们二人的影子相叠。

虽然天锤星高悬头顶，我却并不惧怕。

我的工作是盯着面前的指示灯阵。它有点像个巨型的围棋棋盘。

大部分时间都很无趣。指示灯显示了太阳帆上各个位置的张力，每隔几分钟，随着太阳帆在遥远太阳逐渐黯淡的光线中轻轻收缩，指示灯就会经历一次同样的变化。我已经无比熟悉指示灯的变化循环，有如明迪熟睡时的呼吸。

我们的速度已经快接近光速了。再过几年，等速度满足要求时，我们便会改变航向，前往室女座61和它未经开发的行星群，赋予我们生命的太阳将被抛诸脑后。

可今天，指示灯的模式有些不对劲。西南角的一颗灯似乎闪烁得快了一秒。

"导航员。"我对话筒说，"这里是太阳帆监测站阿尔法。能否确认一下我们的航向是否正确？"

一分钟后，我的耳机中传来明迪的声音，其中透出些许惊讶。"我之前没注意，但我们的确稍许偏离航向了。出了什么事？"

"我还不确定。"我望着面前的指示灯阵，盯着那一颗冥顽不化的灯，它打破了和谐。

母亲带我去了福冈，没带父亲。"我们去圣诞采购。"她说，"要给你一个惊喜。"父亲微笑着摇摇头。

我们穿过繁华的街道。这可能是地球上的最后一个圣诞节了，气氛似乎格外欢乐。

坐地铁时，我瞥了一眼邻座男人手里的报纸。头条是"美国反击！"。大幅照片上，美国总统露出胜利的微笑。照片下面是一组其他照片，我从未看到过：多年前，美国的首架试验性疏散飞船在试航时爆炸；某个流氓国家的元首在电视上表示对此负责；美国军队踏入某个外国首都。

下面是一篇较短的文章：美国科学家对末日说存疑。父亲说，有人宁可相信灾难不存在，也不愿面对人类无能为力的现实。

我很期待为父亲挑礼物。可出乎意料的是，母亲并没带我去电器街给他买礼物，而是到了一个我从未去过的街区。母亲掏出手机，打了个电话，寥寥数语，讲的是英语。我惊讶地抬头看着她。

我们来到一座大楼前，楼顶飘着一面很大的美国国旗。我们走了进去，在一间办公室坐下来。进来了一个美国男人。他的表情很悲伤，却竭力不将这种悲伤流露出来。

"琳。"他叫着母亲的名字，停下了脚步。那一个词中，我听出了悔恨、倾慕，还有一个复杂的故事。

"这是汉密尔顿博士。"母亲对我说。我点点头，主动伸手和他握了握，就像电视上看到的美国人那样。

汉密尔顿和母亲说了一会儿话。她哭了起来，汉密尔顿博士不知所措地站在一旁，似乎想抱她，却又不敢。

"你以后就和汉密尔顿博士一起生活了。"母亲对我说。

"什么？"

她抓住我的肩膀，俯下身，看着我的眼睛。"美国人在绕地轨道上有一艘秘密飞船。这场战争开始之前，他们只成功发射了这一艘飞船。飞船是汉密尔顿博士设计的。他是我的——老朋友。他还可以带一个人上船。这是你唯一的机会。"

"不，我不走。"

最终，母亲打开门准备离开。我又踢又喊，但汉密尔顿博士紧紧拉住了我。

父亲站在门口，我们所有人都大吃一惊。

母亲大哭起来。

父亲抱住她,这是我一次看见他这样做。这个动作感觉很美国。

"对不起。"母亲说。她一边哭,一边不停地说对不起。

"没事。"父亲说,"我明白。"

汉密尔顿博士放开我,我跑过去,紧紧抱住父母。

母亲看看父亲,她虽然一言未发,那一眼中却饱含千言万语。

父亲的表情柔和下来,就像一尊蜡像突然有了生命。他叹了口气,看看我。

"你不害怕吧?"父亲问。

我摇摇头。

"那你登上飞船就没有问题了。"他说。他又看着汉密尔顿博士说道:"谢谢你照顾我儿子。"

母亲和我都惊讶地看着他。

"黄花熟晚秋,御风四方走。"

我点点头,假装懂了。

父亲拥抱了我,很用力,很短暂。"要记住,你是日本人。"

他们走了。

"不知道是什么东西刺穿了太阳帆。"汉密尔顿博士说。

小屋里只有最高层的指挥人员——除了明迪和我,因为我们已经是知情人员了。没必要在人群中造成恐慌。

"破洞使飞船向侧面倾斜,偏离了轨道。如果不能把破洞补好,裂口会越来越大,太阳帆很快就会损毁,希望号就只能在太空中随波逐流了。"

"有办法修补吗?"船长问。

汉密尔顿博士对我来说有如父亲一般。他摇摇满是银发的脑袋。我从未见过他如此沮丧。

"破洞离太阳帆的中心有数百公里远。如果派人去修补,要花很多天,因为在太阳帆表面无法快速移动——极有可能再造成一个破洞。况且,等我们把人派出去,破洞就已经扩大到无法修补的程度了。"

万事皆如此。万物皆有逝。

我闭上眼睛,想象着太阳帆。帆膜极薄,倘若不加小心地触碰,便会将它戳破。但帆膜是由许多皱褶和支架的复杂系统支撑的,这样帆才能获得硬度和张力。我从小就看它们在太空中打开,就像是妈妈的折纸。

我想象自己借助安全绳在支架间移动,有如蜻蜓点水一般掠过太阳帆表面。

"我可以在七十二小时之内抵达破损处。"我说。大家扭头看向我。我解释了自己的点子。"我很熟悉支架的分布情况。我一生的大部分时间都在监控它。我能找到最快的路线。"

汉密尔顿博士很是怀疑。"支架可不是为了这种行动设计的。我从没考虑过这个可能性。"

"那咱们就见招拆招吧。"明迪说,"该死,咱们可是美国人。咱们永远不会放弃。"

汉密尔顿博士抬起头。"谢谢,明迪。"

我们开始制订计划,展开讨论,彼此大吼,忙了一个通宵。

我沿着缆绳从居住舱爬上太阳帆,这路途漫长而煎熬,花了将近十二小时。

我要用我名字里的第二个字来描述一下我的模样:

翔

这个字的意思是"翱翔"。看见左半边的那个小人儿了吗?那就是我，拴在缆绳上，头盔上还伸出一对天线。我的背后是一对翅膀——确切地说，是助推器和补充燃料罐，能将我送上高空，推向遮蔽天空的太阳帆，推向它那有如蝉翼般轻薄的巨型穹状反射镜。

明迪用无线电陪我聊天。我们互相讲笑话，说秘密，畅想我们未来想做的事。话都说完了，她便唱歌给我听。这是为了让我保持清醒。

"われわれは、ほしのあいだにきゃくにきて（我们化作群星之间的旅客）。"

其实，爬上太阳帆只是小菜一碟。远远更为困难的，是沿着纵横交错的支架穿越帆面前往破损处。

我离开飞船已经三十六小时了。明迪的声音疲惫萎靡。她打了个呵欠。

"睡吧，宝贝。"我对着话筒低语道。我累极了，自己也想闭上眼睛休憩片刻。

夏夜，我走在路上，父亲就在我身旁。

"大翔，在我们居住的国度，火山、地震、台风、海啸频发。我们的生存一直岌岌可危，仅有这地球表面的一小块土地立足，脚下便是熊熊烈火，头顶则是冰冷真空。"

我又回到了我的太空服里，孑然一人。刚才一时走神，我的背包撞上了太阳帆的一根横梁，差点儿撞掉一个燃料罐。幸好我及时拉住了它。我尽可能轻装出发，额外物品一克也不带，这样才能快速行动，因此也容不得半点失误。我不能折损任何物品。

我努力摆脱梦境，继续前进。

"但正是这种与死亡并肩而行的自觉，对每一瞬的内在之美的领会，使我们支撑下来。儿子，物哀是与宇宙共鸣，它是我们的民族之魂。它使我们不致绝望，使我们撑过广岛之难，撑过被占时期，撑过物资匮乏，撑过可能被灭族的忧虑。"

"大翔，醒醒！"明迪的声音中充满绝望与哀求。我猛地清醒过来。我有多久没睡觉了？两天？三天？四天？

最后五十多公里路，我必须脱离太阳帆支架，只靠助推器前进。在没有缆绳的情况下从帆的表面掠过，可周围的一切都在以接近光速的速度前进。一想到这一点，我就一阵晕眩。

突然间，父亲又出现在我身旁，就在太阳帆下方的太空中悬停着。我们正在下围棋。

"看看西南角。你看你的棋子已经被分割成两半了吧？我的白子很快就要包围这边，把这片全吃了。"

我看向他手指的地方，看出了危机所在。有个漏洞被我忽视了。我以为我的棋子铺开一片，其实是两股互不相干的力量，中间留了个窟窿。走下一步之时，我必须把这个漏洞填上。

我摇摇头，摆脱幻觉。我必须完成这个任务，然后就可以睡觉了。

我面前的太阳帆上有个洞。以我们现在行进的速度，哪怕只有一粒微小的尘埃逃脱了电离保护罩的作用，都可能引起巨大的灾难。在太阳风和辐射压力的作用下，破洞的边缘在太空中轻轻飘扬。尽管单个光子微不足道，连质量都没有，但大批光子却能驱动有如天空般巨大的太阳帆，推动千人前行。

宇宙真是神奇。

我举起一枚黑子，准备填入漏洞之处，将我的两片势力合二为一。

棋子变回我背包中的修补工具箱。我操作助推器，让自己盘旋在太阳帆的破洞正上方。透过破洞，我能看到远方的群星，飞船上很多年没人看到过这些星星了。我看着它们，想象着有一天，人类会在其中一颗星星周围的轨道上融合为一个新的国家，从几近灭亡中恢复元气，再度繁荣。

我小心翼翼地将补丁贴在破洞上，然后打开热焊枪。我用焊枪对着破洞来回烘烤，感觉到补丁融化开来，与帆膜的烃链相熔合。等这一步完成之后，我会在表面喷一层银原子，让它们沉淀，形成锃亮的镜面表层。

"修补中。"我对话筒说。我听到背景中模糊的庆贺声。

"现在你可是英雄啦。"明迪说。

我把自己想象成日本漫画里的巨型机器人，露出一个微笑。

焊枪火星飞溅，短路了。

"当心。"父亲说，"你想用下一枚棋子堵住那个漏洞。但那当真是你想要的？"

我晃了晃与焊枪相连的燃料罐。空空如也。这就是撞在太阳帆梁架上的那一罐。罐子肯定是撞漏了，剩下的燃料不够焊完补丁。补丁轻轻飘荡，只焊好了一半。

"先回来吧。"汉密尔顿博士说，"我们给你补给燃料，然后再来一次。"

我无比疲惫。无论我多么努力，也不可能这么快赶回来。那时候，谁知道破洞会变多大呢？汉密尔顿博士和我一样清楚这一点。他只是想让我回到温暖安全的飞船中。

我的燃料罐里还有燃料，是留着返回飞船用的。

父亲一脸期待。

"我明白了。"我缓缓说道，"如果我下一子落在这漏洞之处，就没机会救回东北角的这一小片棋子。它们就会落入你手。"

"一子不能落在两处。你必须做出选择，儿子。"

"告诉我该怎么做。"我看着父亲的脸，找寻答案。

"你看看四周。"父亲说。我看到了母亲、前田婆婆、首相、久留米市的邻居们，还有和我们一起等待的所有人，在鹿儿岛的，在九州的，在所有四岛的，在世界各地的，在希望号上的。他们都一脸期待地看着我，等着我采取行动。

爸爸的声音很平静："群星闪烁间，众人皆过客，只留笑与名。"

"有办法了。"我用无线电告诉了汉密尔顿博士。

"我就知道你会有办法。"明迪说，声音中满是自豪与喜悦。

汉密尔顿博士沉默片刻。他知道我在想什么。他说："大翔，谢谢你。"

我把焊枪从已经没用的燃料罐上拔下，将它接到我背上的那一罐。我打开焊枪。火焰明亮，猛烈，有如一道光刃。我调度着面前的光子与原子，将它们化作力与光编织的网络。

另一侧的群星已被再次封存。太阳帆的镜面完美无瑕。

"请调整航向。"我对话筒说，"任务已经完成。"

"收到。"汉密尔顿博士说。他的语气中满是悲伤，却竭力不将之流露出来。

"你得先回来。"明迪说，"如果我们现在调整航向，你没有地方可以固定自己。"

"没事的，宝贝。"我对话筒低语道，"我不回来了。剩下的燃料不够了。"

"我们来救你！"

"你们在支架上的行走速度没有我那么快。"我轻声对她说，"没有人像我一样熟悉它们的分布。等你们赶到，我的氧气已经用完了。"

我等她再度安静下来。"咱们不说难过的事了。我爱你。"

接着，我关掉无线电，借力飘入太空，这样，他们便不会为救我而做无谓的尝试了。我不断下落，落到太阳帆下方很远很远的地方。

我看着太阳帆转开，露出灿烂群星。太阳如今已经变得很黯淡了，它不过是诸多星星中的一颗，不再升起，也不再落下。我被抛诸群星之间，飘游着，孤零零的，与它们融为一体。

一只小猫的舌头舔舐着我的心，有点痒。

我将下一枚棋子落在漏洞之处。

父亲的反应不出我所料，我在东北角的棋子全军覆没，飘零而去。

但我的主力军安全了。它们未来或许还有机会翻盘。

"或许围棋里也有英雄。"鲍比的声音说道。

明迪说我是英雄。但我不过是个普通人，只是在正确的时间出现在了正确的地方。汉密尔顿博士也是英雄，他设计了希望号。明迪也是英雄，她帮我保持了清醒。我的母亲也是英雄，她愿意送我走，这样我才能幸存下来。我的父亲也是英雄，他教会我什么是正确的事。

我们究竟是什么样的人，这取决于在他人生命交织而成的网络中，我们占据了什么样的位置。

我将视线从棋盘上拉了回来，直至棋子化作生活变幻的广阔图景和呼吸的节奏。"一颗棋子不成英雄，但整盘棋可称英雄。"

"天气不错，很适合散步，是不是？"父亲说。

我们一起走过街道，如此，我们便可铭记所见的每一株草木，每一滴露水，落日的每一缕暮色，它们无比美丽。

分手之绝响

著 /（美）菲丽希蒂·萨瓦奇
译 / 仇春卉

　　上一次来靖国餐吧,我点的是红薯蒙布朗。这一次我要了长崎蛋糕配纳豆冰淇淋。女服务员取了我们的订单,在太平洋的海面上飘然而去,留下一阵轻柔的鸣声。半空中,一架零式战斗机正用机枪扫射一大群飞碟。

　　显然,我的目标人物花了很多心思打扮自己——假睫毛、脚趾甲上的贴花……真是应有尽有——可无论他怎么打扮,也无法掩饰眼神中的惧色。

　　我有些同情他。坐在我面前的这个人手无缚鸡之力,二头肌只有筷子般粗细。本来我们可以去他家会面,那样他可能会感觉舒服一点。我这样把他揪出来,不是很厚道。可既然已经出来了,就速战速决吧。

　　"分手吧。"我说,"趁现在谁都没有受到伤害,最好结束这段感情。不好意思。"

　　"我明白。"他怔怔地遥望远方的地平线。

我必须确保他真的明白。"她甚至不想再见你了。她今天就要和你离婚,并且把你拉黑,不让你再进入她的虚拟世界。虽然我知道你是识趣的人,不过我还是要循例提醒一句,不要试图换个名字去纠缠她,因为你杀了她的时候,她也得到了你的真实 ID。"

他哆嗦了一下。他没有点食物,只是捧着一杯榴莲口味的冰冻豆浆拿铁。我用植入式处理器自带的工具包检测输入数据包,发现他一边和我说话,一边在线收听一出暴力砍杀流的歌剧。他和他老婆都喜欢暴力砍杀流,只是他不懂得适可而止。

我把碟子里的冰淇淋拨弄得团团转,他只是看着我。"我记得小时候,"他突然说,"纳豆有一股怪味儿,可是现在都没了。我很好奇到底是为什么。"

"也许人们不喜欢那股味道吧。"我耸耸肩。他这么一说,我也隐约记起来了,我去学校前总会吃一碗刚煮好的米饭,上面搁着一团纳豆,散发着发酵的气味。

一艘巨大的灰色战列舰突突突地从我们的岛旁驶过。一行字幕弹出来,突兀地挡住了落日。原来这是大和号,山本五十六司令的旗舰,正向中途岛进发。是中途岛吗?随便吧。我只是喜欢这里的大海罢了。浪涛拍击沙滩的效果已经到了以假乱真的程度,你简直觉得走进海水里真的会弄湿双脚。

我把甜品吃完——反正不用我付钱,不吃白不吃——然后我们就从包厢盒子出来了。女服务员沿着走廊快步赶到我们面前,深深鞠了躬,然后从他的生活扶助账户里面扣了钱。我还让她划了我的积分卡,因为我以后还会来光顾的。我们穿过一排排包厢盒子,走到了餐吧出口。从外面看,那些包厢盒子很恶心,表面覆盖着密密麻麻的广告,从协助自杀服务,到治疗固执型人格综合征的药物——那已是六个月前的流行病了。显然,靖国餐吧不太吸引广告商。

外面就是本地区最吸引游人的地标性建筑：一根根红色巨柱，波浪形的屋顶边缘，整栋楼被罩在一顶透明的聚乙烯帐篷里。许多警察驾驶着双轮平衡车在大门前的沥青路上巡逻。我们各自戴上了面罩，因为今天有放射尘警报。

他正要去九段下地铁站，突然停在一座巨大的鸟居①下面。"孩子们怎么办？"他问道，"他们怎么办？"

客户特意交代了，如果他问起，一定要如实回答——所以我一直希望他不要问。"他们已经被注销了。"我答道，"节哀顺变。"

"不会吧？不会吧！步美马上就要上一年级了，富竹连三岁都不到，你们不能就这样剥夺他们的生命呀！"

"她是母亲，她有权利这样做。"

他哭了，睫毛膏滴落在面罩上，弄脏了印着粉红骷髅图案的纤维。我已经不同情他了。"可是，你杀她的时候就应该想到有这么一天。"我说。

"是她叫我杀她的……"他低声说道。

在电车上，我打电话给客户。她想知道他有没有问起两个孩子，我说问了。"太好了！"她恨恨地说，"我就是要那个浑蛋受点罪！"

"他听了就开始哭。"

"这废物！"她说出了我之前的想法，"谁会为那些虚拟的孩子流眼泪呢？"

其实，很多人都会哭，比你想象得要多。不过我只是说："我希望服务费今天就划到我的账户上。没问题吧？"每次开口向客户索取报酬，我心底总会产生一丝莫名的兴奋，这次也不例外。

---

① 竖立在神社前的门形结构，类似于中国的牌坊。——本书注释均为译注。

"已经划了。"她说,"你这么帮忙,我真的很感激。要是我的粉丝里有谁要找代理人,我一定推荐你。"

我还在想着她前夫最后说的那句话——是她叫我杀她的!每一个分手案例都很复杂,并不像局外人看起来那么简单。我不知道这两人谁说真话、谁在撒谎,也永远无法知道。每念及此,我的心情就很复杂,失望之余还有些如释重负。

"对了,他长什么样?"我们挂电话之前她问道,"我还没见过他呢。"

我是一个专业代理人,有执业资格证,因为我通过了"同理心与热心度国家认证考试"(一级)。培训课程的内容大部分都是些显而易见的东西,包装在华丽的专业辞藻里,不过有些章节竟让我有醍醐灌顶之感。比如关于"麻烦"的那一章,书里写着诸如"日本人不喜欢给别人带来麻烦,所以很多人宁愿自己默默忍受,也不愿意给他人造成不便"之类的话,然后还有一小段,"日本的离婚率比其他国家低(80%的物理婚姻与27%的虚拟婚姻能够维持一年以上),很大程度上是由这种国民性造成的。"

学到这里,我就定下志向,要做专业的分手代理人。

当然了,那套关于"麻烦"的理论根本就是扯淡。可是我们不妨研究一下统计数据:在两种形式的婚姻中,共有46.5%的新婚夫妇没机会庆祝周年纪念!而离婚的妙处在于,必须有双方的签章才能生效,哪怕是虚拟婚姻也不例外,因此我这个行业市场很大。我干这一行赚的钱,几乎跟我能领到的国民生活扶助金一样多。况且,与其终日百无聊赖,我更享受自食其力的生活。

距离下一场会面还有几小时,所以我在途经新宿时就下了车,想好好打扮一番。这里有一个地方我特别喜欢，就在游望大厦的第四十二层。门厅里有一个小型动物园，有时候我就坐在那儿观赏蝴蝶、鸟儿之类的。可是昨晚我熬了一个通宵策划今天的几个会面，现在已经憔悴不堪，所以我直接进了手术室。

每次会面我都尽量以不同的相貌示人。有些人会偷拍你的照片，然后用脸部识别工具查你的身份，而我总是比他们棋高一着。这一次我加厚嘴唇，提了脸颊，还续了头发。等回到电车上的时候，我脸部的麻木感已经退去，接下来便是刺痛的阶段了。

在街头夜色中，把自己从头到脚全遮住的路人少了，愿意露出面孔的行人明显增多。尤其是在六本木，大家都希望被别人看到。霓虹，笑脸，烤肉的香气，你能在空气中感受到昔日的魅力。但我不打算狠狠宰对方一顿豪华大餐，至少不是今晚。今晚我要破例去目标人物的家里会面。此人住在六本木太空针大厦第二百四十四层，所以我估计应该没什么风险。

"我是代表你太太来见你的，"我说道，"对不起，之前一直在骗你。"我的客户——也就是他的太太——给我提供了一条线索：他有"亲密接触癖"。其实她正是因此才要离婚的。于是我假装也有这嗜好，和他勾搭上了。几个星期之后，他才流露出兴趣，并同意和我见面。本来我还怀疑他太太搞错了，哪知他开门的时候，嘿嘿，竟然赤条条的一丝不挂。我鞋都没脱，只是站在玄关对他说："她已经受够你了，也不想和你多费唇舌。请你在这里签名盖章吧。"通常我会说得很婉转，让对方少受一点打击。可是这家伙竟脱光了站在我面前，实在太不尊重人了，所以我把自己的同理心和热心都抛到了九霄云外。

"呃……这个……"他答道，"好吧。她说为什么了吗？"

"说了啊，因为你是个变态。"我指了指他的胯下。他的生殖器悬在一团黑毛之中，像一小坨棕色的年糕豆腐包。

他悲哀地低头看了看自己。"可我从来没试图和她做爱，"他说，"我不是那种人。"

"对，你比那些人更可悲。"

"也许吧。"他叹了一口气，转过身，穿上一条运动短裤。他扭头对我说："进来喝点东西吧。我想听听她是怎么说的，然后我就签字。"

我听说过色情狂攻击女孩子的案例；而这一刻我突然意识到，"亲密接触"与"性接触"的分界线未必如我想象得那么清晰。可是另一方面，我有我的职业尊严：决不能辜负客户的重托。而且我也好奇，想看看他的公寓里面是怎样的，从门口看进去，里面至少有两个房间。

原来这是一套三居室。我开始好奇他是怎么骗到房子的。国民生活扶助系统只会按照全国平均收入给民众发钱，那点儿钱在六本木太空针大厦连一间浴室也租不起。

他从冰箱里拿了一罐蓝莓汁给我。"你干这行……是以此为生吗？"

"是的。"我戒备地说。

"现在自食其力的人已经很少了。"

"因为没多少活儿需要干。"

"需要人类干。"

"对。"

"那你为什么不领生活扶助金呢？其实你完全不需要工作啊。"

"听着，我知道我是个怪人，行了吧？我就是喜欢出来干活挣工资，正如你喜欢脱光了往别人身上蹭。每个人都有自己古怪的地方。"

"你错了。"我不喜欢他看我的眼神，好像他已经看穿了我的整容效果，看出了我手术之前的本来面目。"告诉你吧，其实我不蹭，我只是喜欢……拥抱。"

"呸！"我说道。突然响起一阵音乐声。他从桌面上拿起一个小仪器，竟然是电话。呵。我已经好多年没见过这种东西了。

"是我。方便。那可不妙……嗯？我马上就来。"

他消失在卧室里。

"我要出发了，不好意思，我们能不能在路上继续谈？"

"去哪儿？"

他从房间里出来，一边走一边绕着衬衫领子打领带。他竟然穿着一件西装。我上一次看见有人穿西装还是在……老天，还是在我小时候。我父亲总是穿着西装去……办公室。对，他去的地方叫作办公室。

"喂，"我说，"你也是以工作为生的吧？浑蛋。"

"我们刚才谈论的又不是我。"

我跟着他下楼，一直来到车库。一辆塔塔①车从黑暗中飘过来，发动机发出低沉的轰鸣。我们坐进去，汽车沿着坡道直接开上了高架路。东京的夜色一直延伸到视野尽头，LED路面标识编织出一张昏暗的光网，其中点缀着一些特别明亮的区域，仿佛一座座孤岛。怪癖男打开车内灯，快速浏览了离婚协议书。

"这东西我不签。"他说。

"你非签不可。"

"没什么事情是我非做不可的；你也一样，没什么事情是你非做不可的。"

我们的车驶下高速公路，驶过国会议事堂，最后停在外堀街一大片没有名字的办公楼街区外。这家伙原来是政府的公务员。我记得父亲说过，公务员的工作是最好的——不过那是在国民生活扶助计划实施之前。在扶助计划实施后，所有人都突然失去了继续工作的理由。我的大部分老师都辞职了，父亲也不再去办公室。起初我们过得很开心，可是不久妈妈就扔下父亲和我，独自去中国的一家生化机器人公

---

①印度最大的汽车厂商。

司工作，后来在荣城①核事故中罹难。很快父亲就在浴室里悬梁自尽了。他在遗书里写道，他并不担心扔下我一个人，因为他知道国民生活扶助系统会好好照顾我的。

我们向办公楼的大门走去，在路上，怪癖男通过我的公共收件箱向我注入了一串安全代码，然后我顺利通过了门卫的扫描。大楼里面，很多西装男跑来跑去，有些还配着枪。我并不惊讶，大概是因为我在别人的虚拟世界里早已司空见惯了。我们穿过几道门，是那种雕刻着玫瑰花结的厚重木门，随后我们已经进入了某人的虚拟世界。也许我们刚才一直都在虚拟世界里，无缝接入效果把我给弄蒙了。

"呵，你这样做真是挺可悲的。"我双手叉腰，低头望向下方苍茫的黄昏郊野。我们似乎正处在一座城门上，这城堡建在一道悬崖的顶部。峭壁下是平坦的农田，农田尽头是茫茫远山。我勉强能认出那座熟悉的三角形山峰，是富士山，白色雪冠上仍有些许余晖。

"我们还在你的车里吗？还是在你的家里？"

一阵清新的冷风轻拂我的脸颊。

"这不是虚拟世界。"怪癖男说，"这是公元2417年。"

"是吗？我看这分明是一个设置在战国时代的虚拟世界呢，而且还是刚拆开包装的。"

"你再看仔细一点。"他指向远方的山丘。远处田野间的一条皱褶上面有什么东西在移动，速度很快，不可能是马队。细看之下，原来是一队卡车行驶在一段凹陷的路面上，只露出一个个逐渐变大的车顶。更远处有耀眼的光芒，像是熊熊燃烧的火焰。

"三十分钟前，补给部队313团遭遇了奇袭。"另一个西装男正向他汇报，"我们已经封锁了周边地带，正在撤退伤者。"

---

① 作者虚构的中国城市。

"有什么报复措施吗?"

"暂时还没有。我们还在等上级指令。"

"我最好去察看一下损毁有多严重。我们控制领空了吗?"

"已经控制领空了,长官。在这个年代,他们好像没有地对空导弹。"

"没错,没错,那是这个年代之前的武器了。"怪癖男对远处的火焰皱起眉头。"那就准备一架直升机吧。"

"我可以一起去吗?"

"不行。"他工作的时候好像变了一个人,很冷淡。"你留在这里。"

"他是关心我。"我向留在城楼顶上的人解释,"他不希望我受伤。"我用植入式处理器自带的基本工具包分析了他给我的安全代码,结果显示我是他的"秘书"。随便吧,我也不知道秘书是干什么的,反正先抱怨几句应该没问题。"为什么我的植入处理器那么慢?我只有……好像只有几个 G 的速度。"

那些人互望了一眼。"小姐,我们这一侧有带宽限制。"

我把手指在栏杆上揉了几下,发觉这些黄色的石头含有砂质。我舔了两下,一嘴尘土的味道。西方,斜阳正缓缓下沉。我爱看日落,鲜艳的红色和黄色就像大自然创作的油画。可眼前的景象更像是一个业余艺术爱好者的涂鸦:一个亮得不能直视的圆球,上方飘着几缕淡黄的浮云,像几片柠檬色的纱巾。"这天空怎么回事?"

"是空气不一样,小姐。这里没有污染。"

我心底一阵发凉,不仅因为四周的凉风。"这里真的是二十五世纪吗?"

"是的,小姐。"

我想回家了。我这一生都在追逐现实,努力不让自己像他人那样沉迷在虚拟世界里。但这一刻我竟然希望眼前的一切不是真的。

问题是，现实根本就不在乎你的想法。

我发现城楼顶上有一道活板门，连忙像老鼠一般钻进去。城楼的内部有普通的楼梯和宽阔的灰色走廊，没什么古代城堡的感觉。这些都证明了眼前的世界是真实的——如果这是虚拟世界，开发人员会把内外都塑造成城堡该有的样子。楼顶那群人当中有两个跟着我下来了，其中一个穿西装的女子年纪和我差不多，另一个年纪较大的男人穿着一身连体作业服，口袋上面印着"苏纳理"三个字。西装女子在前面带路，领着我们往下走了几层。沿途有许多穿军装的人坐在计算机前忙碌。我们走到室外一个宽阔的庭院里。院子里有几个巨大的机库，四周环绕着一堵垒成斜坡状的石墙。

大院的入口外有一条带两个急转弯的安检弯道，将这里与外面的世界隔绝。卡车队轰隆隆地开进来，每一辆卡车在安检路障处停留大约一分钟，然后直接出现在机库里。大院里还有很多建筑物，每一栋看起来都像是有特别用途的行政办公楼。

"他们用的是激光。"老苏说，"我不知道具体细节，但据说光能使空间扭曲。一旦你把空间扭曲了，时间也跟着扭曲。这些都是爱因斯坦学说。"

"爱因斯坦是什么？"我问道。

他同情地看了我一眼。"他是在你出生前一百年左右去世的。看看，"他对西装女子说，"这就是你们培养出来的下一代。去未来掠夺，好让你们的孩子保持娇生惯养、愚昧无知的状态。"

"那是什么气味？"我问。

西装女子答道："是汽车尾气。这些卡车都烧汽油，因为我们不想让时间下游的人窃取电池技术，我们不能冒那个险。"

老苏哼了一声。"从这里往时间上游追溯一个世纪，那时候的人已经掌握这种技术了。我们把他们的电池技术给废了，这可不容易。"

"卡车里面是什么？"

老苏露出参差不齐的黄牙。"主要是大米。"

一群细小的黑色影子在愈发昏暗的天空上扑腾。是蝙蝠。我只见过虚拟蝙蝠，真蝙蝠还是第一次见。它们飞行时生气勃勃，这是任何算法都无法模拟出来的。石墙的缝隙里长满了绿色植物。卡车发动机发出的轰鸣倒是和我想象得差不多，不过更低沉、响亮。因为这些轰鸣声是真实的，并非我们听惯的那种为了防止撞车而发出来的模拟电子声。

我看着西装女子，她的装束整洁、干练。我想到自己粉红的头发和造假的容貌，顿时自惭形秽。"我怎样才能在这里找一份工作？"

她笑了。"你没戏了，我们已经决定关闭这个年代了。"

"我们要往时间上游去。"老苏说，"这个世纪的战斗太激烈了。"

"他是从二十八世纪来的，"她说，"刚进来时在补给部门任职，然后调去物流和采购部门。要来这里工作倒是有一个办法，那就是你要出生在未来。"

原来她是在嘲笑我，看不起我这个菜鸟。不知道为什么，老苏这样对我，我可以忍，但我不能受她的气。"哼，滚你的吧！"我说，"你自己也是个打杂的。"我离开这两人，穿过大院。再没有卡车进来，人类工作人员也把大门锁上了。天快黑了。

刚才交谈的时候，我的植入式处理器一直利用刚获得的秘书身份对周围环境进行分析。在运算过程中，因为我的处理器使用的是收割式电力[①]，所以运算速度比这里的公共数据传输速率快不了多少。幸好我认识几个新苏联的黑客，以前从他们那儿买了一些黑帽工具，现在派上用场了。初步分析结果列出了我能自由进出的区域，有些地

[①] 通过外部资源（太阳能、风力、温差等）获取、储存能源，一般供小型的无线穿戴设备和传感器使用。

方——比如"饭堂"——顾名思义也能猜到其用途。其中还有一个叫"梅里特门"的所在，本来那些黑帽工具在我的左眼视网膜上输入了一幅很有用的地图，而这个"梅里特门"并没有标注在地图上。

这时候传来一阵直升机的噪音，怪癖男和他的同伙回来了。他的高档衬衣被熏得又脏又黑，整个人散发着一股焦煳味。

这个地方叫作关东采集站（KCP）。我们和值日班的工作人员一起在饭堂进餐。我胃口特别好，因为刚才一直在使用植入式处理器，身体机能消耗极大。可就算我不饿，这里的食物也确实美味。烤鱼是真的，绿叶菜也是真的，大米饭简直让我感觉回到了六岁那年。所有这些食材都不是在密封箱里培育的，也没有经过脱水再复原，而是在农田里长成的。他们把收割下来的农作物用卡车运到采集站，然后送回2082年。

"今天伤亡惨重，以后不能这样了，我们已经输不起了。"怪癖男说道，"局势不安导致的额外成本已经对我们的利润产生了很大影响。"

"关西的情况更糟，"老苏说，"下游人已经开始使用自杀式炸弹了。"

我说："他们为什么要跟我们作对呢？"

其实我已经从人们的谈话中了解了不少内情。关东采集站的地理位置就在我们那个年代东京的政府办公大楼区，所以从城门望出去的景象似曾相识。然而我所知道的东京——那个有六千万人口的大都市，已经变成了一片废土，其中有些区域又重新开垦为农田。什么样的变故能导致这种后果？想想都觉得恐怖。也许是另一次严重的核事故。也许是战争。也许灾难早已注定要在我回家之后的第二天发生。

怪癖男从唇间挑出一根鱼刺。"当然，我们采集的东西远不止大米。"他说，"一切有价值的东西我们都拿。矿物质、生物能源、木材、还有日本海里的天然气——那真是保安部门的噩梦！虽然这个年代的下游人还没有掌握袭击钻井平台的技术，可是咱们后院起火，咱们自己年代的共产主义国家还在扩张能源采集的地盘。尽管有这么多困难，可我们还是源源不绝地把各种物资运回去。不夸张地说，社会赖以正常运作的所有物资都靠我们。"

"我们的产出与消耗之间的差距只能靠未来去填补了。"西装女说。她吃饭时烧酒喝多了，面容显得比刚才柔和，甚至有点惶惑。

"可是我们国内根本就没有任何生产活动啊。"我说，"除非你算上那些虚拟的东西。"

老苏哑然失笑。"可不就是吗！"

怪癖男说："其实我们付钱了，不是白拿的。可不知道为什么，下游人最后总是恨上我们。"他又给自己斟了更多烧酒。"梅里特门是美国人发明的。早期很多使用者有去无回，比如说一下子跳到位于时间下游的两百万年后，碰上了物种灭绝的大灾难。人们把这种俄罗斯轮盘赌似的时间旅行视为人类社会的自我清洗。后来，其实是咱们日本人对这种技术进行了改良。日本历来缺乏自然资源，这种匮乏常常驱使我们铤而走险……就像珍珠港和中途岛。那种方法没有奏效，可是这一次成功了。只需要扳一下开关，我们就突然成了世界上最富有的国家。"他若有所思，"很不幸的是，技术泄露了，现在每个国家都掌握了时间旅行的手段。所以我们依旧要和别国争夺资源，只不过竞技场换成了……未来。"

"二十九世纪是一个转折点。"黑墨先生说道，"从这个时间点继续往下游跳，你就会遇上一次物种灭绝大灾难。据推测，那次大灾难是陨石撞击地球引起的。我们是在四十年前发现的，从那时候起，我们便从二十九世纪往上游跳，每次相隔几十年。你想想，往上游跳的好处是，目标年代的人不知道我们会出现。"

我缓缓点头。"可是,如果我们往上游跳得太多,碰到了顺流而下的自己,那会发生什么?"

"呵呵,那我们就完蛋了。"怪癖男说,"可是按照我们现在的进度,还能再维持一代人。"

"然后呢?"

他将我的杯子斟满。"干杯!"

夜幕笼罩,惊雷阵阵。下游人趁着夜色偷袭关隘,向我们发起猛烈进攻,我们的士兵奋起还击。怪癖男拉着我往城门撤退,我捂着耳朵。"因为想要人口激增!"他向我吼道。

"什么?"

虽然有惊无险,可我总觉得需要掩护,于是紧紧龟缩在湿冷的石墙后。怪癖男闪身来到我跟前,胳膊撑在我头顶上方,面对着我。

"实行国民生活扶助制度本来是要促进人口增长!"他喊道,"要逆转人口老龄化趋势,增加劳动人口,维持社会继续运作!可是行不通!我们的人手严重欠缺,甚至很多下游设施都没人保护。城楼顶上那些其实是生物机器人!我刚才说的其实是反话!"

他抓起我的手,握着不放,我把手抽开。"如果这是你挖空心思想出来的泡妞金句,你可以省省了。我对生育一点兴趣也没有!哼!"

"我不是那意思!"他凑得更近了,简直是对着我的头发说话。他的呼吸散发着烧酒的气味,他的声音似乎带着哭腔。"做我的代理人吧。"

"什么?"

"根据我们最新的时间线,那是在2106年开始的。你会看到的,到时候你就知道该怎么做了。"

来了!一个巨大的数据包突然砸进我的收件箱,后面跟着一长串链接。大量防诈骗警报在我左眼视网膜上不断闪烁,像一连串曳光弹。然后一切都陷入了黑暗。

两年后

"大家都清楚各自的任务了吗?"我环顾山谷,注视战友们刚毅的脸庞。一张张年轻的、饱经风霜的面孔,脸上是用迷彩膏与马铃薯淀粉混合物涂出的一条条图案。他们是从新江户武士团里挑选出来的精英,与上游人斗了半辈子,直到这一刻,终于有机会彻底击败他们。他们低伏的身躯里每一根线条都绷得紧紧的,随时准备行动。我满意地点点头:"如果没有问题,那就出发吧!"

我们排成一列纵队前进,枪和其他装备都紧紧绑在身上,没有发出任何碰撞声。在确保安全的前提下,我们走上游人铺设的沥青路,其他时间在野地里抄近路。我们的目标——关东采集站——发出令人憎恶的亮光。我在心中把行动计划默想了一遍,但还没把我对这次行动的期望告诉智树。

智树似乎感应到了我的想法,他从队尾跑上来。"如果今晚咱们两人中谁有不测……"

我的喉咙突然噎住了。"你的父母会照顾好美智代的,她长大后一定能完成我们未竟的事业。"一提起六个月大的女儿,我不禁对自己正在做的事情产生了怀疑。我想起我的父母,当年他们抛弃了我,正如今天我们离开美智代。"可是,我们不会失败的。"

这时队伍正穿过一片灌木丛,斑驳的树影在他脸上掠过。他点点头。"明日子……"

这就是我的名字,明日子。以前我从来没有把真名告诉过别人。"明日的孩子",讽刺吗?

爬坡的时候,我被一团缠绕的草根绊了一下,我恨恨地踢了它一脚。在这团枯草下埋着几百年前的垃圾——这里以前叫作涩谷。

"把上游人彻底赶走之后，"智树说道，"我们要重建家园。"他捏了一下我的手。"这里会再次成为一座城市。"上游人在原来的埼玉县地区建立了多个大型采集农场，智树就是在其中一个农场长大的奴隶。他从来没听说过"城市"这个概念，于是我告诉他当年的东京是什么样的。其实，我向他描述的是一个设置在二十一世纪早期的虚拟世界，过去我经常在那里流连忘返。那里有无休止的开发与建设项目，有喧闹烦嚣的商业区；紧密联系、暖意融融的居民社区结成了一道篱笆，将黑夜挡在外面。也许这只是那个虚拟世界设计者的梦想，但这个饱受蹂躏和劫掠的年代正需要这样的梦想。

队伍最后一次暂停休整是在神田川畔。发出刺眼强光的关东采集站近在咫尺，我们几乎能听见里面的声音。我下令队伍集合。

"当初有人派我来找你们。"我说，"那个人原本打算请我做他的代理人。你们要知道，在上游的那个年代，我持有一种'人际关系专家'的执照，还拥有'同理心热心度'的专业认证。"众人都在窃笑，他们太了解我了。"他派我来给你们传话，说我们——我是指上游人——要撤退了。他要我来跟你们分手，叫你们别难过也莫怨恨。分手不是你们的错，而是我们迫不得已。"

武士们纹丝不动地蹲伏在我们即将涉渡的浅滩旁，河水从我们身边淙淙流过。

"但是，我当时想，去你的吧，我又不欠你的！于是我只是把他传给我的数据都拿出来和你们分享。接下来的事情你们都知道了，我们节节胜利，歼敌数以百计。"

我伸手摸索，抓住了智树的手。接下来的话实在是难以启齿。

"可是我并没有把真相全都告诉你们。"

一次突击成败与否在三十秒内即可见分晓，这一次也不例外。我们用一架从上游人手里缴获的榴弹发射器轰开了几道大门。接下来我们势如破竹，因为我用安全密码将守卫关东采集站的生物机器人都关了。那组密码是两年前的，可依然有效。采集站的外围防线顿时变得千疮百孔，剩下几个敌人都被我们的枪火打发了。在震耳欲聋的杀戮声中，我再一次问自己，怪癖男为什么要把安全密码给我？在我的记忆里，也可能是在我的想象中，从某处传来一个声音：是他们叫我们杀了他们的。

也许这正是他请我做他代理人的一片苦心吧。

说起此时，我拖延了整整两年才履行我的职责。在那段时间里，我谈了一场恋爱，生了一个孩子，也悟出了人生的真谛。

此刻，是时候付诸行动了。

乔木先生从城门里走出来。他是一位魁梧的武士，身穿一套用废金属打造的盔甲。只见他欢欣鼓舞地挥动着手中的枪——关隘里的敌人已经被全歼了。我跑进去，沿着楼梯向上飞奔。每个转角都有很多办公室职员的尸体，横七竖八地躺在血泊里，我必须从这些尸体上方跳过去。我们一个敌人也没放过，这一次，上游人再也不会回来了。而我早就知道了这一点。

我来到三楼的司令部大门外，输入安全密码，可是那道防爆门纹丝不动。"糟了！"关东采集站的网络已经完蛋了，我没办法传送数据。

智树从我身边冒出来。"让开！"他吼道，然后朝着大门开枪扫射，打空了整整一个弹匣的穿甲弹。我趴倒在地，听着反弹的子弹在走廊里呼啸。再抬头时，只见那道大门松垮垮地挂在合页铰链上。我还看到了智树可爱的笑容。

"快撤！"我的耳朵刚才几乎被震聋了，所以吼得很大声，"全员撤出！这座城门就是一个梅里特门！"

"我和你一起去！"智树说道。就在我们牵手的时候，整座建筑物似乎同时在两个轴上发生扭曲。天旋地转，我们头晕恶心，重力似乎消失了。我知道发生了什么：他们正在另一头关闭梅里特门。

就在我和梅里特门的操作团队激斗期间，时间的流速变慢了，我察觉到体内的植入式处理器两年来第一次重新接入了国家互联网。于是，我把这两年来我学到的所有东西尽数上传给那个能扭曲时空的程序，就像喂进一张血盆大口。我告诉他们我在树林里扭伤了脚，那些化外之民救了我，帮助我在痛苦中康复……我在小河里畅泳，在田地里耕种，我帮助他们把偷来的零件组装成有用的设备……我还爱上了一个人，我拥抱他，亲吻他。在过去两年里，我利用感官转换程序（在我自己的年代，每个新生婴儿的脑子里都会预装这种程序），根据自己的经历，设计了一个虚拟世界。此刻，我把整个虚拟世界上传给了他们。那些和我素未谋面的操作员——人类也好，人工智能也好——果然上钩，于是时空的扭曲和旋转立即变慢了。

不知何时，我和智树失散了。不过我迟早会失去他，还会失去我们的女儿，也失去其他所有人。

我坐起来，浑身疼痛，发现自己坐在一束矩形的阳光中，尘土纷飞。几个穿实验室白大褂、戴面罩的男男女女正低头盯着我。后面有人在尖叫。有一个人正疯狂地拍打按钮，那台设备粗糙简陋，像极了我们在二十五世纪自己装嵌的机器。我大约知道自己身处何时何地：这里是二十一世纪六十年代的美国。我刚才成功夺取了梅里特门的控制权，随即尽可能地往回退，一直退到这段时间线的起点——就在这一天，他们建造出第一台成功运行的梅里特门原型。

"各位好。"我说道，"我叫明日子。"他们不是日本人，听不懂我说什么，可我还是继续说下去。"我是来终止你们这个实验的。"我站起来，用力把梅里特门的原型推倒，玻璃碎了一地。然后，我从腰间拔出那把二十五世纪生产的手枪，向在场的研究人员开枪，把他们逐个击毙。这就像亲手射杀自己最心爱的人。我改变了过去，就等于改变了未来，我再也不能回到我自己的年代，更不用说二十五世纪了。可是，如果我运气够好的话，我的行动将会阻止2106年的那场核战争。我暗暗祈祷我的女儿有机会长大成人。透过泪眼，我说道："永别了。"

禁区武器高隆比娜

著 /（美）戴维·莫尔斯
译 / 吴莹莹

机库旁边原来是个小吃店或烧烤店之类的，现已废弃，变形的玻璃纤维和发皱的铁皮堆在一起，棕白相间的招牌碎片上隐约可见土耳其烤肉和德国咖喱肠的广告。一些塑料椅子残存了下来，雅各布拖了三把出来，穿过神经紧张的地方警察们布置的绿色警戒线，来到雨中弓着腰的高隆比娜和潘塔隆①旁边。玛迪接过一把，一声不响地坐了下来，说"瘫下来"更合适，她两膝分得开开的，像个末班地铁里的上班族，漠然地看着远方。过了一会儿，斯凯拉谟修黑色的身影在另外两台机甲旁蹲下，驾驶舱打开，艾比滑下来，走到玛迪和雅各布旁边。

"浅野大尉说运输机马上就到。"她通知说。

玛迪点了点头。

---

① 高隆比娜和潘塔隆都是意大利即兴喜剧中的固定角色类型，每个类型都有自己鲜明的外观和性格特色，可以参考京剧中"老旦""青衣""武生"等行当来理解。本篇小说中的机甲均以此类词语命名，下文中的斯凯拉谟修、皮埃罗、博士和阿勒坎等亦是如此。

"谷村有什么收获吗?"雅各布问。

"她没提。"

雅各布仍戴着头盔。这时他摘了下来,猛地往柏油碎石路面上一抛。听到响声,一些警察转头看了看,然后急匆匆走开了。摘掉巨大的马尔科姆X眼镜之后,雅各布的脸裸露出来,玛迪和艾比看见他在哭。

艾比起身捡回头盔,放在雅各布身边。她把第三把椅子挪近玛迪,抱膝坐着。在白色的椅子上,穿着黑色诺梅克斯纤维①套装的她看上去小小的。

过了一会儿,她说:"玛迪,你干掉了一些,对不对?"

"一两个。"玛迪说,她的声音干巴巴的,自己的耳朵都听不到回音。

艾比望向机库、第二圈警察,还有野战医院和临时殓房的绿帐篷和拖车。

"我看这也算挺厉害的了。"她说。

玛迪没有接话。

运输机来了,沉重地低悬在跑道上方,掀起的风撼动了拖车,拔起了帐篷桩,警察们好一番奔忙。最终,它在跑道尽头落地,慢慢地向后滑行。

雅各布的头盔发出提醒。艾比把她自己的头盔举到耳边,对着麦克风轻声说了句什么,然后侧耳聆听。她看向那两位。

"谷村不见了。"她说。

"什么?"雅各布问,"被它们捉住了?"

艾比摇了摇头。"不是,"她说,"是他自己擅自离队。浅野要咱们

---

① 诺梅克斯纤维是一种耐热阻燃材料,主要用于制作防护服。

派个人去找他。"

"开玩笑，"玛迪说，"那不是浅野她自己的职责吗？"

"谷村把皮埃罗也带走了。"艾比补充道。

玛迪站了起来。"好吧，我去找。"

她连头盔都没戴就钻进了高隆比娜的驾驶舱，关上舱门，打开屏幕和仪器，把静脉注射管连接到后腰的插管中。她等着雅各布和艾比发动潘塔隆和斯凯拉谟修，随他们一起爬上运输机的斜坡。

工作人员把高隆比娜锁进支架里，玛迪对着头盔说道："好吧，他去哪儿了？巴黎迪士尼乐园？"

浅野的声音从头盔里传出来，尖细、充满焦虑。

"去了禁区。"她说。

机甲秘密基地在北极圈内，原先是个石油平台。官方名称是"联合国临时控制司北半球紧急部署处"。玛迪在临时控制司的太平洋地区候选人中心（即奇利瓦克营，位于加拿大不列颠哥伦比亚省的一片森林中）待了六个星期后，实在受够了这裹脚布般的名字，当艾比称它为"机甲秘密基地"时，玛迪欣然接受并沿用下来。基地的围墙是刷了白漆的钢板，有的地方漆皮已经剥落，露出烟碱黄色旧涂层，有时还能看见褪色的、模板印出来的俄文。联合国方面在地板上贴了橡胶，刷上了英文和日文的双语标志。对玛迪来说，他们像是回到了过去，或是置身于某部老战争片的片场，就像她父亲经常在历史频道观看的那种，《壮志凌云》《青之六号》或者《碧血长天》。她喜欢这些。雅各布说房顶上那些黏糊糊的灰色东西是石棉，致癌的。

有时，他们要执行三十个小时的紧急任务，去加拿大禁区、欧洲禁区或菲律宾群岛沿海禁区的边缘——仅是边缘而已，从不进入。返回基地后，医生会剥去艾比、玛迪和雅各布的诺梅克斯纤维套装，给他们消毒，将他们体内的禁区药物清除干净，再让他们接受一连串的医学、心理学和超心理学检测。若是在过去，这些检查手段会让他们感到十分羞耻。同样，在去奇利瓦克营受训之前，若让玛迪在艾比和雅各布面前赤身裸体，被人戳来捅去，她肯定会觉得难堪。她会十分在意艾比骨感的胴体和雅各布唐突的目光。而现在，他们只是艾比和雅各布：雅各布的眼神里不再带有攻击性，只有疲惫；艾比的裸体也跟情欲搭不上任何关系，只剩乏力和瘀青。玛迪一点也不在意自己看上去怎么样。谷村没有和他们一起，如果他也接受了医生的检查，那一定是在别的地方做的。

在秘密机甲基地的三个月内，玛迪只跟英雄男孩谷村信一郎说过一次话，内容大概如下：

谷村（英语有很重的口音，眼睛藏在杂乱的刘海后面，目光从没高过玛迪没什么吸引力的胸部）："你在日本住过。"

玛迪："東京。三年間。"（东京。三年。）

谷村："日本語上手だね。"（你日语说得很好。）

玛迪（说谎）："我听不懂。"

其实她听得懂，她只是不想跟谷村做朋友。那浅野大尉介绍他们认识的时候，她为什么要炫耀自己的日语呢？玛迪把这件事讲给艾比听的时候，艾比也是这样问她的。

"争强好胜？"艾比这样说道，玛迪瞪了她一眼，但艾比不在乎别人瞪她。而且，玛迪自己也承认，也许艾比说得对。在谷村面前，她会心动，或者说她觉得自己心动了。她想立刻把这感觉压下去。她来这儿可不是为了跟谷村做朋友，更不是为了做他的女朋友；她来这儿，是为了取代谷村。

玛迪、艾比和雅各布是美国人。机甲秘密基地里的其他人几乎全是日本人——除了几个从奇利瓦克营随他们而来的加拿大医生。因为谷村是日本人，所以他们都是日本人。在奇利瓦克营的毕业生加入之前，谷村以及他闪亮的白色机甲皮埃罗，就是矗立在人类与禁区敌人之间的唯一防线。

奇利瓦克营有二十七名预备候选人，只有五人毕业。在没有毕业的二十二人中，有四人已死，七人余生都得严格接受药物治疗。毕业的五人中，有两人死于初次紧急任务：海莉·彼得森是为了拯救一辆误闯作战区的校车里的台湾小学生；奥斯卡·贾拉——士兵，二十三岁，比他们中最大的还要大五岁，玛迪遗憾没有好好结识他——步了海莉的后尘。海莉的遗体被送回了安大略，奥斯卡的遗体送回了加利福尼亚。他们的机甲博士和阿勒坎被送到了机甲回收处。

高隆比娜、斯凯拉谟修和潘塔隆完好无损地回来了，玛迪、艾比和雅各布也是——几乎是。对于必须完成的任务，他们渐渐干得心应手了。禁区越变越大，里面爬出来的东西（一般来说都是垂死的，但也并不总是这样）越来越怪异，玛迪、艾比和雅各布杀死怪物，交回机甲，日复一日，没人出意外。他们站在媒体前合照，浅野大尉没有入镜。努纳武特[①]、波兰和中国香港的小学生给他们送来机甲主题的蜡笔画。艾比说他们在拯救生命，给人类带来希望。雅各布说他们挽救了很多财产。

机甲秘密基地的全新淋浴设施是日本产的，有着所有淋浴设施的通病：喷嘴的位置不合适，开关尺寸超大，只有戴手套的笨拙大手才会觉得合用。玛迪确认自己的臀部的禁区药物插管处于闭合状态，然后开了一半喷嘴，把水温调到能接受的最高温度。她打湿头发，揉搓背部和上臂。回来之后她全身发痒，也许是因为消毒水，也许是因为

---

①加拿大东北部的特别行政区，位于北极圈中。

清除了禁区药物导致的。现在她又开始痒了。她往头发上涂了洗发水，冲干净，上了护发素，把前额靠在小隔间的瓷砖墙上。她闭上眼睛，看到了敌人。

在奇利瓦克营的时候，艾比用"识敌卡"发明了一种游戏，这套卡片他们每个人都有。游戏方式有点像麻将或者扑克牌，不过不是组成同花顺或四条之类的，而是按敌方机器的共同特征分类。比如这张，那玩意儿像行走的蘑菇，联合国委员会和计算机系统都称之为"AG-7 灰帽子①"，艾比将它归类为两足类。而这个矮胖的、有点像人的"AM-3 侏儒②"同属此类。但"灰帽子"身长四十米以上，又属于巨人类，它们不仅与"侏儒"同类，还和"MC-11 风车③"同类，纺锤形的"风车"同时又属于三足类。大致如此，艾比边说边演示。

当时这个游戏似乎很有趣，而且也符合官方发布这套"识敌卡"的目的——帮助奇利瓦克营的预备候选人记住不同的形状和尺寸。但早在那时，玛迪就已经意识到这套带有浓重御宅气质的分类说明了什么：各种花哨的数字、缩写和代号（这些名词可能是从雅各布的动漫收藏中找来的）都反映出紧急部署处对于禁区和敌人的认识是多么肤浅，彻底而荒谬的肤浅。

玛迪闭上眼睛，灰色和蓝色的怪异身影在白色泥灰墙之间穿梭，指针和标线在高隆比娜的屏幕上追逐着目标。她记得那段覆着青苔的铁轨被截断卷到半空，映衬着灰暗的天际。停成一排的重型货车的金属板被像纸片一样折叠撕碎，一架架"侏儒"和"步兵"在其间拨冗前进，为躲避玛迪的火力而抄近道。她记得头顶上方"灰帽子"的巨大身影，记得它令人错愕的闪亮武器，它能令岩石、水泥和爬藤即时

---

① 原文为德语 AG-7 Grauekappe。
② 原文为德语 AM-3 Zwerg。
③ 原文为德语 MC-11 Wiatrak。

炸裂，城市建筑被一栋栋切断。玛迪看见各种管道、电线、基岩满天飞，直到供水总管爆裂，喷出水柱和迷蒙的雾气。高隆比娜以此为掩护，向前直冲，落在铁轨上。位于高隆比娜心脏部位的驾驶舱像仓鼠球一样转动，使玛迪保持在直立状态。玛迪的手指操控扳机，用高隆比娜的来复枪切割敌方的小机器，完成任务，不辱使命。世界得以拯救。

她也曾回头望向"灰帽子"，它的高度是高隆比娜的四倍，不像是对手，更像是一个粗鲁的成年人，准备把玛迪宝宝的玩具机甲踏平。"灰帽子"的头部像不断延展的蘑菇伞盖，玛迪把枪瞄准伞盖下发光的蓝眼睛。看着它圆形嘴巴里内置的激光武器发出白光，玛迪诧异地意识到，尽管自己生命危在旦夕，她仍旧很快乐。

然后皮埃罗赶到了，挡在了她的前面，谷村击中了那东西的脸，阻止了对方射击，也打乱了玛迪的计划。"灰帽子"向后跳去，跃起高度有其身高的三倍之多，姿势竟有几分优雅，简直不可思议。它跳过一栋高层建筑，消失了。

玛迪睁开眼睛，把头上的护发素冲干净，关掉水龙头。正把头发上的水拧干时，她听到衣帽间的门打开又关上。

走出淋浴间，她看见浅野大尉正在水槽前洗手。

"玛迪桑[①]！"浅野从镜子里看到了玛迪手里的牙刷，说道，"不好意思，我马上就好。"

"没关系，"玛迪说，"我等着。"

浅野继续洗手，没有回头。她的英语比谷村好得多。浅野负责传达命令，在玛迪、艾比和雅各布执行任务时，头盔里的声音就是浅野。负责给海莉·彼得森的父母和奥斯卡·贾拉的遗孀写信的也是她，虽

[①] 音译自日语さん，表示对人的敬称，因男女皆可使用，故本篇中不分别译为"先生"或"小姐"。

然信的署名是紧急部署处的某位副部长。这些事艾比也帮过忙。

早在毕业生们来机甲秘密基地之前，浅野就已经在这儿了。她自我介绍的时候，玛迪还以为她只有二十多岁，但现在玛迪觉得那是化妆的效果。三十岁？三十五？甚至更大些？那身暗淡的联合国蓝并不衬人。玛迪意识到自己并不知道浅野的职责究竟是什么。无线话务员？翻译？保姆？还是联合国的心理学家们在看过众多巨型机甲表演之后——甚至比雅各布看过的还要多，为有稍许恋母情结的谷村挑选出的情感转移对象？

这个想法很残酷，玛迪立刻为此感到羞耻。浅野看上去很疲惫。在沉重的疲惫感之下，她的身体并没有什么异常之处，也谈不上性感。她又没有穿着运动文胸和热裤在基地里乱晃。

可是，玛迪敢打赌，蓝色制服下的这具身体正是谷村晚上上床睡觉时脑子里所想的，至少曾经是这样，直到玛迪和艾比出现——后面这出显然不是联合国的安排。

浅野和玛迪的目光在镜子里相遇，玛迪有些不安，觉得浅野知道她在想什么。她的脸红了。她想知道联合国是否知道她是女同性恋，是不是有什么档案里记录了这一点，浅野是否看过那份档案。

"你在日本住过。"浅野说。

玛迪觉得这次最好把自己的三脚猫日语收敛一下，因此只点了点头。

"你喜欢那儿吗？"浅野问。

玛迪耸了耸肩。"还行吧。"她觉得东京不错，除了最初几个月，以及最后几个月。

浅野说："你参加初试的时候，我就在青山学院。"

玛迪记得那些测试。大教室里有将近三百个日本籍学生，都面对着笔记本电脑。二十来个流亡的外籍学生要用英语参加测试，他们被组织者聚集到了一间小实验室里,用旧一点的台式电脑。先测数学、物理和逻辑,接着是协调性、反应能力和空间关系,然后是一些奇怪的测试。玛迪记得去了一个更小的房间,好像是音乐学院的教室,里面有一架大钢琴,罩在覆满灰尘的布料下面。一个有英国口音的中年黑人让她坐下,那座位形状像倾斜的豆荚,又像飞机上的头等舱座位。她按要求戴上不透明的红色护目镜,耳机里播放着低频静电噪音。这样过了半小时,那人拿出一个维多利亚风格的木头和玻璃拼接的扁平盒子,让她在落满灰尘的收藏中挑选出与众不同的蝴蝶。测试全程都有几个穿着联合国制服的日本人监督,也许浅野便是其中之一。

"对不起,"她说,"我不记得了。"

"没什么。"浅野说。

据玛迪所知,当天参加考试的三百多名学生中,不管是日本籍还是流亡者,最后只有玛迪一个人进阶到复试。不知浅野对她是否有印象。

最终,浅野转过身来。"我可以问你一个问题吗?"她说。

玛迪又耸了耸肩。"问吧。"

"你为什么来这儿?"浅野说。

玛迪盯着她看了好长时间。他们曾问过她这个问题,以各种各样的形式,测试过程中就问过三四次,她用父亲爱看的电影中的某个角色的口吻答道:什么什么会带来巨大改变,什么什么拯救地球。一段时间之后,他们相信了她,或者是因为他们已经在她身上投入了大量时间和金钱,只要她听从命令,他们已经不在乎她的最初动机了。而现在,她也可以重复当时的回答,这个答案甚至可能是真的,虽然它听上去像是扯淡。

她只是不想细说,是沮丧、抱负、孤独、残忍、愤怒,各种情感纠缠一起,把她带到了这里。高中毕业之后她可以上大学,可以参军,或者搭顺风车去罗得岛找份工作当个女招待,但与这些相比,高隆比娜更有吸引力。她不想跟浅野谈这些,尤其是现在——站在北冰洋某个石油钻井平台的浴室里,全身赤裸,只围了一条毛巾,冰凉的水滴落在拖鞋上。

因此,她没有回答,而是问浅野:"去年在深圳,谷村逃跑了,你去把他追了回来,这是真的吗?"

"你从哪儿听来的?"浅野问。

玛迪没有吱声。

浅野叹了口气。

"谷村君……他很不容易,"她说,"对他好一点。他需要朋友。"

"我来这儿不是跟人交朋友的,浅野大尉。"玛迪说。

她心里想的是:而你来这儿是为了加入谷村的后援团。

浅野用日语嘀咕了一句,摇了摇头。玛迪一个字也没听懂。

"你说什么?"玛迪问。

"他们这样对待你,"浅野说,"这不公平。"

"我们在拯救世界。"玛迪说,"没人跟我们说这很容易。"

浅野将手放在玛迪湿漉漉的肩上。

"玛迪桑,"她说,"在雅各布看的那些动漫里,女机甲驾驶员最后都死了。很多这样的例子。你没必要也落得这个下场。"她的手滑了下去。"気を付けて,ね?"她说。

说完她就走了。

玛迪走到水槽前,打开水龙头,拿出牙刷。気を付けて,ね。她知道这句话的意思:小心点。就好像浅野真在这儿待了多少年一样。

玛迪的父母带她去看过一位心理医生,那时他们还住在一起,父母的离婚判决还没有下来。那医生是个华裔美国人,头发灰白,语气温柔，他教玛迪练习呼吸和冥想来缓解焦虑。他让玛迪幻想一个房间，在她脑海深处的一个安静的房间，有一扇门，她能关上，能将让她害怕或者生气的所有东西拒之门外——不是希望它们自行离开或假想它们消失了，只是把它们隔离在外面一小会儿。

玛迪并没有想象这样的房间，她脑海中出现的是一片海滩。右边是大海，左边是青草覆盖的山丘，她舒服地坐在一块岩石上。门位于她正前方，就立在白沙滩上，门板上的白漆和铜把手在阳光照耀下熠熠生辉。世界在门的另一边，透过海潮的呼啸声和草间的风声，其噪声几不可闻。

玛迪现在就在那儿。门那边的噪声越来越响；有什么东西在晃动门把，试图将老式钥匙插入锁孔。它迟早会破门而入。

玛迪坐在岩石上看着，并不惊慌。会有东西冲进来，迟早的事。好吧，那就来吧。进来之后，玛迪会一脚把它踢飞。

降落过程出了问题。高隆比娜从运输机后部跌跌撞撞地出来时，玛迪立刻意识到了这一点。高隆比娜在降落伞和安全气囊球中蜷缩成胎儿状，驾驶舱飞快地旋转，像游乐场的飞车，使玛迪保持在直立状态。玛迪和高隆比娜跌入了欧洲禁区的上空，驾驶舱的所有屏幕上都是乱码，随后彻底蓝屏。负责平衡仓鼠球的发动机突然卡住了，然后停转。高隆比娜继续坠落，玛迪开始慢慢旋转成头部朝下的姿势，这让她有时间思考降落伞和安全气囊究竟出了什么问题，自己是不是快完蛋了。她还不是特别想死，但也无计可施。她应该留份遗书，但她并没有什么话要对谁说。可悲。

降落伞打开了。高隆比娜狠狠地落在地面上，玛迪感觉到机甲的膝盖部位承受了大部分冲力，它蹲下来的时候还伸开了一条胳膊。但是，屏幕上仍旧是一片蓝色，玛迪试了试控制杆，毫无反应。高隆比娜没死，驾驶舱死了。

玛迪用紧急杠杆撬开驾驶舱，爬了出来。把高隆比娜留在了一块房子大小的巨型岩石的阴影里。地表是破裂的黑岩，在高隆比娜身后往远处爬伸，尽头是一座被雪覆盖的山岭，山顶离这儿只有几百码远。玛迪来到阳光下，看见地上的青草和白色小花。附近有一条陡峭的斜坡，斜坡下方是一道山谷，对面是另一座山岭，不及她身后这座高。山坡上是深色的常青树，像是松树或者冷杉之类的，玛迪分不清树的品种。太阳红得不正常——禁区里都是这样，晒得很温暖，玛迪坐下来，摘了头盔。过了一会儿，她在草地上躺下来，望着天，天空是清凉的蓝色，上面有白色的云。

她应该是在阿尔卑斯山的某处，或者说这里曾经是阿尔卑斯山，属于德国或者奥地利。她没法做更确切的判断。她估计自己离禁区边缘有十英里远，甚至更远。他们说禁区内要比外部观察到的更大，所以出禁区要比进来花更长时间。玛迪不知道他们是如何知晓这一点的，不知道有多少人曾这样做过，进入禁区，然后活着出去，但这样的事情肯定发生过很多次。他们说禁区里的物理法则与外面不同，所以进入禁区的人得靠药物才能存活。也正因此，从禁区里出来的生物体活不了多久，从里面出来的机器怪物却难以消灭。不过在玛迪看来，物理规则的不同并不能解释为什么只有驾驶着大型机甲的青少年才能对付这些机器，坦克和飞机却无法胜任。但事实可能就是如此。不管禁区里究竟是怎么回事，反正玛迪的 GPS 和其他设备都失灵了。

她能感觉到蹲在那儿的高隆比娜，虽然那块大岩石隐藏了它的身影。就像知道自己的左手在哪儿一样，玛迪单凭直觉就能知道高隆比娜的位置，一向如此。她从没把这件事告诉联合国的医生，甚至对艾比和雅各布都没提过，但她觉得他们对斯凯拉谟修和潘塔隆也有同样的感觉。玛迪已变成高隆比娜的一部分，高隆比娜也是玛迪的一部分：沉默的外部躯壳，雌雄莫辨（尽管它的名字是女性化的），假小子似的，细长的四肢，比例略微异于常人，有点像埃尔·格雷考[①]画中的圣人。这架三十英尺高的血红色机甲，是她的一部分。

高隆比娜是一件武器。

高隆比娜是地球最后的希望，几乎可以这么说。

高隆比娜是一份工作。

高隆比娜是玛迪的另一个自我。

高隆比娜坏了。

玛迪或许身处战场边缘，但她没有听见任何喧嚣声。她尝试着把耳朵贴近地面，就像艾比的某本奇幻小说中的精灵那样，但立马就觉得这举动傻乎乎的，于是停了下来。她又仰面对着天空，闭上眼睛，聆听山谷间的风声和细细水流的声音。是个睡觉的好地方。玛迪努力回忆自己上次在草地上睡着是什么时候，但她想不起来了。

她可不打算在这儿睡觉。如果她这样做，会有东西过来踩死她，她身体里的药物可能会代谢完，或者禁区会有别的办法弄死她。玛迪站了起来。

她循着水流声爬出裂谷，翻过山坡，爬过一些岩石，来到一处空旷地，这块地形像一个浅盘，从山脊上流下来的冰雪融水在这儿汇聚成一个水塘，约五十码长，水塘四边是碎石和灰泥。

那儿有一个女孩。

她跪在水塘边，胳膊肘撑着地，另一只手的手指在水里划着。玛迪立马就知道那是个女孩，虽然她也说不清自己是怎么判断出来的。玛迪还知道对方不是人类。她从头到脚都穿着一种深蓝色的镜面服装，玛迪能在那衣服上面看到头顶天空和粼粼水波的倒影。衣服上连着兜

[①] 埃尔·格雷考（1541—1614），西班牙文艺复兴时期的画家、雕塑家。他的画作以弯曲瘦长的身形为特色。

帽遮住了脑袋，袖口也很长，遮着那只没有放进水里的手，玛迪只能看到她圆圆的脸和手部的皮肤。对方的皮肤也是蓝色的，或者说是有点发蓝，也许是被周遭的蓝色映成了这种灰蓝色。

那怪人看到玛迪，立刻站了起来，动作迅疾如飞鸟，蓝色镜面服装瞬时覆盖住裸露在外的面部和手，只露出两只眼睛。不是卡通外星人那种黑黢黢的眼睛，而是又圆又亮，像狐猴。站着的时候，她看上去更不像人类了：躯干太长，胯骨和肩膀太窄，几乎没有腰部。但她看上去仍旧很漂亮，漂亮而怪异。她似乎放松下来，脸部和手部的"盔甲"再次褪去，显得愈发漂亮。那奇怪的脸部表情很难读懂，但玛迪觉得她是在期待什么，好像还有点迷惑。

玛迪在松散的岩石地面上滑行了一小段，来到水边，那怪物女孩没动。玛迪在离她十英尺的地方停下，她靠近了一些，伸出一只没有血色的灰蓝色的手，长长的手指呈八字形展开。玛迪摘下自己右手的手套，跟怪女孩握了握手。双手接触的时候擦出一丝静电，玛迪笑了笑。

然后，怪女孩瞪大了眼睛望向玛迪左肩后方，头部发出嘀嗒的转动声。她的手条件反射般地抓住玛迪的手，平静而有力。玛迪转过头，看见僵立在山坡顶部的谷村，怪女孩突然松开了手，动作跟伸手时一样迅捷。她看看谷村，又看看玛迪，脸上现出不悦的表情。然后她跳了开去，蓝色盔甲溢出，伸展成奇怪的形状，罩住那瘦弱的身躯，包围着她呈伞状展开，有点像一顶圆帽子的帽檐，玛迪再无法看到那双亮亮的眼睛。

怪人继续后退，同时逐渐变大、变重、变宽、变高，高到令人难以置信，几乎与覆满冰雪的山脊一样高，玛迪仰着头才能看到其全貌。谷村奋力沿着碎石斜坡滑入水塘里，伸出手，大吼着什么。那怪物往后跳了一步，有一刻几乎是悬停在冰雪和天际之间。此时玛迪回想起了这个形状,得益于那段断掉的铁轨,还有艾比的识敌卡游戏。大伞盖向后仰去,玛迪认出了那双眼睛,那张嘴,她曾经确信遭遇这个东西意味着自己必死无疑。然后,怪物离开了。

谷村还在水塘里奋力向前挪动,水已深及腰部。玛迪在犹豫要不要把他拉回来。然后,他停下来转过头,挣扎着回到岸上。他蹲下来,用手盖住脸。过了一会儿,他抬起头来。

"ばか。"他说。

玛迪知道这个词的意思。浑蛋,或者类似的意思。但她不认为这句话是在骂她。也许他是在骂自己。也许他的意思是,这种境况很浑蛋。或者这个世界很浑蛋。她不得不同意。

皮埃罗靠近之后,高隆比娜的驾驶舱活了过来。玛迪和谷村一起下山,找到一条出禁区的路。他们沿着这条路前行,随后发现了一段高速公路,笔直而平坦,满足运输机的降落条件。玛迪通过无线电向浅野简短汇报了情况,她什么也没对谷村说。她还不知道自己想跟他说什么。

登上运输机之后,高隆比娜锁入支架。玛迪关掉驾驶舱的仪器,坐在黑暗里。任务开始时注入体内的安非他命渐渐失效了,她能感觉到。

她闭上眼睛。她希望自己有个家,这样她就可以想家。在黑暗里,她看到了那个怪物女孩。

回到机甲秘密基地,玛迪去谷村的宿舍找他。与她所期待的蛰居族小屋不同,除了一些书、一台索尼笔记本电脑和一沓散乱的识敌卡之外,屋里甚至看不见任何有人居住的痕迹。谷村坐在床铺上玩手机游戏,或是在跟谁发短信。发现玛迪进来,他停了下来。

"我想明白了,"她说,"在回来的路上想通的。她以为我是你,对吗?你们以前见过,所以你才擅自跑掉了。我打赌那些怪物分不清我们,她以为我就是你。"

谷村什么也没说。

"都是谎话。"玛迪继续说,"他们告诉我们的关于禁区、关于敌人的所有事情,都是谎话,对不对?也许他们不是故意骗我们,但毕竟全是扯淡。他们什么也不知道。你和我,咱们知道得比他们多。"

谷村只是看着她。玛迪不确定他是否明白她的意思。

"你瞧,"她说,"我也想帮你,好吗?她是谁?她叫什么名字?"

"名字?"谷村问。

"名字,"玛迪说着,走到桌边找到了那张卡片,举起来问,"她的名字。"

谷村看了看卡片,又看了看玛迪。

"灰帽子,"他不动声色地说,"AG-7。"

玛迪瞪着他。

"好吧,"她把卡片扔到地上,"你这浑蛋。"

她进不了机库。她想爬进高隆比娜的驾驶舱,用六英寸厚的红色金属隔开自己和世界,但是他们不会允许她这样做。所以她进了模拟舱,爬进其中一个白色大盒子,关上门,漠然地坐在那儿,没碰操控仪。电脑运行模拟战斗程序,她死了一遍又一遍,然后她擦了擦眼泪,打开盒子爬了下来。

无差别化引擎

著/（日）伊藤计划

译/丁丁虫 译

跨过二十具尸体，踏上红土山岗。

星空仿佛映照在水面上一般。隐隐透着青光的黑暗里，密集的星光点点闪烁。

然而我知道，若是自山顶俯视前方的风景，那一定与水面的景色大相径庭。那是人之光。是学习的光，是生活的光，是一家人其乐融融的光。

那份光芒，那份温暖。深深吸一口气，微风之中除了弥漫在周围的枪弹硝烟、烧焦腐肉的气味、血肉脏器的腥气、尸体的粪尿骚臭，仿佛还有伴随着点点星光飘来的些微生活气息。

我也知道，有许多野兽正在远处遥望我们。只要我们一离开，它们便会蜂拥而上，争抢滚落山下的尸骸。它们便是如此在这片土地上生活的。一旦离开城镇稍远，就会暴露在这些野兽的尖牙利爪之下。这样的现实曾让来到这里的那些白人非常惊讶。

好了,前进吧。我沉静地呼唤。

慢性子、急性子,随你们的性子。散了队形也没关系。

高个子、矮个子,让我们抬腿走。让我们下山去。

凉爽的清风送来人类生活的气息。

让我们向着清风的来处去。

我想起战争结束那一天发生的事。

"停战!"

当这喊声传到我耳朵里的时候,我正用AK的枪口指着战友的头。

那是个可怕的偶然。就在那天的早些时候,我们接到上级命令,要把基地里的所有人尽数歼灭——SRF的军官与士兵自不必说,甚至所有女孩也都不能放过。我们的突袭大获成功,只牺牲了五个人便攻陷了这一处前线基地。基地里有很多和我们同属甾马族的女孩,说好听点,她们都是那些军官的夫人,实际上不过是些供发泄的女孩罢了。

SRF——协卢米凯道姆解放阵线,是由昊阿族建立的军事组织。

因此我们接到命令,基地里不管是谁,上至军官、下至女孩,一个都不能放过。我们的部队没有余力解救这些女孩一起离开,而且如果逃脱的昊阿族人传出消息,我们也会很被动。而最可怕的还不止如此,假如这些女孩的肚子里怀上了孩子,孩子的身体里必然混有昊阿族的血。这实在太可怕了,想一想都让人不寒而栗:明明是和我们同一族的女孩,竟然会怀上混有昊阿族血的孩子。

这就是他们的诡计,队长不止一次这样告诫我们。如果听任昊阿族不断把他们的脏血混进我们的种族里,总有一天,甾马族会从这片非洲大地上彻底消失。昊阿族掠夺甾马女人的目的,就是要把我们甾马族人彻底消灭。队长如是说。

我们毛骨悚然。单单想到昊阿族的脸就让我们想吐。两只眼睛分得极开，丑陋得无以复加，鼻子也是塌塌地堆在脸上，看上去就跟青蛙一样。维和部队的那些白人居然分辨不出我们和昊阿族的区别，实在是让人无语。世上怎么会有那么丑的东西？我们甾马族女孩的肚子里怎么能生出那么丑的小崽子？杀了那些被掳到这里的女孩子，其实也是在挽救她们的名誉。每个人都这么想。

但是，发生了一件没人想到的事。

艾道加发现，在那些被抓到这个基地的女孩子中间，有一个是他失散的妹妹。他在战斗中看到妹妹的身影，于是公然违抗上司全歼敌人的指令，试图放他妹妹逃跑，但最终还是失败了。我虽然没有亲眼见到，但据说好像是队长开枪打死了艾道加的妹妹。我们放火烧毁了被昊阿族占为基地的村子，随即迅速撤离。

之后那件事情，发生在我们撤到安全地点之后的休息时间里。我们在河岸一边喝水，一边反省刚才的战斗。有没有犹豫不决？有没有浪费弹药？有没有疏忽大意？在这些琐碎的检查项目的最后，突然间，仿佛踩到了地雷一般，艾道加的名字被扔了出来。

队长把艾道加的名字扔到了我们的面前。这个人让整个队伍都陷入了危险的境地，而且还想污染甾马族的纯洁血液。艾道加没做任何辩解，连那是他妹妹这一点微不足道的借口都没有说。上司暴打了战友一顿，然后指着我说，作为他的朋友，你来处理这件事情。该怎么做，你知道的吧。上司静静地说。我当然知道。怎么处理队伍当中的疯子与叛徒，从我开始当兵直到今天，已经看过无数次了。

即便如此，我还从来没有对战友处刑过，而且他还是我的朋友，我更不知道如何下手。艾道加的父亲、母亲、兄弟、朋友，他认识的所有人几乎都被昊阿族杀了。若不是这天他发现妹妹被掳在昊阿族基地，他还一直以为自己的妹妹早已经死了。在艾道加当兵之前就认得他的每一个人，已经都不在人世了。自出生到成为士兵之前，艾道加的这一段人生已经消失了。

我毫不犹豫地站起身，举起枪，毫不犹豫地对准了艾道加的头，可是，搭在扳机上的手指，怎么也使不上力气。

我在颤抖，简直同我三年前第一次杀人的时候一模一样。

再不扣扳机，你就是一样的下场。恍惚间我似乎听到队长这么说。而我是如此害怕，根本不确定队长是不是真的这么说过。我的手指开始僵硬，我的自信一点点消失。这根僵硬的手指能不能扣动扳机，我自己也不知道。

就在这时，远处传来了通信兵的声音。停战了！那个声音在叫。司令部命令停止战斗，返回总部！

我们一齐望向声音传来的方向。通信兵姆里奇挥舞着双臂。战争结束了——而我却没有半分喜悦与安心。

谁也没有。三十人编制的队伍里，谁也没有半点喜悦。

更准确地说，对于这样一个事实，我们不知道究竟该做何种反应。每个人都张口结舌，相视无语。也许是因为没有人记得战争爆发之前的生活了吧。结束之后该干什么，把昊阿族的人斩尽杀绝之后该如何面对我们的世界——这样的问题，我们一次都没有想过。

就在这时，蓝天下骤然一声枪响。

回头去看，一把奢华的手枪，枪口正散出一缕青烟。沿着枪口所指的方向看去，那是战友的头颅。左边的太阳穴上开了一个暗红的小孔，右边的太阳穴上淌出的是殷红的血液和乳白的脑浆。不知为什么，倒在地上的艾道加眼睛望着我的方向。虽然我反复告诉自己，这纯粹是偶然，然而在以后的日子里，那光景却成了我怎么也摆脱不了的噩梦。为什么，为什么，为什么非杀我不可？

"战争或许是结束了，"队长把枪插回皮套，"军规还在。"

他叹了一口气，转身走了。丢下的最后这句话，似乎并不是在向我解释，而是在说给艾道加的亡骸听。

那一天，政府军、SRF以及我们SDA——协卢米凯道姆民主同盟，这三方接受了这片土地昔日的支配者、那些白人的调解，签订了停战协议。政府军都是甾马族的叛徒，同污秽的昊阿族苟合在一起，靠着从美国人那里借来的无数可怕武器屠杀自己的同胞。一直在三方混战中斡旋的本是荷兰人，然而美国人却通过向政府军提供援助，抢在荷兰人前面插了进来。大概就是这个原因，首都海文才会有这么多美国兵，那副架势好像全亏了他们这个国家的混战才得以解决。

闹哄哄的十字路口，像是吊扇叶子般怪模怪样的可怕机器飘浮在行人的头顶上。偶尔还会看到小得无法坐人的黑色飞机以很慢的速度在低空盘旋。还有长着十三条腿的机器人，看上去好像巨大的甲虫，但用"虫"来形容又显得太过肥硕。所有这些机器都让人生出一种感觉，似乎所谓美国"人"的概念是不存在的。虽说街头巷尾随处都能看见美国兵，实际上其中的一半都是机器。

政府军也会派这样的机器和我们作战。我们最主要的敌人当然是污秽的SRF，但同为甾马族却和昊阿族相好的政府军也是我们的敌人。虽然我也听说，曾经有一个时期，我们迫于形势同政府军组成了同盟，但最后同盟因政府军卑鄙的背叛而破裂。当然，所有卑劣的伎俩肯定都是混在政府军里的昊阿人出的主意。这些昊阿人既丑又渣，而且卑鄙得无法想象。

政府军派到我们枪口前的都是些背着机枪、半生物半机器的怪物，也不知道他们是从美国人手上买的还是借的。这些长着十三条腿的东西，行动起来就像有自己的生命一样。它们动作怪异，常常闯进我们的阵地，把我们击溃。到底有多少朋友死在这些东西的枪下，我根本数不过来。

昊阿族的畜生、甾马族的叛徒，还有半虫半机器的东西，和这些家伙殊死奋战的——虽然很不愿意这么说——但确实只有我们SDA而已。如果我们不能彻底消灭昊阿族，这个国家就完了。哪怕是在宣布停火很久之后，我依然对这一点深信不疑。

"你们可真不容易啊……"白人医生说道，向我投来怜悯的眼光。虽然我对这个白人并没有什么仇恨，但还是很想对他喊一句：没关系的家伙给我滚一边去待着。

某一天，突然有一群白人医生来到我们学校，开始和所谓的问题学生进行一对一面谈。说是学校，其实应该说是一个组织才对吧。总之据说他们的目标是要让我们习惯一个没有战争的世界。微笑之家——可怕的不单单是这个名字，里面的一切比名字更像噩梦。这里的教师说的都是让人恶心的话。他们说，战争结束了，没必要打仗了，也没必要恨昊阿族了。他们说，所以请努力接受昊阿人，争取尽早和他们一起学习、一起工作吧。

扯扯扯扯他妈的淡。

我，或者说我们，去杀昊阿人并不是因为"有必要"。不存在所谓的必要，更不存在什么背负必要的义务。我们并不是有必要杀他们，而是因为，仅仅是因为，除了这件事情之外，我们再也不知该如何生活。他们屠杀我们，我们便不能不加倍地屠杀他们。这是规则，这个世界的规则。说什么必要、义务，至少那不是那种意义上的"必要"。

就算昊阿人就在我身边，就算那些凌辱了、虐杀了我妈妈和我妹妹的昊阿族畜生像没事人一样在我旁边走来走去，那些教师也还是像只会念咒的巫婆神棍一样，在我耳边翻来覆去地唠叨：别恨他们，别对他们动手。有时候我真觉得这些教师也都是些机器，没有心的美国机器，就像那些飘浮在十字路口的直升机，又像是常常追得我们走投无路的十三条腿的巨大甲虫：看上去好像都带着什么明确的目的做事，其实根本只是些机器而已。

我愈发焦躁，更要命的是搞不到大麻。那东西在战场上已经嚼惯了，本来嚼光的时候还可以吸子弹里的火药顶替，可是如今枪和子弹都被收走了，连火药都没得吸。本来只要有点火药也能安静一阵子，本来就算是昊阿人坐在旁边也能当没看见，可现在什么都没有，所以我心里满是怒火，难以抑制。

让这样的我和昊阿族的人坐在同一间教室里上课，分明就等于让我把教室里的所有人都杀光。

能忍一个月就算很了不起了，我心里琢磨。

错不了的，肯定就是这些家伙袭击了我们甾马族的村子，烧杀奸掠，干尽了坏事，不然不可能出现在这里。被送到"微笑之家"的每一个人，包括我在内，肯定都是士兵。既然是士兵，又是昊阿族的人，要说没杀过人、手上没沾过鲜血，这世上肯定不存在。所以当我看到昊阿族的人聚集在教室的角落里，朝着我指指点点，不晓得在嘀咕什么的时候，我刹那间领悟到，该来的终究是要来的。

为了迎接这个必然到来的时刻，我总是把铅笔头削得很尖。我知道，不管我自己是否愿意，这个时刻终将到来，而且这正是我无法逃避的命运。

所以当这一刻终于到来的时候，我也终于释然了。

不用下什么决心，任由身体的本能行动。抓着手中的武器，插进眼前令人作呕的昊阿人的指甲缝。

"今天是星期一。"我一边说，一边把铅笔塞进喷出鲜血的手指甲中。铅笔发出咯吱咯吱的声音。"心情不好，陪我玩玩。"

那个昊阿族的家伙像猪一样叫唤起来，不过我知道这是他故意装的。队长早就告诉过我，昊阿人感觉不到疼痛。从这一点上说，昊阿族的人也和机器人一样。虽然他们看上去也会疼，也会像我们一样流鼻涕淌眼泪，但其实都是装的，都是为了骗取他人的同情装出来的。队长告诉过我们，昊阿族的人就像僵尸，如果他们真能感觉到疼痛，又怎么会对你的爸爸、妈妈、弟弟、妹妹，做出那么可怕的事？正因为他们感觉不到疼痛，所以他们也想象不出他人疼痛的感受，所以他们才会心平气和地杀人。我觉得队长的这番分析逻辑清晰、推理严密。

"疼吗？别装了，你不根本不疼。你这浑蛋。"

教室里一片大乱。朋友们都来给我助威。我抓着铅笔，自己都不知道朝昊阿人的身体戳了多少下，给他开了多少个口子。昊阿族的人也聚到一起跟我们干架，可惜没有AK的战斗实在不过瘾，最多也就是你推我搡，叫来骂去而已。直到最后，这场小小的战斗甚至没能在"微笑之家"里搞出一具尸体，就这么不尴不尬地结束了。

要被赶出去了吧，我想。

无所谓，去哪儿都行。海文城早就被乞讨的孩子淹没了。我也不是没看见过活活饿死在路边的小孩子，瘦得跟柴火一样的尸体扔在路边，也没有任何人理会。那些尸体既有甾马族的，也有昊阿族的。反正迟早我们都会被扔到路上。就算套上"毕业"这种冠冕堂皇的头衔，现实终究是掩盖不了的。

要是偷袭昊阿族的村子倒是可以抢到吃的，可惜我们的AK都被收走了，没办法重操旧业。那些教师说战争结束了，可正是因为战争结束了，我们才被扔进了更加饥饿、更加贫困的世界吧。

不过，我并没有被赶出"微笑之家"。

白人来了。哦，对了，学校里本来就有不少白人，不过这次来的都是些医生模样的家伙。学校里停了好些黑得发亮的敞篷卡车，从车上走下来的都是穿着漂亮T恤、戴着墨镜的家伙。黑卡车的侧面画着一个很有型的标志，上面写着CMI。

坐在我面前的那个医生,他的名字我已经忘了,不过我还记得他说的话。他说,我们来这里,是为了治疗你们的心灵。这样看来,他们应该是医生吧。

"CMI是什么?"我满怀警惕地问,"和SRF的人有什么关系?"

"和SRF没关系。当然,和SDA也没关系。"医生平静地回答,"你们是SDA的士兵吧。"

CMI是什么,我又问了一遍。我不想让他对我表示同情。谈论自己的士兵生活固然让我感觉很累,但被这些衣食无忧的家伙当作表达廉价同情的对象,更是让我恶心得想吐。

"CMI是Combat Medical Industry的首字母。翻译过来就是战斗医学工业。"

"我会说英语,但是难一点的单词听不懂。"

"你的资料上写着想当医生的吧。你在学校里念过书,也是个知识分子嘛。很了不起啊。"

医生的恭维话让我的恶心又强了一层。

"CMI是干什么的?"

医生搓着双手,像是在找一个适当的说法。

"怎么说呢……士兵受了伤,我们就来治疗。另外,为了防止士兵上了战场之后心理失常,我们也会事先给他们的心做注射。"

"给心做注射……"

"嗯,如今的科学已经不单单可以给身体注射,心也可以注射了。"医生盯着我的眼睛说,"你很快就会明白的。"

我不喜欢被蒙在鼓里。有一种处于劣势的感觉纠缠着我。

"那,CMI的人到底来干什么?"

医生还是很平静,不过这一次语气里多了一些自傲和坚决。就像我们高呼SDA的口号时一样,声音里满是自信。我甚至可以从他的眼睛里看到闪烁的光芒。

"我们是为了结束这个国家的战争而来的。"

"战争已经结束了吧。"我说。

"你的战争结束了吗?"

我怔住了。这个医生,为什么问我这种煽动性的问题?不要再恨谁了,不要再杀人了,教师们总是把这些话挂在嘴边。然而单靠这样有气无力的念诵,绝不可能把我们送入崭新的美好生活,这一点他们大概比我们更加清楚吧。所以我只能在内心鄙夷那些反复念叨蠢话的教师,同时又不得不忍住泪水装出笑脸来面对这样的现实。

"大家都说结束了。"

听到这句不冷不热的回答,医生摇了摇头。"说这话的人实际上根本不认为战争真的结束了,你自己也很清楚吧。"

也许是战争结束五秒之后艾道加的受刑,把我们原本该有的那种"战争结束"的感觉彻底剥夺了。那一刻的我,对于队长所说的"军规还在",有一种恍然大悟感。朋友的死固然让人伤感,然而违反军规确实是事实,不管战争是否结束,犯下的罪责必须受到惩罚,这一点不容争辩。

战争就这样结束了。就在朋友死前的五秒。

至少大家都是这么说的。战争结束了。但是,我自己的战争该怎样结束?

让我告诉你们我的战争是如何开始的。

那是在我从学校回家的时候。我需要翻过一座山,越过两条河。越过最后一条河,我看见自家村子的上空升起狼烟一样的东西。距离村子越近,臭气也越强烈,而且那不像是羊粪腐草之类的臭气,而是一种说不清道不明但又非常让人不安的气味。我扔下装着铅笔和本子的书包,朝村子的方向跑去。

我在村口停住脚，我看见村里的人家都烧成了炭，到处都是死尸。数不清的断臂堆在伐木台的旁边，都是SRF的恶魔用山刀从村里人的身上卸下来的。不过那时候的我虽然看到柴火堆一样的手臂，但并不理解其中的含义。一直等到我自己也对昊阿族的人做过同样的事情之后，才真正明白过来。

当时，带着莫名恐惧的我，发狂般地朝自己家跑去。

妈妈还在。虽然上身的衣服都被扯破了，脸也肿得老高，像是被人狠狠打了一顿似的，然而现在回想起来，那些都不是什么大问题。因为她趴在卧室里，后背上满是弹孔。鲜血从弹孔里淌下来，渗进地里，把土染成了黑红色。母亲的旁边是我妹妹敏努，宽宽的脑门上也有一个弹孔。虽然她还不满十岁，但SRF依然可以心平气和地拿她当玩具。和妈妈不一样的是，妹妹被剥得精光，大开的两腿之间还有精液往下淌。

我好像是当场晕了过去。眼前的景象太过残酷了。

我在家人的尸体旁边不知晕了多久。终于，意识逐渐恢复，我隐约听到几个男人的声音在耳边响起。

茫然之中，我被一个穿军装的男人抱了起来。还好吗，那个人说，随后又加了一句，对不起，我们要是赶早一步的话，决不能让SRF干出这种事情。

我由这个人扶着走到房子外面，重新看了被烧毁的村子。妈妈死了。妹妹死了。这都是我的耻辱。爸爸也不见了，大概也是被杀了吧。隔壁的木陶谷阿义，还有经常教我学习的泰尼采伊，他们全被砍断了手臂，胸口都是弹孔。

这世上已经再没有认识我的人了。

我便是这样成了士兵。成了SDA的士兵。为了彻底消灭SRF。

"的确是有个停战令，"白人说着，点点了头，"通过荷兰的斡旋，SDA、SRF和政府军三方达成了协议。DDR，这个词你听过吗？"

我摇摇头。

"Disarmament 解除武装，Demobilization 解除动员，Reintegration 社会再统合，就是这几个词的首字母。不单单是结束战争，更要让你这样与战争密切相关的个人重新回到原先的生活去，这就是 DDR 所指的工作，是真正结束战争所必不可少的工作。"

我的内心深处，条件反射式地涌起一股憎恶。尤其是最后一个字母 R 的意思，再统合……难道，难道是要把我们和昊阿族的人统合在一起吗？仅仅听到这个词，就让我生出一股强烈的呕吐感。要把我和他们"统合"在一起，就等于让我用 AK 把他们一个个打成马蜂窝。

无视我的愤怒和恐惧，医生继续说："你看，之前已经开始了解除武装的工作。你也领到了榔头，亲手砸掉了自己的 AK 吧。这样你就从军队里解放出来了。"

"是被开除了，不是解放。"

"这么说也行吧，但这不是只针对你，而且也没有理由单单开除你一个。不管成人还是孩子，所有的士兵都被开除了，只留下一小部分新国家所必须的人。这就是所谓的解除动员。在和平的国家里，保留太多的士兵也没用处，况且你们这些孩子原本就不该上战场打仗。"

"要是碰上什么事情都说'应该'如何如何，这个国家可就什么事情都做不成了。虽说我也不知道医生你的国家是什么样子。"

"我们来这里的目的，就是要把这个'应该'变成现实。"

我们被送上汽车，拉到市中心附近一处豪华旅馆，不过这座旅馆如今已经荒废了。大楼前面停着美军和政府军的装甲车，旗杆上还挂着两国的旗帜。国旗两边还有两面旗帜，一面旗帜上画着一个被叶子围在中间的地球,另一面上则是黄色、茶色、米色的天使手牵手围在地球的周围。

"那是什么旗子?"

下了车,我指着旗帜问。跟在我后面下车的医生抬手遮住阳光看了看,说:"那个是UNICEF。是个联合国的组织,保护世界各地儿童的。"

之前也没见他们保护过我们,我想。随即又问:"那个旁边的呢?"

"那是个NGO,不是联合国,也不是政府机构。有一群想为这个国家的和平贡献自己力量的普通人,是他们建立起来的组织。"

"医生,你们的CMI没有旗子?"

医生点点头。"我们公司是受了一家NGO的雇佣来的。那个团体名叫'无民族世界'。"

旅馆在战争期间一直荒废着,没人住宿,也没人维护。虽然已经打扫过,可空荡荡的水池里还是留着不少没清理干净的垃圾。我想象不出水池从前充满水的样子,它好像本来就应该是一个立方体的空洞,从一开始挖的时候起,就没有人打算往里面装水或者放什么别的东西。

旅馆里面当然也不能指望打扫得有多干净。这些人大概也是前几天刚刚进驻。硬纸箱扔得到处都是,体积巨大价值不菲的石雕也横七竖八地散在旅馆的各个角落。医生的皮鞋踩在大理石地板上,噔噔噔的声音回荡在旅馆里。

"对不起,太乱了。"医生道歉说,"三天前这里还有野狗,在房间和走廊里乱窜。"

狗怎么了,我问。

"赶跑了。要把你们带到这里来,不弄安全一点可不行。"

安全,这个词太可笑了,我差点儿笑出声来。就在不久之前,这个国家里到处找不到一块安全的地方。

由学校送来这里的孩子，连同我在内一共有十二个。我们被带进空荡荡的房间。我打量着墙壁上斑驳的壁画，猜想这从前一定是个相当奢华的房间。那是昔日占领这个国家的白人基督徒所画的画。画上有一个满面胡须的男子，瘦小的身躯隐隐散发光芒。他大张着双臂，两边聚集着许多男人。虽然有一张看上去像是饭桌的桌子，然而这些人并不是围在桌子周围，而是排成一横排坐着。居然会有这么奇怪的吃饭方式。相比起来，还是像我们露营的时候围着篝火坐成一圈更加正常吧。

房间里还并排放了许多奇形怪状的椅子。那些椅子就像美军的机器人一样闪闪发亮，甚至给人一种它们马上就要伸腿走出去的错觉。最古怪的是每个椅子的椅背上还装着一个水桶一样的东西。

"那个像水桶的东西是什么？"我指着椅子问。

"你们注射完之后，还要把它蒙在头上睡一会儿，一个小时左右，"医生解释说，"流程就是这样，不用担心。"

"为什么？"

"为了让你的战争结束。"医生说，"我想之前应该已经向你们说明过了，只要接受注射，就不会把你们赶出学校。虽说没办法再回'微笑之家'，但就算换到别的地方，你们还是能像之前一样学习，也不用担心饿肚子。"

我们之所以同意来这里，就是因为有这样一份协议。来到这里的都是"微笑之家"的学生，而且都是和我一样的人。换句话说，都是所有亲人朋友全死在昊阿族手中的 SDA 前士兵。SDA 的部队中当然也有因为穷得活不下去才加入的人，但今天被带来旅馆之中的人都不是。

"你说的注射是什么意思？"

"之前和你说过的，如今的科学已经可以给心做注射了，就是那种注射。"

"用什么方法？"

医生挠着头笑了起来。"方法啊，这东西解释起来有点费劲。你知道大脑吗，就是人类思考和感觉的器官？"

"医生，你见过大脑吗？"

"我没见过，我是开发纳米机器的技术员，不是脑外科医生。"

我虽然不知道纳米机器是什么东西，不过这几句话足够了。我看脑子不知道看了多少次，已经看腻了，只不过每次看到的都是烂糊糊的，倒也不知道完整的脑子是什么样子。但是，一个从没见过大脑的人在这里跟我说什么大脑，让我感觉很可笑。

看起来医生一点儿都没意识到我认为他很可笑。

"一定要解释的话，我只能跟你说很专业的术语。我们接下来要做的，就是所谓颜面形态形成系神经构造局部遮断认知偏向的医学处理。对你的大脑做过这种处理之后，你对于某些事物的看法就会发生一点改变。我们称之为'无差别化引擎'。"

对于事物的看法会发生改变。听到这句话的时候，我并没有仔细思考其中的含义。我就是我。当时我不可能想象到，除了眼下这个我之外，还会存在不同的我。

"这个已经在别人身上试过了吧？别告诉我是第一个啊。"

"当然不是。在我自己的国家里已经有很多人注射过了，你们国家也已经有很多成年人接受了这样的注射，他们现在都好好地过日子呢。比如说微观金融……哦对了，这个词你大概不知道是什么意思，有点难度吧。"

"不知道。"

"就是说，有些人想做点小生意，但是没有本钱，就会有人借钱给他们。等他们还钱的时候，除了当初借的钱之外，还要再多还一点，不然就没人肯借钱了。这个多出来的钱就叫利息。"

我点头。

"雇我们来的NGO团体也会借钱给这些人，不过在还钱的时候会让借款人自己选择，是支付利息，还是接受注射。基本上所有人都选了接受注射。所以实际上街上开店、卖菜的人大部分都注射过。"

我还真不知道有这种事。可就算保证说我们不是第一批接受注射的人，我还是隐隐有些不安，总觉得像是上了什么当。

"好了，大家都坐下吧。早点儿开始，早点儿回家。"医生边说边轻拍我们后背。

可是还有什么地方能称得上"家"？早在许多年前，我们的家就被昊阿族的人夺走了，连村子都不复存在了。我们该回哪里才好？在战争持续的那些日子里，军队就是家。战争就是我的家。可现在呢？"微笑之家"是我的家吗？扯淡。

算了，无视医生说的这些叽里咕噜的废话。不管怎么样，至少他们说过明天还会管我的饭。暂且相信这一点吧。

我坐到软绵绵的椅子上。

我们又被转到了另一个地方。

那是城市东面的一处楼房，房顶上竖着一块广告牌，上面写着"美丽世界的种子"几个字。比起前一个地方，这里距离住宅区更近一些。附近的人都用一种奇怪的眼神打量我们，好像看到了什么稀奇的东西，又好像是在提防我们似的。

来到这里之前，我还有点担心会不会又碰上先前的那些昊阿族人，不过等下车之后，看到班上的面孔，我放心了。班里有一半都是和我一起参加了学校混战、一起去了旅馆的朋友。另外一半则是完全没见过的新面孔，年纪看起来和我们差不多大。我猜他们应该也和我们一样，在别的什么地方惹出了麻烦吧。虽然不见得也是用铅笔。

一进教室，我就感觉有什么地方有点奇怪。眼前的景象总好像软绵绵的，仿佛粘在了一起。那时候我还没有理解自己头脑里发生的变化。

"嗨，我是艾茨古依。"旁边座位上的孩子向我打招呼，声音软软的。

"你惹了什么麻烦？"

我没有向他报我的名字，而是直截了当地问他。艾茨古依怔了一下，好像有点不知所措，不过马上又笑了起来。

"你还真是直接。"

"这个班上但凡我认识的人，全是和我一起惹出麻烦的家伙。你们应该也一样吧。"

"是啊，我还以为你知道呢。我是从另一处房子里搬过来的，叫什么'再出发之地'。"

"是收容未成年士兵的地方？"

"嗯。"

"你也是士兵啊，和我们一样。"

听到这话，艾茨古依咬住了自己的嘴唇。他好像想起了什么不愿想起的事情。

"我的家人都被杀了。妈妈、爸爸、哥哥、爷爷，全都被杀了。"

"村子呢？"

"不在了吧，我想。被烧得一塌糊涂，像我这样活下来的都进了军队，其他人都死光了。"

也是个没家的孩子，和我一样。家被吴阿族的人烧光了，村里人的膀子都被山刀卸了下来，就像砍树枝一样。对于这里的孩子来说，这样的经历并不算稀奇。即使如此，同样的辛酸还是让我心中生出一股亲近感。

"我的家人也都被杀了。这个班上的其他人也是一样。"

艾茨古依默默地点了点头,微微闭上眼睛,不知道沉浸在怎样的思绪当中。我们沉默了很久,最后还是我忍不住换了个话题。

"你也去过旅馆了吧?"

"你们也去了?"艾茨古依有些惊讶地说,"先吊点滴,然后套上一个小桶一样的东西,在椅子上坐一阵子。"

"那是个什么东西,你知道吗?"

艾茨古依摇摇头。"不知道。你呢?"

"医生跟我说过,是个很拗口的名字。"

"还记得吗?"

我摇摇头。"别拿我开玩笑了,那名字难记得要死,我连医生到底说了什么都没搞清。只记得他好像说过'切断'什么的。那玩意儿比上课学的东西难一千倍。"

"问问老师,会告诉我们吧?"

"难说。他们好像拿这东西当个秘密似的。"

就在这时候,老师走进了教室。那是个胖女人,身上穿着一件雪白的半袖T恤。我模模糊糊地想,这个女人也被强奸过吗?在这个国家,战争期间没有经历过强奸的女人可不多啊。我也干过,在袭击昊阿族村子的时候。队长说,不干就死。虽然干之前很害怕,害怕得不得了,不过只要干了第一次,以后再干就没有任何感觉了。就好像要撒尿就去厕所一样,习以为常了。带着这样的感觉,我漠然地干了一个又一个。

不过,这个女人到底是被哪边干过的?昊阿族?还是我们甾马族?

就是这时,我开始隐约觉得不太对劲。

"欢迎大家来到这里,为新的生活做准备。"胖女人说。

大家。我转头去看班上的孩子们。

"你们都被赋予了一项新的才能。为了建设我们的国家,为了迎接一个崭新的未来,这样的才能必不可少。这项新才能在欧美等地已经是相当普遍的了,它可以将你们从憎恨中解放出来。"

满载希望与温柔的软绵绵的声音,听起来让人相当不舒服。坐在教室后面的我把脸凑到艾茨古依旁边。"这话说得真恶心呐。我们为什么变成士兵,之前到底遭遇过什么,他们不应该不清楚吧。"

艾茨古依谨慎地笑了笑。"是啊。不过他们说的确实也是很重要的事。如果不管到什么时候,不管在什么地方,都不能放下憎恨的话,大家也就永远不可能幸福起来,也不可能迎来一个没有战争的世界。"

"再也不会幸福的妈妈和妹妹呢?就随她们去了吗?"

"不管我们做什么,她们也都不会再有幸福了。"艾茨古依显得很悲伤,"我虽然明白这一点,可是当敌人出现在面前的时候,脑子里还是会一片混乱,恨得咬牙切齿,控制不了自己。可惜现在我没有AK了,而且再杀人的话就是犯法了,虽说打仗的时候不管杀多少人都没关系。"

"其实一根铅笔就足够了。"我举起发给我们的铅笔说道。

我和艾茨古依成了朋友。

配给的食物都在一起吃,学习上遇到不懂的地方也会一起讨论。艾茨古依是个好小子,比我冷静得多。和动不动就冲动的我比起来,他待人处事非常沉稳。我们简直可以说是天差地别的两个人,唯一的共同点就是都在家人被杀之后加入了军队。

上课的内容同我在"微笑之家"的时候没什么区别。要说有区别的话,也就是这里的老师特别喜欢面谈。在这里开心吗?最近有没有烦躁发怒呀?翻来覆去问个不停。问的时候旁边还有一个白人医生,噼里啪啦地往电脑里敲着什么。

"那你为什么烦躁呢？"

胖老师这么问的时候，我点点头说："因为没有大麻，也没有火药。"

"这个原因啊……"

胖女人摇了摇头，似乎很悲哀。看上去像是从心底同情我似的，但这只能让我更觉得烦躁。

"那个是毒品，要是一直吸的话，你们的身体就会垮了。"

"可是，没有那个实在很难受。"

"朋友怎么样？没有吵架什么的吧？班上有些可恨的孩子什么的，这样的事情没有吧？"

"吵架？在这个地方，有什么值得争吵的呀？"

胖胖的白人看着我，微笑起来。

"看来进展很不错嘛。"胖女人微微一笑，伸手擦了擦眼睛。这时候我才注意到她哭了。好像是被什么感动了。

"等你们长大了，这个国家一定会变成非常了不起的国家。昊阿族也好，甾马族也好，再不会互相仇视，你们会一起生活在这片美好的土地上。虽然两族人现在还在相互仇视，但总有一天会想明白的。为了迎接美好的明天，你们的背上已经生出了新的翅膀。你们就是希望。我们大人已经不行了，都被憎恨填满了躯体。你们，你们一定要开辟一个新的世界。从'美丽世界的种子'起飞吧，为我们创造一个新的协卢米凯道姆。"胖女人从椅子上站起来，紧紧抱住了我。

脸被埋在丰满的双峰里，我的心情差到了极点。这个女人的梦想也好，希望也好，究竟是从哪里来的？我也曾期待这个世界还会有一些好的地方，然而如今的我早已经明白，我期待的太多太多了。

在这里，我终于可以不用同昊阿族的家伙们一起上课了。对于这一点，我的心情非常舒畅。在"微笑之家"的时候，我眼中唯一能看到的东西只有坐在旁边的昊阿人的脖子。望着微微蠕动的粗粗的血管，我很想举起手上的铅笔戳下去。在那样的愤怒和紧张之中，就算铺天盖地都是要我们保持和平的说教，最多也只能起到相反的效果。

艾茨古依的沉稳性格，这也是让我不再像以前那么神经过敏的原因。身为从战场上幸存下来的士兵，他的性格却和善到不可思议的地步。

艾茨古依说话总是很慢，他似乎是有意这么做的。我们这些士兵早已经习惯了一口气不间断地说话，交谈的声音也是大得足以盖过枪声。就算是平时的谈话，也总是急匆匆的。

有一回我问过艾茨古依，问他是不是故意这么说话的。"是啊，"他这样回答说，"你们用那种说话方式交谈，怎么都让人感觉像是还在军队里，还在战场上一样。所以，我特意慢慢地说话。要是大家都能有这种意识就更好了，我想。"

不知道是不是艾茨古依的努力推广，不知不觉间，大家说话的方式都变了，都变得慢起来、沉静起来。我也一样。这样一来，这个地方终于开始慢慢有了一股放松的气氛。

自从来到这个地方，我没有见过任何一个昊阿族的人。我彻底放了心。是的，彻彻底底放了心。直到我明白这是彻头彻尾的谎言为止。

"喂。"在食物配给处，艾茨古依叫住了我。我正拿着一个小桶排队。联合国向我们配给的是人工合成蛋白。据说真正的谷物价格太贵，要用它来援助我们这样的国家，那笔开支承担不起。又听说，白人的国家里小麦玉米之类的，都用作汽车和飞机的燃料了。竟然会有汽车用那些吃的东西做燃料，实在是让人难以置信。

"怎么了？"我问艾茨古依。他的脸色很难看，又像是有点害怕，又像是想要哭的样子。那副扭曲的表情，看着感觉很可怕。

"我听人说，你袭击过名尕村。"

"哎？怎么突然说起战争时候的事情了。谁说的？"

听到我的回答，艾茨古依扔下小桶，凑近我的脸。我都能感觉到他鼻孔里喷出来的气息。

"我问了桑夸。他和你在一个部队里的。"

桑夸和我一起战斗过很久，可以说是我的战友。在我用铅笔戳昊阿族人的时候，他也一起参加了斗殴。也是因为这个缘故，他和我一起被送来了这里。

"有没有袭击过名尕村？请你回答我。"

我一头雾水。"那是三年前的事了。那里是昊阿族的重要据点。我记得很清楚，那是一场大战。"

艾茨古依盯着我的脸，沉默了许久，一动不动，仿佛连呼吸都忘记了。他的眼睛瞪得极大，让人看了害怕。我能清楚听到在他紧闭的双唇里牙齿咬得咯吱咯吱的声音。

"我住在名尕村。"

我不明白他的意思。我盯着艾茨古依的眼睛，那双眼睛湿润了，像是要哭一样。为什么艾茨古依会住在名尕村？那边应该没有我们的俘房啊？

就在那个时候，我忽然意识到，在艾茨古依那张扭曲的脸上，那副悲伤的表情究竟意味着什么。啊不，正确地说，那张脸其实没有任何悲伤的意味。

"你……是哪一族的？"我小心翼翼地问了一声。

我明白了。为什么自从来到这个地方，昊阿族的人我连一次都没见过。不说别人，首先那个胖胖的女教师是哪一族的？昊阿与甾马是天差地别的生物。昊阿族不是人类。昊阿族的脸，和我们甾马族完全不同……应该完全不同。

我没有看见昊阿人，是因为分不出谁是昊阿族。所以，我以为大家全都是甾马族的人。或者应该说，我连他们是哪一族的问题都没有想过。我就这样心安理得地、随随便便地把艾茨古依当作甾马族的人了。

求你不要回答我。对于刚才自己问出口的问题，我的心底生出了强烈的悔意。但是已经晚了。

啊——艾茨古依号叫着猛扑到我身上。

我完全没有反击的余地，就被推倒在地上，后脑勺重重地撞上地面，刹那间意识一阵恍惚。然而不知道究竟是幸运还是不幸，我的眼睛一直睁着，清清楚楚地看见艾茨古依骑坐在我的肚子上，挥起他的拳头。

拳头重重地打在我的右颊上。嘴里顿时生出一股血腥味。我还没有从这突如其来的一拳中反应过来，左脸便又挨了一拳。就在艾道加被队长的子弹击中的同一个地方。

"我生在名尕！"艾茨古依边叫边哭。第三拳下来，我的鼻子碎了。头骨里响起轰的一声，刹那之间鼻腔里溢满鲜血。

"你杀了我全家！"

又是一拳砸在我脸上。我的脸被打得没了形状。该到此为止了，我眩晕的脑袋在想。我得想办法挡住下一拳。

"我是昊阿族！昊阿族的男人！"

于是，我伸出右手，抓住了挥下来的拳头。我的左手猛推对方的胸口，一个鲤鱼打挺跳了起来。

趁着艾茨古依摔在地上的间隙，我冲了出去。虽然我受了伤，没办法再打下去，但更重要的原因是我被大脑中发生的事情弄得一片混乱。我不是说刚才被艾茨古依打的事，而是在那座荒废的旅馆里被铁桶套住脑袋的时候，那些白人医生干的事。

"为什么，你为什么是甾马族？！"

我能听见背后艾茨古依痛苦的叫喊。我紧闭双眼，告诉自己：我听不到。我要把艾茨古依的声音从我的脑海里赶出去。

我太过害怕，直接了跑出配给处，等我清醒过来的时候，我已经逃到了楼房的外面。我不敢回去。在那里，我分不出谁是昊阿族，谁是甾马族。我不知道谁是敌人，谁是朋友。

准确地说，我的头脑已经乱了。当时的我根本没有意识到，即使逃到了外面，我依然分不出谁是敌人，谁是朋友。

我无处可去。

自从战争结束，SDA解散之后，我就一直待在学校里，对街头的情况一无所知。也就是说，对于能够隐蔽自己、能够找到食物的"小巷深处"，我一无所知。

有许多孩子从没进过学校。不单是孩子，成年人也是。这些孩子结成帮派，游荡在城市的贫民窟里。他们偷偷带着战争中得到的AK，和巡逻的美国兵捉迷藏，还干些倒卖大麻的生意。

我因为直接被送进了学校，没有加入过这些帮派，然而在眼下，在我逃出了学校，不得不自己寻找生存之路的时候，这一点只能称之为不幸。战争结束之后城里变成了什么样子，什么地方住着什么样的人，各个区域又都是谁的地盘，对于这些问题，我完全没有头绪。

我找不到活下去的办法。

"喂，甾马的废物！"我想去翻翻垃圾山的时候，周围忽然冒出了一群孩子。恐怕都是昊阿族的孤儿，不知道他们怎么养得那么壮实。他们一齐猛扑上来。

因为被送进学校的缘故，如今的我不管是要饭还是抢剩饭，技术上都远不如别的孩子。而比技术问题更要命的是，城里的各个地方都已经划好了地盘。更方便要到东西的地方、更容易捡到剩饭的地方，都是大家争抢的焦点区域，这样的地方早就被这些捡垃圾的人带着亲信占领了。我一开始不知道这一点，冒冒失失地闯进了他们地盘，差点儿为此送了命。当然，这也是因为占领那边的是昊阿人的缘故。

我被狠狠踹了一脚，被踢得噎住了气。紧跟着又是一拳飞来，这次重重打在我的下巴上。

我一个趔趄，仰面朝天摔在地上。接着又有一只脚直踩下来，踩在我的胸骨上。我就这么仰面朝天地陷在垃圾山里。

"喂喂喂，别把吃的糟蹋了。拉他出来。"

不晓得谁下的命令，有人拽住我的胸口，把我从垃圾山里拖出来，扔在地上，然后又是一顿暴打。

战争中的憎恨依然活着，一点也没有减少。

踢在身上的一脚又一脚，就像是我在战争中射出的一颗又一颗子弹。或者也可以说，每一脚都是对我射出子弹的谢礼。我就这么随他们踢来踢去，不过我也不知道该如何躲开他们吧。总之，我分不出哪里是昊阿族的地盘，哪里是甾马族的地盘。为了一点点残羹冷炙，我不得不去和成群结队的家伙们搭话，去问他们是哪个部族的人，然后，是会被施舍一点饭吃，还是会被打个半死——或者当场就被打死，可能性各占一半。

围绕着国人施舍的残饭，以及富有的白人表达出的可憎善意，在街头的孤儿中间，战争依然继续。虽然他们只是在守护自己的地盘，并没有拿枪互相射击。

是昊阿，还是甾马。为了有口饭吃，这个问题至关重要。

有一段时期我走投无路，也想过抢几家店试试。但是我没有枪，也没有能和我一起干的朋友。而且说起来，我连开店的是昊阿人还是甾马人都分不清。要让我袭击甾马族的店，无论如何都有抵触情绪。

由于这样的原因，我，白白顶着一颗已然分辨不出部族面孔的头颅，不知道该去哪里弄食物。连续多少天，我都找不到半点能够填进肚子的东西，只能眼睁睁看着自己一天天瘦下去。

然而一段时间后，我又可以冷静地去看自己皮包骨头的身体了。曾经盘踞在我大脑中的强烈饥饿感，强烈到像是要呕吐一般的食欲，不知怎么忽然从我头脑中消失了。是的，那就像是我的心被注射时一样，就像是我与生俱来的，只要是这个国家的人都会具有的分辨昊阿族和甾马族的能力被剥夺的时候一样。

就在我静静躺在街头，等待死亡来临的时候，有人跟我打起了招呼。

"好久不见了。"

这个声音回荡在我朦胧的意识里，就像是从空旷的远方传来的。是谁？就连这个问题我都无力思考。思考太费力了。就像这样什么都不吃，我就会越缩越小，变得像沙砾那么小，最终彻底消失吧。这些天里，在我脑中盘旋的只有这样的想法。所以，就连睁开眼皮都让我痛苦不堪。所有的一切，都随它去吧。

"喂，听得到吗？"

大概是听不到吧，我模模糊糊地想。我在听什么，我能听什么，我已经不知道了。

"把他抬走吧。"

我被抬了起来。哇，飘起来了，感觉像要飞到什么地方去了。

不知道过了多久，我又躺了下来。这次，我躺在了一个远比上次柔软、温暖、安静的地方。

"好点了没有？"

是我原来的队长。他一边说，一边递给我一碗汤。我之前只见过他穿军装的样子，没见过现在这副穿着白人常穿的夹克的模样。不过因为在战争期间他就总是戴着金灿灿的粗项链，那项链现在还是挂在他颈子上，所以外观上给我的帅气印象基本上还是没有什么变化。和战争时一样，他的腰上还是仔细挂着枪匣，盖子敞开，随时都能拔枪射击。

但是，他的眼神却很温和。温和得几乎让我坐立不安。仿佛他此刻成了基督教的神父一般。

我点点头，接过了汤。

"这可不是联合国的人工合成蛋白。是真的豆子，真的肉。"

我狼吞虎咽起来。几天前还在死亡边缘挣扎，如今却在贫民窟中心的荒废仓库里静养，而且可以一直养到我体力恢复为止。就连在学校的时候都没吃到过这么美味的食物。

队长一直默默地看着狼吞虎咽的我。我吃得太急洒出来的汤汁，他轻柔地帮我擦掉。

"你吃了不少苦吧。"队长说。他的脸上浮现出神父般的微笑，同时发出深深的叹息。

"好不容易盼来了和平，可是原先的部下在社会上一个个遭遇不幸，我这个做队长的实在是看不下去。这座城市、这个国家，如今都处在一种可怕的状态，真是让人伤心啊。还好，能把你救出来，也算是不幸中的万幸了。"

队长的眼睛仿佛父亲一样温柔，眼眶里充满了泪水。有点不可思议的是，这双眼睛竟然让我想起了学校里的那个胖胖的女教师。祥和，慈爱，所有我从来没有得到过的以及所有我已经无法再得到的温暖。

但是，我还是有一股莫名的疑惑。

这几天我一直在偷偷打量那几个照料我的男子，想分辨出他们到底是昊阿人还是甾马人，然而终究还是分不出来。

队长问我为什么会在那地方等死，我原原本本告诉了他。包括心被注射的事，从学校里逃出来的事。

"真是吃了很多苦啊，"队长像是安慰我似的，伸手轻轻搭在我的肩头，"不过已经没事了。在我这里，你不用担心吃饭的问题，也不用再为分不出昊阿族和甾马族烦恼了。"

于是，我将自己的疑问小心翼翼地问了出来。"这里是不是也有昊阿族的人？"

"哈哈。'给心注射'真的起作用啊。"队长笑了起来，似乎很开心。我不禁有点着急。

"你直挺挺倒在床上的这几天，给你喂饭、擦身子的，都是以前昊阿族军队的人。他们的脸上全是昊阿族的特征。"

我的心中反射性地涌起了怒火。这些日子我都在受昊阿族的照顾？单单想到这一点，我心中便填满了难以抑制的愤怒与憎恶。

"来，给你看看我们的工作。"队长朝门的方向指过去。我像是终于得到了出门的许可一般，用力咽了一口吐沫，深深吸一口气，然后从床上下来，跟在队长的身后，走出门外。

大麻。

我们在战场上经常嚼大麻。只要有大麻，头脑就会变得混混沌沌，不会去想太多事情。

走出办公室一样的房间，我看到这几天来我所容身的仓库，原来是一个巨大的大麻工厂。一张张桌子整齐地排列着，每张桌子前面都有分不出昊阿族还是甾马族的女人默默地站着劳作。干燥的绿色叶片被一张张揉碎，再被一层层的纸片包成小指头粗细的小棍。猛一看就像香烟一样，然而其中是远比香烟强烈的替代品。

"这东西卖得很好，"队长满面笑容地说，"我一直想要拓展市场，不过总有人找我们的麻烦。那都是些嫉妒我们成功的家伙。这时候能有你加入真是太好了。战争中你就是一位非常优秀的士兵。你曾经为了甾马族努力奋战。现在，为了这里的每个人，我们需要再次借用你的力量。"

"就是说，还要我当兵……"

"比当兵要好太多了，"队长有力的手臂抱住我的肩膀，"这里的收入很高，吃的也没有任何问题，大麻更是随便吸——本来就是从这里出去的嘛。"

战争期间队长就靠卖大麻赚了很多钱。只要嚼上了瘾，也就很难再戒掉了。一旦没了大麻，人就会变得非常烦躁，情绪也会非常不稳定。虽然每个人都知道这一点，但要说激战之中的必需品，除了大麻就再没有别的东西了。在学校的时候我之所以总是心情烦躁，也是因为没有大麻。那时候我真是从心底需要大麻的。

其实战争期间所有人都已经中了大麻的毒。交战之前你嚼我嚼他嚼，交战之后你嚼我嚼他嚼。一天二十四小时，全都是拿着包了叶子的小棍嚼啊嚼啊嚼。叶子没了的时候也会拿子弹里的火药顶替，不过那东西实在太冲。要是能有别的东西替代大麻，绝对不会吸那玩意儿。

然后，战争结束了。我们从军队里解放了出来。这也意味着在这些中毒的人，被从作为大麻供给源的军队里赶了出来。大麻从战时的必需品变成了生活的奢侈品。某件事物是否必不可少，取决于你处在什么时期。

"什么都不懂的白人给新政府施加压力，要他们宣布大麻非法，"队长扮演着愤慨者的角色，"现在需要这东西的人满大街都是。我们正在做的事情，是屈从于外国人的政府不敢做的福利事业。"

队长说话的时候，我一直盯着那些女工人的脸看。甾马族？昊阿族？我走到其中一个女人的身边，仔细观察她的脸。果然还是分不出来。

"这个女人是昊阿族的。是我们宝贵的工作人员。我们都是一家人。"队长这样告诉我。

我再一次仔细观察她的脸，想要从她脸上分辨出昊阿族的特征。眼睛、鼻子、颧骨、嘴唇、耳朵，一样样仔细看下去，像是要榨出她的本质一样。不知道是不是我看得太久，让她产生了一些不安，她忽然间开始说起话来，虽然我并没有问她。

"能来这里真是很好，"那女人微笑着说，并没有停下手上的活儿，"在这里能挣不少钱，足够养活一家人。恩特雷先生真的是位很和善的人，对我们这些干活的一个个都非常牵挂。我家孩子生病发烧不得不请假的时候，他还特意拿药到我家来。到昊阿族的我的家来。"

"因为大家都是非常宝贵的朋友。你们都是熟练的劳动者，不好好珍惜可是不行的。"队长这样说道，满是自信地向她点点头。恩特雷。我发现自己直到这时才第一次知道队长的名字。在战争中我们始终都是以军衔称呼的。

战争中对着我们这些孩子下令，要我们杀人、放火、摧毁村落的这个男人，如今正靠卖大麻大笔赚钱。啊，无所谓了，这不是问题。不管大麻是不是非法，总之有人少不了它，况且新政府在白人压力下制定的法律本来也都是扯淡。但是，另外有个问题。一直都没有解决的问题。我的战争还没有结束的问题。

"但是，这里有昊阿族的人。"我低声说。

队长用力摇了摇头。"战争结束了。要想做生意，首先大家都要成为一家人。你去和他们说说话就知道，这些人都是很明白事理的，和我们没有半点不同。"

和我们没有半点不同。

这句话击穿了我的躯体。冲入名尕村之前、摧毁无数昊阿族的村庄之前,这个男人叫喊着,他们和我们不同,他们不是人类,去杀了他们。他便是这样踢着我们的屁股,让我们冲进敌人的枪林弹雨之中的。

"但是,我们不是和昊阿族战斗过吗?这些人在我们出生之前就干了无数罪大恶极的事情,这些不都是你告诉我们的吗?"

队长像是遇上了一个不听话的孩子一样,不停地摇头。"那种话嘛,也就是战争的时候说说罢了。"

"是骗人的?"

队长皱起了眉头,似乎有点不耐烦。"哎呀,也不是说骗人的,只不过那些告诉你们的东西啊,都是战争开始之后经过SDA整理的历史。对于战争来说,历史总是必需的。作为发动战争的依据,作为区分我们与他们的手段,历史是必不可缺的。"

"就是说,为了战争,你们编造虚假的历史?!"我怒吼起来。这些人——这些向我们下令、要我们去杀人的大人,为了让我们心甘情愿走上战场,不惜捏造虚假的历史。他们说,是对方先动的手;他们说,对方不知道疼;他们说,对方天生残暴。这些大人将这些胡说八道的东西翻来覆去灌进我们的耳朵,然后眼睁睁看着我们成片成片地倒下。

"我说了,这不算骗人。"队长的声音有些烦躁,他用手指揉起了眼睛。"只不过,直到战争开始之前,谁也没有关心过历史。甾马族也好,昊阿族也好,两边都是这样。自己的民族背负着怎样的历史,在战争开始之前,没有哪一个人关心过一星半点。一旦开始塑造历史,甾马族便憎恨起昊阿族,昊阿族也憎恨起甾马族。所谓历史,只是为了战争创造出来的东西,仅此而已。不是因为有了历史才有战争。是为了要发动战争,才需要有历史。是为了找出他们和我们不一样的地方,也是为了找一个不得不和他们作战的理由。不仅仅是历史,国家也是如此。昊阿和甾马之类的部族也是。实际上，说起来就连你和我之间的区别，也是出于战争的目的才会存在。为了互相杀戮，首先必须要区分'你'和'我'。不是你和我的相互憎恨引发了战争，而是为了战争，你和我才会存在。"

"你叽里呱啦说这一大堆，是想把我说糊涂吧！"我大声叫喊起来，就像是要用声音打断这个男人的胡话似的。所有专心卷着大麻叶子，努力完成工作配额的人，都停下了手上的动作，所有目光都集中到我们的身上。"我不糊涂！你其实就是在说，你们捏造虚假的历史，让我们自相残杀，对吧。对吧？对吧！"

我一遍又一遍地叫喊，真的像一个不肯听话的孩子。这个男人说的话我一点都不懂。什么"你"啊"我"啊，什么都是为了战争才存在啊……说的都是什么啊？我和妈妈从来没有吵过架，和妹妹偶尔会吵。我和爸爸经常吵，还会被他打，但从来也没有发展成战争啊。

"好吧，好吧，就算是你说的那样吧。"队长似乎已经不想再多说了，"所以啊，别再一看到昊阿族的人就冲上去又打又杀的了。要怪就怪我吧。不管怎么样，他们和我们说的是一样的语言，吃的是一样的东西，这一点不会变。只有脸长得不一样而已。而且，既然你认为我教给你们的都是骗人的东西，那就更没有必要恨他们了。比憎恨他们更重要的是，如何建设一个新的国家，如何让新的国家维持下去。要做到这一点，需要我们每个人携起手来共同努力。"

没有必要。原队长嘴里说出的这个愚蠢的词，让我哑然而立。

难道这个男人也以为，我们是因为有什么"必要"才会憎恨昊阿族的吗？太愚蠢了吧。我之所以憎恨他们，是因为我再没有别的选择了。我的爸爸、妈妈、妹妹，我的全家都被他们杀了。我只能在这样的状态下活着。这根本不是有没有"必要"的问题。如果一个"必要"就能解决问题，我早就这么做了。

而且更可笑的是，这个男人说的话，竟然和学校里那个胖胖的女教师说的一样。这个男人在战场上杀起人来不眨眼——不管对方是士兵、女人，还是孩子——竟然也会像个蹩脚的演员一样，说出什么"携起手来"之类不入流的台词。

我死死盯着眼前这个男人。我突然意识到，只要飞快地伸手，我就能从他的枪套里拿到手枪。枪把手上刻着乱七八糟的花纹，不晓得是什么图案。这对于战斗完全没有任何意义，不过看起来确实比较吸引眼球。

伸手抓住枪把，就可以毫不费力地从枪套里拔出手枪。然后只要一抬手，就能击中眼前的这个男人。我相信自己完全能做到。

但是，忽然之间，我发现自己并不打算杀他。刚才我的头脑里确实充满了热血，但是现在，这个男人已经变得非常渺小，变成了微不足道的存在。

如果在这里杀了他，他的手下肯定会蜂拥而至，把我打成马蜂窝。这家伙值得让我这么做吗？我觉得完全不值得。

"对不起，"我老老实实地说，"我没办法留在这里。"

于是我再一次落回饥肠辘辘的状态。

一边拖着两条腿在街头徘徊，一边小心翼翼地躲开各家的地盘。偶尔脑海中也会闪过回学校的想法，但要回那个连谁是昊阿族、谁是甾马族都分不出来的地方，而且还要在那里度过不知道多少天，想想都让我不寒而栗。

在街头漂泊了好些日子，我的体形渐渐回到了之前的样子，甚至可以感觉到皮肤紧紧绷在肋骨上。关节咯吱作响，浑身没有半点力气。是要瘦死了吧，我迷迷糊糊地想，恍恍惚惚地向海文的中心区走去。

一张又一张的脸，还向我翻白眼。那是昊阿人的脸，还是甾马人的脸，我依然分不出来。要饭孩子的眼睛一直盯着我。只要看见从没见过的人来到自己的地盘，都是这样的眼神。我要是停在这里要饭，大概立刻会被他们群殴吧。我又饥又渴，阳光与这个城市正在榨取、掠夺我的一切，让我只剩下气体一般的模样。也许看上去就和幽灵一模一样吧。话说回来，在这座城市里，像我这样的幽灵本来就不少。

咚，我撞上了个什么东西。

"看着点儿，小子。"

拿着枪，穿着背心。口袋鼓鼓的。是个美国兵。

突如其来的一撞，让我仰天朝后倒去。我也想站稳，可是那两条被榨干了的幽灵一样的腿不听我的使唤。又饥又渴的芦柴棒，咔嚓一声，像是折断了一样。我当场摔了下去。

"老天，小孩你没问题吧？怎么这副样子？"

美国兵扶起了我。迷彩服、背心、大枪，从上到下全都很帅。我也想穿这样的衣服打仗啊，我迷迷糊糊地想。和队长手枪上雕刻的花纹不一样的帅气。最新的。最好的。

被扶起来之后，我依然有点站立不稳。体力不支让我说话也变得很慢。因为好几天没吃东西了，我说。不过我只是想这么说，实际上喉咙里有没有发出声音，我自己也不知道。

"唉，给你这个吧，别捏化了。"

那个美国人士兵说着，递给我一块巧克力。外面的塑料纸上印着"先发制人"字样的标志。美国兵又递来水壶。我狼吞虎咽起来，就像在队长仓库的时候一样。像狗一样。

我感觉到那些守着地盘要饭的孩子朝我投来愤怒的视线。但是因为有美国兵在场，他们也无可奈何。

"带我离开这儿吧。"我向美国兵乞求。要是不能和他一起离开，只要他一走，我一定会被暴打。

"为什么?"

我不能在这里要饭,我说,而且我还想跟你说说自己至今为止遇到过的事情。在队长的仓库里我已经说过一次了,再总结一次还是很容易的。我可以把自己的经历说给美国兵听。

美国兵点点头,把我带离了那里。

我们在一处临时帐篷的影子里坐下,我接着吃巧克力。他问我的名字,我照实答了。美国兵说他叫威廉姆斯。

"CMI 对我也做过处理。他们给我的脑袋里弄了些东西,然后在打仗的时候就比较方便,回国之后也不会胡思乱想了。有人说这些处理比较多余,不过我还是觉得这种事情挺重要的。"

我拿着巧克力的手停了下来。这个人也被 CMI 的医生注射过了吗?怎么个方便法,我问。心的注射也好、头脑的手术也好,这东西不像是少了一条腿、缺了一只眼睛一样从外表就能看出来。

"比方说,上战场之前,我先接受一个止痛的注射,这种注射会对大脑直接起作用。当然了,真要是什么疼痛都感觉不到的话,万一碰上被子弹擦伤的时候,意识不到自己正在滴滴答答地淌血,也可能失血过多而死。"

我点点头。

"所以,被子弹擦伤的时候,有一种'我疼'的意思出现在大脑里——嗯,怎么说才好呢——就像是读书的时候看到这两字一样,但是疼痛的感觉会消失。头脑的注射就是这个效果。"

"知道自己疼,但是感觉不到自己疼,是这样子的?"

"对,挺厉害的小子嘛。就是这么回事。我可是花了两个月的时间才弄明白这一点。"

美国兵的脸上没有半点笑意。他是不是对这个话题一点都不感兴趣?可他为什么能和我如此顺利地交谈?这实在很不可思议。

我陷入了沉思。假如说这样一种让人感觉怪异的事情也是美国人的魔法弄出来的，那么其他的事情，比如说让我的大脑分不出昊阿族和甾马族的区别，弄起来恐怕更加简单吧。能分辨每个人的长相，能认出谁是谁，但只有在看到不认识的人的时候让我分不出谁是昊阿族、谁是甾马族。只要做到这一点就行了。

这个国家的每一个人都很清楚的昊阿族与甾马族长相上的差别——只要剥夺了我的这种能力就行了。

这就是所谓的无差别化吗……

太蠢了吧。他们不会真的以为，只要不让我认出哪些面孔是我应该憎恨的人，就可以将我的怒火熄灭了吧？谁会这么认为？到底是谁，想出这种愚蠢至极的方法？是新政府，美国人，还是学校的教师？

"是那个NGO吧。"那个美国兵说，"在我们国家，还有欧洲，这东西最近很流行。他们认为，只要区分不出人种的差异，就会迎来一个平等的世界，所以才会对大脑进行注射，试图实现这个梦想。"

"你的国家也有部落战争吗？"

"啊不不不，不是那么回事。只不过有些人坚持说，我们国家还存在那么一点点好像歧视一样的东西。所以他们改变了自己的大脑，宣称说，我们是公平的人类。嗯，或者也可以说，他们是为了能够声称自己是公平的人类，才去改变大脑的。总之只要改变了大脑，在他们工作的地方，周围人对他们的评价就会升高，晋升起来也比较容易。呵呵，说起来这种公司也是挺奇怪的。反正就是有这样的人：休息日参加社区活动，每天认真给垃圾分类，一个月做一次心理咨询，定期给消费者广场、新伦理建设会之类的地方提供建设性意见，最后再给自己的大脑做手术，让自己分辨不出人种差异。就是这样的家伙。好人呐。值得信赖的人就是这个样子的。所以NGO宣称说，在你们这种各民族相互仇视的国家推广这个方法，肯定会对和平提供很大帮助。"

美国兵的话我只听懂了一小半,不过他们国家是个非常和平的地方,这一点我差不多是理解的。不然的话,不可能主动把自己的大脑变成分辨不出对方是谁的状态。在战场上若是分不出昊阿族和甾马族,转眼之间就会被杀的。

"不能把你们这种没有战争的国家里的东西照搬到我们国家来啊。这里是战场啊。要是分不出我们和他们的区别,那就完蛋了。"

"战争不是结束了嘛,"美国兵惊讶地说,"我们不是已经结束战争了吗?"

结束战争的是荷兰人,不是你们美国人。算了,争论这个也没什么意义。但是我也知道,就算对这个美国兵大喊"我的战争没有结束",也没有什么用处。因为我们都得听他们国家总统的话。那个总统决定了的事情,我们都只能照做。你须忘记仇恨。杀你全家的,你须赦免他们的罪。于是昊阿族的家伙没有一个受到审判,全都轻松愉快地在海文的街道上行走。

的确,每个人都渴望和平。就算是我,也并不想要战斗。一点儿都不想。但是,白人来到我的国家,说一些诸如"只要宽恕了那些虐杀你妹妹的人,和平就会到来"之类的话,事情就这样决定了。对此我只能说,扯扯扯扯扯他妈的淡。

我向美国兵道谢,随后离开了。偶然间回头望去,有一架直升机刚好浮在美国兵的头顶上空。这架没有心的狡猾的直升机轻飘飘地盘旋,镜头和机枪冷冷地威慑着铺展在下方的城市。

对于这个被人摆弄过的大脑,我必须得做些什么。

我向海文的另一边走去,打算回到"美丽世界的种子"去。在街上走得多了,慢慢也习惯了这种分不出谁是谁的感觉。我把周围的一切都当成梦,将注意力集中于地面。能确定的只有这一种感觉:脚底所感觉到的砂石的颗粒,踩到小石块时的疼痛。

吟味般地感受着这种疼痛与砂石感触,我用了一天的时间,回到了学校。

"有人吗?"我叫道。学校里一片凌乱,到处都是烧过的痕迹。墙板上到处都是洞,门都倒在地上。

这样的景象我见过无数次。我们袭击的村子,我们被袭击的村子,全都是一样的景象。只有一点不同:这里没有堆积如山的断臂,没有被剥光的尸体。但四下里全是血,也有很明显的山刀砍过的痕迹。

"啊,是恩茨啊。你回来了呀!"

听到声音,我转过身。是那个胖胖的女教师,看上去非常疲惫。

"发生了什么事?"

"太可怕了。"胖女人望着我的眼睛,嘶哑地说。她瘫坐在地上。"暴动了。大家全都变得疑神疑鬼的,天天都要打上几架。一开始是小打小闹,慢慢越闹越大,终于有一天,艾茨古依拿了一把山刀来,然后就变成了这个样子。"

我朝胖女人手指的方向望过去,有把山刀插在教室的墙上,刀刃下是一道裂痕。

艾茨古依,那个平和沉静的艾茨古依。脑海中刚刚闪过这个念头,随即又想起他打我时的表情。那时候他又成了昊阿族的士兵,成了疯狂屠杀的机器。和我一样,简直就像照镜子。

"把大家的头脑都恢复原样吧,那样就全解决了。"

对于我的提案,胖女人的脸上浮现出无力又讽刺的笑。

"是要恢复到原来的憎恨中去吗?"

对于胖女人的反问,我差点儿笑出声来。"头脑变成现在这样,反而恨得更厉害了吧?"

"要是恢复到原来的头脑,你们又会把自己和'他们'分成两边,然后又要把对方的人一个个全都杀掉吧。你的这个提议，完全是扯扯扯扯扯他妈的淡。"

我吓了一跳。这不是我的口气吗？

这个胖女人和我一样被什么东西困住了吧，我想。困住她的就是那种妄想吗？只要蒙上我们的眼睛，和平就会到来的妄想。只要不提昊阿族和甾马族，所有人的憎恨就会消失的妄想。扯扯扯扯扯他妈的淡——看她用力咧着嘴，从心底往外吐出这几个字的时候，那张脸是多么丑陋啊。

"而且白人都逃走了。推行这个计划的NGO好像在自己的国家里闹出了什么丑闻，一眨眼的工夫赞助者都跑光了。人遇上倒霉事就没办法。'回国重整态势'，他们这么说。如今这个旅馆已经没人了。没了NGO的赞助，CMI的人也是一眨眼就不见了。"

我们被抛下了。

不是抛在这座城市里，而是被抛在我们自己的一团糟的大脑之中。

我却感受到一种不可思议的镇定。在这样的时刻，我终于意识到自己得到解放了。真正意义的解放。如今的我，和昊阿族、甾马族，全都没有关系了。这个胖女人和那些白人的高谈阔论，到了此时此刻，终于完全化作了我的血肉。

我从墙上拔下了艾茨古侬的山刀。刀卡得很紧，我用了很大力气，拔出来的时候反冲力很猛，刹那之间，似乎有种胳膊都要飞出去的错觉。

好吧，回街头之前，把该做的事情做了吧。就让这个女人的尸体成为我宣告斗争开始的狼烟吧。我一直认为还没有结束的战争，并不是我的战争。那只是一些准备活动，是为了将从今天开始的一切所做的准备。

我举起山刀，从胖女人的背后砍向她的脖子。隔着皮肤，我仿佛看见她的脊椎在山刀之下粉碎的模样。还有悬在脊椎顶端的，带着得意微笑的头骨。

自那之后过了三年，我们终于回到了这座城市。

灯火闪烁，恍若星辰。轻风送来人们生活的气息。跨过政府军士兵的尸体，我们登上了可以俯瞰城市灯火、可以嗅到城市气息的山丘。

战争还没有结束，我想告诉城里的人。

战争还没有结束。我就是战争。

因为语言并不可靠，所以我特意用 AK 来传达。AK 所说的话，所有人一定都能明白的吧。

就在子弹击中心脏之前的一刹那。

我的大脑分不出昊阿族和甾马族。这里聚集的人大部分都是如此。可能也有曾经在 SRF 里虐杀过甾马族女孩的人。但是，我赦免了他们。至少，如今的他们也已经无法分辨昊阿族和甾马族了。

我们是超越种族的军队，不像政府军那样带着憎恨勉强勾结在一起。我们只能通过交谈得知各自属于哪个种族，而我们不谈此事。所以我们可以像兄弟般结合在一起。

我们中的大多数人，心都被注射过，再也无法分辨甾马族和昊阿族。我们都是因为无法在城里生存而逃出来的。我们携手并肩，举着 AK，开始袭击商队和外国人。随着队伍规模的扩大，我们也开始袭击小镇，同时也不断吸收镇上无家可归的孩子加入我们的队伍。我们围着协卢米凯道姆的边境打转，慢慢地一点点扩大规模。

然后，我们终于来到了这里。

我朝背后的人群招手。即使在黑暗中，我仍然能清楚感觉到大家都在微笑。

海文已经近在咫尺了。接下来我们便将踏上大路，去往天堂①。造出了这座城市的人们，赶走了我们的人们，我们要把这些碍眼的东西一个个全都杀掉。那些白人害怕我们势如破竹的进攻，早就从港口逃走了。如今的城里应该连一个美国兵、一架空壳机器都没有了。

我们行军。

我们前进。

向着前方的灯火。

生活的气息。文明的气息。和平的气息。

我们曾经盼望得泪流满面的那一切。

但到了今天，那些也都是过去的事了。如今的我们带着欢乐去破坏那一切。

慢性子、急性子，随你们的性子。

高个子、矮个子，让我们抬腿走。

只要有 AK 就足够了。那东西满地都是，捡起一把证明自己就行了。证明你就是你。

来吧，捡起 AK，加入我们吧。

我们曾经期待的风景，就在不远的前方。

同去吧。

这一次，你可以期待。

---

①海文即天堂（Heaven）一词的音译。

树　海

著/（美）蕾切·斯沃斯基
译/汪梅子

　　进林子还不到十分钟，我就看到树木间拉起的一条黄色绝缘胶带。还很新，没有破损。我在树根与岩石间蹒跚，两手轮流抓住胶带前行。摸索出路时，能拉着胶带走是最好的。要是找不到回去的路，树木可能会诱惑你，困住你。

　　森林里无比幽暗。雾气挥之不散，阳光变得黯淡。光线穿透雾气，角度古怪。覆满青苔的树根、散落的树皮，还有腐朽的树干，都被笼上一层光泽。

　　左方：一段树枝上垂下一条绳子。这段树枝无法承受一个人的重量。系绳子的人要么太蠢，要么没有下定决心，要么是打算恶作剧。希望这不是我今天的全部收获。

　　右方：又一条胶带小径，延伸至暗处。

　　最好还是坚守我现在走的这条路。但愿不会白费工夫。

　　又走了几米：地上有个女人的粉饼盒。我踢了一脚，看着它在地上翻滚，镜子闪啊闪，在泥土中留下一道印迹。粉饼盒停了下来，我等了一阵子，没有动静。不错。看来我很可能抢在自杀守望人的前面了。我把粉饼盒揣进自己的背包。

这会儿我感觉极好。中头彩了。我已经看到树干后面躲着幽灵的影子。既然还聚着一群幽灵，说明这人死了还没多久。

一阵橘子清香，一个幽灵突然闪现在我身旁。她没有脚，飘在空中。江户时代式样的白色和服寿衣在苔藓上投射下一片影子。

她黑发齐腰，后背和面孔都被遮住，难以确定她的面孔在哪一面。发丝弯曲，有如触手朝我伸来，仿佛在哀求。

这个幽灵在这里的时间和我一样长。她喜欢开玩笑，搞点恶作剧，并没有什么真正的危险。

"您的生命是父母的珍贵恩赐。"她说，"请考虑一下您的父母、兄弟姐妹和子女。"

"唔。"

她在背诵森林边缘地带的告示牌，这些牌子徒劳地试图劝退自杀者，不想他们也变成林间的尸体。可谁走了这么远还会被一个牌子劝回去？

发丝拽住我的肩膀。我抖抖肩，把它甩掉。"你很清楚我不是为这个来的。"

"不要郁结心中。"她还在背诵牌子上的话，"请把您的烦恼讲出来。"

"我现在唯一的烦恼是哪里能有大收获。"

幽灵在空中缓缓转圈。一绺黑发指指我方才走的那条小径。

"小妖精。"这是她给我起的外号，"那家伙一无所有。连回东京的电车票都买不起。"

另一绺头发指向胶带岔路。

"那家伙是带着全部身家来的。他的红帐篷在一棵大树下。"

她听起来十分乐于助人。太可疑了。这个幽灵一向说话刻薄，喜欢捣鬼。只有在隐瞒某些东西的时候，她才会表现得如此乖巧。

"还没咽气呢吧？"我问。

她的发梢卷起，摆出一个耸肩的动作。"脖子摔断了。再等十分钟吧。"

好吧。我打开水袋。喝了一口。

幽灵仍然飘在我身旁。我不知道她的眼睛在长发下面的什么位置，但能感觉到她在盯着我。

"你有事？"我问。

她静静跳了一下。

我叹了口气。"你说。"

她飘近了一些。发丝如触角似的伸了过来。她像盲人一般抚摸着我的脸颊，我紧咬牙关。头发的触感并无异样，但这头发的动作可不像头发该有的行为。身体很清楚这一点，身体不喜欢被死人触碰。

她的头发收了回去，橘子味却依然萦绕。"我只是想记起，"她说，"是什么感觉。想摸摸还想活下去的皮肤。"

我擦擦嘴，拧紧水袋的盖子。"等我到那儿就十分钟了。多谢你的信息。"

这地方叫青木原，也叫树海。总而言之，这地方闹鬼。

八百五十年前，富士山喷发之后，便有了这片森林。岩浆冷却之后，郁郁葱葱的树木将树根扎入大地。

这片森林十分宁静，鲜有居民，除了鬼魂和即将加入他们的人类。这里几乎不刮风，永远雾气弥漫。树木的枝叶在头顶遮天蔽日，林间的世界没有时间，也无从辨别方向。

一切都受困其中。

一切都静静等待。

一双球鞋，丢弃一旁。

一条裤子，松垮地穿在腿骨上。

一棵树上钉着一张遗言便条："我的一生中没发生过任何好事。不要来找我。"

幽灵静静注视着。

那哥们儿吊在红帐篷上方，闻起来一股刚失禁的大便味儿。他有三颗金牙、一块名表、名牌运动鞋和一包钱。我一直没明白为什么要带现金到森林里来，但反正大家各自随意。

可以肯定的是，这次收获颇丰。大部分自杀者抵达这里的时候已经身无一物。银行账户里空空如也的时候，更容易觉得空虚。

剪子、指甲刀、梳子。一本鹤见济的《自杀完全手册》。来这儿的人有一半都带了这书。这书蠢透了。人更蠢。没有说明书连自杀都搞不定。

我正要把它丢回去，突然听到树丛中传来"嘎吱"一声响。

离我很近。

该死。

我站起身，背好包，这才意识到贪婪蒙蔽了我的双眼：这么新鲜的死人，周围怎么没有幽灵？肯定是有其他活人要过来，把鬼都吓跑了。

那个幽灵肯定知道这一点。她是想害我被抓？

自杀守望人要是发现我在偷死人的东西，可不会给我什么好脸。我匆忙搜寻能爬的树。这会儿他们肯定听见我的动静了。不过有的人迷信，没准会以为是幽灵发出的声音，不会仔细察看。

我听到有人被绊倒了，啪的一声响。随之而来的咒骂是一句美国英语。

"奶奶的，真他妈的活见鬼！"

我这才看到她。一个美国游客，穿着毛茸茸的红色套头衫、牛仔裤、凉鞋，一身行头都很蠢。背包上挂着一个水袋，已经喝掉了一半。她要么是不会规划饮水，要么已经走了好一阵子了。

她很年轻，大概十五六岁，穿着打扮都很美国，却掩饰不了那张日本面孔。大概又是讨人嫌的二代移民来寻根。

我躲到暗处，打算等她走掉，没想到她虽然笨拙生涩，倒是不蠢。"死米马森，"她说，"英语話しますか？"

她想知道我会不会说英语。我不想让她知道我会。"ごめんなさい。英語がわかりません。（对不起。我不懂英语。）"

"我就知道。"她嘟囔道，"又碰上一个小眼睛白痴。"

我没忍住吼了一声。她咧嘴一笑。

"哈！我就知道你会英语！"

已经没必要否认了。"你有什么事？"

"我迷路了。"

我指指她身后的胶带小径。"沿着那条路就能出去。"

她眯起眼睛。"我见过你。在镇上。我当时停下来打电话，你就在街角。"

"抱歉，你认错了。"

"有人专门把你指给我看。他们说进森林转悠的女人没有几个。他们还说有个怨灵跟着你。"

大家这么爱讲别人的八卦，真应该开个店靠八卦挣钱。人人都觉得只要是鬼故事就可以随便讲。

我指指四下的树木。"你看见怨灵了吗？"

"他们又没说它会一直跟着你。"

我双臂交叉。"你到底来这里干什么?"

"我要找一个幽灵。"

我指指刚刚上吊的那哥们儿。"稍微等会儿就有了。"

"不。我要找的不是随便哪个幽灵,我要找我父亲。"

该介绍一下我自己了:我是二十二岁来到青木原的,我的怨灵就是那年找上我的。我来这儿已经七年了。当然,我也会离开森林,但我经常在这里。

我靠搜刮死者财物为生。值钱货就出手卖掉,不过大部分时间都没什么值钱玩意儿。我会找到沉迷死亡的买家,他们愿意买下自杀者生前的遗物,一想到有可能跟闹鬼有关,就激动不已。梳子啦,眼镜啦,上吊用的绳子啦,轻生者留下的东西。

我的生活开销不大,可挣得更少。所以,那美国妞亮出撒手锏的时候,我一下来了精神。她说:"我付钱给你。"

"多少?"

她开的价够我在森林里花一两天找幽灵的。

甚至都不用找到她父亲。只要花点时间找一找,然后随便弄个幽灵给她就行了。反正她根本看不出区别。

但是,我还是忍不住要多问几句。探探她的底细。

我把背包甩上肩头。"那就这么说定了。"

她露出一个微笑,又指指她自己。"我叫蜜瓜。"

我露出惊呆的表情。她笑了。"妈妈觉得跟自然有关的名字听起来比较日本。"

我告诉她我的名字。"我叫奈绪。"

"那么,咱们从哪儿开始找起?"

"今天哪儿也不去。天色晚了。"

已是傍晚。我们还可以找几个小时，但我打算收工了。

我打开睡袋。"我在地上睡就好。"

她点点头。

我又加了一句："你睡帐篷。"

我指了指，咧嘴一笑。红帐篷上还有树上吊着的那个男人的汗液和尿液的气味。小姑娘抬起头。他的影子落在她身上，黑如瘀青。她咽了口唾沫。

她将与死人相交的视线移开，蹲下来打开帐篷门。

"还挺舒服的吧？"我问。

她回头扫了我一眼。那张过于真诚的美国面孔一副戒备的冰冷表情。

"挺好的。"

她爬进帐篷。我对她印象不错。

凌晨两点。鬼魂出没的时辰。

风声呼啸吵醒了我。可只有声音，一丝风也没有。

紧接着，她到了。我的纱代美。我的怨灵。

死人的嘴唇吻上我的嘴唇。冰冷的手指滑过我的大腿。一绺绺发丝揽上我的腰，拨弄我的乳头，滑过我的背脊。

一个恐惧的冷战，从喉咙直冲腹部。身体不喜欢被死人触碰。

可这是我的纱代美。身体喜欢被我的纱代美触碰。

时间停滞在二十一岁。脸颊细嫩，身段窈窕，面色苍白。眼中闪烁着泪光，已有十年之久的泪珠。

她身着一袭长裙，直至脚踝。裙子是洋服式样，料子却是白色花卉图案的丝绸。蕾丝的低胸领袒露出她圆润的胸形。她的嘴上留有口红的痕迹。她张开嘴呻吟起来，牙齿上沾着血红的颜色。

她是穿戴整齐之后才赴死的，我的纱代美。

她苍白的舌头伸进我的口中，像是一团冷肉。她的秀发忙着解开我的牛仔裤拉链和她自己的和式腰带。肌肤突然裸露出来，在夜晚的空气中感觉冰凉。

她将我推倒在地，树根硌得背痛。纱代美坐在我身上。她的头发拨开我的嘴唇。她的手指伸进我的身体。

我发出呻吟。

她总是能让我发出呻吟。

她的头发无比恐怖。她的脸庞永远美丽。

我的身体绷紧了。那一刻，快要到了。她始终未能得逞，这一次几近成功。

在快到的时候把她推开需要很强的意志力。

她尖叫起来。她的头发气得自己打成疙瘩。我从她身下爬开。她的指甲抠着我躺过之处的泥土。

有一天，我会不再躲闪。

有一天，我会不想再躲闪。

我站起身。她的发丝朝我的手腕和脚踝伸来。她试图将我再次拽倒的时候，依然睁着一双无辜的大眼睛。

投降该是多么轻松。

云朵飘过。一片阴影晃过她被月光映照的脸庞。

我抬起头。看到了那个上吊男，还有他脚上的袜子。昂贵的球鞋已经被扒掉了。

还有红帐篷。那个美国妞。我忘了自己身在何处。

欲望退去了。

纱代美用拳头捶打着空气。她再次发出尖叫。这一次，声音将她消融。她消散了，只留下无风的尖啸。

我回到树海的寂静中，只听到自己粗重的喘气声。

我穿好裤子。美国妞从帐篷门缝中朝外窥视。我礼貌地转开视线，她却不肯放过我。

她问道："刚才就是那个怨灵吗？"

我耸耸肩。她知道的。

"她为什么是一具骷髅？"

我叹了口气。"有个很老的鬼故事。一个孤独的学者独自生活，日渐憔悴。有一天，一个漂亮女子夜间来访。他让她进了门，二人共度良宵。清晨，她走了，学者却病了。此后每晚，她都会前来。二人夜夜风流，她给他快活，他日益虚弱。"

她盯着我，双眼和纱代美一样明亮，其中却没有泪光。

"一晚，学者的邻居出于担心，从窗口偷窥。"我继续讲道，"他看到学者和一具骷髅躺在床上。他对学者说了自己所见，那一夜，鬼魂到来之时，学者已经知道了她的真相。但他没有看到骷髅。他看向她的时候，看到的是一位女子。"

"那学者后来怎么样了？"

"他死了。"

沉默。而后，她问："你的怨灵是什么样子？"

我又耸耸肩。

"你认识她吗，她活着的时候？"

我说得够多了。我没再听她还问了些什么。

一个女孩可能爱上另一个女孩，但两个人终于都会长成女人。

一个去了美国上大学。另一个在福冈念书。两人彼此想念。但一个忙于学英语、在密歇根湖畔晒太阳和吃食堂午餐。另一个呢，福冈还是老样子，只是没了欢乐。对于长成女人的女孩，那欢乐一去不复返。

即便跨越了生与死的界限，肉体仍然可能渴望肉体。但死者令生者快活的同时，也将对方拉到了自己那边，就像那个女鬼带走了那个学者。

作为鬼魂的纱代美不能讲话，但她临死前发来了短信。直到她走了我才收到。有时，我觉得那条短信是她的鬼魂发的。

到青木原来吧。她说。咱们在那里做个了结。

我比那姑娘先醒。

上吊男周围聚着三个幽灵。长长的发帘中伸出形销骨立的手，啄食尸体。幽灵的手指不会留下痕迹，但那具尸体却在没有风的情况下来回摇晃。一开始慢悠悠的，后来越来越快。树枝咯吱作响，仿佛遇到了飓风。幽灵们发出我从未听过的声音。又像嚎叫声，又像抓挠声，那是捕食者的声音，也是可怖之物的声音。

我把那姑娘拽出帐篷。我比画着叫她保持安静，指指寒鸦一般的幽灵。这姑娘没有犯傻。她学着我的样，一言不发地收拾好东西。我们后退离开，小心脚下不发出一点声响。

我们走远之后，她问道："刚才那是什么？"

我假装不在意："不知道。"

希望她觉得我的意思是"不知道，也不重要"，而不是"不知道，我还以为我很了解幽灵呢"。

我不确定她是否相信我不屑一顾的耸肩。不过这一回她终于没再开口发表见解。

再次开口的时候，她换了个话题。她从背包中拿出一张照片。"这是我父亲。"

我以为会看到一张稀松平常的笑脸，可照片里却是一具尸体。骨头上的肉已经干了。身上的衣服穿得还很齐整,看起来就像是一个大衣架子。残留的头皮上,头发已经打绺了。还有一部分鼻子和脸颊在,但已经看不出长相。

她指指背景。"看见那些石头了吗?我觉得你或许能认出来。"

真是游客啊。

"这森林很大。"我答道。

"也没有那么大吧。"

"已经够大的了。"

她应该不需要我明说就能领会我的意思:树海有这么多幽灵,想变多大就能变多大。

她差点儿就要跺脚了。"那你怎么找到他!"

"瞎转。看着树木。"

她看起来还是很生气。

我又补了一句:"咱们继续往深处走,他会找到你的。"

如果他想找她的话,如果别人没有先找到我们的话。

她咬住嘴唇,漫不经心地望着远处的树。"你觉得他会和我讲话吗?"

"幽灵很喜欢讲话。"

我不该说太多,让她保持乐观,我才能拿钱。可是我没忍住,我又多嘴一句:"但很难说他会讲些什么。"

我们还在熟悉的森林区域。我认识路。最好沿着胶带小路走,但我不想让奇怪的幽灵轻易就能发现我们。

我们开始稳步前进,美国妞又开口了:"我母亲是在大学毕业旅行的那个夏天遇见我父亲的。他比她年纪大。他们后来没有保持联络,但她知道他的名字。去年我十六岁生日的时候,她说,我已经长大了,可以自己决定该怎么办了。于是我找到了他的家人。他们告诉我他已经去世了,但不肯再多说一句。"

"他自杀了。"我猜道。

"自杀守望人在这里发现了他。"蜜瓜的声音低沉下去。她拉拽着背包袋子,这样便有了踌躇的借口。"他们给我发了照片。"

"你为什么觉得他变成了幽灵?"

"我在网上看到说,他们把尸体带回来的头一夜,自杀守望人要睡在尸体旁边。无论是在停尸房,还是在什么地方。好让死者安息。"

"没有人睡在他旁边?"

"我不知道。我没问。可他的照片上,尸体的那张照片上,能看出他已经……已经……"

"腐烂了。"

她愣住了,但没有表示反对。"那时候没有人睡在他身旁吧。真正的第一夜的时候。"

树海中很安静。只有我和她。我和她,还有她的悲伤。

我问道:"他知道你吗?"

"妈妈告诉过他,在我出生之前。"她的语气变了,脸上又出现了昨晚的坚毅神色。"我知道你要问什么。没有,他从来没尝试联系过我。没关系。就算他没联系过我,我也在乎他。我必须知道我是从哪里来的。"

我对蜜瓜的理由没什么意见,我很喜欢她的笃定。而且,尽管她十分疲惫,浑身酸痛,却没有抱怨,这一点我也很喜欢。

"你怎么会讲英语?"她问道。

"我在美国上的大学。"

"哪里?"

"西北。"

"噢!"她说。随即又平静下来。"我看了很多关于芝加哥的东西。"

有些悲伤的东西。她没有说。也许这就是为什么她才十七岁,却在远离家乡之地寻找素未谋面的父亲。

她终于有一次没把自己的事和盘托出,我对此很是感激,于是没有追问。

已经过了大部分自杀者出没的地带,但我们发现了脚印,于是我停了下来。正好可以让那姑娘休息一下。也能让我多赚点。

结果:在树根间找到一个半埋在土里的背包。我把松土掸掉,发现里面装着罐头和卫生用品。

美国妞问:"他们为什么要带这么多东西进森林?"

"有些人在付诸行动之前要在这里待很久。"

"向世界告别?"

"也可能是在下定决心。"

背包的最底下有个木纹金的婚戒。脏兮兮的。看尺寸,应该是个小个子男人或者大个子女人的。

美国妞注视着被泥灰遮盖的那一点微光。"感觉很悲伤。"

我把戒指塞进口袋。

蜜瓜继续说道:"在离开这个世界之前,的确应该和它告个别。"

雾气在一动不动的树叶间弥漫。不知不觉间,树木缓慢移动,伸向被遮蔽的太阳。

"这地方就像是墓地。"她说。

"整个世界都是墓地。至少这里表里如一。"

我们继续走着。夜色渐渐降临。寂静的白色被寂静的深蓝色取代。我正要带美国妞走向一个我知道的山洞,突然感到一阵恐惧。我猛地停住脚步。"嘘——"她正要发问，我阻止了她。

一个幽灵潜伏在树木之间。他飘在半空中，长发从鼻子两侧分成两半，有如两道黑帘垂着。他张着嘴，下颚一直落到地面：那张血盆大口足有一扇门那么大。黑漆漆，空洞洞，等待着将我们吞入饥饿深渊。

我拉着美国妞，退了几米远才敢转身。我们在林间快速移动。走了一会儿，深蓝变成幽黑。感觉还是不安全。

那姑娘跟着我走累了。她问道："咱们去哪儿？"

我回头望向暗夜，望向那血盆大口所在之处。幽灵就像寒鸦，等着吞噬我们。

我受不了了。

"咱们得离开森林。"我说。

"为什么？"

"不对劲。不知道是什么，引出了黑暗的东西。"

在最后一缕天光中，她一副迷茫孤独的模样。她的声音细微难辨："也许是我。"

蜜瓜傻乎乎的，年轻又阳光。她虽然招人烦，我却想象不出来她身上有什么东西能引出幽灵的黑暗。

但我依旧背脊发凉。说明也许是我错了。

蜜瓜问："这么晚了，你能把咱们带出去吗？"

天几乎全黑了。月光在附近的树干上映出黯淡的影子。

胶带小路和劝诫珍爱生命的标示牌都离我们很远。

我可以把我们带出去。我觉得可以，但我不想出差错。

"咱们早上再说。"我说。

月光下，她露出一个天真无邪的笑容。

凌晨两点。

风声，却没有风。

纱代美。

我躺在地上的睡袋里。夜晚的空气有幽凉的气味。她就在附近。

无所谓谁在看了。没有什么东西能阻止纱代美疯狂的吻。她的头发拥住我。冷肉一样的舌头拍打我的嘴唇。她想从我的口中将我拽出来，将我的心脏填入她的胸腔，将我的骨髓灌入她的骨头。

我也想要她。

我们双腿相缠，胯部交叠，嘴唇凑上嘴唇。愉悦感洋溢开来。飘游。飞升。我应该跟她走。我应该允许她让我到那一刻。我应该到了，我应该走了，那样，至少我不会再无处可去。

不行。现在不行。今晚不行，那个美国妞看着呢。总有一个夜晚，我会让纱代美吞噬我。

我将纱代美推开。她尖叫起来，头发抽打着我的脸，留下刺痛的印痕，到早上才能消退。

"不行。"我又一次将她推开。

发丝缠住我的喉咙，收紧。她的苍白皮肤发出神秘的幽光。她露出牙齿，哭泣的眼中满是血丝。她用了力气，头发勒得更紧了。

我感觉喉咙滚烫，肺部烧灼。突然间，我清晰地感觉到脸上和大腿上的空气——我却无法呼吸它。

纱代美以前从未如此过分。

她用头发掐住我喉咙的同时，还有数绺发丝游走在我的腰部以下。烧灼的窒息，温柔的触碰，两种感受彼此作用，都变得更为强烈。

我的眼中出现了星星。有蓝的，有白的。眼前开始发黑。我已无法挣扎。

一块石头擦过纱代美的脸颊，落在她身后的地上。如今的她已不会因此受到伤害，但她吃了一惊，住了手。她的头发从我身上收了回去，条件反射地移动着，像盾牌一样保护着她。我勉强看到纱代美藏在发帘后的眼睛。其中充满怒火，还有遭到背叛的受伤神情。

空气涌入喉咙，我呛住了。我抓住自己的脖子。有了氧气，疼痛的感觉更加真切。

一双手落在我的背上，察看我的状况。是蜜瓜。"奈绪！"她喊道。

纱代美俯视着我们，再次尖叫起来，在从发梢到脚跟的声嘶力竭中，她弥散在夜色里。

"我尽量不看。"蜜瓜说。

我紧紧抓住烧灼的喉咙。

"她的骨头是白色的。我以为人要死去很久，骨头才会变得那么白。"

她的声音在颤抖，眼神中充满恐惧。也许她终于意识到危险了。这可不是靠清水和唱歌就能驱散的美国鬼魂。他们是幽灵，他们可以为所欲为。

一收到纱代美的短信，我就明白她走了。等我抵达青木原的时候，她已经去世很久了。

我花了好几年回忆我去美国上学之后与她共度的所有时光。打电话的时候总有一人正处于深夜时分。在短信里抱怨功课。我大二暑假回家，两人一起去徒步，累得没了攀岩的力气，于是在山脚下并排躺着，拉着彼此的手，凝望天空。

在返程的电车上，我本应听出她语气中的埋怨。"你总会回来找我的，是不是？"她望着窗外，甚至不敢看我。我当时没明白其中的含义。

我当时没能满足她的需求，所以我现在尽力而为。但也没什么：不过是几个吻，每晚的少许温存。

直到有一天,我能给她更多。

美国妞和我在天蒙蒙亮的时候都醒了。

我还是想离开森林,她对此很生气。"我得找到父亲!你一直都和鬼打交道,我还以为你是行家呢!"

"所以我知道什么时候该离开。"

"你不能就这么放弃了!我付钱!"

我放声大笑。

她的脸上又惊又怒。美国妞习惯了有钱能使鬼推磨,她没想到我不在乎。

"这是我唯一的机会!我周二就得飞回内布拉斯加。谁知道我还有没有机会再回来呢?我必须找到父亲!求你了!你欠我的。要不是我昨晚救了你,现在你也不会在这里了!"

我等她平静下来。

"我要回去。"我说,"你要么跟我一起回,要么自己去找。"

她脸色煞白,在骄傲与恐惧之间进退两难。

我给了她个台阶下。

"也许咱们在离开森林的路上能找到你父亲。"

看到阳光时,树木变密了。

走过一块石头,树木变密了。

每一条路上,树木都变密了。

每次我都会掉头另找一条路。我心跳变快,口中发干。我对自己说,我只是迷路了。我会找到路的。

但是,我已经知道了。没有路。

我们已经成了森林的囊中之物。

我没有告诉蜜瓜。这只会吓到她。她早晚会自己意识到的。

也许那时我已经知道该怎么办了。

美国妞吓得倒吸一口气，我警醒地停住脚步。

我正要从树木的阴影下走出来。前方有棵树被闪电劈倒了，辟出一小块空地。

空地边缘涌出数十个幽灵。它们三两成群，发出尖叫。

现在是白天，但幽灵周围涌起阴影，空地暂时陷入黑暗。有些幽灵的长发举着火炬。火光映照下，它们的白色和服上泛起蓝绿色调。这些幽灵有如食腐者，行动迅猛，却毫不优雅。

打头的幽灵进入空地，穿过空地。后面还有许多跟了上来。

美国妞浑身发抖。我身上起了鸡皮疙瘩。

无论何时，它们都能嗅到我们的气味。也许它们已经在发帘后面盯着我们了。瘦骨嶙峋的双手可能在任何一刻从发帘中伸出。

数百个幽灵鱼贯而过，直到最终，整个幽灵军团都走了，阴影和火光也跟着走了，只剩下浓雾和静悄悄的森林。

美国妞迈步想要踏入空地。别！我伸手阻止她。她一瞥，看到了我发现的东西，裹足不前。

还有最后一个幽灵，坐在闪电烧焦的树桩上。

空气好冷。我呼出的气息有如冰霜。

那幽灵的气味朝我们的方向飘来。

橘子味。

一瞬间，我如释重负，暖了起来。"别怕。"我对美国妞说，"我认识这个幽灵。"

我们走上前，幽灵转头朝向我们。她的身体依旧没动。她的脖子若还和活人一样,应该已经扭断了。

"谢谢你那天的建议啊。"我用日语刻薄地说。

"请等等!"她用英语答道,"在您决定去死之前,请联系警察。"

美国妞倒吸一口冷气,脸上露出恐惧的神情。

"没事的。"我再次安慰她,"她就喜欢念告示牌。她觉得这样很好笑。"

蜜瓜打了个冷战,用双手护住腹部。我心中暗想,但没敢说出口:不是你想见鬼魂的嘛。

"我们出不去了。"我对幽灵说。

她改讲日语道:"每条路都通向青木原。"

蜜瓜的呼吸变得急促起来。我不知道她听懂了多少。

"青木原几乎没有路。"

"每条路都通向死亡。青木原就是死亡。所以每条路都通向青木原。"

"你这些胡扯一点用都没有!"我生气地用日语说。

"森林想要你。"

"我都来过一百次了!为什么现在想要我?"

我对幽灵怒目而视。我知道她那些小把戏,她没有老实交代。

美国妞用破破烂烂的日语插嘴道:"劳驾!我要找我父亲。你可以帮帮我吗?"

幽灵再次扭头,能把脖子扭断的那种。"你的名字是蜜瓜。"

她的英语很蹩脚。

"是的。"蜜瓜说。她很害怕,可这也没能让她闭嘴。

幽灵又转向我:"你独自来了一百次,和她一起来了一次。你觉得这其中有什么不同?"

蜜瓜看看我又看看她,一脸困惑。我们的日语说得太快了。"求你了。"她重复道,"我父亲的名字是真武。他是在这里死的。"

"我为什么要帮你?"幽灵嘟哝道。她又用日语补充了一句:"她没有任何我想要的东西。"

"你从我这里得到的东西,她也有。"我说,"她有想要活下去的皮肤——"

我话没说完,突然意识到幽灵是什么意思。

我瞪着蜜瓜。"你来这儿到底是为了什么?"

蜜瓜没听懂我们的对话,但她看得出我眼中的震惊。她紧张起来。我一步上前想抓住她,但没来得及。她逃了。

幽灵飘入空中,注视着她跑掉。她在空中徘徊,闪电劈倒的树桩上留下一道清晰的影子。

我一时迷惑,没有追她。一切都很不对劲。森林变密。纱代美不肯放手。

"一个女孩想死。"幽灵说,"另一个女孩被一个鬼魂盯上了。两个都属于我们。"

"我该怎么办?我怎么才能出去?"

"森林一直在等待着吞噬你的机会。这些树以她为食之时,是不会让你走的。"

"那我就把它们都砍了!该死!我该怎么办?"

幽灵没有回答。她不肯帮我。她昨天如愿以偿,如今正在袖手旁观她导演的这一出好戏。

去她的吧。我从她身边跑过,去追蜜瓜。

"请您三思!"幽灵在我身后喊道,"想想您的家人!"

我找到蜜瓜的时候,她还在走,不过其实是在绕圈子,并没走多远。

她感觉到我的手拉住她的背包，猛地跳了起来。她挣扎着，不肯让我把她的包拽下来，但我的力气比她大，而且背包带子很松。

包里的东西：工具、衣服、洗漱用品——找到了：一大瓶止痛药，哗啦作响。

"你脑子被门夹了？"我问，"你为什么觉得自己需要这个？"

我按下盖子，拧开。把打开的药瓶丢了出去。药片四散。

我又摸出一瓶。蜜瓜跟我扭打起来，想要把药瓶抢回去。我挣开她，又是一场药片雨。

"随便你！"她嚷道，"你觉得我还需要药片吗？看看咱们这是在哪里！"

背包最下面有瓶伏特加，送服药片用的。我把酒倒了，和出一摊泥巴。

蜜瓜气呼呼地走了。她不要背包了，也不管我了。我在她后面小跑，几步追上了她。

"吃药自杀一点也不好。还是用绳子吧，这样快。"

"谢谢你的建议。"

"我不是在给你建议！你多大？十六？"

"十七。"

"你到底怎么了？为什么才十七岁就觉得你应该到这儿来？"

她猛地转过头来。我大吃一惊，不禁跟跄着后退几步。

"你觉得我才十七岁就不能有自己的问题了吗？我妈跑了。你满意了吗？我七岁的时候，她跑去芝加哥，把我丢给奥马哈的外祖父母，可他们根本就不喜欢小孩。去年她回家来，把我父亲的名字告诉我就又走了。我十二岁之后只见过她这么一回。我用攒着上大学的钱来了日本。为了见我父亲的家人。可他们也不想收留我！我对他们来说是什么？一个外国小孩？我只能到这里来找我父亲！"

她大喊大叫，唾沫溅到我脸上。我惊呆了，接不上话。我不习惯人们朝我吐苦水。谁会找我呢，带着怨灵的女人，总和死人打交道的女人。

最后，我终于想出该说什么了。"你以为能在这里找到亲人？"我指指森林，"让幽灵做你的亲人？"

"有什么不可以？你自己不是在跟幽灵睡吗？"她知道这话很伤人，能给我一击，这让她很开心。"你别管我。"她说。

"森林不肯。"我不想这么说，但这是真的，"我已经快要归它们所有了。如果不带上你，它们就不肯让我离开。"

蜜瓜脸上闪过疑惑的神情。她并没想拽上我一起死。

我趁机利用她的弱点。"你父亲。要是我帮你找他，你能保证不自杀吗？"

她犹豫片刻，点了点头。我从她闪烁的眼光中看出她不是真心保证。如果可以的话，她还是会自杀，为了和他一起留下。

只要她和我在一起，我就还有时间说服她改主意。

我们找回她的背包，静静走着。

爬坡的时候，她的鞋子嘎吱作响。我们都没洗澡，衣服上都是味儿。

我为什么要在乎蜜瓜会不会死，会不会拖上我？我来这里七年了，一直在和死亡暧昧。允许死亡吻我。等她把我带到一个无法安全跳落的高度。

我一直都清楚，纱代美终有一天会得到我，但不是现在，我一直没有做好准备。七年来，我一直在说，快了，以后吧，总有一天。

也许我根本不想死。

我们踏在柔软的苔藓上。树桩上藤蔓盘绕，仿佛幽灵的发丝，美，却又令人窒息。枝条有如手指，指向千万个方向。

树木之间有一大片暗影，那里本应有阳光。

是鬼群。

我拉住蜜瓜的手肘。我知道哪里可以找到她父亲了。

鬼影遮蔽了树木间的蜿蜒小径。我们冲向他们，他们也涌向我们。不过片刻，我们便被黑暗包围。

我对着鬼群大喊："我们在找她父亲！你们知道他在哪儿！"

火炬照亮了蜜瓜仰起的脸庞。她的脸上，光影闪烁迷离。

鬼群中突然起了变化。他们绕开我们，留下一块空间，仿佛我们是一座岛屿。一个幽灵飘入这片空间。

蜜瓜的父亲。

他穿着照片上那件扣得齐整的衬衣，已然褪色变得灰暗。裤子太长，盖住了他的双脚——如果他还有脚的话。裤脚空荡荡的，飘浮在地面上方。

他不像传统幽灵有舞动的长发，但头发还是挡住了他的双眼。说不准他在看哪里。也不知道他在想什么。

"真武？"蜜瓜的声音发颤。

幽灵开口了，他说的一个一个字彼此摩擦，有如浮石。"我当时是孤身一人。"

"说英语好吗？"蜜瓜哀求道。

"他们觉得我做不成。他们觉得我是胆小鬼。"

"求你了。我知道你以前和我母亲是说英语的。她连日语的'谢谢'都不会说。"

"谁也不肯雇用我。我整天都待在公园里。"

他周围起了一阵风，却只刮得到他自己。他的衣服飘动起来。有时衣服紧贴在身上，显露出骨头的轮廓。他的头发一动不动，依旧遮着脸。

我朝蜜瓜吼道："他都没听你说话！"

她没理会我。"我是你女儿！从美国来的！我知道你会理解我的。你知道孤身一人是什么滋味。"

"我对母亲大人说我会和她的房东谈谈下水道的问题。她说我没有别的事可做。她一直缠着我，直到我答应。我在公园坐着的时候，她给我的手机打电话。'你怎么还没处理？你连找房东这件事都做不成。'她觉得我做不成，她觉得我是胆小鬼。"

"求你了！我听不懂！跟我讲英语！"

"我那天去面试了，没准我被录用了，谁知道呢？我去找房东，我叫他帮我母亲修下水道。他说他会修的。我把他推到墙上，对他说：'现在就修。'那时候他可没觉得我是胆小鬼。"

"你……你母亲的厕所……？"

"他说他要叫警察。我说：'叫啊。'他们可以来公园找我。我离开他家，却没有去公园，而是买了张电车票。"

我猛地拉住蜜瓜的手。"他被缚住了！你听我说！他们都是这样的。都执着于……执着于孤独，或者亲吻，或者游戏……"

"我当时孤身一人。他们觉得我做不成。"

她父亲讲到了自己故事的结局，也是开始。他又循环回来了，但蜜瓜仍然在听他说话，对我置之不理。幽灵在我们周围徘徊，发丝的长度随着火光闪烁而变幻。

我必须做点什么，好唤回她的注意力。

我在衣袋中翻找着。那个木纹金婚戒。我已在焦虑中不知不觉将它摩挲得闪闪发亮。我把戒指丢向鬼群。

他们有如喜鹊看见闪光物一般俯冲下来。鬼爪从发帘间伸出。他们没有言语，尖啸冲天。

"看见了吗？"我大吼，"他们不过如此而已！追逐着他们自己选择抛弃的生命碎片！"

一个幽灵抓起戒指。戒指消失在她的发帘之后。其他幽灵哀号起来。

蜜瓜的父亲还在喃喃自语。"他们觉得我是胆小鬼。谁也不肯雇用我。"

我拉开我的背包，把破烂都掏了出来。剪子、指甲刀、梳子、粉饼。

我把这些东西丢向林间。每样东西掉落的地方，都有成群的幽灵俯冲下去。

"我整天都待在公园里。我对母亲大人说我会和她的房东谈谈下水道的问题。"

"你要是以为自杀可以结束痛苦，那还说得过去。可看看他们啊！痛苦并不会结束！只会继续！"

"她说我没有别的事可做。"

"这里根本没有亲人！你看看他们啊！"

两个幽灵在空中打了起来。爪子伸向彼此的喉咙。

"他们为了一点活物，就要把彼此撕成碎片！"

"她一直缠着我，直到我答应。我在公园坐着的时候，她给我的手机打电话。'你怎么还没处理？'"

还不够。蜜瓜的目光仍然停留在她父亲那里。充满向往，充满希望。

我伸手抓住她的背包的侧兜。她挣开了，但我拽住了拉链。我把拉链拉开，掏出了我看到她塞进去的东西：她父亲的尸体的照片。

我把照片丢到她父亲的幽灵的脚边。他立刻不说话了。他一认出自己，便化作一道贪婪与执迷的光，俯冲下来，想要夺走照片，完全将蜜瓜抛在脑后。

"看见了吗？"我问，"明白了吗？"

我看到蜜瓜眼中的温情散了。她将目光从父亲身上转开。我拉住她的手。

我们一言未发，跑过火光照亮的黑暗，脚下的土地崎岖不平。我们磕磕绊绊地跑过树根和岩石，几次差点儿跌倒。

鬼群尖啸着追了过来。我从包里掏出更多破烂，丢在我们身后。这能拖住他们，但他们还是离我们太近了。

蜜瓜摘掉她的背包，扔了。

我学着她的样，把贵重物品也扔了。上吊男的跑鞋，一把纸钞。

我们暂且和他们拉开了距离。树丛间出现了阳光。突然一下子变作光天化日，我们不禁眯起眼。

身后的暗影飞速追来。已经没有什么东西可扔了。

前方飘来一股气味，橘子的味道。

是她，她飘在树干上方，就是她这个扭曲的家伙害我卷进这一切。我想吼她，惩罚她，可她是我们唯一的机会。

"求你了！"我大喊，"我们得离开！"

她没有朝着我的声音转过来。她已经面对着我们了，大概一直在注视着。

她问："老价格？"

"对！"

她向我们飘来。我的脖颈后面起了鸡皮疙瘩。

"你为什么现在帮我们？"我问。

"现在你们两个人都要付我酬劳。"

眼前：她的头发伸向我们的身体。背后：鬼群遮天蔽日。她的发丝在鬼群抵达之前触及我们,将我们包裹在其中。

触手缠住我的睫毛,探进我的耳朵和鼻孔。有如无数可怖的小虫以死亡抚摸着我。无法逃离。我们被活埋在她的头发中。

她的发梢闪耀着欢乐,仿佛静电一般。她会放我们走吗?

终于,头发散开了。我可以移动手指了,然后是四肢。最后,蒙住我眼睛的头发退去。鬼群不见了,在我们藏身时过去了。

"谢谢。"我说。

我的语气有点酸楚。她差点儿害我丢了性命,现在却要感谢她。

但我的语气中也有感激。她救了我的命,很难不对她心存感激。

她飘在距离我们一米远的地方。头发变回正常的长度,大概与她的膝盖齐平,再不够包裹两人。

"请考虑一下您的父母、兄弟姐妹和子女。"她说,"请把您的烦恼告诉警察。"

一绺头发从她的发帘中伸了出来,指向树木间的一处空隙。

"那里有一条胶带小径。"她说,"你们可以走那条路出去。"

她转身目送我们离去。

"她究竟是什么人呢?"蜜瓜说,"也许她来自古代日本。就和她的和服一样。"

"不好说。"

"也许她是第一个死在这片森林里的人。"

"也许吧。"

蜜瓜和我坐在停车场里。白天的时候,这里停满了旅游大巴。这会儿除了我们再无一人。

我们一会儿就回镇上。现在先休息一下。

"我该怎么办?"蜜瓜问道。

这种问题很难回答。实话太伤人。

"你应该给外祖父母打个电话。"

"他们才不在乎呢。"

"也许他们在乎。"

她摇摇头,转开视线。

"总会有人在乎的。"

她的声音很平静。"对,没错。"

她呼吸急促,似乎快要哭了,但却没有哭。她也没再说别的。

于我而言,把内心的想法讲出来是件难事,但我努力尝试了一次。"你会快乐起来的,总有一天会的,哪怕只有几分钟。那也比当幽灵要好。"我想起幽灵在森林中说的话,又说,"每条路都通向青木原,所以,不如走慢一点。"

这话有点太肉麻了,有些伤感。但蜜瓜听了,露出一个微笑。

也许一点点肉麻可以阻止她年纪轻轻就去死。

我在青木原度过七年,不就是为了这个吗?希望阻止一个少女自杀。

我们又静静坐了几分钟,随后起身朝镇上走去。她给外祖父母打了个国际长途,我在一边坐着。

凌晨两点。

风声呼啸,却没有风。

我的纱代美。

她的头发缠住我的手腕,将我拉近。

她变了。苍白到几近透明。无比冰冷,她的怀抱变得有如春雨,突如其来的刺骨寒冷。

她的头发剥下我的衣服。探进我的双腿之间。我俩之间漫出一股湿漉漉的气息。眼泪与欲望在我们的皮肤上交融。

她开启了我，开始她的爱抚。好冷，令人猛地一惊，却又无比轻柔。

我们在我的卧室地板上半是拥抱，半是纠缠。七年来我们一直如此，在渴望与愤怒之间摇摆。

她怪我吗？怪我离开？怪我没看出本应看出的东西？

我怪她召唤我回来吗？怪她在我仍然活着的时候将我与死亡纠缠在一起？

我把手指伸入她的双腿间。她的身体中有一处是暖的。我找到了那里，她的身体绷紧起来。

发丝将我推远又拉近。发梢自己打成了一个个结。纱代美的脸上露出愤怒、狂喜、舒爽。

这一切也同样是我的感觉。

我的舌头融化了她的冰冷。

她的冰冷麻木了我的嘴唇。

我们两个人一起战栗起来。

她随着高潮发出尖叫。这一次终于不是愤怒的尖叫。是顶点。是赎罪。是净化。

她在尖叫中消解，我知道她不会再回来了。她的幽灵消散，只留下惨白的骨架。

我的纱代美。

我抱着她的尸骨蜷成一团。那骨架不再冷如冰雪，仅仅冷如死亡。

我睡在地板上，和她的遗体睡在一起，正如自杀守望人和他们带回的尸体睡在一起。至少第一晚，得有人陪伴刚刚死去的人，给他们慰藉。尽我们所能为他们驱散孤独，直至清晨。

随后，我们便要继续前行。

内在天文学

著 /（日）円城塔

译 / 纪鑫

　　所有人都抱怨不断，却没一个打算去的。据说去哪儿都一样。该去吗？去的话，去哪儿？或许该手指不知延伸到何处的铁路问，是去那儿吗？或许该指向肩后问，是去那儿吗？再展开双臂问，到底去哪儿？

　　我们这小小的镇子，存在于不知延伸到何处的平原的不知何处，笔直的铁路掠过平原边缘。铁路从远方延伸而来，又向另一个远方延伸而去。没有火车站之类的地方，孩子们追赶火车，我们向投放补给物资的乘务员挥手。投下的物资借着巨大的冲击力滚落大地又几次弹起，里面的物品常常倾泻而出。

　　"从这个意义上说，去哪儿都一样吧！"

　　屋顶上，莉奥接住我扔过去的苹果说道。地球这东西虽然是球体，但从远处看，跟一个点无异。在点上无法运动，所以哪儿也去不了。莉奥说出这么一套奇谈怪论。

"如果真想去哪儿，至少得相信地球平面说什么的。"接下来这些话才更像莉奥的风格。无限延展的平面，即使从极远处眺望，也不会成为一点，仍是平面。只要宇宙不是这种结构，那么去哪儿都一样。

我爬上梯子顶，坐在离莉奥稍远的地方，又各自在石棉瓦屋顶上躺下。莉奥将苹果放在身旁，对着瓶嘴喝起柠檬水。视线尽头，像打翻的砂糖壶般的夜空广袤无垠，月亮宛如一只巨大的眼球俯视着我们。阿爷坚持认为，现在的夜空跟从前的地面极为相似，而以前的夜空又恰似现在的地面。在如此这般远眺过程中，的确有了身体悬浮起来向夜空坠落下去的感觉。

我把手伸向手摇式收音机，广播声夹杂着杂音流淌而出。像是不知哪国的语言，像音乐，又像漫无目的的胡言乱语，语声绵绵不绝时陡然中断，继而又恢复绵绵不绝的语声。据说这是月球播放的无线广播，正因如此，所以还没人能理解它的内容。

近来，我们每晚都这样观测天体。空中闪耀的全是星光，因为地球这东西也是天体，所以映入眼中的所有物体全都是天体。如果悬浮于宇宙之中的物体是天体的话，那我们自身也是天体。

悬浮于头顶的巨大月球，像一只吸纳黑光的瞳孔。光路如视网膜般覆于月面闪烁不止。虽被称为巨大都市，却无人知晓其本来面目。有说是兔子窝，有说是蟹子建的街道，还有说那里住着早已退职的九百万个老太婆，众说纷纭。我固然希望它由我们的祖先建成，然而镇子的历史中却对月面都市只字不提。我们的子孙注定无法如愿登上月球，既然这样，我们的祖先也不可能登上去过。

凝神静观之时，月亮偶尔眨眨眼，向我们诉说什么，对我们深情凝视。

星空广袤无垠。我们所知的星座只是少数，昔日的星座现在也混杂进了新近不断出现的无数星体之间。用手指出一颗星星极为困难。

"就是那颗星。"即使伸长手臂指给人看，对方也往往不知到底是哪颗，我们毕竟无法坐进听话人的眼窝里。在"是那颗！""是哪颗？"的对话中，大多数星体或星座失去了名称，而需要逐一命名的新的星体又实在太多。

我们也不过是自以为是地为星体命名，按各自的喜好叫它们罢了。例如覆盖了半个天空的咆哮的Lion座，没人知道它与以前叫作Leo的狮子座是否为同一星座，也无人知晓如何判断才好。

众所周知的、硕果仅存的、尚为我们共有的高举着棍棒的猎户座，今天也面向右侧，相当于腰带的三连星仍向右上方斜着排列，闪个不停。

"想必猎户座快要回头了。"为验证莉奥的这一预测，我们每晚都这样仰望着夜空度过。

"'回头'到底是什么意思？"

当莉奥开始说些让人摸不着头脑的东西时，我最好先问每个词语的意思，这是我的经验。莉奥表情严肃，一本正经地作答："向右变为向左，反之也成立。"

"哦？"我含糊地应答着，默不作声地开始将收音机、苹果、糖果、防寒服和柠檬水瓶等塞进背包。理论方面姑且不论，一旦决意要做什么，莉奥就会在考验的道路上一往无前。

莉奥站起身。"快瞧！快瞧！"她手臂笔直地指向夜空，欢快地大叫不止。受柠檬水刺激，莉奥喝醉了酒似的摇头晃脑，不顾危险在屋顶上又蹦又跳。

"转向左啦！"

猎户座面无表情地悬浮于夜空中。

"看起来一样啊！"我直白地回应。根本没见丝毫变化。仍面向右侧的猎户氏只是在那儿炫耀浑身的肌肉，惺惺作态。"我感觉星体的回转速度比以往快了哎！"

"不可能！"莉奥打了个声音尖利的响指，示意我不准出声。莉奥掸掸屁股，皱起的眉头又慢慢舒展开，她神色严峻地盯着猎户座说："猎户座果然没有正面！"

因为猎户座无心跟自己正面相对而全身毛发倒竖双拳紧握的这个生物，倒真是与意为"狮子"的名字① 很是相称。

镇子距世界尽头很近。

这是铁路对面的阿爷与莉奥得出的结论。具体来说，镇子位于距世界尽头约五分之一处。差不多是在连接世界中心与世界尽头的铁路旁，离尽头那一侧五分之一的地方。

阿爷是个曾借着醉意在镇上酒馆里公布减法而惨遭驱逐的人物。按照神圣的教科书上的记载，我们的创世主——钟表匠君，仅用自然数与加法创造了这个世界。由此看来，算数肯定不是他的强项。因此，这个世界充满了错误，错误与错误无法相互抵消，只会被一味相加并产生更大的错误。

阿爷若只是算算找零，或许还有回旋余地，可得意忘形的他连自己通晓分数间的除法之事也和盘托出。

毁灭了旧世界的分数间的除法是被严加禁止的知识。

减法及乘法都是人类创造出来的。如果到此为止或许还好，但自信满满的人类最终又创造出了分数间的除法，巨大的数学象牙塔建成了，直至将旧世界无可挽回地彻底毁灭。分数如其字面意义，变成了将这世界分割得七零八落的东西。我不清楚这神话的真实性到底有多大。

---

① "莉奥"（Leo）意为"狮子"。

镇议会裁定，不许持有这种异端知识的人越过铁路到这边来。自那以后，阿爷就一直在铁路对面垃圾堆般的窝棚里生活起居。我的这位远房亲戚，现在兼做莉奥的友人与导师。

"总之，"阿爷煞有介事地说，"假设你碰巧经过铁路，你耷拉着那张蠢脸等下一趟火车。"

阿爷好像在说"听明白没？"，那双被酒精浸淫得昏花的老眼盯着我的脑袋。"那么，过来的下一趟火车会去哪个方向？"

我答道，驶向左右两侧的概率应该相同吧！阿爷呼出一口酒气说："阿爷我原来也这么想，其实不然！"

莉奥从火车上投放下来的散乱物资中捡酒瓶充当付给阿爷的学费，在此过程中她隐约注意到，自己在铁路旁等待下一班火车时，驶向世界尽头一侧的火车要更多一些。

"一旦回过味儿来，就能明白那是理所当然的。"

阿爷与莉奥此前多次试图向我解释清楚，但至今未见成功。好在我虽然完全搞不懂他们的意思，但解说方法却已牢记在心。

"一条铁路横在我们面前，铁路上众多火车被配置于随机位置，各自驶向喜欢的方向。位于我们所在地点左侧的火车数量多的话，那么下一班经过我们眼前的火车向右行驶的概率就高。"

"是这个理吗？"我问。阿爷与莉奥郑重地点头认可。

"那又如何知道这个镇子的位置呢？"

每次我这样问时，两人就面露为难之色。

"什么'如何'，你刚才不是已经解释了吗，中学生也能理解这个理论啊。"按古代标准，莉奥就处于中学生的年龄，但她说出这番话时的表情，的确让人觉得难以理解。同样年龄的我则继续背诵意思不明的长篇大论："也就是说，当到达铁路上某一地点，假设已知向右与向左行驶的火车的比率，那么就能推定自己处于直线上的哪个位置。"

"是这个理吗？"又我问。阿爷与莉奥同时点头。

阿爷与莉奥无法理解竟然有人能够这样解说却无法理解自己解说的内容。其实我只是重复他们的话，感觉自己真的跟学舌的鹦鹉十分相似。

"总之，这就是被称为'升降机悖论'的理论。"

阿爷耸耸肩，一如既往地进入总结阶段。两人虽是独立发现了推定镇子位置的方法，但阿爷后来发现这一方法已经记载于太古书籍中。不知哪个时代的名叫'升降机氏'的人物，好像已注意到这事实，并用自己的名字为定理命名。本来升降机这玩意儿到底是不是人名，阿爷也不是很清楚。也有种意见说那是数学象牙塔或是它的赞助人的名字，座塔高耸云天，引发了钟表匠的怒火。

"事物大抵皆是如此。"

人类能够想象的事物，早已被想象殆尽、记录终了。阿爷微笑着这样告诉我。"只不过，这次可不得了哟。"莉奥说道，在一旁频频点头。

阿爷继续高谈阔论："月食发生时间预测出来了。"

"那一定要看看。"我漫不经心地应答。

圆月透过窝棚破败的屋顶凝望着我们。

天体观测及轨道计算是阿爷与莉奥的秘密爱好。其实就算不特别保密，他们的听众也只有我。

在坍塌了一半的窝棚里，桌子上扔着计算尺、手摇计算机之类的用具，地板上散落着穿孔卡片及杂七杂八的垃圾。阿爷说理解天体的运行是科学基础。理由极其简单。点在真空中移动，仅此而已。星体本身既无精神又无情感，忠实地遵循着严格确定下的规则，毫无怨言地默默运行。至少在远古往昔是这样。眼下有些事情不同了。

两人坚持认为，此时此地的我们连猎户座向右还是向左这类事情都日渐含混了。就像对刚开始写字的孩子而言，p 与 q、b 与 d 很难区别。我们的头脑正急速退化，连自己不明白什么都渐渐不明白了。自诩"人类"的我们，正倒退至幼年期的懵懂阶段。本已摇摇晃晃地爬出了摇篮，不知为何又要钻进另一个摇篮。

为理解星座的运动，首先必须理解星座为何物，而阿爷与莉奥眼中的星座，或向右或向左，全由着自己的喜好随口胡说。当然，星体不可能做那么大胆的运动，运动肯定在我们头脑里发生。固然只为观测天体，但若不能面对自己的精神世界，一切就无从谈起。据说我们就生存于如此麻烦的宇宙当中。

比如，能够理解我们正日复一日切切实实地变为傻瓜的愚蠢的莉奥，今天又在满月下，一只手拎着柠檬水瓶，一边观察猎户座一边试图向我解释。

"假设有一个猎户座向右的宇宙和一个猎户座向左的宇宙，那么可以说我们位于其间不知哪儿的宇宙。"

"与火车理论相同吧。"我自暴自弃地答道。通过统计从右与从左边来的火车的数量，能够推定铁路上的自己的位置。我们的镇子位于距世界尽头约五分之一处就是其例证。尽管在我眼中猎户座一直向右，但被郑重其事地追问何为向右之后，我渐渐没了自信。偷偷调换一下 b 与 d，同时如果我以为 b 是 b 的头脑构造被顺便调换为将 b 感知为 d，那么，这变化是无法被发现的。

阿爷与莉奥构筑中的天文学以这种调换为基础，必然会成长为直接连接微观的头脑世界与宏观的宇宙世界的巨型诡论。按两人的观点，全人类规模的调换正在进行，证据就是方向改变的猎户座及闪烁的满月的出现。如果不可能发生的事顺理成章地发生，不可能发生这一前提本身就是谬误。出问题的是星体，是我们，还是别的什么？当然，也可能是一切都不正常了。

因为我们渐渐地丧失了区别 b 与 d 的能力，于是也无法捕捉到环绕我们自身的变化之波。虽说如此，却也无可奈何，因为看不见的东西终归看不见。至少我看不见。镇子上确实感觉到这变化的只有两人，其中一个是镇里屈指可数的酒鬼，而另一位还完全是个孩子。

理智慢慢化为疯狂时，理智会怎样？曾经理智的疯狂之人，依然认为自己是理智的。在理智慢慢化为疯狂的过程中，仍断言自己是理智的，这正印证了其疯狂。化为月形的疯狂之气停滞空中，恒久地远眺着地表上的我们。

"先不说你们的理论正确与否……"

"肯定正确。"莉奥简短地回答。

"即便如此，仍需要证据。"我说。

"已经达到预测猎户座反转频率的水准了。"莉奥答道。

"不是那个意思，而是需要更客观的证据。我只能看到猎户座面向右侧。"

莉奥不声不响地抬起右手指向月亮。

据说，借无线电波高声梦呓的月面都市的出现，是阿爷小时候的事。本来这也不过是阿爷记忆中的事件，对阿爷以外的人来说，月亮一直都是现在这样。

"有别的东西也能看见月球上的都市了。"莉奥说。

"别的东西是指什么东西？"

"这只是个假说，"这种理不直气不壮的开场白很少见，莉奥接着说，"鲸鱼，或是海豚，或是乌贼、地衣、南极磷虾。"

嗯，我装作深受震动的样子。我最近一直怀疑柠檬水是否对某些人群具有酩酊作用。

"不觉得人类的感觉比思考更细腻微妙吗？"

莉奥喃喃自语道，将梦想者特有的目光聚焦在我的背后。我忽地想到，能看出猎户座左右的莉奥，或许也能看出我前后反转的模样。

"人类对自然的理解很失败。"莉奥继续她的独白，摇摇头，没转向任何人。"有些东西已开始比人类更高明地理解自然了。"

奥突然扬起手，柠檬水瓶飞出撞向屋顶，一边吐出瓶内物质一边遵从着自然法则骨碌骨碌滚向屋顶尽头，消失在黑暗之中。

"总觉得帝国与恐龙有相似之处。"莉奥已经远远跨过了天才与蠢货之间的细线，她继续对着夜空倾诉其自由联想，"正如恐龙曾见过的世界已彻底消亡，帝国曾见到的世界也不复存在。"

莉奥轻声说了些什么，或者只是沉重地呼吸。"人类可能正被逐出现在所处的认知龛。"

人类已进化到能够理解进化了。这听似理所当然，却绝非不言自明之理。即便对进化这一现象不是特别了解，进化过程也会自然而然地发生。即便不懂理论，火车也会行驶，我们也能思考。如果有朝一日不懂思考方法就无法思考，那一定也没时间去思考任何东西了。

所谓认知龛，也是阿爷从太古书籍中挖掘出的用语，并非什么特别的新发明。一些东西能够认识一些东西，这跟一些生物吃掉另一些生物一样自然。众多生物围绕着有限的资源展开竞争。在食物链的大网中，每个物种都有适合自身的生态龛，这可以避免无益的竞争。捕食相同猎物、运用相同战术的两个物种，不会容身同一个生态龛中。安居于各自适应的环境，有利于整体效率提高。当然，这也是个逆向过程：提高效率有助于占据生态龛。效率低下的物种找不到足够的食物，或者干脆被吃掉。这是一种稳妥的思路。

将此应用于认知过程，则被称为认知龛。人类观察苹果，蝙蝠观察苹果，驴、狗、猫、鸡相安无事地观察苹果，于是苹果开始熠熠生辉。苹果感觉更像个苹果了。这到底是怎么回事，我很想请教阿爷与莉奥。

不知哪儿的初来乍到者正在把我们逐出曾经安居的认知龛。这就是能看出猎户座反转的那两人的意见。他们认为人类的认知将转移到之前被其他生物占有的认知龛里去。或是，人类的认知过程被不知哪儿的什么东西侵略，我们的认识被迫转移了。

我们的信息处理能力不足以处理彻底通过感觉器官输入。现在，我们仰望的夜空中有无数星体在闪烁。我虽然像这样眺望其中的每颗星星，却无法将其逐一记忆。即使明天有哪个星体陨灭并增加一颗新星，我肯定也注意不到。在自始至终的无意识过程中，隐约觉得星体有了相当数量的增加。平常过日子，并没在意头发跟父亲的头皮说再见，可后来忽地发现父亲的头发已相当稀少。我也没注意到自己的视点随着个子的成长在渐渐升高。

我们在浪费信息，不经像样的加工，便任其自右向左不断流逝。充其量稍稍动了点感情。可以说有什么东西吃掉了这些被无节制地遗漏掉的信息，它们比人类更会精细地加工的信息。

一个生态龛内存在两个物种，实在太多了。

对一般人而言，怀疑自己的想法是理智的，但阿爷与莉奥的头脑已强大到能够无视这种理智，强大到能够在这混沌的宇宙中再次创造天文学。

"不过物质可是很顽强的。"我无力地反驳道。即便大半人类都相信地球是平的，地球也不会因此就变成平的。莉奥说，至少看起来是平的。若照这么说，所谓地震，你也可以认为其实就是支撑大地的大象的汗水使地壳打滑的现象。我认可感知自由，我们可以自由地去感知自己想要感知的东西。可莉奥却说不是这样。她说，感知有别于思考，就是说，人们无法相信过去一直感知不到，而现在突然感知到的事物。

"只会认为是误打误撞感知到的。"莉奥说,"若说能感知到分子的存在,能感知到进化,绝对是大错特错。因为'分子''进化'这类词语,是为便于理解而杜撰出来的,可以认知,但不可以感知。因为无法感知所以才要思考。即便如此,假如能够作为实感感知到,那事实本身就不容动摇。"

"不过物质可是很顽强的。"我毫无新意地重复道。接着又补充,比如数字。就算人类越来越蠢,蠢到数不出比三大的数,数字也不会就此消亡。这类事物并非少数服从多数便能决定的。我宁愿相信那是不可决定的。

"看那个。"莉奥静静地指向天空。

今天满月依然高悬空中,被月面都市环绕的瞳孔安详地俯视着我们。我的确也能看到那只眼在凝视着我。一只黑黑的眼睛,不时眨着,像在暗送秋波。

按照莉奥的天体观测记录,猎户座面向左侧的时间在慢慢延长。

这也就是宣告,我们的宇宙正在渐渐接近宇宙的尽头或中心。并非说马上会如何如何,但确实有什么正在真真切切地发生。至少发生在莉奥的头脑中。当到达宇宙尽头时到底会发生什么,阿爷与莉奥也全然不知。在自己有生之年不会有什么事的,阿爷说。他的双手因缺少酒精的刺激而剧烈颤抖,至于那天是在不久的将来还是遥远的未来根本无从判断。

我冲阿爷扬了扬威士忌酒瓶,他则在牢骚满腹地嘟囔:"今天就你一个人?"

"至少告诉我一些吧,比如你觉得会发生什么?"

"我为什么要这样努力思考?就是为了理解到时候要发生什么。"

阿爷把脑袋埋在计算用纸堆里。我抓着他的手，把酒瓶子拿了回来。"猎户座转向的事情，只是你们俩的幻觉。"

阿爷看看我又看看酒瓶，咂了咂嘴。"有这种可能，我不否认。要是真的只有两个人能看见，我也无可奈何。说是感染性的幻觉也有可能。毕竟同步化是生物的基本生存策略。"

阿爷眯起眼睛想要确认威士忌的标贴，旋即死了心似的摇摇头。"你想知道什么？"

"有关月亮的事情。"

"月亮？我说……"阿爷抱起胳膊，将自身体重交给了快要散架的靠背，然后保持这个姿势向下滑落。"这是极其单纯的理论。宏大的现象只能通过简单的理论实现。"

"简单……"我口中念念有词。阿爷完全无视我，脸上有点害羞似的漾出笑意。大概在表明好意，模样却很吓人。

"现在想再听听'量子力学'这类老生常谈？"

"不，不想听。"

"哎呀！"阿爷笑起来，不住地咳着，"总之，不过是个比喻罢了。说到底，本质很简单，因为有人要观察什么东西，于是那个东西就存在了。"

"怎样？"阿爷撩起厚重的眼皮，睁圆双眼望着我。

"听起来像是非常傲慢的想法。"

"说得对！"阿爷似乎心满意足，"不过，说它傲慢，前提是我们认为只有人类才有认识能力。"

我默不作声地数起深刻于阿爷脸上的皱纹。阿爷问："为什么认识的主体必须是人类？"

"因为感知事物的是我们。"

阿爷"嗯"了一声，摆出一副沉思的模样。"我们相信自己能感知事物，其实这一点正被其他东西观测着，这想法如何？"

"就像感觉自己被要求发言似的相信自己这样说。"

阿爷的奇袭失败，他吭了吭鼻子，挥了挥手赶我走。我想肯定就是这么回事儿了。我把酒瓶留在桌上。

曾经，人人都以为那个化身为一只眼睛，悬浮于空中的东西，就是俯视我们的月球。

由此出现的月球视网膜，是由我们的认知或愿望生出的吗？还是由侵占了我们的认知龛的后继者，如乌贼、南极磷虾或是蓝光萤火虫的认识产生的呢？似乎也不清楚，不知何时能了解真相。

我也承认事情多少有些纠缠不清。我们正在认知那个像眼球一样的月球。不过真相可能是，月球在认知我们，而这月球又是别的什么东西的认知对象。又或者，据另一些认识主体的观察，我们人类相信自己正在观察月球。

那个什么东西为什么不直接认识我们，而要通过月球这么个玩意儿呢？我很想问问当事者，却又不知向何处询问。也有极大可能是，它们对我们并不特别在意，或许只是想拥有一台客观观察自己的机器而已。

我尝试理顺这些林林总总的逻辑关系——如果它们是那样的，那我们必然是这样的。在此过程中，矛盾不断产生。我们宇宙的结构就像从一开始就出了差错的编织物，它就这样一直继续下去，结果成了一台虽一发不可收拾，但仍平心静气地运转下去的破罐子破摔似的机器。由钟表匠仅凭盲目摸索制造出的这个玩意儿，会自行其是地不断自我改造，它现在是个钟表还是别的什么已全然不明，只是钟表匠偶尔亲自触碰到的那部分还装作钟表的样子。

那些现在正观察着月球的家伙，对于他们的本来面目，我也能像个侦探似的指出一个问题。猎户座看起来转向,是从天球①外侧观测的结果。星座都贴天球表面,而月球并不是悬浮在天球外侧的。但如果这么说的话,那就不可能从地球以外的任何地点观看猎户座的排布。

想必莉奥和阿爷早就看透了这一玄机。

构想那个月面都市并使其存在的生物们,如此这般观测着我们的那些家伙,似乎在假想天球中获得了一些乐趣。想到它们拥有与我们截然不同的天文学这一点,难免会令人不寒而栗。

虽说这种哄小孩的故事可以从单调变得无比错综复杂,但常因麻烦而持续不下去。我现在稍稍多说几句。凝视我们的那轮满月,说到底是由所谓人类的梦想生出的。或是我们中的一些人认定需要一个先验论监视者,这些人在无意识中创造了它。就像我们以为由于我们的观测而使月球存在,同样,我们也被我们观测着的月球观测,这或许就是理性吧,大体就是这个样子。总之,这便是过高评价人类而产生的妄想。

超出这个层面,哄小孩的故事就完全变成了吹牛大话。将之理解为哄小孩的故事,或是理解为单纯的吹牛皮,不用说,都依存于我们的认知过程。

我低头从门形孔洞出去,阿爷对着我的后背叫道:"别忘了哟!"

"忘了什么?"

"你要来看月食。"

经他一说我这才想起,莉奥与阿爷做过这方面的计算。我也认为这是个公正的提议。在丧失了理性的宇宙中,他们发现了支配其活动的法则并预测下一个举动。如果是妄想的理论,则不可能预见现实的结果。阿爷与莉奥的天文学如果能正确预测月食的发生时间,其中必

---

①天球,天文学中假想的一个半径无限大的球,它与地球同心,并有相同的自转轴。星座可以看作是天球表面上的投影。所以假设从天球外部观测,星座的方向就会反转。

定包含着一部分真理。

当然，我期待的是他们的预想落空，我期待阿爷与莉奥的天文学被彻底抛弃。

依据阿爷与莉奥构建的内在天文学预测出的月食，当然无法被其他居民理解，于是镇子陷入极度混乱。月食突然发生，镇民们惊慌失措，甚至以为世界末日已然来临。

"五十年不遇的大事啊！"阿爷说。我们从阿爷的窝棚里拿出了所有的靠垫，躺在夜空下的草原上。我们眼看着土星环绕在了圆月周围。

"无论怎样都不会是土星吧！"我刚要对阿爷发牢骚，侧腹上被莉奥踢了一脚，赶紧闭嘴。土星环徐徐滑过月面，土星本体也缓缓在月面上投下巨影。

"与预测没差多少，对吧？"阿爷问道。

"对。"莉奥回答。

两人正冷静地谈话，我再次从心底质疑他们的理智。尽管是我亲眼所见，却要试图否定。

"不对，感觉还是有点奇怪！假如土星真的插入地球与月球之间，那在此之前不就应该看到它接近过来了吗？"我问。

"几周之前就看到了，一直能看到呀！"莉奥的回答令我无言以对。她接下来的言论，更是令我几乎无法呼吸。"相比这一问题，我们更应该对此前一直观测到满月抱有疑问。"

这正是我不以为然地舍弃了的信息流。月球围绕地球转，地球围绕太阳运行，这都是常识。我们总是看到满月，这也是个常识。不知为什么，我们会将两者都理解为常识。现在，联结两座常识之岛的桥梁被认识冲垮，不再有联系。

土星继续慢慢覆盖月面，变成恰好与月球同等大小的黑色圆盘，朝向这边的环完美清晰地制造出背光。铁路对面火光熊熊,镇子方向隐约传来叫喊声。给黑色圆盘镶上了银边的月光,或许会将我们的地平线烧成灰烬的火焰,据说在距离世界尽头五分之一处的镇子,将成为独一无二的被观察者的我们。

"你也一起来?"莉奥问我。

那当然不可能。

在已变成这副样子的宇宙中,人类做什么都是徒劳。现在的这个宇宙,连物理法则都似乎丧失殆尽,恐怕数字的概念也岌岌可危了。不管怎么说,毕竟土星都插到地球与月球之间了。连对方是否为生物都无法了解的世界,不可能留有人类思考的余地。

"不会的!我们一定能理解这个宇宙!"莉奥仰望着夜空说道。

宣言铿锵有力却毫无根据,而且极其自相矛盾。我们试图以我们自己的逻辑,去理解一种旨在抹除我们逻辑的机制。打个比方,这并非将外语翻译成我们的语言,而是更像尝试将我们的语言翻译成自己本来就不懂的外语。其实事态比这更严重,我们并非要翻译宇宙人的语言,而是要将我们自身的语言埋葬在仅有宇宙人的语言存在的境况中。我无法想象这种可能。

"那当然是不可能。"

"别这么不争气!"

不知何时站起身的阿爷俯视着我们俩。"你们俩看起来倒很般配。"

"跟那有什么关系?"没等我说完,莉奥叫了一声"这算什么"便一跃而起。阿爷轻轻下蹲,躲过了莉奥的旋风腿,动作敏捷得出人意料。

我们并非要故意隐瞒,因为觉得与这事没什么关系,所以不用特意说出来。就像在莉奥祖先的国家中,给女孩子起个意为"狮子"的名字似乎并不是稀罕事儿。

"不管你说什么,都是那么回事儿!这世上没有比单纯的事物更有效的东西了。"

莉奥恶狠狠地瞪着像是马上要吹起口哨来的阿爷,突然转过脸,抬腿就走。她肩头急剧起伏,急速摆动双臂,飞快地跑向不知延伸到何处的黑暗草原。那是与镇子相反、与铁路垂直的方向。

"你还不去追?"阿爷问。

"这类事儿并不是那类事儿,至少我不这么想。"

阿爷的表情像是在说"真是个傻瓜",我却视若无睹。

"不一起去的话会怎样?"我问。我连面向左侧的猎户座都看不出来,连自己被这癫狂的自然完全欺骗都不能清醒地认识到。这不是思维的问题,连感情的问题都算不上,我只是没有意识到,只因我没被这个宇宙选中。

"是不是该问一起去的话会怎样?"

"那就这么问。"

阿爷对破罐破摔的我嘿嘿一笑。"这些事儿你们自己决定就好。找到像是侵占了人类认知龛位置的新生物,与之战斗也好交涉也罢,或是摸索在新认知龛里的活法,或是探求法则自身崩溃的法则,都是大冒险。"

"对大冒险什么的没兴趣。"

阿爷向草原尽头扬了扬下巴。"可那姑娘兴趣很大。"

我叹息一声,垂下肩头。

蚀月之下,一个小小的身影叉腿站立,不断向天空挥舞着拳头。

我忽地抬起眼,呼吸在这一瞬间停止。我看到一处空白,就在猎户座曾经所在的位置。其实我看见的并非完全空白,而是发现星星只是纵向排成了一列,不知道说"只是"合不合适。

扁平的猎户座正面朝向我,或许是背对着我亦未可知。

这意味着我突然成了阿爷与莉奥的同伙吗?也就是说,似乎能够成为社会性昆虫,或是蝙蝠形宇宙人,或是莫名其妙的超级智慧种族的其中一员了?仅有两人或许是妄想,增加到三个人那就另当别论了。不是有这样的谚语吗?

猎户座破天荒头一遭在我面前回头,为什么会在这一刻发生?我的大脑飞速旋转探求理由,却也徒劳无益。或许只是个偶然,或许与土星遮住了月亮的视线有关。但是,月亮的视线白天也会贯穿地球始终凝望着我们,所以后一种猜测的可能性极低。土星的影子隐藏了我心中的理智,是这个原因?或是掌管忧郁的土星已将我心中的疯狂之月包藏了起来?思考是徒劳的。因被月球观测而实现的思考更是枉然。此处通常的理论已行不通,只能创建新的理论。

既然看到了,抵抗也白搭,我们还是我们,我们会渐渐适应自己。

莉奥对转身的猎户座不堪入耳的辱骂声随风隐约传来,修改为多少文雅一点的表达记录如下:"给我等在那儿!我要去跟你拼个你死我活!"

此时此刻我明白了自己能看到猎户座转身的原因。尽管直到最后也绝不可能理解,但看到这景象,我完全明白了。身体里,从单细胞生物时代起连绵不断继承下来的那个与太古相连的自己,突破了我的思考,发现了新的认知龛,开始自行其是地认识宇宙。我选择了我,而且我知道这一点。对,就算是我,也不得不选择点什么。

我看见猎户座面向莉奥缓缓扬起粗大的棍棒。

我的身体抛弃了我的头脑。

"莉奥!"我大叫着,脚踏不知延伸到何处的平坦大地奔跑起来。一个纤细小巧的身体在前方远处跃动。是面向我这边还是朝向那侧,在这黑暗之中尚无法判明。

"等着我!"

我现在就去。

一览无余

著 /（美）帕特·卡迪根
译 / 吴莹莹

在武良后久看来，如果骗子没有灵光闪现般使用"复活节彩蛋"这种术语，老太太也许就不会上当。江渡艾米——老年社区的邻居们都用这个名字称呼她，是仍使用这个古老词语的最后一代人之一。她九十多岁了，还记得日本存在时的情况。后来，地震和海啸把日本切割成了碎片，即使没有核辐射，那些小岛也是不能住人的。他也不愿相信是这段历史让她变得如此轻信。

他不明白多蕾·康斯坦丁为什么把这个案子交给他。首先，他已经好几个月没见到她了——至少两个月，不超过六个月？确切说是七个月，康斯坦丁说这在AR①时代更显漫长。"狗年"，她这样说。虽然这段时间他在AR里见过她，但也只是眼角余光瞥见而已，离得很远，而且只是一瞬间的事，但康斯坦丁的辨识度太强，哪怕是她离去后留

---

① AR，增强现实（Augmented Reality）和虚拟现实（Artificial Reality）的缩写。

下的空白。你好太忙稍后见，他在心里念叨，同时也好奇她是如何适应增强现实和虚拟现实的。在美国，增强现实的放松管制带来一阵司法界疾风骤雨，最终导致了在后久看来上世纪最令人敬畏的法规的出台：合法现实。他一直想和康斯坦丁好好聊聊此事，但他总是太忙，甚至没时间给她发句抖机灵的评论。

也许这就是她把江渡艾米这个案子交给后久处理的原因，逼他跟自己联系，问句"搞什么鬼"。他仔细研读了案件报告，确保不遗漏任何细节，但这案子看起来——用康斯坦丁的话说——就是一件单纯诈骗案。虽然作案手法卑鄙，但对I3[①]来说根本不算什么事。地方司法系统可以自动运转：公诉人将指出案件有两点特殊之处：江渡成为诈骗目标，不仅因为她年老势弱，更因为她是日本人。这就将单纯诈骗变成了仇恨犯罪，属于联邦的管辖范围。一想到要面对联邦法官，罪犯和通常由法庭委派的辩方律师就会倾向于辩诉交易，一般重点在"辩诉"，而交易方面没有多少讨价还价的余地。DA[②]会直接撤销特殊情况指控。罪犯松了口气，开始服刑，虽然量刑不会比陪审团审判轻多少，但他们都会觉得自己逃过了一劫。劳累的检察官们更是松了口气：他们终于可以不用向同样劳累的联邦法官陈述这件特殊案件，而联邦法官的诉讼时间表上本来就已经找不到任何空白处来增添新垃圾了。

唯一异于寻常的是，这个骗子不愿表现出知错就改的态度，也不积极为自己请求原谅，即使在法官审度她忏悔的真诚度和宣布判决时也是如此。这位奇人叫普蕾迪·榴弹炮，名字不是后来改的，而是出生时父母起的。摊上这样的家长，武良后久觉得她算是毁在了起跑线上。普蕾迪长长的档案也证明了这一点——轻罪、重罪、缓刑、服刑达到一定年限的减刑、因监狱空间不够而获得的减刑，还有一系列

[①]此处的I指Interpol，即国际刑警。
[②]地方检察官（District Attorney）的缩写。

解雇和DTP①。后者一般意味着缺少证据或证人,还有一条后面标着TFB,后久仔细研究了一下,发现这是"太他妈无聊②"的缩写。

太搞笑了,令人过目难忘,他这样想着,拨通了康斯坦丁的电话。

她手下的一个警探接了电话,有络腮胡的那个。他花了一分钟才想起了她的名字:塞莉斯汀。

"真是一场司法噩梦。"塞莉斯汀畅快地说道。他一直不喜欢面部有太多毛发的人,不管是男是女,但他喜欢她的笑声。

"就因为是跨国案件?"他耸了耸肩,"对你们来说这可是家常便饭。"

"在AR里的确如此,但这不是一般的AR。"

"有什么不一样?"

"这不仅是虚拟现实,也是增强现实,还有离线插曲,都跨越了国界。我们的DA只看了一眼,就决定把这事留给别人头疼去。但我还是得说,你恐怕也不会侥幸成功的。"

"我不知道康斯坦丁如今还可以替地方检察机关分派案件。"

塞莉斯汀的笑容消失了。"什么,你再说一遍?"

"这个案子是康斯坦丁给我的,不是DA。"

她面无表情地说:"你稍等。"然后开始翻桌上的什么东西,镜头这边看不见。半分钟之后她才抬起头。"DA办公室有记录,二十分钟前此案已转入I3。他们说这次扭转肯定破了世界纪录。"

"我也这样觉得,"后久说,"因为十二个小时前我就收到邮件了。你们用的邮件系统是中微子的吗?"

塞莉斯汀不安地扭动了一下。"好吧,说不定是因为我们这边谁的计时器坏掉了,或者把时区搞乱了,诸如此类。"

"闻所未闻,"后久说,"但正如康斯坦丁经常说的,比这更奇怪的

---

①检方拒绝起诉(Decline To Prosecute)的缩写。
②原文为Too Fucking Boring

事都有。"听到她的名字,警探几乎是哆嗦了一下。他有一种不祥的预感。"可能是她恶作剧吧。"

"不是康斯坦丁。"塞莉斯汀坚持说道,"如果这是个玩笑——老天,即使在DA办公室,我都找不出能拿这种事情开玩笑的人。"

"出什么事了?"后久把声音压低,凝聚成一小股密实的气流,从丹田发出。

"她中弹了。"

中弹。胡扯吧。她中弹了。后久努力保持镇定。"怎么回事?"

"被狙击了。正中眼睛。"

布鲁斯·奥加达警督和后久坐在空无一人的等候室里。"刚进入二十一世纪的时候,"奥加达说道,"有人想出了一个好主意,用激光束对准夜空。"他陈述事实的平淡语调,让后久想起了之前忍受过的一场国际经济学讲座,只不过没有那么模棱两可。奥加达一身西装,打着领带。他把外套脱下来挂在椅背上,这是唯一能让他舒服点的办法。他的领带还打得严严实实的,白衬衫挺括干净,就好像几分钟前才从商场买来穿上身。"从橱窗里新鲜取出来的。"要是康斯坦丁在这儿,她会这样说。

他坐直了身体。这是把奇怪的椅子,一个人坐太大,两个人坐又太小。人坐着的时候,没法把两条胳膊都靠在扶手上,除非把肘部架成可笑的形状。何况椅子扶手还是两根细长的方形金属管,靠在上面根本不舒服。后久从没见过这么奇怪的椅子,除了在等候室里,而且是人们不愿意待的那种等候室——就好像还有人愿意待的等候室一样。他坐在这里,仅仅是因为重症监护室门口那个微笑的丑女人拒绝他入内。每次只能进一个访客,而且即使警督没来他也不能进去,因为他的名字不在访客名单里。他找奥加达警督就是为了这个。

"一束细细的红光进入黑暗,那么狭窄,那么集中,聚焦于一处,肯定令人惊叹。"奥加达说道,"'你看我,我有一把一百英里长的光剑。'"他倾身向前,把胳膊支到膝盖上,双手放松。"一天晚上,在这样一场自制灯光秀中——我现在只是猜测,但事情通常是这样发生的——有人注意到附近有架飞机,想着,管他呢,激光光束就是这样用的,用来指着什么东西。"

后久点头,奥加达没有看他。

"光束射进了驾驶舱,飞行员的视线被干扰了。当然只是暂时的,但偶尔也会引发视网膜灼伤。"他看着后久,抬起了眉毛,表明他马上就要揭露重要事实,"很多天之后飞行员才觉得眼睛有些奇怪,他去看医生,果然出问题了。"他咧开嘴无声地笑了笑,"视网膜上有一个小圆点,就像被烟头烫伤的一样。将激光束对准飞行器是重罪。只有傻瓜才会这样做,因为非常容易找到肇事者。"

他舒了口气,坐回椅子里。他的椅子跟后久那把很像,但要小一些,扶手上还有软垫子。"这条法规仍写在教科书里,不管你相不相信,有些傻瓜总会在某个时候突发奇想,举着激光笔四处乱晃。飞行员用的镜片大多数时候可以保护眼睛免受激光灼伤,但有些时候,如果某束激光正巧——我的意思是,不巧——从某个位置射进去,还是有可能伤害飞行员或别的什么人的眼睛。他们会晕眩,失去判断力,甚至痉挛。"他的目光涣散,随后又转过头来看了看后久。"我觉得这些对你来说不算新鲜事。"

后久耸了耸肩。"我并不是对所有国家的航天法都那么清楚的。"

"或许你不戴最新技术研制的安全护目镜就不会出门。对I3来说,这些是不是太小儿科了?"

后久笑得很僵硬。"我们有个旧硬件小收藏库,类似于内部博物馆——民用波段无线电台、手动火灾警报器、黑光灯、调制解调器,甚至还有个军用芝宝打火机,我觉得是美国海军陆战队的旧物,但我不能肯定。也可能是陆军的。"

奥加达的脸上没有任何表情,后久突然为自己的玩笑感到尴尬。他想给自己找个台阶下,但奥加达先开口了。

"我知道I3一直想招募她。"他的脸上仍然没有丝毫表情,"在你问起之前,她没有说过任何相关事情。完全没有。她甚至根本没提过你,一个暗示都不曾有过。一副完全不知道你存在的样子。正是这样才被我看破的。对于不想回答的问题,她甚至连提问的机会都不会给我。我知道她是这么想的。"

"她一直说不行。"

奥加达的眉毛又挑了起来。"你有没有问她,她是否正在考虑?"

后久犹疑了,不知道奥加达到底想问什么。"我是要她好好考虑考虑的。"

"那你问过她吗?她是否正在考虑?"

"这……"后久轻轻摇了摇头,"反正她没说不考虑。"

"是的,这就是她不想告诉我的事情:她正在考虑。她也没跟你说。每次你想招募她,她都说不行。"奥加达简短地笑了一声,"我经常忘记你不是这里人。"

后久略微笑了笑。"我也经常这样看你,"他说,"直到我记起自己身在何处。"他停顿了一下。"你瞧,我根本不知道发生了什么事,直到她手下的一个警探把情况告诉我。就是那位——"他用两只手在脸旁比画络腮胡。

"塞莉斯汀。"奥加达说。

"没错。我打电话原是想问一个案子,我以为是她误转给我的。"

奥加达警觉地看着他。"哪个案子?"听上去像是盘问而不是闲聊。

后久简要说明了一下。

"哦，那个案子。"警督摇了摇头，"一场司法噩梦，我们投票决定让它滚开——我父亲常这样说。"看到后久困惑的表情，他补充道，"对你们来说这案子不值一提吧？好吧，不要担心——一旦普蕾迪·榴弹炮发现I3对此感兴趣，她立马就会跪地求饶，就像她早就应该做的那样。"

后久决定不提这个案子转手过程中的种种疑点，至少暂时不提。"不管怎样，我现在一点儿都不在乎，我来是想看看康斯坦丁怎么样了。"

"跟昨天一样，一个月来，没什么变化。"奥加达疲倦地说，"我一周来两三次，坐在她旁边，告诉她我正在吃午饭，还建议她减减肥。"

"你为什么要这样做？"后久往后靠了靠。

"我觉得既然别的办法都不行，这样说不定能激怒她。目前为止——"他站起来穿上外套，"没什么好消息。我们会把你的名字加到访客名单上。说不定你会有好运气，但现在还不行。你最好还是回你的辖区，好好审问一下那个什么榴弹炮，她还拘着。你们接管这个案子的速度可比以往快多了。"

"我知道了。"后久说。

普蕾迪·榴弹炮的长相，后久会归之为可爱那一类。他说不清她有多少日本血统——多于四分之一，甚至多于三分之一，但肯定不会超过二分之一。虽然监狱配发的接触性镜片让她的眼神有些呆滞，但后久还是能看出她的瞳孔偏金色，鼻尖往上翘，鼻梁上有少许雀斑。她的个子很小，比照片看上去更小。

她留给人的第一印象是一直在咬指甲，但看上去仍是一副漫不经心的样子。他曾听人说，咬指甲并不都是因为焦躁，也可能只是神经系统的一个小毛病，某种程度上的强迫症，甚至是抽动症。普蕾迪·榴弹炮的情况却像是自我放纵，她把指甲咬得越厉害，整个人就越放松，对于一个还戴着手铐的人来说，这十分怪异。

啃指甲没什么好看的，而这间小小的审问室里没别的什么能吸引注意力。观察窗伪装成整堵墙壁，所以连面镜子都没有。稍微有点幽闭恐惧症的人在这儿都会觉得难熬。他想起了康斯坦丁的搭档托利弗，他在屋顶上搞了间办公室。后久想，要是在这儿待太久，他也想这样做。现在康斯坦丁躺倒了，但托利弗还在逍遥自在呢。

"所以你就是那个I3的浑蛋特工。"普蕾迪·榴弹炮说道，暂时把左手中指从嘴里拿了出来。"没想到你这么矮，也许是因为这个房间的关系。"她缩了缩脑袋，左右看了看，就好像上面有东西要砸下来似的。"是我眼神不行还是因为这个破鞋盒？"

"是你的问题。"后久骗她说，声音十分镇定，连他自己都觉得有些诧异。"没有比这更屎的情况了——好吧，至少在你活着的时候不会有。如果你觉得四面的墙壁在向中间聚拢，那是因为它们的确是在向中间聚拢。"

普蕾迪·榴弹炮的眼珠转了转，"如果你是想打比方，那这说法实在是太不高明了。"

后久的脑子里涌出了好几种激烈的反驳方法，但他听到自己说的是："把你的手指从嘴巴里拿出来。"

让他奇怪的是，她照做了。"好的，当然可以。不好意思。"她把手指在粉红色工装的前襟上擦了擦，手铐一阵响动。根据某位专家的建议，粉红色可以让囚犯的生理和心理都显得没那么强势。普蕾迪·榴弹炮穿上它就好像穿着运动装。"大多数时候，我根本意识不到自己在咬指甲。"

"你在AR里过得不错吧？"后久问，"离开好几个小时对你来说肯定很难熬。"

"我并不需要离开。"她盯着自己左下方看了一会儿,似乎只有她能看见那东西。后久也这样看了看。如果她镜片的数据受到了警方监视,后久就得不到拷贝。按照行政部门的规定,为了得到一个转录副本,他可能得填八千种一式三份的申请表。而这些表格,他得等四到六周才能拿到。"当他们解除了对 AR+ 的管控时,我给我们的议员送了一篮鲜花、一盒巧克力。"普蕾迪·榴弹炮说,"我连选举权都没有。"她直起上身,深深叹了口气,既充满期待,又有某种满足。"我已经记不得上次被关在室内玩耍是什么时候了。"

"呵呵,对你来说,榴弹炮小姐,这是一个时代的终结。"后久前倾身体,倚在他们之前光秃秃的金属桌上,然后恼火地发现自己必须把椅子往前拉一拉才舒服。椅子腿在地上发出尖锐的声音,他真想把这玩意儿捡起来摔出去。"监狱里没有 AR 或 AR+,全天都只有最底层的现实,一直如此。但好消息是,你可以随心所欲地咬指甲。就算你把手肘咬下来,也没人在意。"

普蕾迪·榴弹炮皱了皱她秀气的小鼻子,"你说起话来像我爷爷,这可不是恭维,我不喜欢那个老——"

"把手从嘴里拿出来。"

她条件反射般地抽搐了一下,然后才发现自己并没有把手放进嘴里。"喂!"

他不露齿地笑了笑。"所以你挑老年人下手,就因为你恨你爷爷?"

"哦,你是精神科医生吗?你要来精神分析我,搞清楚我是怎么变坏的?你打算给我安个什么开关,把我变好?"她又皱了皱鼻子,"得——了——吧。我决不放弃自由意志,哪怕是比从那老太婆身上骗到的再多一百倍,也诱惑不了我。我爱自由,跟着自己的内心走,而不是受人控制——"

"把手从嘴里拿出来。"

又一次，她下意识地遵从了这条指令，然后才意识到她并不需要这样做。后久感到一阵报复般的快感。"你们这些该死的警察！"她怒了，皱起了眉头，"自以为很聪明——"

"我是I3的特工。我可以给你看我的证件。"他小心翼翼地说出最后一个词，触发了开关。

她刚想回应，又顿了半秒。她看了看远方，然后闭上眼睛，眼珠左右转了转，以摆脱他传送给她的图像。"如果我想看你该死的证件，我会——哦，该死。"她把眼睛闭得死死的，还用大拇指压住。

后久差点儿笑出来。"那是你说'证件'一词的腔调不对。"

她漠然地看着远方，然后用手掌盖住了眼睛。"快停下，你这个浑蛋！"她用指关节压了压眼眶。

"对不起，这真是个意外。"他诚恳地说道，"这是个语调触发器。如果你坚持两分钟以上不嘲笑我，这种事就不会再发生了。我猜是这样吧。我不知道监狱的镜片系统是怎么运作的。"

"恰好证实了我的观点。"普蕾迪·榴弹炮的目光很有穿透力，"特工只是警察的另一个好听的名字，I3特工不过是散养的警察而已。你们只对自己想去之处的案件感兴趣，这样就可以带薪休假。不要这样看着我。我说得没错，所有人都知道，这就是你们特工——"突然，她听到自己说出最后一个词的声音，怔住了，看上去很错愕。但"特工"并不是触发词。至少今天不是。

"你这番话听得我一愣一愣的。"他禁不住乐起来，"你竟然认为我是主动想到这儿来的？"

"'一愣一愣的！'"普蕾迪·榴弹炮把头仰到后面，对着天花板大叫起来。吸音砖迅速吞掉了她的声音，让她听上去几乎前言不搭后语。这景象让后久想起了很久之前读过的一个故事，故事的主人公专门负责清扫空房间里遗留下的声音。多年以后，他在I3的队伍里干起了某种程度上类似的事情，只为了缓解盯梢时的单调无聊，而且还不经常奏效。

"你听过自己的声音吗？'哦，我说，老兄，这血腥的交易真是让我一愣一愣的。'这是什么口音？"

"什么口音？"

"'哦，真有趣儿，老兄，忒厉害了！'来吧，说说你是怎么了！"

后久忍不住笑了出来。"我没怎么。你是怎么了？老电视剧看多了？"

"嘿，我可没有口音。"

"我也没有啊。我生在英国长在英国。"

"真的？英国人那一套玩意儿你都干过？寄宿学校？制服？板球、朗姆酒、鸡奸、话里带刺？"

这是一位受过教育的新型罪犯先锋吗？他想着觉得好笑。"你可以在中大西洋监狱图书馆里好好了解一下英国男孩的生活。"

"什么？！"普蕾迪·榴弹炮精致的下巴掉了下来，仅有的一丝风度也丧失殆尽了，"不行！你们不能这么做！我没有杀人，没有用武器，甚至没威胁过谁！我是美国公民，你不可以把我沉到那儿去，不可以！"

"我可以。而且美国政府显然也认为这个主意不错，因为他们已经签字了。"

她的眼睛迅速上下转动寻找弹出框，但后久知道她的镜片上没有出现。"给我看看。"

"文件还在路上。"后久沉着地说道，虽然他并不十分肯定。"真正的纸质文件。要沉下一个人，即使是像你这样不知悔改、顽固不化的职业惯犯，也是一件大事，需要硬拷贝。"

"谁说我不知悔改了？"普蕾迪·榴弹炮坐直了身体，把戴着手铐的手摊在桌上。"我说过对不起，我一直在说我很抱歉。你看看，有记录的!"

后久一只胳膊撑在桌上,手掩住嘴巴,看上去像是在沉思,而不是在偷笑。

"而且,我跟艾米阿姨一样,也是受害人。"她补充道,目光顺着鼻梁泻下去,俯视着他,或者说试图俯视他。她看上去更像一个无知的孩子,而不是惯犯。后久猜想,这大概就是她坏事做尽却仍然逍遥法外的原因。

他记下了这一点,以及"艾米阿姨"什么的。"你说你是受害人,这话是什么意思?你蓄意让一个容易上当的老妇人买了一袋蒸汽——"

"我没有蓄意做任何事!这本来应该是一桩真实的交易!"

这次他真笑了,大声地、尖锐地、嘲讽地笑了,但笑声很快消失,没有任何回声。这种消音效果让后久很恼火。"没有人——我跟你说,没有任何人会相信你的话,一秒钟也不会,没有人相信你是真的——"

"好吧,就算你不相信我,但我发誓,千真万确——

"——百分百发自肺腑——

"——只因为我知道那是真的——

"——那个后门,或者说出口、通道,不管那些骗子如今叫它什么——

"我相信它存在,是因为我试过,它真的起作用了!"

后久盯着她看了很长时间。然后他又笑了。"哎,有那么一秒钟,你脸上的表情——我差点儿就相信你了。你在镜子前练过,还是你天生就会这套?这个问题不用你回答。"他正说着,她张开了嘴巴。"我觉得你需要一个私密的空间来好好想想。但我会让值班警官捎一些小册子给你,以防你过于无聊。"他不顾她的抗议,站了起来。"有关中大西洋监狱那些项目和设施的小册子。水下矫正系统是全世界最先进、最健全的。我听说学员很快就能适应应急演习。他们有来自顶尖大学的教育项目,你们的常春藤高校,还有伊顿公学、剑桥大学——还有图书馆,我说过了吧?"

他刚踏上走廊,关上身后的门,她的求救声就立马消失了,就好像有人按下了某个开关,警局的噪声瞬间就淹没了他。他有点困惑,倚在墙上靠了一会儿。有意思,他想,你从来意识不到正常情况下有多少回声,更意识不到安静和声音完全消失之间有多大区别。

他刚想到康斯坦丁,视野左侧边缘就闪过一道光影,两件事几乎就在同时发生。他的第一反应是条件反射般的会心笑容,夹杂着些许尴尬,因为还没有眼神交流。他花了整整一秒钟时间才反应过来,根据塞莉斯汀和奥加达的说法,四个星期来根本没有任何人收到来自康斯坦丁的任何信息。

但是,那道影子好像确实是她。虽然从现在的情况看来,这不太可能,但他潜意识觉得那就是她。他也怀疑这是不是错觉。人们能看见自己想看见的东西,思想为之雀跃。将音乐从噪声中分离出来并不需要太多技巧。

如果有人不相信这一点,那他可以去问问数百万计掌握了这种魔法的人:堪萨斯的海滨、真正的"希望之星"钻石、被罢黜的皇帝藏起来的金子、永不停止的好运气、女神的私密电话号码。或者一个绝对的、肯定的、绝无虚假的沟通密码,由科学家从法老和玛雅人的智慧中领悟出来,让你可以得到所有想要的东西,甚至更多——遇见另一个时空中更成功的自我,把灵魂提升到更高层次,最后加入上帝的私人俱乐部!或者直接去日本。

"说实话,我挺同情她的。"

开水从江渡艾米的精致电热水壶中不断流出,注入后久的茶杯,杯子底部的圆形物绽放成一朵花。大多数美国人都把这玩意儿称为

"茶壶"，尽管他们只用它来烧水。

"所以我一开始给了她一个赠品。"她说道，把自己的茶杯也斟满水，把水壶放到咖啡桌上，然后坐到他对面的沙发上。

"赠品？"

江渡艾米笑了笑。"店家出钱，免费的。你不需要付钱。"

"是，这个我知道。我只是不太理解您说'给她一个赠品'的意思。"

"你的口音真不错。我猜是伦敦音？"江渡艾米又笑了笑，眼睛放光，让他想到了塞莉斯汀的笑容，虽然这两个女人一点都不像。江渡艾米九十五岁，小个子，一头银发，发型带着精心修饰出的狂放感，接触式镜片是亮绿色的。后久觉得，即使没有这副眼镜，她的眼神也很亮，而且同样狂野难驯。

"请说说吧，江渡女士。"他啜了口茶，杯底的花朵摇曳。

"人们一般都会把它捞出来，"她告诉他说，"除非你是一个典型的英国人，喜欢小火慢炖的茶。"

他将花朵捞出来放在茶托上，优雅的花瞬间枯萎。"请说说吧，江渡女士。"他再次催促道。

"我是当职业亲戚的，"她说，"案件报告中没写吗？"

后久觉得自己的脸颊发烫。"不好意思，我显然把这一点漏了。"

"因为你以为我退休了。哦，不要大惊小怪，伙计。"看他正要道歉，她挥了挥手，补充道，"如果我是你，我也会这么想。可以说，住在这儿的人大多数都很悠闲，他们曾经有过两到三份职业，甚至四份，还不算那些补贴房租的零工。他们也有过很多家庭，正式的，非正式的。曾经为工作累死累活。附近有很多钛资源，所以废品回收公司的垃圾信息比殡仪馆的还要多。

"不管怎么说，我的大多数邻居现在都累了。他们只想闲待着，喝几碗药，看场电影，也不管事实上有没有电影可看。"

虽然茶还很烫，后久又啜了几口，只为了掩饰自己的笑容。

"我得承认，我不时也会这样做。职业和零工，我一个也没有放弃。我经常旅行，住在不同的地方，但我只有过一个家庭。一个丈夫，一个孩子，我比他们活得都久。"

后久眨了下眼睛，关掉了视野左边出现的"零工"一词的解释框。"抱歉勾起您的伤心事。"

"那是很久以前的事了，"她说道，挥手打断了他，"没有哪个女人注定要当寡妇，但始终有这个可能性，时光无法倒退。不过白发人送黑发人就有违自然之道了，尤其那还是一个有血有肉的真孩子。缓解这种悲痛需要很长时间，所以我把自己租给需要善心老妇人亲戚的人。给孩子当奶奶，给成年人当阿姨。有时两者皆是，这种情况我会给他们打个折，而不是收双倍费用。需要一个善心老妇人亲戚的人本来就过得不容易。你要是知道有多少人需要这种服务，肯定会感到诧异。"

她拿起一个遥控器，指向对面墙上的巨幅画，画面上本来是在乡间暴雨中疾驰的野马，随后逐渐褪成了白色背景，又出现了形形色色的彩色照片。很多都是在特殊场合拍的——生日、婚礼、周年纪念、毕业典礼、度假、大型派对或私密小聚。也有很多江渡艾米抱着孩子坐在那里的照片，还有些是她跟小孩手拉手，还有与更大些的孩子的合影。

后久意识到自己笑得太过分，嘴都咧到耳朵根了。他想不动声色地把笑容收掉。"人真是不少，"他说，"咱们还是谈谈——"

她点点头，又动了动遥控。"你已经够幸运了，我还没有开声音呢。"她轻声笑了笑，"不然你准得坐在那儿哭上六个小时。当然，是大男人那种默默流泪。"她举起一只手掩嘴轻叹，"哦，等一等，我差点儿忘了，你们英国人不喜欢多愁善感。"

他脱口而出："我也算是日本人，跟您一样。"

"所以呢?"江渡艾米向他眨了眨眼睛,"那又怎样呢?"

"您年纪比较大,还记得日本这回事,真正的日本,是在地震——"

"是的,我确实跟日本一同存在过,但我从没去过那儿。"她深深叹了口气,"我跟你一样,算是第三代美籍日裔。这跟普蕾迪·榴弹炮有什么关系?"

"在对她的指控中,这些算是特殊情况。她选您作为目标,不仅因为您年纪大,还因为您是日本人。"

江渡艾米叹了口气。"噬斑、血管性痴呆、精神分裂,等等,为了预防这些,我们一直在注射疫苗。有多少年了,七十年?八十年吗?而且所有人都认为,一旦你过了八十岁,脖子以上只有蛾子和蜘蛛网。"

"我倒不这么看,"后久说道,希望自己的语气听上去是和蔼的,而不是防御性的,"而且I3里我认识的所有人,还有——"

江渡艾米挥动两只手打断了他。"没错,没错,没错,但总会有些脑子不开窍的人。"突然,她做了个鬼脸,"哦,见鬼。不好意思,武良警官,我一直在跟你争辩,我不该这样做。我只是太失望了。你不了解,有些人渣专挑我们这个年纪的人下手。乡愁和宗教,宗教和乡愁,就好像老年人只对这些感兴趣。不过嘛,我只活在当下,此时此地,明天的事情明天再说。你知道我昨天干了什么吗?我去了农产品市场,买了绿香蕉。没错,你听到了,我已经九十多了,买了绿香蕉——见鬼去吧,我还没死呢!今天早上醒过来——见鬼去吧,我还没死呢!只因为我不用再担心如何怀孕或者如何避孕了?不得不提一句,怀不怀孕有什么好大惊小怪的?怀孕并不是每一个女人的生命真谛,甚至对孕妇来说也是如此!这是年龄歧视,性别歧视——"她又把一只手放到嘴巴上,看着自己的膝盖,尴尬地笑了笑。

"该死,我真是太不像话了。"她略微笑了笑,说道,"一旦开口,就不知道如何收住,真是不像话。请原谅我,武良警官。"

他等着她抬头好继续对话,但显然,他得先原谅她。"没有必要道歉,江渡女士。你是受害人,所以会觉得全世界在与你为敌,这很容易理解。"

听到这儿,她抬起头来,脸上交织着惊讶和宽慰。"哦?"

他点了点头。"祸不单行实在糟糕,不管是过期账单还是追债的债主,或者丢掉了对你来说最最重要的东西,捡到的人却觉得它不值一文,说不定直接扔进了垃圾桶。"听到这话,江渡艾米意外地哧哧笑了笑。"人们一直称呼你为受害者,而不使用你的名字,这更让人脸上挂不住。"

江渡艾米用双手捂住脸,捂了很长时间。后久以为她在哭,就四处看看有没有纸巾,但她放下手时,脸上没有眼泪,而且表情也很镇定。"我觉得自己当时太幼稚了。"

"没有人为您提供心理咨询吗?"后久问道,心里想着,这个以后也要再问问塞莉斯汀。

她又用双手做了个不要再说的姿势。"那个贱人,"她的脸突然涨红了,"那个小贱人普蕾迪·榴弹炮,她才需要心理治疗。我得要回我的钱。"她停了一下,"是不是已经没戏了?"

后久把这个问题也记在了心里。"不会的,现在我们可以追踪钱的去向。"他告诉她说,"不过需要些时间,而且把它变回液态需要更长时间。"

江渡艾米满怀期望的笑容渐渐淡去了。"那现在它不是液态?"

"普蕾迪·榴弹炮这种人喜欢犒劳自己,买实物或者服务。如果买的是实物处理起来比较简单,要是服务的话就会麻烦一点。"

"你的意思是说,我不一定能追回所有的钱?"

"是的,但能追回大多数。I3追赃组的成功率不低于75%,一般在

90%左右。"

这个消息并不像他期待的那样令老太太振奋。"大概需要多长时间?"她问。

"嗯……可能比您预期的要长一些。"他有点犹豫,但想不出更好的回答,于是把话题引向了别处,"我可以问您一个私人问题吗,江渡——艾米阿姨?"

"可以啊。"亮绿色的眼睛突然有了些许生气。

"这是您第一次成为受——嗯,成为犯罪的对象吗?"

"改口改得挺快。"她的眼睛又闪了闪。他开始怀疑这是不是她眼镜的某种特殊功能。"回答你的问题吧。不是,但我上次遇到这样的事情已经是很久之前了。通常需要我担心的只有狙击手和飞车射击。不管你有多少防护措施,总有疏漏的地方。"

后久皱了皱眉。"可是,这是一栋住宅楼啊。"

"但所在地并不完全是住宅区。商店多就意味着顾客多,顾客多就意味着广告多,那种很多人都牵涉其中的交互式广告。通过这些很容易了解当地的细分市场。都接近垃圾邮件的程度了。"江渡艾米耸了耸肩,"我的过滤器隔天就会升级。如果有漏网之鱼,我会直接将它丢进回收站,看都不会看。"

"有副作用吗——头疼、情绪不稳定,或者对某物似曾相识的感觉出现得愈发频繁?"

江渡艾米摇了摇头。"到我这个年纪,已经对这些习以为常了。如果是三十岁,甚至六十岁,这些可能会有印象。"突然她笑了,"我说,我刚才怎么说年龄歧视来着?"

后久也笑了。"了解您的性格特征并不算年龄歧视吧?"

"我不知道。也许吧。比这更奇怪的事都有。"

最后这句话在他的脑海中回响,却是康斯坦丁的口吻。比这更奇怪的事都有。如果我有家徽，这句话就该刻在上面。比这更奇怪的事都有——这句话应该刻在我的墓碑上。

江渡艾米盯着他看。"有什么问题吗，武良警官？"

"日志提醒我待会跟别人有约。"他把视线转向一旁停留片刻，假装处理待办事项里弹出的提醒，然后他眨了眨眼，又假装把弹出框关掉。"您刚才说到哪儿了？"

"你百忙之中还来看我，"江渡艾米说，"真是过意不去。我知道我的案子对你们来说只是一桩小事。告诉我你还想知道什么，我尽量都告诉你。要添点茶吗？"不等他回答，江渡艾米就拿起他的杯子走到小厨房，把它洗干净，换了个新鲜的花蕾端回来。

"您说挺同情榴弹炮的，"她揭开壶盖的时候，后久突然问道，"这话怎么说？"

江渡艾米笑了。"因为她的名字，这是原因之一。什么人会看着自己刚出生的小宝宝，想着，就叫她普蕾迪·榴弹炮吧？她父母要么是恨她，要么是趣味恶俗，或二者兼而有之。"

"您没想过这可能是个化名吗？"

"当然，刚开始是这样想的。但这并不是假名字。"

"您似乎……嗯，有十足的把握。她给您看的是什么证件？"

江渡艾米笑了笑，"籍贯证明，但是连我都知道那玩意儿可能是偷来的，或者伪造的。真正让我相信的是——"她从咖啡桌上的一个盒子里取出一副超大太阳镜戴上，"武良后久？"

她用一根手指钩住镜框，拉下来，露出眼睛，盯着他看。他表情镇定。

"好吧，真是没想到，"她说，目光比语调更尖锐，"我不知道I3允许特工工作的时候用假名字。"

"应该说，更像是笔名。"他解释道，希望自己听上去不太心虚，

"或者说艺名。为了保护家人,也为了保护自己,这样才能公私分明。告诉我,您是怎么弄到这个软件的?"

她把太阳镜折好放回桌上,远在他伸手可及的范围之外。"哦,这也不是百分百精确。如果你始终处于防御状态,我就无机可乘。对了,回答你的问题——"她的表情突然悲伤起来,"这个软件是我女儿写的。她非常聪明,是个天才,还有些古怪——她有阿斯伯格综合征和自闭倾向。人类情感的物理特性让她着迷。她创造了这个程序,可以捕捉任何一个人听到自己名字时的反应。你知道吗,这个世界上还有人下意识地认为自己的名字就是'宝贝儿'或者'亲爱的',或者——"她无声地笑了下,"不好意思,我得说这个词——'浑蛋'。幸运的是,这样的人不算多。"她又笑了,这次的笑容更真诚,"这类人说来也不少,但只有极少一部分人会对这个词语有反应,至少在这儿是这样的。"她把一只手放到胸口,另一只宣誓所有权似的护着那副眼镜,"你不会把这个没收了吧?"

"除非您把它当成犯罪工具。"他说着,在沙发上不安地挪动,"你没用它来侵犯谁的隐私吧?或者偷他们的东西?"

江渡艾米由衷地笑了。"我一直是个好人,武良警官。"

"那是当然。话说回来,您与普蕾迪·榴弹炮的关系——"

"不管你信不信,武良警官,我也不光是个摆设。"江渡艾米的脸上又出现了忧伤的神情,"我说了,起初我跟她说话是因为我挺同情她的。我能看出她非常孤独。"她的嘴巴抽动了一下,似笑非笑,"可能以骗术谋生本来就是非常孤独的。不管怎样,我一直都喜欢复活节彩蛋,而且我真的以为那是她仅有的东西。我出高价买了下来——虽然她最终从我这儿捞走了更多,但那个数额还是太大了。因为我觉得这样做可以让她高兴,而且我也不能一直带着那么多钱。"

"然后她消失了,接着又出现了?"后久问道。这是普蕾迪·榴弹炮这类骗子惯用的伎俩。

但是,江渡艾米摇了摇头。"哦,算了吧。我知道在增强现实里伪装和加密是如何起作用的,更换周边环境,提前录制,偷偷置换。只要被掩饰的对象不突然移动位置,最便宜的AR+伪装软件也能奏效。如果你没成功,那是因为视点变化没跟上趟。

"我个人对便宜货不感冒。我母亲常说,贪小便宜吃大亏。但有些人无所谓。即使视点无法完美切换,或者分辨率有点粗糙,他们也无所谓。我认识的一位女士甚至说她就喜欢这样。但我觉得,如果你想用AR+,那就用吧。要么好好干,要么就滚蛋。这是我母亲的另一条格言。"

她默默地盯着自己手中的杯子,然后把它放到桌上。"消失的环节做得非常不错。她甚至篡改了日志,看上去像是出现了时间空当。也许我就是因此上当了吧,我不知道。"

"如果不是因为这个,"后久轻柔地问道,"那还能是什么手段骗过了您?"

"我看到了我的女儿。"江渡艾米盯着他看了很久,好像在期待他做出某种反应,"我看到了我的女儿,我叫了她的名字,那就是她。当然,我当时的眼镜里还没有太阳镜里的这种软件,但我频繁看到她在那儿出现。她听懂了她的名字,她也认出了我。"

他点了点头。"我知道了。"

"我也知道,这就是他们能骗过我们的原因,是吗?不是因为他们给我们看了什么,而是因为他们能让我们看到什么。我们看到了自己想看到的东西。你会认为我们年纪大了,阅历应该不浅,但我们并没有什么长进。我经常听说虚拟故乡诈骗。人们被忽悠得相信自己能生活在一个全新的世界、一个全新的宇宙里。或者一个旧的世界,因为地震或辐射而消失的世界。我以前一直不理解为什么他们会上这些当,直到我也看到了自己想看到的东西。"

离开江渡艾米的公寓楼时,他心里突然涌出一股正义感。主入口处的金属牌匾上清楚地写着,这是一个退休社区。没有意外——从他知道自己不会没收江渡艾米的眼镜的那一刻起,他就知道那股情绪已准备好了。等江渡艾米死后把她的眼镜充公,这并不能满足——用康斯坦丁的话来说——他的童子军情怀。

我可以折回去,看看艾米阿姨想不想来碗药。权当帮一个不堪重负的散养警察的忙。他们的药里都是些高级货。

他在很大程度上相信,这是他一整天以来最好的主意。但他知道,如果他折回江渡艾米的公寓,不是为了过把瘾,而是去拿她那副狡猾的太阳镜,按照规矩,他应该这样做。他会说抱歉,然后解释:虽然这个软件没有直接触犯法律,但它处于一个灰色地带,而且经常会把普通公民卷入花销不菲的法律纠纷,当然,他们的出发点可能并不是恶意的,但仍然有问题。她会争辩说,很多人的接触式镜片都捆绑有恶意软件,更别提那些公然违法的东西了。他会告诉她,是的,没错,但别人的事他还没空管,现在管的就是她。她不仅在警方在场时使用这个软件,甚至未经允许就在与他的交流中使用,他可是在执行公务。所以——

所以——没什么所以不所以的。他想象着这样一场对话,纯属浪费时间。他清空脑袋,把注意力集中到周围的事物上:花卉灌木丛沿着大楼两边延伸,与之平行的是新铺的鹅卵石小径,街角还有家便利店——不,现在改名叫日用商店了。斜对面是另一家便利店,与这家是竞争对手。这两家店似乎正在打价格战,但他不知道到底是什么在打折,也许所有东西都在打折。绕过大楼的四车道马路只为当地的机动车而设,紧急交通工具也可通行。路上冷冷清清,让他不禁怀疑是不是有什么事情发生，路被封了。几个街区外驶来五辆双座汽车，靠近时，他看出都是V型扫描车，"内部世界"项目的成果。它们经过的时候，他扭过了头，虽然他并不在乎。他遇到过许多"内部世界"扫描车，他的体形说不定是它们的标准占位符之一。但面部特征被加密了，所以他不会被认出来，这是理所当然的。

但也不一定。也许某个足够熟悉他的人可以认出他来，比如，江渡艾米打法律擦边球的太阳镜。

他正站在便利店前等着过马路，突然发现视野框左边出现了一个提示灯。是奥加达传来的一条短信，说他在这儿的时候可以使用康斯坦丁的办公室。

这个许可让他深感意外。他只想着把普蕾迪·榴弹炮的案件转交给伦敦就走，所以完全没有想过这事情。他也觉得自己没有这个需要，他所要做的只是填张表格，然后回家，等一两天后负责囚犯转移的警官带她过去。

他不需要这么匆忙。奥加达曾想过，如果将普蕾迪·榴弹炮转交给I3，会让她配合度更高，虽然她在听说要做水下苦力的时候十分恼火。如果给她更多时间考虑，让她有一晚上的时间好好想想，也许她会跟DA达成一致。这样的话，他就可以将案子转交给奥加达，或者塞莉斯汀，或者最初的负责人，而I3也可以省下两名警官的机票和食宿费用。是的，他的确不需要这么匆忙。

有东西进入他的视野，他自动追踪聚焦，还以为是另一条信息。但是没有亮光闪烁。又有东西在动，出了视野。他转过头，街对面，两个人正从咖啡店里出来，撑着门让另外两个人进去。再一次，有东西在他的视野边缘扰动。这一次，他没有聚焦，而是放松眼睛统观全局。

这是最小限度的闪光，在他发现之前几乎就消失殆尽了。算是某种信息，他可以确认这一点，但他想到的只有康斯坦丁的脸。

江渡艾米的防御系统非常完善，比他想象得更加完善。除了大楼监控和标准国家档案，后久还研究了普蕾迪·榴弹炮和江渡艾米的详细活动记录，有两人一起的，也有分开的。但这些记录的时间节点都是案发之前。案发经过在AR+内外由银行记录显示，表明了江渡艾米一共转了多少钱给普蕾迪·榴弹炮。

看着这些转账记录，后久心里想着，不知道江渡艾米是否知道自己多么幸运，所有事项都是在增强现实里完成的，若是换了虚拟现实，案情可就对普蕾迪·榴弹炮有利了。这并非没有可能——先前有很多成功起诉的例子，诈骗对象都是上了年纪的人，罪犯使用先进技术和固定电台迷惑这些人，让他们无法辨别增强现实和非增强线下环境。一些年纪稍微小的老人也曾因此对骗取他们财物的诈骗者在AR里提起民事诉讼。各种各样的结果都有，在不同的国家差异更为显著。成功的原告知道，最终赢得判决和收集证据之间有很大区别，就跟AR和非增强线下环境之间的差别一样大。

他认为不会有人觉得江渡艾米真的被普蕾迪·榴弹炮搞糊涂了。这位老妇人穿戴着好几层AR+，甚至连散步时都不例外——一天时间里，她看到非增强线下环境的时间不足六十秒。当他知道她还经常戴着眼镜睡觉时，他把这个上限又调低了一些。她对自己的接触式镜片和分类眼镜做了很多调整和分层，午饭前就可以把世界切换多次。之后她会小憩一小时，然后被蝴蝶和蜜蜂叫醒。

在陪审团面前，她绝不会表现得像一个容易上当的人。连后久自己都不相信这一点。但是，当他问江渡艾米是否真的相信普蕾迪·榴弹炮有一个出口——一个真实的、绝不带半点水分的时空传送门时，她回答说她相信。

"当然,我现在是不相信了,武良警官。你可能会无法理解我当时为什么相信。你会不会想,我为什么如此容易上当呢?嗯,事实并非如此。我知道自己为什么上当。我看见了某个东西,那正是我所寻找的,而且那个东西跟我用自己眼睛看到的一样真实。"她转动眼珠,向四周看了看,嘴唇上带着些许微笑,"如果明天我再看到它,那又是一次旧象再现。"

记录结束,江渡艾米消失了,后久意识到自己坐在办公桌旁,就像跟她一起坐在沙发上时的姿势一样。他的身体一侧有点抽筋,因为他一直下意识地把胳膊架在旁边的扶手上,保持这个尴尬的姿势太久了,没有破坏他的幻觉也算奇迹。

就在这时候,他视野边缘出现了一个微弱的闪动,这次是在左边,而不是右边。他做了个记录:以后要问问江渡艾米,她女儿的形象是出现在左边多,还是右边多,还是中间多。

他的电话提示有来自奥加达的留言,告诉他今晚可以去探望康斯坦丁。

一开始后久还以为自己走错了房间。那儿有个线框装置,而不是一张床,浮在里面的身影看上去更像一个大娃娃,而不是一个活生生的人。一个没有特征的无性别人体模型穿着一身发汗服,似乎是专为程序员设计的,而不是给普通的终端用户。然后他回过神来,把目光投向别处。

"看见自己的朋友变成这样,滋味不好受。"护士的声音低沉和蔼,带着加勒比海口音。后久想知道她跟那儿有什么关系,她是否真的去过那儿,如果去过,那儿是不是她的老家。

"我认为变成这样的人并不多。"他说,还是没有直视康斯坦丁。

"我是说'类似于'这样的情况——没有行动能力。如果冒犯了你，我感到抱歉。"

"没有，一点儿也没有。"后久的内心有点畏缩，"她的一位助手告诉我她受了不同寻常的伤。她解释得比较吃力。我碰到了她的上司，还以为他知道得更多。但从他那儿我只了解到激光光束和视网膜灼伤。"

康斯坦丁说过，有时她觉得不现实或者超现实。他从没搞清她说的是什么意思，但现在，他觉得自己似乎有了点理解。

"没这么简单，当然。"护士接着说，"如果真是这样，那她的情况应该有好转了。但与类似的病例相比，已经非常不错了。可以说情况更好，因为这让神经科的大夫们相信，一个人不仅仅是由思想驱动着的躯体。"

"比所有部分加在一起更伟大？"他想说几句刻薄话，但还是把怒火压住了。

护士发出一个厌恶的声音："哦，别跟我来这套。"

"你说什么？"后久盯着她。

"说这种话的人以为自己了解所有的部分，知道部分到底是什么，总共有多少。"

他摇了摇头，有点茫然。

"人体复杂多了。当她的生命流失的时候，你能追踪到那个缺口的确切形状吗？"护士看着他，脸上满是冷酷的调侃，"你仔细想想，也许能想出什么。"她走向康斯坦丁所在的线框，卷起制服右边的袖子，露出结实的前臂。她把康斯坦丁的手也裸露出来，后久把头转向门口，以为护士要给康斯坦丁洗澡。

"你不需要离开，"那护士说道，"你本来就是来看她的，留在这儿吧。"她把自己的一条胳膊与康斯坦丁的放到一起，两人手指交叉。她轻轻让康斯坦丁的手做往复运动，似乎是在训练她的运动能力。在护士深棕色皮肤的映衬下,康斯坦丁看上去白得像张纸,但让后久震惊的不是这个。

几分钟后,护士改变了自己手臂的位置,换到康斯坦丁的外侧。这跟后久之前见过的物理疗法都不太一样,他问道:"这有帮助吗?"

护士笑了。"反正没什么坏处。"

"你试过两只胳膊一起进行吗?"

"那需要两个人,如果你愿意——"她朝康斯坦丁的另一条胳膊歪了歪头。

"事实上,我觉得至少还需要五个人,日本有种文乐木偶剧——"

"我知道,那些巨大的木偶,主意不错,"她说,仍然在摆弄康斯坦丁的胳膊,"但现在情况没那么简单。"

"所以呢?你刚说过人体很复杂。"

"我说的是法律意义上的权限。哪些是可以的,但是……"她看了他一眼,"警督告诉我你是从英国来的。你希望帮我们做物理康复,但是这不能通过远程实现。我们这一行没有 AR 或者 AR+。你还愿意待在这儿吗?"

他点了点头,视野左边立马出现了一个亮光。时机刚刚好,光凭人类大脑不可能把时间算这么准,甚至他的大脑也不行。

但是去他的吧,他想,他不需要相信这个或那个。他可以重新制定规则,不管是什么规则。是的,他想看见康斯坦丁。他明天还会到这儿来看她,后天也是,大后天也是,只要 I3 给他时间。

如果他每天都来看她,说不定哪天她也会在眼角瞥见他。

金色面包

著/（日）小川一水

译/纪鑫

榻榻米上铺开的被子旁，放着一个盛有晚饭的托盘。

在碗与壶中间有个类似深盘的陶制器皿，里面满满地盛着升腾起热气的汤，汤里有不少食材。但食材充足并不意味着一定美味可口，汤汁呈现出一种见所未见的令人毛骨悚然的黑褐色，其间混杂着灰茶色的多角形物体、泛白的糊状黏块，甚至还有来历不明的触手模样的东西露出来。

从外观上看，完全就是未开化土地上的未知食材，与丰果吃惯了的炖牛肉、红菜汤、浓汤等常见食品大相径庭。

丰果在被子上支起身子，目光警惕地盯着来人。

端来托盘的女郎身着和服，一头金发。她屈膝端坐榻榻米上，微张鼻孔俯视托盘，像在说"快吃吧"。女郎看上去二十五六岁，脸庞线条分明，不过现在看来这脸形却极具威慑力。女郎身后的拉门暗处，大概有十个当地孩童在探头探脑地向这边窥望，每人都顶着一脑袋像是染出来的金色或红色艳丽毛发，瞳孔则是不同常人的蓝色或绿色。面对丰果这个突然从天上掉下来的黑发黑瞳外星人，他们颇感兴趣。

感觉不到敌意。也就是说，这并非谋杀、处决、人体实验等野蛮行径。尽管如此，还有一事可能与上述行为具有等同效果，那就是他们的卫生观念。说得极端些，一口不慎导致食物中毒也是有可能的。

话说回来，现在的丰果可是囚徒之身。为回归之日做准备，他必须保持充沛的体力，身上的伤也必须加紧医治。

丰果打定主意俯身面向深盘，一边护住被石膏固定的左手，一边用右手拿起两根怪模怪样的棒状餐具将汤汁拨进嘴里。

充斥着土腥气、近似海水味道的汤汁占据了丰果的舌尖。多角形物体虽似马铃薯，却又黏又滑地拉出了丝状物，令人极度不快；糊状黏块则黏黏糊糊地嚼不烂咽不下，满满地粘在牙齿上吃不干净；至于触手，真是无论如何都下不了口。

这大概是丰果从未想象过的味觉体验，他感觉自己不是在进食而是在遭受一场不合情理的拷问。嚼到一半时他不堪其味，用手背堵住嘴角，把快要从喉咙里翻涌上来的东西拼命咽了下去，眼泪几乎要流出来。

"什么呀这是……这真是吃的东西？"

"你说的这是什么话呀？这是人家特意为你做的吃的呀！"

丰果一惊，重新细细打量说话的女郎。坠落以来还是头一次有人正儿八经地跟自己搭话。

"能听得懂人话？"

"真瞧不起人啊！我们再怎么是乡下人，也得说话呀！虽说造不出宇宙战斗机来。"

"不是那个意思，我是说在这么偏僻的加利福地区，居然有人说我们山人的语言……"

"哼！地方偏僻对不住你啊！我们可自古就生活在这里！"

女郎绷起脸转向一边。丰果暗笑，看此女虽比自己年长不少，却相当孩子气。

"没什么像样点的东西吃？"

"你要是说那份芋头加干鱿鱼面疙瘩汤不像样的话，这里就没有像样的东西可吃了。也不会再来一份了，今天你就将就着吃吧！"

"这个部落没加盟协约规定？"

环太阳系战斗协约规定要以人道主义对待战俘。听丰果指出这一点，女郎不无嘲讽地启齿笑道："正因为加盟了协约才倾尽这仅有的一点点存货拿出来给你吃。你自己干了什么好事一点儿都不记得了？"

这强烈的责难口吻让丰果稍稍平静下来，他摇摇头。"不记得了。"

"装什么糊涂——！"

"跳伞后我当即失去知觉，所以不记得了。"

盛气凌人的女郎原本还要斥责一番，听了丰果的解释又闭上嘴巴。

"那倒真怨不得你。"说着她一耸肩，满脸大失所望的表情，"稍后让你看看，你扔下的战斗机把我们村的粮库砸得稀巴烂！做主食的大米全都被崩散进了太空，就剩下那点儿还在地里的菜了，另外还有少量保鲜食品。唉，既然是事故，也不能怪你。"

"……听来很糟啊！"

"仙女座的小家伙哟！我们湖景村四百九十七口人，就算不说全部，不得有一半要去上吊！？当时脸都吓得煞白！对照总账本花了三天三夜时间马不停蹄地核查真空仓库和一反①滚筒，今天早晨总算查清楚了，省吃俭用勉强能凑合到秋天。算你走运！要是你昨天睁开眼说出这些忘恩负义的话，肯定被村里的小伙子们扔进垃圾堆当肥料处

---

①反，日本传统计量单位，用于计量纺织品的面积。

理了!"

女郎口若悬河滔滔不绝痛快淋漓地骂将过来,那凶相里既有幽默的挖苦,也有炽热如铁水般实实在在的怒火。那双蓝色眸子像燃烧器似的闪闪放光,盘在脑后的金色发髻哧哧啦啦地迸射出点点星火。

眼前出现这幅图景,恐怕是因为从开向院子的拉门窗格中照射进来的初春阳光。丰果被其犀利的言辞折服,心中不由赞叹,真美!

山人喜好攻城略地,尊崇前进扩张,对言辞犀利之人敬畏有加。国风如此。

而且据其所言,此事完全是丰果的不对。他恰巧在这附近与敌机发生遭遇战,但加利福诸国是第三方,并非山人的敌人。

丰果决定向其赔礼道歉。他学着女郎的样子蜷起双腿正襟危坐,两手紧贴腰外侧,手指伸得笔直,然后深鞠一躬。"都是我不好!向您道歉,请您原谅!"

抬头看那女郎,双眼瞪得滴溜圆,而且眼眦着脸颊高高鼓起,接着扑哧一声,响亮地大笑起来。

丰果事后才知道,加利福诸国正确的伏地谢罪姿势是手掌贴于前方地面并以脑门触地。而他却把立正姿势与跪坐姿势混在一起鞠躬致礼。这种姿态在加利福礼仪中根本不存在,女郎发笑自是理所当然。

但是,丰果此时此刻完全不懂得这些琐碎细节,不由得激动起来。"你笑什么!?"

"笑你啊!"女郎擦着眼角,微笑地说道。出乎意料的温柔态度反而让丰果不知所措了。

于是女郎自报家门,完美地将这阵沉默化解于无形。"你连句'我要开动了'都不说就开始吃,我早就看出你不懂礼仪了,但你也不完全是个讨厌的家伙。我叫艾奈拉·巴班克斯,负责照顾你,直到有人来接你走,你的名字是?"

"……山人八十岛国天体开拓军第三空母打击群第三十四飞行队所属九吹丰果少尉。"

"好长啊！多大啦？倒是挺招人喜欢。"

"地球历基准十八岁。"

"这么小！"艾奈拉又瞪圆了双眼。

这是个连名字都没有的小行星上一个叫湖景村的地方。丰果当即向救了自己一命的村民们表达谢意，随后，身为已坠毁宇宙战斗机的飞行员，他立刻采取了理所当然的行动——联络所属部队，请求救援。

湖景村里有行星间通信机。用这类民用设备呼叫军用母舰绝非易事，丰果在暗号上下足了功夫，终于成功地互通了信息。结果却令人遗憾——数日前坠机的仅有丰果一人，他被断定无生还希望，母舰现已撤离这一区域。

在太阳系内各行星间航行的宇宙飞船由于轨道力学及核融合引擎性能的问题，几乎都不能转向行驶。一旦驶离某一地点，如果不在下个港口补给，就无法返回原处。

而且，丰果所在部队历经三个多月的远征才到达此地，纵使无法掉头的母舰回国后即刻折返前来营救，算起来也得在半年之后了。

当然，母舰不可能体贴到只为一名飞行员就前来营救的地步。也就是说，眼下丰果不可能马上归队了。

山人八十岛军曾经训练航天母舰舰载机飞行员学习应对这种情况的行动规范及具体技能。据丰果记忆，规范的第一条是"切勿焦躁"；第二条是"寻求一切手段归队"。

丰果决定遵循第二条规范展开行动。

不久，他便意识到这比登天还难。湖景村远离主要航路，是一颗自给自足的孤零零的小行星。尽管每月有一艘联络船从人口较多的枢纽天体前来停靠，但运营者却是当前丰果计划进攻的敌对国。

不能求助于敌舰，这自不必说，他甚至有必要提防敌方搜查到这里来。虽然联络得太迟，但至少清楚了眼下情势。

基于这种情况，丰果只得遵从第一条规范行事，然后慢慢伺机逃离。

"即便如此，也只有这些了。"

这是丰果被安排住进那栋加利福风格木结构民宅后的第十五天。他皱着眉头，极不情愿地用筷子挟着被称作面疙瘩汤的炖菜往嘴里塞。这炖菜有大豆系发酵调味料的涩味，糊状物粘在牙齿上的食感也让人浑身起鸡皮疙瘩，他实在没心再品味下去了。

"请用点凉拌菜。"

艾奈拉端坐在四脚矮桌对面，态度冷淡地将小碟推了过来，碟子里盛着用热水焯过的绿叶菜。端上桌来的除面疙瘩汤及凉拌菜外，还有熏制的小鱼和红树果泡菜等。总之既缺少脂肪，分量又小。无奈之下，丰果只得依次将桌上之物收入胃中。尽管这样，还是要问个究竟。

"没有……肉？"

比如大约两只手掌厚的后腿肉牛排，配上面包跟牛奶、马铃薯与冰激凌、猪肉和豆子，还有面条，等等。

"秋天吧，宰杀家畜的时候。"艾奈拉极其冰冷地回答，说着挟起了小鱼。筷子使用之灵巧令人惊叹。

"夏秋两季，青草和树上的果子会给兽类贴膘，冬天太冷养不活，就在饿死前宰了吃肉。这不是常识嘛！山人怎么过日子？"

"怎么过日子？是我想知道你们怎么过日子呀！"丰果哭丧着脸也想挟条鱼吃，结果哩哩啦啦地掉在桌上，为捡起小鱼，左手整个地缩进了石膏中。"夏天长草冬天怕冷什么的，我完全搞不懂！这是受行星自转轴倾斜角束缚的地球时代的思维。这里可是没有四季的小行星！为什么不将热资源全年平均化？为什么不将肉食制造机械化？"

"为什么为什么！烦死人！因为这就是加利福的传统呀！"似乎终于达到了忍耐极限，艾奈拉大叫起来，"我们加利福尼亚人自古就这样！早就养成了随四季时令和自然变化摄取健康低脂肪天然食物的习惯。传统食品背后有科学依据！吃肉易发胖有臭味养殖效率低下，没一点儿好处！"

艾奈拉身材高大体格健壮，这番语气强烈的辩驳具有相当震撼人心的力量。加利福女郎完美地体现了历史课上学到的盎格鲁撒克逊人的特征。被这气势镇住的同时，丰果盘腿坐下又支起一条腿，毫不退让地断言道："论起传统，我也要说！山人民族曾是世界上汇集珍味佳肴的贵族之民。街角上陈列着百余国的美味，炉子里燃烧着十万吨级船舶运来的油料。我们是绝对的卡路里民族。我们吃肉、小麦和糖，生来就为富国强兵。这一切都是理所当然，绝非奢侈！"

"你这小脸儿挺俊，说出话来却够恶毒！"

"这是在山人小学里学到的基本常识！不爱听就不该救我！"

艾奈拉右手里的筷子被握得像要折断似的吱吱咯咯直响，她脸上露出骇人的狠笑，齐齐并拢三根手指"啪"一声敲在丰果竖起的膝头上。

"好痛！"

"没规矩！吃饭时不许竖起膝盖！碗用手端好！又没说'我开动了'不是！？"

"我以宗教原因拒绝任何仪式！而且，我这样能端碗吗？"刚伸出被石膏包裹着的左手，又被"啪"地敲了一下。震得断骨生疼，丰果不由得呻吟起来。艾奈拉"啊"的一声收回手去，但并没道歉。

丰果忍痛坐正身子，一边将剩下的饭菜吃得精光，一边继续说道："本来山人民族跟加利福人就在遗传基因上有所差异。你们知道为什么米饭好吃吗？"

"什么话！米饭就是米饭，难道不好吃吗？"艾奈拉一副不知所措的样子，所答非所问。

丰果使劲摇摇头。"因为你们分泌淀粉消化酶。人类淀粉酶合成遗传基因AMY1的数值受所属人群影响差异极大，越是食用谷物习惯重的人群，AMY1所有值越会增高。你们认为米和什么面疙瘩汤是美味，是因为你们的染色体组中AMY1占到了八组或十组。而我不觉得好吃是因为缺少这种基因。就算被硬逼着吃下去，不能消化的还是消化不了！"

艾奈拉听完一时间无言以对。丰果暗想，她还是讲道理的。吃完饭，艾奈拉慢条斯理地坐正身子，郑重其事地问："山人丰果·九吹，您十五天前骨折的情况怎样了？"

"嗯？哦……像是好些了。不碰它的话，已经不疼了。"丰果抬了抬左手。

接着，艾奈拉说了句很奇怪的话。"很好，那重力加速度的配给到此为止。"

咕……咕咕咕咕，好像有摩擦制动器被刹住似的，屋子轰鸣几声之后静止下来。静下来之后丰果才意识到此前屋子一直被人工驱动着。

身体轻飘飘，鼻腔沉甸甸。搭乘航天母舰时习惯而亲切的物理现象。失重感。

来到套廊阳台上，艾奈拉招了招手。阳台正冲着春光无限的庭院，院里杜鹃花竞相绽放。丰果飘飘悠悠地走过贴着木板的走廊。走廊尽头有扇暗门，穿过暗门就进了一条宽大坑道，坑道是直接挖开灰色砂土形成的，没做任何防坍塌处理，而且极煞风景。

丰果回头看看背后，那里耸立着一个躺倒的金属制巨大密闭滚筒，直径大概有十米吧。别的什么也没有，民宅应是完全被包覆其中的设施，庭前的景色想必是影像之类的。

这样拙劣的把戏还要特意揭穿，丰果心生不屑。小行星带上，并没有能为其地表提供强大重力的天体。最初能够跪坐的时候他就明白自己身处某种离心重力结构之中。

丰果将目光从滚筒移回艾奈拉身上，直截了当地问："那，这是要做什么？"

艾奈拉轻轻摇摇头，也直截了当地回答："没什么可炫耀的。不过，这对你骨折的治愈很有必要，所以想告诉你，我们为这间疗养所提供了重力。"

丰果哼了一声。的确，重力带来的负担会使骨芽细胞精神起来。安排丰果住进为此而设的高级房间，他们也算对自己有恩有义。

"来这边。"艾奈拉带领丰果进了一条像是联络用的狭窄隧道，又通过了几个分岔口。

不一会儿，他们上了一条顶棚很高的大道。艾奈拉回过身看着丰果，似乎在问"怎样？"对这里，就连丰果也赞叹不已。

"哦……"

又长又直的隧道呈现面前，长得望不到尽头，估计超过了五百米。这可算是丰果迄今为止见过的最大工程，也许今后也再难见到比这更庞大的隧道了。

山人的国土从构造上就建不成这种规模的通道。即便在此天体中，挖掘几条这样的隧道也相当困难。说不定它已贯穿天体中心，如果猜测正确，这应是唯一的一条中央通道。

不过，丰果很快就明白艾奈拉要让自己看的并非通道本身，中央通道左右两侧排布着的一大溜相同直径的侧道才是这个地方最令人惊异之处。

"一反滚筒。"

直径十米的无盖滚筒连绵不绝、数不胜数地横卧面前，将夏日阳光锁闭在内。

"一反滚筒？"

艾奈拉脚蹬地面飞了出去。雪白的小腿肚从和服下摆露出。丰果紧随其后飘飘悠悠地追了过去。

"对，纵深三十一米，内侧面积九百九十一平方米，按加利福的计量单位正好一反。一台一年能养活五人，这就是我们的水田。"

所有金属滚筒都在底座滚轮上徐徐回转。黑茶色的泥土紧紧黏附于滚筒内壁，由此可知回转产生了适度的离心重力。

泥土之上，间隔约四十厘米，整列种植着绿油油的嫩苗。在相当于滚筒中心轴位置处，由轮辐支撑着的照明管向全方位发射出耀眼的强光。也就是说，为让嫩苗确信自己生长于天地间，并促使其旺盛生长，村民才构筑起这规模宏大而又极其原始的设施。

滚筒连绵不断。十个、二十个，中途起不仅左右两侧，还出现了上下结构的排布。眼前全是闪闪放光的筒型田地，不，是水田。

忠犬般的小型机械在泥土中奔走，有人在种植幼苗，还有些人三五成群地手工拔除杂草。一群年轻人正齐心协力推动通道边缘轨道上散发出恶臭的集装箱。一群孩子"哇"的一声超过丰果飞向前去，跳进了稍前方的滚筒中。一对夫妇模样的男女从满头金发的脑袋上摘下纤维质的帽子，擦把汗接过孩子们送来的盒饭。一位面颊赤红、嘴里叼着管状可燃性嗜好品的老者坐在滚筒边缘缓缓倒转了上去，回转留下的烟圈让人想起银河系旋臂。

茶色小鸟叽叽喳喳鸣叫不止，几十只成群结队地呈螺旋形轰然飞过。丰果的目光正追踪着鸟群，不知从哪里滴溜溜飞转过来一只青蛙，"啪"的一声贴在了他腮帮子上，是个黑绿相间、极其华美的品种。

四处洋溢着欢笑之声。

这与山人八十岛的同轴斯坦福圆环聚居地有着根本性的不同,那里的淀粉工厂是禁止人类进入的。丰果从未想象过如此精妙的动植物生态系统能在这里完美运转,该系统必定从微生物、病毒到大气圈、水体圈等各个层次都编织出了良好的循环体系。

"喂,快来!"

丰果被这场面震撼,只顾飘飘悠悠打转,这时被艾奈拉揪住领口向后拽去。很快,滚筒队列从中央通道的顶棚与地面间消失,左右两侧的滚筒也不见了踪影,最后到达路的尽头。果然是贯通天体中心的隧道。

由此,丰果发现了这片与众不同的聚居地在构造上存在着的根本性问题。

"你们如何扩张?"

丰果扭头发问时又被拖进一条狭窄的通道,艾奈拉正把他带向通道深处。

进了厚厚的隔热门,与此前秩序井然的景象大相径庭,这里被损毁得乱七八糟一片狼藉。土石、砖块、纤维袋与小型集装箱摞压在一起,惨不忍睹。一群身着重装备的男子正在仔细挖掘。

这里怎么了?还没来得及张口询问,各种工具就一件接一件地塞到了丰果手里。防尘面罩、作业服、安全帽、魔术贴底鞋。动口不如动手,不容说什么,丰果就被动作麻利地套上了作业服。

"什么呀这是?"丰果忍不住大叫起来。

艾奈拉微微一笑。"清扫呀!清扫被你毁了的粮库!"她转向无言以对的丰果,指着令人生畏、堆积成山的瓦砾与碎片说:"姑且加盖密封了,还没动过你开来的那会飞的玩意儿。可能有武器和燃料,不安全吧!你的首要任务是处置好它们,处理完了再把这里恢复原状。"

"可我骨折了啊！"

"所以刚才问你是不是已经好了吗！"女郎眼里显然闪动着快活的光彩，像在说就算伤没好也没关系。"光是伶牙俐齿地显摆你那渊博的学识，也帮不上这危险作业什么忙吧！对了，饭就跟这里的人一起吃，今天开始白天都在这儿干活。这些日子对不住你啦，又是打又是骂的！"

正在作业的加利福粗臂壮汉们围拢过来，紧紧抓住丰果的臂膀。因为他们为自己疗过伤，就不知不觉地开始盲目乐观放松警惕，然而自己毕竟损毁了他们的重要设施及粮库，是根本不可能被善意相待的。

原来如此！丰果恍然大悟，她可真是个难对付的家伙！

就这样，丰果藏起逃跑的念头，违心地以劳役囚犯之身开始了湖景村的生活。

每天的劳动严酷艰辛。在只加了一张密封膜的空间内作业，空气泄漏、碎片夹手、被崩弹起的砂粒打中等小事故时有发生。尽管这样，伙食却与在疗养所时完全等量。分量、味道都不能满足需要，结果丰果的肚子总是饿得咕咕叫。

好不容易痊愈的手臂，有一次又险些骨折。当时他刚把战斗机的引擎从基座上拆卸下来，引擎漂浮起来，一个背朝这边作业的人反应不及，脚被夹在了引擎与墙壁之间。眼看沉重的引擎就要将其踝骨挤得粉碎，在这千钧一发之际，碰巧在旁边的丰果把裹着石膏的手臂插入了缝隙之中，那人得以在一瞬间拔出脚来。石膏被压成粉末散落一地。迅速撤出手臂的丰果也惊魂未定，许久说不出话来。

一脸痛苦反复揉着脚的年轻男子将目光停在了丰果苍白木然的脸上。"哦，终于拆石膏了？"

看他明知故问，丰果不禁也用同样语气点头应道："啊，托你的福省了不少事。"

后来,吃午饭时这人走过来,他自称莱奥,还递过来巧克力。这可是丰果在湖景村第一次见到,他说声谢谢接到手中。

莱奥全名叫莱帕德·格兰特,丰果与他聊了起来。跟艾奈拉一样,就一个乡下人来说,莱奥也相当能说会道。

"我说丰果呀,你们为啥要发动战争?"

"不是战争,只是天体开拓。而且并不是只有山人发动,哪儿都一样。"

"是吗?山人把派遣战舰攻占别人的星球叫作开拓?"

"我们不攻打有人星球,山人夺取的是无人居住的小行星。只在天体上插一面国旗,并不能算是那个国家的领土。从地球时代的远古开始,领土这一概念就是与实际统治配套的。"

"加利福各国遭受山人驱逐的可大有人在啊!听说虽然先发现了小行星并定居下来,却被山人侦察攻击机的恐吓射击给驱赶了出来。"

"……那些被赶走的家伙肯定是刚刚降下宇宙飞船,或只是正在建造临时探测基地,应该说不上定居。"

"那反过来,加利福或其他国家的战舰把山人建造的开拓基地摧毁也就没问题喽?"

"这……需要在更深层次上的思考。山人民族有外向型、扩张性的性格,比如爱吃肉,而其他民族却不这样。因此,山人的天体开拓是命中注定要进行的!"

"是吗?我还是以为不只是山人,哪儿的人都有主动发动战争的特质呢。"

"不可能。"

"可是有个山人飞行员刚刚这么说过。"莱奥一本正经地说完后抿嘴一笑,丰果无言以对垂下头来。在老家没人告诉过自己,乡巴佬中竟有如此能言善辩的，或者只是自己还不成熟？

又一日，丰果自以为找到了反驳的机会，便跑到莱奥面前挑起话端。"你听好，山人民族跟加利福人的不同之处体现在国土形状上。这能解释山人的外向型性格。"

"哦？"

"山人的，不，不仅山人，你知道加利福以外的其他国家的国土建设方法吗？"

"哎呀，这不知道，我出生长大都在加利福。"

"宇宙人原则上都是'斯宾纳'，山人只不过是其中一员。"

"'斯宾纳'？什么意思？"

"字面意思，旋转①。"丰果努力把在老家受过的教育表达出来。太阳系的所有民族都曾各自有必须离开地球的理由，但手段只有一个，就是通过利用地球离心力建造的轨道升降机，旋转着飞向宇宙。之后到达资源与日照两方面都充足的小行星带，建立起各自的聚居地。

"旋转着飞向宇宙，就是斯宾纳？"

"不止如此。"

在经历了定居近地行星的初期宇宙开拓后，人类得知，任何生物体要获得稳定的生活，无论如何都需要一定程度的重力。天体中能提供有价值的重力的，只有地球、月球、金星、火星以及类属矮行星的谷神星等，对于计划居住于这些天体以外的人类来说，怎样生产离心重力就变得至关重要。

问题是旋转这一物理现象不易把握。因为旋转的物体产生的陀螺效应使倾斜困难，而动作中发生形变的话，又会造成偏心使旋转轴发生紊乱。旋转部分与其以外部分的连接也需要设法解决。

---

① 即英语中的 spinner。

形形色色的旋转聚居地被设计出来，截至现代前，获得最广泛采用的是同轴斯坦福圆环，简称为 CS 圆环。

CS 圆环算不上什么宏大的工程技术，最大也不过拥有一万人上下的收容力，只能建起直径约五百米的圆盘形聚居地。但 CS 圆环的优势不在最大人口，而在于其灵活性，即从建设开始到完工，任何时期都能够供养相应数量的人口。

CS 圆环最初仅从三部分开始建造：不旋转的固定轴和环绕固定轴旋转的、由缆线构筑的两个重力室。通常多将宇宙飞船的船体用作中央固定轴部分，或者说原本规划的施工方案就是把宇宙飞船拓展为聚居地。

扩建时则将重力室增为两对，由缆线吊起进行。初期使用类似双臂移动塔吊那样的简陋回转装置，后期慢慢增扩至四臂、八臂等带轮辐的环状体。一旦环状体形成全线畅通结构，下一步将在其外侧再增加环状体，同时降低回转速度，使最外周保持最佳的重力加速度。

当环状体增加到轮辐的强度极限时，扩增结束，工程竣工。

"比起湖景村所在的小行星，CS 圆环的规模恐怕要小得多，知道建造它们的好处吗？"

见丰果发问，一直侧耳倾听没有插话的莱奥连连摇头，不知道不知道。

"高效批量建造。CS 圆环法从初建阶段就能够使用，也就是说，居民在稍有些富余能力时，马上就可以进行下一架的扩建工程。而且规模小完工快，区间划分方便。从一到十完全标准化，设计上丝毫不费工夫。重复同样操作即可。建造流程一旦形成，之后连续增建多少都成！"

"哦——批量建造啊！"

"将这种方法最大限度利用起来的就是山人。因为山人民族选择

CS 圆环聚居地并将其不断扩建，现已成为实力雄厚的大国，人口达到了五百万！"

现在，山人八十岛国已成长为在小行星带拥有近四百架 CS 圆环聚居地的一个大国。回想离开家乡时从航天母舰上远眺，银灰色圆盘阵群布满漆黑太空，丰果的言语中迸发出几许豪情。

莱奥摸着棱角分明的下巴，斜眼瞪着丰果。"你是想说，跟那里相比，加利福……"

"对！湖景村这里的设施几乎没有扩张性可言！"

"的确是这样啊！把这星体掏空挖尽也就算完了。因为会遭受宇宙射线辐射，把滚筒贴在外侧也行不通。总之，我们是为躲避宇宙射线才躲进地洞里的。"

"不错！而且当村子人口饱和时，你们也不具备迁移到下一个小行星的能力吧？我想说的就是这一点！"丰果强调道。

莱奥依然露出泰然自若的冷笑。虽说他只不过是五百人居民村落中的一员，但在听到五百万人口的大国时，却丝毫没有自愧不如的感觉。看来并非只是单纯的无知。

丰果有些不悦，同时又感到不安。莱奥到底多大年纪？比自己年长是肯定的。

"山人建造了巨型国家，很了不起，加利福人则似乎不能顺利扩张，不值一提。想说的就是这个意思吧，你小子？"

"不是……没说不值一提。"

"说了哟，丰果。"莱奥苦笑着拍了拍丰果的肩膀，不慌不忙地竖起食指。"那问你一个问题。是因为建成了圆环聚居地，你们才变成外向型的呢？还是因为你们是外向型的，才建成了圆环聚居地？从你刚才说的话里可搞不清哟。"

"什么？"丰果一皱眉，旋即答道，"当然因为注定是外向型性格，才能够选择那种实用的方法！"

"就是说性格在先喽，那再问一个问题。"

"又怎么？"

"你在山人国朋友多吗？"丰果顿时哑口无言。

见丰果不回答，莱奥大笑，回到了下一项工作中。

丰果被告知在服完劳役后，夜里仍要回到疗养所。一天晚上，像往常一样，在那间铺有榻榻米的、看得见庭院的房间里，在丰果将那缺乏能量难以充饥的饭菜一扫而光后，坐在对面的艾奈拉问："听说你跟莱奥交了朋友？"

"莱奥这么说的？"丰果惊问。

艾奈拉扑哧一笑反问道："你看莱奥像是能说出这话的人？"

丰果稍稍思索了一下，有感而发："这个嘛……我没特别要跟莱奥交朋友，相反还说了些失礼的话。说我跟莱奥交朋友，是不是在近处看到我们说话的人误会了？"

"是莱奥说的呀！"

丰果又吃一惊。

艾奈拉郑重其事地点点头。"你这不是知道自己说的话失礼嘛！大概莱奥中意你的就是这一点。"

"他这人怎样？"

"没人了解。反正好挖苦人，性格古怪。"艾奈拉耸耸肩，但既不是讨厌莱奥，也没有不高兴的表情，"所以大家都很吃惊——他也交上了朋友！"

"我们还不能算……朋友。"

"不算朋友都聊起来没完？"

那是为明示自己作为山人民族的身份个性而做的辩论！不过真的只有那一个目的？像他那样听自己说话的人在故乡也少之又少。丰果感觉自己对莱奥长篇大论一通，本来也不是要寻求他的认可。莱奥以其理论展开的反驳，自己大致也预想到了。

艾奈拉将丰果用完的碟子收拾到托盘上。"这不吃得挺顺溜嘛！"

说是这么说，其实面疙瘩汤里的糊状物还是剩下了。艾奈拉起身将托盘端进了厨房，从和服下摆处露出的小腿肚在榻榻米上刷刷地走远了。

丰果忽地透不过气来。人与人之间距离太近了！在山人国，就算是家人间也按个人的日程计划决定吃饭时间。照那种习惯来看，这样近距离与他人一起进餐简直无法想象。

丰果站起身，趿拉着草编拖鞋走到了院中。

"过了花坛可不行哟！"身后传来艾奈拉的声音。

宛如昔日影像的田园夜景在面前展开。抬头能看见月亮，地球的卫星。

丰果穿着作业服，两手揣在怀里，盯着月亮，自己也不清楚为什么要这样做。

又过了十天，粮库清理告一段落，再建工作开始。干了半个月后，丰果又被赶到水田里拔草。

在中央通道周围转个不停的滚筒阵群里，从种植较早的一端开始，嫩苗的绿色依次日渐深浓。与此同时，一种细如针尖、谷粒结满穗头的小植物也茂盛起来。这是种叫作稗子的谷类，虽说不是不能吃，但因它会抢走作为主食的稻子的养分而被视为杂草。对付这类东西，山人的常用手段是药物压制，而在湖景村，为防止大气污染，散布药物被严格控制。

除草使用的是匍匐桥。文字写成"匍匐桥"的这种设备，说白了就是架设在宽度三十一米的滚筒内的固定不动的低矮踏板。丰果与负责除草的村民们一起匍匐在这桥上，手正好能够到水田里的泥土底层。桥虽然固定不动，但因滚筒在回转，杂草就源源不断地出现在眼前。不停手地拔草时，迸溅起的泥土弄得满手满脸都是白茶色的斑点。

一部分滚筒里，放养着一种叫杂种鸭的水禽。因这种鸭子只吃杂草，便取代了拔草的村民。它们的粪便可做肥料，而且据说以后还能宰了吃肉。听莱奥这样一说，丰果勉强认可了这些好处。"的确方便！应该马上增加数量，推广到全部滚筒中。"

莱奥摇摇头。"粪太多会造成氮含量过高，以前就因为这个原因，米不好吃了，所以没计划增加更多鸭子。而且还臭得要命。"

"那养鸭的计划要废止？"

"也不需要废止。"

也就是说杂种鸭的饲养既不推进也不中止。莱奥模棱两可的结论令丰果不解，考虑到跟他聊天自己常会掉进设满圈套的辩论陷阱，所以没再当场追问下去。

这期间，即丰果来湖景村后，定期联络船第二次到访此地（第一次到来时他还不知情）。虽密谋过乘其不备劫持联络船偷偷溜走，但因船从靠岸到出发，港口上人流络绎不绝，丰果甚至无法接近船体。另外，联络船的到访对村民们来说不啻一次小型节庆，从这里逃跑不如想些别的法子更稳妥。

村民们做梦也想不到丰果有这样的企图，他们仍像对待其他干活的人一样，一视同仁地将为数不多的口粮分给他，并让他自由活动。更有甚者，丰果很快就发现自己的待遇竟神奇地优厚了许多。劳作间隙常有小茶点或小水果递到眼前，过来搭话的也多了起来。在牲口圈照料完牛马后，还有个长着雀斑的小姑娘羞红了脸塞过来一个陶罐，里面是刚挤出的牛奶。

丰果将牛奶带回疗养所，老老实实地交给艾奈拉——他感觉自己不该在这个村子里发展秘密恋情之类的关系。艾奈拉却付之一笑，说声你自便，还回了陶罐。

丰果如获至宝地喝下去，结果喝坏了肚子不得不去看医生，甚至被他们用年代相当久远的、掉了漆的 DNA 读取器检测了染色体组。

小姑娘的示爱姑且不论，丰果给村里造成损失的罪过之所以被一点点饶恕，多是因为他态度端正地参加了水田里的劳动。在湖景村，非但经济运转是以稻米栽培为中心，甚至可以说整个世界的运转都是以稻米栽培为中心的。

接下来的一周发生了异常情况。一天早晨，丰果被村民们的喊叫声吵醒。

"大瓶！"

"大瓶来啦！"

早饭也没顾上吃，丰果跟着艾奈拉跑到地里一看，所有滚筒边缘水面以上部分都密密麻麻爬满了东西，粗一看以为是野生草莓或小葡萄，其实是长着鲜粉色粒状贝壳的东西。丰果目瞪口呆地低头望着它们。"什么呀，这是……"

"来，这个给你！不管它们的话，稻子要被吃光了，这些坏蛋！"像往常一样，艾奈拉不由分说，先递过来一柄小铲。

作业开始了，目标是将繁殖力旺盛的田螺一夜间产在滚筒上的卵清理掉。贝壳破碎散发出腥味，汁液沾到手上奇痒无比，实在让人难以忍受。

不分老幼全体出动，就连只做家务不出门的艾奈拉这时也撩起和服下摆挽起袖子在丰果身边忙碌。

"这些东西的原种是叫作大瓶螺的害虫，本来悄没声地聚居在拉普拉塔河，后来有人猜想或许可以食用，于是被人带出来，没想到事态失控都蔓延到了地球上。"

"这里的大瓶螺也是村民带进来的？"

"并非恶意之举！为了在小行星上活下去，这只是各种尝试中的一个，结果还跟以前一样。唉，确实有这类失败，也只好断掉念头老实接受了。"

"换做山人会用机械或药物彻底根绝。"

艾奈拉停下手，目不转睛地盯着丰果，后者佯装不知，心里却很不舒坦。

"你呀，在这里，还住不惯？"

"'还'是什么意思？我是山人民族的军人！绝不可能住得惯——"喊叫着顶了一句，丰果的喉头哽住了。艾奈拉蓝色的瞳孔里波光一闪，那是一片温情而非怒火。

她用戴在头上的布手巾的一端擦去沾在丰果面颊上的汁液，闪着光彩的双唇轻轻翕动。"十八岁就让人开战斗机的那个国家，你真想回去？"

竟有人不认为十八岁就能开战斗机是种荣誉！心生不快的同时，这话也令丰果动摇起来。

卵的清理工作过午时分宣告结束。每个滚筒边缘都沾满了除卵后留下的粉色汁液。丰果被这额外的劳作搞得精疲力竭，归途中忽地目睹了一幕奇异的景象。

中央通道的一角，有几个滚筒上丝毫不见粉色汁液的痕迹。

丰果觉得奇怪凑近细瞧，只见蓄满水的田里有圆溜溜的茶色水鸟游过，身后带出Ｖ形航迹。更里侧，众多水鸟贴着土壁聚集在一起，正不停地啄食着什么。

丰果不由四下张望，想找个可以汇报此事的对象。斜对面，总坐在那儿的赤面老者今天也依然抽着管状燃烧性嗜好品，随滚筒旋转。

没有谁朝这边看。丰果也好杂种鸭也罢，都早已过了让人惊奇的时期。

因为天热，杂草增生。湖景村一带气温攀升，丰果他们每天忙着拔草。他也逐渐搞清楚，村子并非主动模拟出夏季气候，而由外部环境强加给这里一个无法回避的盛夏。

针对成因一番思考后，一天，丰果问莱奥："这个天体因为沿椭圆轨道运转而靠近太阳呢？还是因为随着公转太阳高度角发生改变而变热？是哪种情况？"

听到这个问题，莱奥笑着拍拍丰果肩膀答道："你是说山人国不这样？因回转轴垂直于黄道面而按圆形轨道公转，所以常年气温恒定吧？"

"你怎么知道？"

"应该问你为什么认为我们不知道？山人国政府宣传自己的做法有多英明，比你要热心一千倍哩！"

"是吗？……我不清楚，我从不看对外宣传。"丰果摇摇头，"我没有要跟山人做比较的意思。告诉我，我猜得对吗？"

听丰果这么说，莱奥脸色一变，面呈不悦。"你问这个做什么？"

"不做什么呀……纯粹只是对气温感兴趣。"

"哦。"沉默片刻后，莱奥说，"两方面原因都有。我们住在天然呈椭圆形的小行星上。它就算不能按正圆轨道运行，我们也只能继续住下去。"

"即便这样，仍能持续种植稻米，说明维持气温恒定很成功喽？太热太冷的时候，怎样缓冲？在什么地方安装了热交换器？"

"噢，以后你就明白了。"莱奥说完冷冷地起身走开了。就他来说，这态度不免无情，丰果吃了闭门羹般怅然若失。

后来，丰果了解到湖景村近地表处装备着数台大型水罐，提供水资源的同时，还有屏蔽放射线及热缓冲功能。这一事实并未形成文字公开发布，是丰果靠自己的两条腿转来转去（或者说跳来跳去）发现的。

莱奥似乎有意隐瞒此事，这更引起了丰果的好奇。

过了七月进入八月。林立的一反滚筒开始排水，一台台滚筒缓缓停止旋转。这是为了干燥土壤、检修滚轮。

百架以上的滚筒从春季起一直不间断地转动，一旦停下，它们合奏出的低沉的回转音也彻底消失，只有照明管为促进根的生长仍亮堂堂的，几乎能晃瞎人眼。中央通道上的强光与静寂令人窒息，丰果只穿着无袖衬衫和短裤，汗流浃背地在水田里追肥。一起干活的汉子们对丰果大加赞赏，还邀请其参加夏季祭祀，更有两位姑娘分别在某日黄昏与另一天的清晨向丰果表示了好感。

丰果的烦恼日渐加深。

八月中旬过后，村子举行了夏季祭祀。就在那一天，村民特别将中央通道的四个滚筒从侧道上移除（丰果刚知道还能这样），取而代之的是三个布满小店铺的滚筒和一个在中央布置了舞台的空滚筒，舞台上配备着巨大的打击乐器。

随后，滚筒伴随着雄壮的打击乐演奏开始旋转，村民们争先恐后地跳上滚筒，在比平日设定得更高的离心重力下，腰腿用力叉开双脚，跳起了造型独特的舞蹈。

咚！咚！咚咚！要是能合着打击乐的节拍，混进身着盛装手舞足蹈的白人男女中间，该有多开心啊！此时此刻的丰果已有了这样的心思。可现实情况令丰果无论如何都提不起精神，他只是一个人在远离舞蹈滚筒的暗处徘徊。不一会儿，丰果又返回祭祀现场，在一个小店铺滚筒不起眼的角落占了一个座位，这里商品种类极少，但经过创意设计看起来却琳琅满目。他逗弄着一条不知为什么起了一个印度古代神灵名字的茶色小狗，百无聊赖地打发着时间。

"湿婆！湿婆！快去叼回来！"丰果扬手将绑在草绳上做成大腿骨形状的玩具扔出去。因转向力的关系，玩具意外地拐了弯，打中了正向这边寻摸过来的艾奈拉的脸颊。

"啊呀，好痛！干什么呀，人家特意跑来找你！"

"啊，抱歉！碰巧！"

"你在这儿搞什么名堂？不去跳舞？你跳不好谁也不见怪。"

"见怪也没什么。也不是……我不跳，艾奈拉，我是外乡人嘛。"

"胡说什么呀，大家都知道嘛！"

"不一样，我早晚得离开这里。很明白你们在努力接纳我，可我适应不了。你们心怀宽大地迎入外乡人，这一加利福国民性本身就让人觉得很是特异，我很害怕，艾奈拉。在山人国，一切都源于对人的抗拒。我们排斥与他人相融合，强调张扬自我，向外膨胀。山人民族就是这样！不要接纳我！快把我赶出去吧！"

闻听此言，艾奈拉屈身向下紧紧抱住丰果的头部。在比自己年长的女性胸脯上嗅到甘美的花香，丰果全身僵硬起来。艾奈拉像在安慰丰果似的喃喃细语道："说出心里话啦，真开心。山人国的男人也会说出这样的话来呀！我说，你想马上回家见家人？"

"跟你说过了，山人民族是开拓型民族。从参军那刻起，我就做好了离别的准备。"

"那就留在这儿吧！说不定你是山人里的例外呢！"

丰果想也没想，就将鼻尖贴上了她的肌肤。旋即又挣脱开来，虽是短短的一瞬间，感觉却那么漫长。

"我是山人！愿意也好，不愿意也罢！"抑制着想抱住她的冲动，丰果推开了艾奈拉。"这不是精神问题！是肉体的、生物的问题！我到现在还是咽不下面疙瘩汤和煮干芋头，是因为没有消化这些东西的遗传基因！吃米的加利福人跟吃肉的山人民族根本就是不同世界的人！

没办法没办法！这里就是住不下！"

"丰果！"

艾奈拉把手指插进丰果的黑发里，拉近身前亲吻他。这是一种丰果从没想象过的甘美，同时也引发了他胸中揪心般的疼痛。丰果撞开艾奈拉狂奔起来。身后传来小狗的狂吠。

"原谅我，丰果！"

听到了艾奈拉的喊声却不知她为何道歉。这并不是谁的错，错就错在命运太捉弄人！

那天早晨，无线电广播播报山人八十岛国天体开拓军再度向此地远征。当日恰逢湖景村举行"新尝祭"。

在这个祈求今年也平平安安五谷丰登，并对宇宙诸原理表达感恩之情的祭礼上，湖景村星长金斯通氏亲手用一把由球粒陨石打磨出来的、根本不快的石刀割断稻秆，并将象征山珍海味的罗非鱼和猪肉、菜类与菌类一同供奉到安放在中央通道尽头神域里的神龛内。

在与夏季祭祀截然不同的庄严气氛中，仪式上除星长外，只有司祭的宫司（那位爱抽烟的老者）与二十二位宫司头人参加。身穿裤裙正装的艾奈拉也现身祭列。

丰果混迹在村民中远眺仪式进行，就站在收割结束后散落着已脱完粒的稻束的稻田里。莱奥双手揣在怀里溜溜达达地走到丰果身边。

"哎呀呀！总算熬到这一天了！你把飞机栽进粮库里的时候，我还以为见不到这一天了呢！"

"要是夏天的时候东西都吃光了，我会怎样？被肢解做成火腿？"

"真没想到你还是个万事通啊！听谁说的？"

丰果跟莱奥对视一眼。莱奥"嗯"了一声一偏脑袋，像是很开心地接着说："其实真有人这样说过哟！倒是不会吃了你，不过把你赶出去也能省下一个人的口粮。"

"那我是捡了条命?"

"捡你命的是艾奈拉。她坚持说自己救的你,就算削减自己的配额也要把你照顾到底。你每顿饭都规规矩矩地说谢谢了吧?"

"啊!"丰果面露愧疚之色点点头,"每回都不少说,说得几乎让她心烦。"

"那就好!要是你悄没声地逃了,她也会恨你吧!"

"逃?谁逃?早死心啦!"丰果说完叹了口气。停了一会儿,他扭头看见莱奥正像上次那样一脸不悦地盯着自己。

"山人国的舰队要来。为了跟他们会合,你打算乘下班联络船离开村子吧?"

"别说蠢话了!每次船来虽说乱作一团,但乘船逃走可能吗!?"

"等在村外的太空里,伺机攀上联络船体。夏季祭祀那天晚上,你把村里的一套太空服藏在哪里了吧?"

丰果无言以对,垂下双眼。他实在不会撒谎。

莱奥叹息一声。

"留在村里吧!丰果!这样就不会遭人白眼。加利福尼亚联邦政府来了指示,说这个时期不要让形迹可疑的人转来转去。"

"莱奥,莫非你……"

"哎!别误会!反间谍什么的,没那么夸张!我说过,我出生长大都在这个村里。就是有个时期受过联邦政府这方面的训练罢了。总之,确保村子安全是我的职责。"

"我被当作间谍了啊……"丰果突然间感到虚脱般的疲惫。这时,像是结束了仪式的艾奈拉简直就是飞了过来,白色和服加红色裤裙,下摆翻飞,飘然落在两人之间。

"你俩都看了仪式?——啊,他不会是要……"

"是啊！丰果无论如何都要离开村子。"

艾奈拉盯住丰果，丰果移开视线。一个多月前跑开之后，他就没敢再正视过她的眼睛。这并非因为心中有愧。

接着，听见她干巴巴的话声。"哦……无论如何都不行？跟异星人一起生活？"

"……嗯。"

"那也没办法。想走就走吧，不再拦你。"

丰果抬起头，艾奈拉已转过身去。他很想对那背影说句什么，可看到她用手背抹脸的动作，丰果最终什么也说不出口了。

"好歹去吃神馔吧！"

"神馔？"

"以前的叫法，意思是供奉给神的东西，现在是用每年年初收获的东西做成的食物。去尝尝吧，湖景村并非临时凑合的真正的食物，你一次也没……"

话音到此戛然而止，丰果心里却清清楚楚，有些话自己一次也没说过。

他"嗯"了一声点点头，丝毫没有犹豫。

用大锅焖出的新米被大气地盛上筐笭，热气打着旋儿袅袅升起。神奇的仪式结束后，在割完稻子的田地里铺上凉席，气氛欢快的宴会开场了。村民们争先恐后地将阔别半年之久的刚焖熟的米饭盛进深盘。这番光景与丰果无缘。对这口味与气味，丰果不为所动。

用银盆端到无动于衷的丰果面前的是个一斤重的精致山形面包。

"这可是神馔哟！"

无须触碰它那金色的表面，只是嗅嗅令鼻腔发痒的喷香气息便清楚这是刚刚烤好的。宫司老人用一把窄窄的刀子抵在山尖上"啪"的一声切下,再静静地拔出。一片面包不出声地向外倒下,松软暄腾,布满雪一般闪着光华的气泡。

为什么会是面包?丰果已丧失了深层思考的从容。这半年来,他总被强制食用不适合自己体质的面疙瘩汤及酱油味的饭菜,这还是头一次见到故乡山人国的食物。原来湖景村存在着不为自己所知的小麦田!当作临别纪念来告诉自己真相,该是这个意思吧!

"来!"

在老者的催促下,丰果拿起面包。在老家通常会涂上果酱或黄油,而现在眼前的面包实在太香,让人不忍夹杂别的食物吃。

端平面包,轻咬一口。

伴着蓬松柔软的齿感慢慢咀嚼,湿润丰富的淀粉质积存口中。

蠕动下巴再嚼,香甜!每嚼一次,都愈发香甜。

丰果如痴如醉地贪恋着这甘美。

第一片与第二片比空气还顺溜地一扫而光,第三片细细品味,第四片嚼到一半歇口气时,丰果留意到周围的眼神,不由面红耳赤。艾奈拉饶有兴趣地点点头。

"喜欢吃吧?这东西,好吃?"

"嗯。"

嘴里塞满面包的丰果点点头。感觉这正是遗传基因寻求的味道。

"以开拓之名不断扩张的山人民族的个性就表现在这面包上,另一方面,坚守内向守旧生活的加利福人的心性则体现在稻米上……是这么回事吧?丰果。"

"嗯,啊。"

丰果又点头,认同这不可逾越的鸿沟。

"这可是米做的哟!"艾奈拉嫣然一笑。

丰果又嚼了一会儿,然后咽下面包问:"你说什么?"

"我说这面包是米做的。把白米粉揉成面，发酵烤出来，就是这面包。"

"胡说！这是面包！小麦做的面包！面包的味道！"

"可是用米也能做出来啊！一烤就有了与面包极相似的味道。不管怎么说，主要成分淀粉都一样嘛！"

"这是米……为什么这么做！？"

"山人国的教育从这里开始已经都是错的了，丰果！"说着，艾奈拉将一块面包放进嘴里，频频点头，嗯，好吃。

"人类各个群体淀粉酶合成遗传基因AMY1的数量有所不同，AMY1少的群体不适合淀粉质食物，而适合肉食——唔，听说以前也有过这项研究。这也展示了事实的一个方面。但问题是，你的情况与理论根本对不上。我们都看到了你的染色体组，你有九个AMY1，比我们还多，真让人惊奇！"

"胡说八道！根据何在……"

"顺便说一句，你的血统中反倒像是欠缺乳糖酶遗传基因，所以最好不要过游牧生活。"

丰果张口结舌理屈词穷，不过旋即悟出其中玄机。自己闹肚子寻医问药时，被用DNA读取器检测了染色体组。查找染色体组上位置已知的遗传基因并非难事，用那台老旧设备也足以胜任。

可是！丰果咬牙切齿，欲进一步反驳。"一两个遗传基因未能如愿又如何？我们的民族性还有文化是与历史紧密相连的！这可是无法否定的吧！？"

能否定的话否定给我看！丰果大叫着做着最后的挣扎。

"不对，根本没什么所谓紧密相连。因为这里的一切都是二百年前加利福人从山人国那里借来的文化。"

艾奈拉分开双臂高高扬起，手指向"新尝祭"庆典、收割完稻米的滚筒、种植稻米的湖景村的白人们继续说道:"在那以前,我们过的完全就是另一种生活。至于转变的理由我也不清楚,但总会有不少吧!不信的话,随你查证好了,这个村子也能连上山人国和加利福以外的网络。"

"可是——但是,实际上,我的舌头!"就是容忍不了这里的食物!丰果的眼神在这样诉说。

艾奈拉微微苦笑着说:"不过是偏好罢了。除牛奶外不是一次也没吃坏肚子嘛!"

丰果这次真的无话可说了。他被失败感彻底打垮,垂头丧气地耷拉下双肩。

艾奈拉抱膝蹲下身,手抚丰果肩头。"丰果!"

"放开我!"

"丰果你肯定会接受我们的。血统决定命运毫无道理!你绝对可以留在这里。我希望你留下。——不过,我绝不说谎。以前说过,你想走的话,不再拦你!船三天后到。"

丰果低头良久,一动不动。感觉对面有动静时,他抬眼望去,莱奥、宫司老人、壮汉们、姑娘们,他们因夏日在田地里劳作而被晒得黝黑的脸上都露出羞涩的笑容。

丰果的黑眼珠转向艾奈拉。"你说过秋天要宰杀家畜?"

艾奈拉眯起蓝眼睛。"对,快了。"

"偶尔给我来点酱油以外的味道!"丰果态度生硬不容置疑地说。

一息一画

著 /（美）凯瑟琳·M. 瓦伦特

译 / 由美

一。桃林中，古红玉髓馆投下半道影子。因为这屋舍半在人间，半在他界。他界没有名称，各种非人间之事在这里发生。妖怪疲倦之时就会去他界拜访。屋中，一道庄重的屏风划分两界。屏风是梅子的颜色，上有几头银色的虎，跃起追逐梅花瓣。若你站在他界，便可见一百只眼睛透过绢布窥探。

二。在古红玉髓馆人间的这一半，住着一位儒雅的、蓄着小胡子的书法家，名字叫作耕。耕穿一件淡黄绿色的袍子，上有黑线绣的纹样。当耕站在房子的另一侧时，他便不再是耕，而是一杆笔，笔毫由獾毛制成，笔管是坚硬的樱桃木。他化为笔时，名叫作夕。儿时他就整天在屋子的两边跳跃往返。笔，人；人，笔。

三。耕一人独居，而夕与众妖怪同住：骸骨女、蝶螺女、雷瓮和鲶，鲶的个头有三个壮汉加起来那么大。当鲶的尾巴敲击地面时，即便在人间也会引发地震。夕在骸骨女的骨头上抄写了一段神圣的文章，那是天狗的情诗。夕是一位优秀的书法家,所以白骨上布满了隽秀的黑字。

四。骸骨女的头盖骨上写的是:月色愠怒。我被记忆之色的羽毛包裹。我夺取的利爪,反将我攫住。

五。耕是一位杰出的书法家,但他已经隐退了。因为当他站在古红玉髓馆的这一边时,他没有写字用的笔;而当他站在另一边时,他没有呼吸。"伟大的书法家知道每一个字的落笔都始于体内。一息,一画。一息,一画。文章就是这样诞生的。悠长的、墨色的呼吸,一遍又一遍。夕永远成不了伟大的书法家,即便他的技艺已经炉火纯青。他没有身体,诗意无从开始。"

六。耕无法离开古红玉髓馆。他一旦走远了,就变得虚弱,并会吐出墨汁,返回家中就会康复。他自己种萝卜、甜瓜和水田芥,当然还要照料那些桃树。古红玉髓馆旁有一条河流过,叫作无人川。当它流到房子另一侧时,叫作虚无川。河里有鱼,耕用桃枝钓鱼。鲶张嘴打嗝,鱼就会跃入其口中。在鲶的下唇上,夕抄写了一篇狸的哀歌。

七。鲶的须子上写的是:深雪之中我悔不当初。我的睾丸里满是沉重的忧伤。皆因我,她尾上的条纹再不返回。

八。蝶螺女住在厨房地板的一个池子里。她的螺壳层层叠叠,像菱饼,又像宫殿;十分坚硬,布满尖刺,是杏核内里的颜色;虬结的表面上有珍珠母的接缝,沿螺纹盘旋。其他妖怪坐下吃晚饭时,蝶螺女就吃从餐桌上掉落的饭粒。她喝的是茶壶里的溪水。睡眠时她会梦见水手用蔷薇织的网把她从海里捕捞上来。在天皇的诞辰日,夕送给她一颗糖果,那是用骸骨女的骨髓制作的。骸骨女并不介意,她有很多骨髓可分享。蝶螺女用一只银蓝色的手默默接下糖果,塞进螺壳中。她要吮吸一整年。

九。夕庆祝天皇诞辰,但并不是东京的那位,而是妖怪们的金鱼天皇。金鱼天皇住在海中的一座小岛上，身边环绕着姬妾和数百万子孙。每到诞辰日那天，他都会满足子民的一个心愿——他界所有的茶壶里都会出现一张红色的许愿券。夕从来没有中过奖。

十。雷瓮中过一次奖。那时他还不是一个瓮，而是素戋男尊①麾下风暴军中的一员大将。这道闪电年轻时曾击毁京都御所的柏木屋顶，并放火将之焚毁。因为这一功绩，他赢得了许多勋章。面对他人的称颂，这头闪电狂兽却失望地哀叹。后来，在他布满冰云的茶壶里，那张红色的许愿券出现了，上面的字迹是金色而不是黑色的，闪电许愿能安享和平。但手持风鞭的素戋男尊是一位严厉的主人，他不允许手下将领这样光荣退休，于是这道闪电就变成了古红玉髓馆里的雷瓮。他的名号是"高贵温荣的雷电宗师"，每逢洗衣日他就会用静电清洁瓮的表面。

十一。蝶螺女很少展露身体。但是，在螺壳之下，她的身姿之美仅次于辉夜姬。没有谁能比辉夜姬更美。蝶螺女的秀发是柔软的淡粉色，双眼深红，嘴唇是薰衣草的淡紫色。她的胴体，夕只见过一次，当时他撞见她在虚无川中洗澡。所有的鱼儿都环绕着蝶螺女，用一双双鱼眼注视着她。那一夜，就连月神也忍不住低头窥视蝶螺女，但他深感愧疚，于是消失了三日以自省。夕虽是一杆笔，亦被蝶螺女深深撼动，他恳请蝶螺女允许自己在她珍珠色的腹部上抄写一首狐的赞歌。

十二。蝶螺女珍珠色的腹部上写的是：透过九条尾巴之间的缝隙，午夜我眺望冬之湖泊。冰鞋在冰面上写下忧愁的诗。你站在对岸。第一次，我希望变成人类。

十三。没有人来拜访耕。古红玉髓馆人间的那一半隐藏在一片森林的深处，林中有许多黑熊，他们有一些智力，懂得憎恶外来者，能

---

① 素戋男尊，日本神话中的神祇，是天照大神和月夜见尊的弟弟。其性格变化无常，时而凶暴时而英勇，最著名事迹为斩杀八岐大蛇。

安排定期巡逻。森林里还住着一只巨大的黄蜂，但从未有人见过。在多云的日子里，人们能听到黄蜂扇动翅膀时发出的嗡嗡声。年深月久，那些黑熊发展出了一套朴素但真挚的佛教戒律。在桂树下，他们一遍遍诵念《怒吠经》。不知道大黄蜂信仰什么教义。

十四。黑熊们不知道自己的出身。他们的母亲叫作吼，是熊族的公主。当年，吼爱上了一位禅师，禅师的公案①像一群蜜蜂在她的脑中嗡嗡作响。吼将自己的这些私生子藏匿在古红玉髓馆周围的森林里，这距离足够近，能让她躲在梅子色的屏风后面窥视，又足够远，让熊崽们的灵魂永远不会彻底醒悟。这是一个悲伤的故事。夕将它抄写在一千片桃树的叶子上。当屋舍这一侧起风时，你能听见吼的啜泣。

十五。如果耕离开了家，夕就会永远消失。如果耕渡过了虚无川，他的脊柱就会疼痛，脊柱最像用硬桦木制成的笔管。如果他试图打开梅子色的屏风，他立刻就会睡着，而夕就会在绢布另一侧出现，并不记得自己曾经是耕。耕是一个孤独的男人。他用指甲在榻榻米上书写：站在铺着阳光的河水边，我后悔自己未曾娶妻。品茶的时刻，我感激那些熊的陪伴。

十六。蔺草将他的词句吞没。

十七。黑熊们偶尔来探望他，观看他捉鱼。他们以为耕在这方面实在笨拙。他们试着把《怒吠经》教给耕，以治愈他的孤独，但耕无法理解他们的语言。他向饮水槽中添满寡淡的茶水，并分享自己种植的水田芥。黑熊们礼节性地吃一小口。

十八。很多客人来拜访夕，但鲶的客人更多。骸骨女在满月时招待了一位骸骨男。他们一起施展交灵术，以接触生者。使用的道具有一块黑耀岩质地的宽板、柚子酒和一台半导体无线电。无线电是一头

---

①公案，佛教禅宗用语，指僧人打坐时思考的不合逻辑的问题，用以参悟佛理。

麒麟带到古红玉髓馆来的，他最近吞了一个美军士兵，又把无线电吐了出来。但是麒麟把这件呕吐物精心包裹了起来，还用绿色的缎带扎了蝴蝶结。骸骨女和她的追求者各自贡献了一块肩胛骨、一根拇指骨和一块膝盖骨。他们把自己身上的这些部件放置在宽板上，摆成特定的姿势。根据某些秘术中的说法，这些姿势只有骸骨才有耐心学会。他们饮下柚子酒，酒水像一道绿色的瀑布，在他们的胸腔里流淌。然后，他们打开了无线电。

十九。夕为了答谢麒麟的礼物，在他的角上抄写了一段龙的公案。麒麟的角上写的是：当佛陀来到群龙之中，当以何种形象现身？

二十。有一次，夺衣婆来拜访古红玉髓馆，乘着一顶用许多西装做成的轿子。因为当死者来到阴界的三途川岸边，她就会脱下他们的衣服。夺衣婆和丈夫悬衣翁住在河对岸的一棵柿子树下面。当亡魂游泳过河后，夺衣婆拿走他们的衣服，而悬衣翁把衣服挂在树枝上晾干。夺衣婆只要碰一下亡者的衣袖，就能把他生前的事情知道得一清二楚。

二十一。夺衣婆给古红玉髓馆的每一位都带了礼物，就连雷瓮也有。这些礼物分别是：

一把绘有橙花图案的遮阳伞，送给蝶螺女，这样她晒日光浴时就不会脱水。

一件绣有黑色蝉翼的丧礼和服，送给骸骨女，这样她就能体面地参加亡者祭典。

一枚镶有青蛙造型红宝石的黄铜戒指，送给夕，他可以戴在笔管上。

一把柏木制成的梳子，送给"高贵温荣的雷电宗师"，让他纵火焚烧，以找回年轻时的感觉。

几枚银耳环，送给鲶，他可以戴在嘴唇上，显得很厉害。

二十二。夺衣婆也带了一件礼物给耕，就是那件绣有黑线纹样的淡黄绿色袍子。这件衣服原本属于一位寂寂无闻的朝臣，他演奏十三弦筝的技艺很差，并且妒忌他的哥哥官衔比他高一品。夺衣婆把袍子放在虚无川将要变成无人川的河段里。她十分擅长与河流相关的事情。耕发现了这件礼物，他不知道应当感谢谁，于是转身，向梅子色的屏风鞠了一躬。

二十三。这就引出了一个问题：耕知道古红玉髓馆另一半屋舍里发生的事情吗？有时他在深夜醒来，觉得自己好像听见了歌声或是低语声。他洗澡的时候，有时觉得水似乎在汩汩翻动，好像有一条大鱼躲在水下。当他试图离开桃林时，骨头就感到剧痛，他很疑心其中的原委。但是，很长一段时间里，耕就知道这么多。

二十四。鲶每个月都会为守卫神社的狮子举办欢宴。他们玩骰子，石狮子把骰子放在嘴里摇晃，然后朝着桃树吐出去。鲶朗声大笑，尾巴敲击地面，在北海道的群山里引发了地震。大多数狮子都会作弊，因为他们的生活很无趣，渴望刺激。守卫神社远不及狩猎、撕咬那么令狮子兴奋。象征吉兆的雪狮子是最擅长掷骰子的。他风尘仆仆从台北赶过来，就为了戏耍、饮酒、在森林里追捕兔子。雪狮子不会说日语，但是在他连胜次数太多，招致其他狮子咆哮怒骂的时候，他会唉声叹气地假装输了一把。

二十五。有时他们下围棋。狮子的棋艺十分糟糕。象征幸运的铜狮子喜欢吃黑子。鲶嘲笑他，笑得须子来回摆动，于是冲绳岛的沿岸刮起了旋风。

二十六。古红玉髓馆他界这一边的妖怪们都对耕很好奇。他恋爱过吗？曾从军打仗吗？他对占星术有什么看法？他过去有什么好玩的丑闻吗？他多大年纪了？可有子女？他从哪里学的书法？为什么住在这里？他是如何找到这间屋舍并受困于此的？他的一部分永远都是一杆叫作夕的毛笔吗？借着屏风里的一千只眼睛，他们窥视耕的生活，但是对于上述问题，始终没有答案。

二十七。妖怪们了解到的情况有：耕惯用左手。耕喜欢鱼皮胜过鱼肉。耕在冥想时会偷偷睁开眼睛，看太阳移动了多少。耕喜欢吃甜食。当耕对着桃树和黑熊们说话时，有一点大阪口音。

二十八。"高贵温荣的雷电宗师"不允许夕在他的瓮上抄写任何东西。他不喜欢乱写乱画。即便是夕突然想起了一段十分精妙的诗——苍鹭们喜欢反复吟诵这段诗，他们像蓝色的灯笼一般，在夜间幽幽发光。雷瓮砰地合上盖子，气得噼啪作响。夕没有强求，他让雷瓮歇着消消气。如果你与他人同住一道屋檐下，必须让"礼"字先行，万事才有回转的余地。

二十九。苍鹭的诗写的是：夜晚，秋枫变成黑色。我为你鸣叫，又将它们重染红，南飞名古屋。夜色没有给我答案，只有许多小鱼。

三十。在那条将屋舍分为两半的细线之上，是谁放置了那道绣有银虎的梅子色屏风？以及，又是谁建造了古红玉髓馆？蝾螺女知道答案，但她不告诉任何人。

三十一。雪女来拜访雷瓮。他们从前是风暴军中的同袍。伴着雪女细碎、轻悄的脚步，雪花飘落在桃林中，虚无川结冰了，旋涡和霜冻形成了错综复杂的图案。她穿一袭白色和服，束银色腰带，一头黑色长发闻起来有红色的、苦甜参半的香气。妖怪们都安静了下来，因为雪女可不是什么贪玩的狮子、贪嘴的麒麟，雪女是神。夕战栗起来，细小的墨点从獾毫上洒落。他渴望在雪女肩头云一般的白色绢布上书写。骷髅女为雪与死的女神端来了茶和黑糖。即便是室内也在下雪。"高贵温荣的雷电宗师"离开了他的瓮，他电光四溅的蓝色躯体围在雪女腰际转圈，雪女温柔地笑。在桃林的另一侧，一头黑熊倒下了，咳出的最后一口黑血落在冰面上。夕注意到雪与死的女神戴着一条项链，是用成百上千颗银色的牙齿串成的，它们都来自冻毙于冬季的死者。

夕无法自持，在寒冷的空气中书写：雪来了，我忘记了自己的名字。

三十二。雪女抬眼望去，她的双目比死亡更黑。雪女合上眼，夕的词句出现在她的后颈。

三十三。夕不快乐。他希望蝶螺女爱上他。他希望雪女再次莅临，来拜访他，而不是"高贵温荣的雷电宗师"。他希望成为日本他界妖怪中排名第一的书法家。他希望鲶邀请他参加骰子游戏。他希望离开古红玉髓馆，去拜访金鱼天皇的岛屿，或是住在四国海岸附近的水晶鲸。但是，夕如果试图离开，他的墨就会干枯，木质笔管就会开裂，除非他及时返回。

三十四。有人想要一条沟通人间与他界的通道。这一点是确凿无疑的。

三十五。蝶螺女有些不太喜欢访客了。他们搅弄她的池水，还戳她，想让她从壳里出来。不幸的是，每天都有更多访客来到古红玉髓馆。先是守卫神社的狮子不愿离开，随后，夺衣婆又给他们带来了更多绚丽夺目的衣物，有枫红的袍子、晶莹的首饰、水银涂饰的面具。接着，麒麟回来了，竟向蝶螺女求婚。见到这一幕，夕痛苦地颤抖。蝶螺女一言不发，只是把螺壳合得越来越紧，直到麒麟离开。九尾狐和长着巨大阴囊的豆狸①把树上的桃子吃了个够。长鼻子的天狗②几乎把河里的鱼全都捕了。月已西沉，却没有哪个妖怪回家。当翡翠青蝉从镰仓赶来时，蝶螺女把她住的厨房锁了起来，并让所有妖怪都闭嘴。

三十六。当所有人都睡着后，夕轻叩房门。蝶螺女让他进了厨房。夕在地板上抄了一句河童的谚语：乌云带来雨水，夜晚带来群星，每个人都想把你头骨里的水洒出来。③

---

①在日本的妖怪传说中，豆狸的阴囊展开有八张榻榻米那么大，甚至可以幻化成房间。
②在日本的妖怪传说中，天狗面红鼻长，手持扇或宝槌，身材高大，背后有双翼。
③在日本的妖怪传说中，河童的头顶凹陷，里面存有水，若水洒出，河童就会筋疲力尽。

三十七。夏末之时，屋舍位于他界的这一半已经挤满了妖怪，但是在另一半的耕只是偶尔听见窸窣声。恶魔川獭①把一副象牙鞍扔在一头黑熊的背上，像骑马一样骑着熊在桃林里游荡，而在耕看来，只有一头可怜的母熊像是痉挛发作了。现在耕总是睡着，尽管他不是真的在睡觉。他正在梅子色屏风的另一侧，忙着扮演夕的角色。他再也不在榻榻米上写诗了。

三十八。百年一度的妖怪大游行就在夏末举行。并没有谁筹划此事。妖怪们自然地知道他们要穿过两界之间的通道，就像大雁知道春季要往北飞。

三十九。一天夜间，残存的桃子鼓胀成饱满的金色灯笼，河中的激流变成了一张张有细长腿的十三弦筝，蘑菇变成了一面面精致通透的太鼓。九尾狐跳起舞蹈；天狗振翅，向夜空吐出一颗颗念珠，珠子如泉水溅落。三条小龙突然从虚无川中跃出，龙身是珍珠浸泡在牛奶中的颜色，龙的鼻息是蔚蓝色的火焰。古红玉髓馆变得空空荡荡。鲶坐在一顶丝质渔网制成的轿子里，狮子们为他抬轿。雷瓮蹦蹦跳跳地跟在骸骨女和她的访客身后，他们的骨架哗啦啦作响。最后只剩下夕和蛛螺女了，蛛螺女轻轻拎起螺壳，迈步走向游行队伍，她粉色的长发如丝线飘散，漆黑的眸子熠熠生辉。面对蛛螺女的美貌，夕觉得自己要爆裂开来。

四十。游行队伍跨过虚无川，又跨过无人川，进入了人间的日本，妖怪们载歌载舞，将光亮洒向黑夜。在天亮之前，他们要蜿蜒行进，穿过平原，抵达东京，然后像一条巨蛇般游向海洋。在那里，金鱼天皇会带领数百万子孙和佩戴银叶装饰的姬妾们向队伍致意。

四十一。夕在蛛螺女身后追逐。那些黑熊注视着游行队伍。队伍

---

①川獭即水獭，在日本民间传说中，川獭与狐、狸一样，都是有灵性的动物，可以幻化为人。

正中间是吼，熊族的公主，现在已是熊族的女王，她驮着一座翡翠雕刻的哺乳动物宫殿模型。她的孩子们也加入了队伍，吮吸她的乳汁，仿佛仍是一群小熊仔。仅此一晚，他们知道自己的名字和身世。

四十二。夕试着渡河，河水被他的墨染黑。他的硬桦木笔管噼啪作响，但蝶螺女并未转身。她起舞的身姿像一首失落的诗。夕勉强踏入虚无川，在一团硬桦木屑的尘土中，他的笔管爆裂了。

四十三。笔管残骸的内侧传来一声男子的恸哭。夕吓了一跳，停下了脚步。那声音说道：我从未有过子嗣，亦从不知晓恋爱的滋味。

四十四。夕倒在无人川中。那些十三弦筝已经走远了，桃子灯笼的火光渐渐暗淡。他的獾毫笔尖掉落了。

四十五。夕抓住干草和浆果藤蔓，把自己从河中拉上岸。在河的这一边，他已不是夕。他也不是耕。他有耕的躯干，但两条手臂是蘸饱了墨的毛笔，他的双脚是砚台。他依旧能听见游行队伍的乐声。他和着乐声起舞。这非夕亦非耕的男人有了气息。

四十六。只有古红玉髓馆上可以写字。他在房舍上书写。他呼吸，挥毫，呼吸，挥毫。人，笔。笔，人。他直抒胸臆而非抄写其他作品。他书写自己半人半笔的生活，他宣扬自己对蝶螺女的爱情，他赞颂完美无缺的呼吸。屋舍渐渐变成了墨黑色。

四十七。几小时后，在游行队伍的最末端，雪女静静地穿过森林。密雪在她身前飞舞，像一张毯子。她还带来了两位姐妹：花与喜乐的女神、富士山樱花女神。富士女神头顶的冠冕是一片冰雪，喜乐女神身上装点着菊与柠檬花。三人在古红玉髓馆前停下。非夕非耕不住地颤抖、战栗，他极度虚弱，因为他同时感受到了股骨与笔管传来的剧痛。女神的光芒如此耀眼，两条河中的鱼儿尽数失明。花与喜乐的女神看向大门一侧的诗，诗写的是：在白芍药中，我看见我的汉字呼吸、绽放。富士山樱花女神看向大门另一侧的诗，诗写的是：坐在山脚呼吸松木的迷雾，足矣。只有骄傲的人才去攀登。两位女神合上双眼，穿过这扇门。词句出现在她们的后颈上，她们消失在夜色中。

四十八。写到一半时，耕死了，他正在描述自己肺部的感受——注满空气，就像天国的风囊。夕也死了，没能写完他最后的诗，诗中讲的是甲壳类的美，但她们永远不会回报你的爱情。

四十九。大黄蜂慢慢从巢中飞出，发出呼吸一般的嗡嗡声，穿过那片被饥饿的豆狸吃光了果实的桃林。她像一块毛茸茸的、沉重的绿宝石，在风中摇摇摆摆。耕和夕的灵魂在她面前感到十分恐惧。她用杂草似的腿拎起两个灵魂，把他们塞进各自的躯体中，同时她念了一首大黄蜂的诗给他们听：万物都是毒的，即便甘甜之物。万物都是甜的，即便剧毒之物。死神目不识丁，只是个乡下的流浪汉。绝不能让巢穴没有防备。难道你是愚蠢的翡翠狮子吗？

五十。海潮将骸骨女送了回来，鲶引发了两场海啸，尽管只有一场上了新闻。雷瓮沿河逆流漂浮。最后，蝾螺女也回到了厨房的池中。妖怪们发现夕正在为他们沏茶。他的笔毫干了。在梅子色屏风的另一侧，耕在清扫落叶。

五十一。夕在茶杯上写了字，写的是：书法家需要一百年的时间，才能画下一息。

鲸　肉

著 /（俄）叶卡捷琳娜·塞蒂亚
译 / 仇春卉

　　从六岁起，我就以为离婚是必须横跨大西洋的——因为妈妈给我裹上最保暖的大衣，把我带到了美国；而爸爸被抛弃了，只能黯然神伤。临别时他来札幌机场送我，我还记得他矮小的身影。从此，妈妈再也没有和他说过一句话。在我的记忆里，父亲的形象就定格在那一刻——永远地守在我身后。现在我已经成年了，随时可以去探望他。然而我最终还是得离开，每次分别时，他仿佛又变矮小了一点，似乎是被我心中的内疚蚕食了。

　　说起我的内疚，可谓一言难尽。原因之一是我每次回去都不直飞北海道，而是先去东京稍作停留。我本来可以多陪伴爸爸几天，可东京是一个很重要的收入来源，非去不可。如果没有东京这份美差，我很可能就要做一份寻常工作，哪能像现在这么舒服：每天一觉睡到大中午，然后穿着睡衣，一边品茶一边写点儿废话。

　　所有著名服装品牌都聚集在东京，比如宝贝星、乐茜，以及不计其数的各种牌子。也许是因为钟情哥特萝莉风格的那一代人已经老去，而且森系女孩风格的受众也有限，日本国内的市场已经饱和，众商家情急之下都拼命开拓美国市场。

于是他们都来我的博客"亚洲异人"登广告——既有名正言顺的广告，也有植入式广告，甚至还有软文。作为报酬，他们把产品赠送给我。那些服装都挺漂亮的，我看了也不禁心动，只可惜我那两条六码的粗壮大腿穿不上。"你身材就像美国人。"那些袖珍身材的销售人员对我说。其实我在美国算是苗条的，可回到日本就成了巨人。

尽管我的日语只有一年级的水平——自从我开始上学后，即使在家里也不说日语了——可我还是很有礼貌地用日语感谢他们，然后双手抱着赠品满载而归：衬裙和披肩、百褶裙、背心裙、蕾丝袖的衬衫、丝绸腰带……这些好东西我是无福消受了，但我会找模特把它们穿在身上，摆造型、拍照片，然后放在我的博客上拍卖或者送给粉丝。我并不介意给那些厂商当托儿——全靠这些收入我才能写一些严肃的文章，比如自我身份认同、负罪感、政治、环保等话题。

东京之行结束后，我还不能立即回新泽西州的家——是的，为了让我的博客更炫一点，我谎称自己住在纽约——我必须先去札幌探望父亲。他总是在机场的出闸口守候着，一看到我，他脸上坚忍的微笑就只能维持两秒钟，随后五官就挤成一团，哭起来了。其实每次重逢他都会流泪——他的目光会突然变得滚烫，脸部肌肉也在抽搐。于是我拥抱他，心中默默希望他不要变老，然后自己也忍不住哭了。

通常，在机场的动情一刻过后，他就会带我回到那辆袖珍丰田老爷车上，向创成川大道开去，一直往北开两个小时左右。我总觉得这里所有人的行车方向都是错的，通常需要这两个小时去适应。终于熬到他把车停在路的左边，我的心才终于不再怦怦乱跳。

可是，这次我们一路向西。

在途中，他向我解释，这是一个新任务，他要出国办事——去千岛列岛，或者，准确来说，是去库页岛。"你在美国是听不到这些新闻的。"他告诉我，"有个北海道的渔夫在库页岛附近海域被杀了。虽然俄国人允许我们在那一带捕鱼——嘿嘿，至少和约是这么规定的——可是在过去十年里还是发生了一些……一些事件吧。我就是要去调查最近这个案件。"

父亲是警察局长，可是根据我对日本警察制度的了解（其实我所知甚少），出国查案并不在他的职权范围之内。我咕哝着说出了这个想法。

他大笑。"俄国人是不同意引渡犯人回日本的，所以我这次……是以私人身份去探亲。我在那里有亲戚——虽然不是近亲，但还算可信。我打算去一趟，看看能发现什么线索，就像好莱坞电影里面的卧底侦探！"

我也大笑起来。"哎呀，老爸。"身为日本人，却有一个美国籍的孩子，真是难为他了。"我能陪你去吗？可以增加可信度哦。"

"你的日本护照还有效吗？"

我点了点头，心里却有点不爽：原来他一直就等着我开口。他这样安排，我其实根本没别的选择——要么就陪他跑一趟，要么就提前一周回美国。"我们什么时候出发？"

"两天后出发。"他说，"我们先在札幌这儿待两天……我们可以去购物呀。你不是很喜欢时尚潮流的东西吗？"

"我的行李箱都塞满了。"我说道，"不过也行，我们就在札幌逛逛吧，我正好买一些御寒的衣服。"

"你可以分一些东西放进我的行李箱，然后我们坐一趟电车，再乘船。"他说，"这是一趟大探险！"

我其实不太感兴趣,不过只要他开心就好了。我在他膝前尽孝的机会本来就不多,更何况这是一位愿意看女儿博客的好爸爸呢!为人子女,有些事情是应该为父母做的。

我也不知道库页岛上是什么情况,虽然父亲拍胸口说那里九月份很暖和,可我还是额外买了一件毛衣和一件风衣,有备无患。他的一片苦心我体会到了——我是从十八岁开始定期回日本的,之前的十二年完全是一片空白,我对他的所知仅仅来自偶尔收到的一封信或者一个包裹。虽然妈妈不至于满腹怨恨,可是在她眼中,和父亲的婚姻已是往事,不必打视频电话,不必发电子邮件,也不必进行任何有意义的交流。我们父女两人错过了整整十二年,这也是我童年的大部分时光。逝去的再也无法补救,可他依然努力弥补。

"你在美国交的朋友是怎样的呀?"回到酒店的时候他问道。我们去买毛衣和御寒的大衣,在尴尬的沉默中逛了一个白天。我买的衣服都是从男装部拿的,不过父亲看了也没说什么。"他们有没有问起你回日本的事情?你怎么跟他们说的?"

我耸了耸肩,答道:"我主要是告诉他们,日本除了吃寿司的上班族和卖内裤的自动售货机之外,还有别的好东西。"直到我和他道晚安之后,我才意识到,他其实是想知道我有没有在别人面前提起过他。

库页岛果然很冷,可这里的景色漂亮得出奇。我们落脚的地方是一个小镇,居民大部分是日本人。不过他们说的日语掺杂了许多俄语,我觉得自己像是困在了《发条橙》的怪异世界里。和许多欣欣向荣的渔业城镇一样,这个小镇就坐落在海岸边。这里的地下火山虽然沉睡不醒,却冒着滚滚蒸汽,让我心惊胆战。岛上有许多圆形山丘,在蒸汽缭绕中隐隐泛着蓝光——岛上居民把这些山丘叫作"索普基"。山上长满茂盛的树木，看似冷杉，却是亮黄色的。"落叶松。"爸爸用英语对我说。

在主人家里，众人的谈话让我觉得很压抑，甚至产生一种疏离感。他们——包括我父亲在内——只懂得抱怨千岛列岛已经俄化了，又恨俄国人把岛上的日本居民拖家带小地驱逐出境，弄得人心惶惶。我怀疑他们根本就忘记了自己这个小镇的存在。后来，我实在需要找个僻静的所在换换心情，于是我穿好毛衣、保暖长袜和风衣，额外裹一件披肩，然后独自一人出门四处探索。

我来到海边，发现这里的大海竟然是灰色的，凛冽的寒风不断从海面袭来，我不禁庆幸御寒衣物准备得足够充分。只见一道道浪花就像一片片脏兮兮的蕾丝花边，在海边乱石堆的表面飘过，又在石缝之间徘徊片刻，然后才飘回去。我呆呆地看了许久，然后注意力被几十码开外的一群人吸引了。他们好像正在拖网，彼此间不停地吆喝着。我朝着他们的方向溜达过去，一边走一边想，这样的弹丸之地，应该不会发生极其恶劣的罪行吧……然后我突然想起了那位遇害的渔夫。

拉网的那群人都身穿帆布连帽外套，里面穿着针织毛衫，脸上长满金色胡子——我猜他们是俄国人。我走近的时候，他们一起看着我，眼神中没什么恶意，却也不太友好。

"嗨。"我说，"我是来观光旅游的。你们有谁懂英语吗？"

其中一人点了点头——他三十来岁年纪，稀疏的络腮胡子，一张脸被风刮得通红，就像砖墙的颜色。"我懂英语。"他对我说，"你是哪里人？"

"美国。"

他的兴致一下子上来了。"圣芭芭拉？"

"纽约……嗯，其实是新泽西。"

"噢。"他企图掩饰心中的失望。

"你们在捕鱼?"我问道。

他摇了摇头。"是死鲸。"他答道,"刚死的。昨天有日本人在这里捕鲸——他们取走了鲸脂,还有鲸须……就是鲸的牙齿了,是吧?然后把剩下的都扔了,你看这么多鲸肉。你吃过吗?"

我摇了摇头。

"明天来我们店吧。"他说道。这时他的同伴把网扯上来,我终于看见很大一团红黑混杂、血肉模糊的东西,完全瞧不出这曾经是一条有知觉的生命。我觉得一阵反胃。他们纷纷蹚进冰冷的海水,我这才留意到他们的小腿上都绑着已经开裂的木制刀鞘。他们把宽刃刀从鞘中抽出来,开始砍那座肉山。我不应该恨他们,因为他们不是凶手——他们只是在别人犯下的罪行里捞了点好处罢了。

第二天,主人家带父亲和我去买菜。鲸肉已经上架了,标签上写着俄语和日语,价钱比店里其他东西都便宜。我昨天结识的那个俄国人正在卖鱼的柜台后面干活儿。这里鱼的种类真多,可是我无暇顾及,因为我一直盯着那块鲜红色的肉,没办法将视线移开。我想,鲸虽然是哺乳动物,却也算是一种海鲜吧。

"我想尝一下鲸肉,"我对主人家说,"我们可以买吗?"

我提出这个要求的时候,觉得自己像个食人族。无奈"吃鲸肉"这个禁忌话题太诱惑了,我实在难以自持。只是这个秘密很快就不是秘密了——我很可能会写在博客上,我这人就是这样。

"当然可以了。"佑美答道。虽然父亲称呼这位老太太"阿姨",可他俩其实并不是近亲。"还想要点儿拖罗吗?"

我不熟悉这个名词,可是父亲突然变得很紧张,连眼睛也亮了。"在这里吃拖罗是合法的吗?"

我顿时想起来了,拖罗就是蓝鳍金枪鱼的鱼腩。这个物种在全球范围内受保护，连日本人也不能去捕捉。这条法律开始实施的时候，妈妈已经和我搬去美国了。她不愿意矫揉造作地怀念故国，所以对家乡的一切都"断舍离"，自然也包括拖罗——至少我就没怎么听她提起过。

"合法。"他那位所谓"阿姨"答道，"都是渔场养殖的。"

父亲叹了一口气。"味道能一样吗？"

"你尝尝就知道了。"佑美阿姨狡猾地答道。

我流连在严酷而美丽的库页岛，每天不停地拍照。蒸汽从各处地面和圆顶山上冒出来，证明这里四处都是无声无息地热活动。实际上，俄国人正在附近兴建一座发电站，完全利用地热发电。电站建成后，将为库页岛四分之一的地区供电。除了拍照，我还写笔记，为博客文章准备素材。

父亲每天一早就出门——他很严肃地告诉我，他是去办事。我们的亲戚也是该上班就上班，该忙别的就忙别的，只剩下我一个人自娱自乐。

于是我每天四处游荡，拍照之余还思量一下父亲的秘密任务。我想，也许有人杀了渔夫为某条死鲸报仇；也许他根本就不是渔夫，而是一个工业间谍，企图刺探我们地热技术的秘密——不过我又想，这又不是核电站，哪来那么些秘密呢？话虽这么说，想象一下其实也是挺有趣的。

晚饭时候我回到家，当时八点左右，斜阳才刚刚开始西沉。我已经忘记了在纬度这么高的地方，夏夜到底有多长，我只知道在这里的每一天，夜晚都在变短。晚餐有饺子、用圆碗盛着的热气腾腾的米饭，还有本地养殖的拖罗薄片。父亲尤其爱吃后者，虽然他嘴上说这拖罗的味道比不上野生鱼，却不停箸地夹，仿佛不吃就要饿死了。我吃的时候尽量不去想这道菜的生物累积作用——味道还是极佳的。

然而鲸肉让我很失望。煮熟的鲸肉变成灰色，散发着一股酸味；吃起来虽然像鱼，却带着一种让人莫名其妙的牛肉质感。这是大海沾染了鲜血，我吃出了罪恶的味道。

不知不觉到这里已经三天了，妈妈可能已经在奇怪为什么我还不给她发电子邮件。这里手机漫游贵得离谱，不过一个电话我还是打得起的。于是我拨通了她的电话。

"库页岛？"她说，"你听说那条鲸了吗？"

她好像洞悉了我的灵魂深处，我的脸唰地白了。幸好四下无人，见证我窘态的只有黄色的落叶松，以及天上那个像柠檬酥皮饼似的苍白太阳。

"哪条鲸？"

"就是被日本捕鲸船用鱼叉拖上岸的那条鲸啊，据说是那个物种的最后一条了——叫什么来着？抹香鲸？"

"我不知道。"我低声说，"我没听说——我也看不懂这里的报纸，都是俄语。"

"现在人人都在说这事情。"她说，"你小心点儿。"

挂了电话，我突然觉得心中空荡荡的。我实在不明白为什么他们保护金枪鱼，却不管鲸的死活。很多耳熟能详的说法涌进脑海：鲸是鲸油的唯一来源，金枪鱼的种类很多，捕鲸是传统……都是一些文过饰非、不知所云的废话。

那天晚饭后，我像小孩子那样拉了一下爸爸的手臂。他抬头看着我，那神情仿佛在熟睡中被惊醒。主人家的家具都很精简，让狭小的空间显得很宽敞。一台小小的电视机里永远播放着一个死气沉沉的日本频道——这是唯一能够漂洋过海深入俄国人地盘的日本频道了。这频道似乎总是播出各种各样的综艺节目，偶尔放一个陈年的大胃王竞赛，让我很难不成为小林尊的粉丝。

"怎么了？"他问道。

"我想出去走走。"我说，"陪我去呗。"

我们沿着镇上最主要的街道一直溜达到海边。那其实是一条泥泞的小路，一到晚上就结冰，白天才解冻，路的两旁是那些无处不在的落叶松。在岛上这几天，我已经习惯了大海永恒的呢喃低语，对之听而不闻。可是今晚从镇里走到海边的一路上，我忽然又留意到了。

远处，一串手电筒光束沿着岸边跳跃晃动，然后一个接一个地消失在海岸线的转角处。"你有什么发现吗？"我看着那些虚无缥缈的亮光，说道，"关于那件渔夫谋杀案。"

父亲摇头道："镇上的俄国人根本不理我，而日本人什么也不知道。况且现在有传言说政府又要开始遣返日本人了，所以就算他们既不知情也不心虚，却还是噤若寒蝉。"

"是和千岛列岛的事情有关吗？"我问道。

"这个……这很难解释。群岛本来是我们的，可是战后……就输掉了，你明白吧？就像父母把一个玩具送人，算是对小孩的惩罚。问题是没有谁愿意被别人当作小孩看待。"

"你觉得我们还会待多久呢？"

"佑美不希望我走，她希望我为她打气，告诉她一切都会好起来。"

"那你就告诉她，日本比这穷山恶水好一万倍。"这话一说出口，我就觉得自己愚不可及了。故乡怎能与别处比较优劣呢？就像我自己，不管我觉得日本有多好，新泽西州才是我的家。

"咱们去看看他们在做什么。"父亲很圆滑地换了话题，"我猜那里是他们养殖金枪鱼的地方。"

这时，那些手电筒都熄灭了，四处越发显得阴暗。一轮满月倒映在漆黑的水面上，闪着油亮的光芒。"俄国人称之为'月光大道'。"父亲一边说一边指着前方,只见慵懒荡漾的海面上铺着一道月光,就像一条长长的梯子。

"日本也这样养殖金枪鱼吗?"我问道。

爸爸点点头。"可是味道都不一样了。年轻人倒是挺喜欢的,可是对于那些曾经尝过真实滋味的人来说……一切都变了。"

"这儿的拖罗,你不是挺喜欢的吗?"

他笑了。"在这儿,我可以假装自己是另一个人。"

我们绕过海岸线的转角,这里的海水翻滚不息,月光大道破碎成一个个月牙和漩涡。我们遇上了之前见过的那一群渔夫,会说英语的那位仁兄对我微笑。"那么晚出来散步啊?"他说。

"这是我父亲。"我介绍说。于是两人谨慎地握了握手,其他人依然是冷眼旁观,既没有显示出兴趣,也没有不耐烦。

"你们也工作得挺晚的。"父亲礼貌地说。

"这里夜色很漂亮。"他指着海面,用手电筒顺着所指的方向照去。只见靠近岸边的海水用围栏封住了一个圈,圈中翻腾汹涌、生机勃勃。无数大鱼挤在一起,黑色的身体彼此摩擦,发出金属质感的沙沙轻响,每条鱼至少有我身高那么长。在手电筒光的照射下,它们鳃盖的锋利边沿闪着银光,红色的眼睛不时与我的目光接触,张开的鱼嘴吞咽着空气,发出轻柔的亲吻之声。渔夫们把一桶桶小鲱鱼倒入圈中,海水顿时翻起一阵阵白浪。"现在要给它们养膘准备过冬,所以整天都得喂。"他解释道,"入冬前我们会把围栏从岸边移到深水海域,这样就不怕风暴袭击了。"

"这里冬天很冷吗?"我问道。

他点头道:"很冷。可是最恐怖的并不是寒冷,而是冬天这个季节——你知道这里与世隔绝,这地方……与世隔绝。"

鱼群的背鳍像刀锋似的在水面上劈砍,把切成一丝一缕的月光拖在身后。我突然想起了那位死去的渔夫,当初他有没有料到自己会孤独地死于非命呢?父亲正注视着翻滚涌动的鱼群,在月色中,他瘦削的脸庞突然显得很苍老。我想,他来这里,真的指望有所发现吗?或者他只是想找个机会变成另一个人,独自在黄色落叶松林里等待寒冬的来临?

眼前月色萧萧,黑水泱泱,硕大的鱼儿在海里扑腾,空气中弥漫着落叶的气味。将来我能够忘记今夜的所见和所感吗?我心中突然揪紧,耳边响起了世上最后一条鲸的歌声。

山海民

著/（日）菊地秀行

译/林栖

穿过墓地，再走五分钟，就是起飞台。这玩意儿有什么存在的必要吗？迦南止不住地想。

飞行这种事，一旦学会了，从哪里起飞不是一样。迦南头一回起飞就是从西边的悬崖上，迦南的父亲则是从东边的石墙上。

才刚吃完早饭，孩子们已经四处飞来飞去了。

最人多势众、穿着深红色飞行服的，是"阿勒山"的那伙人。

那边的山顶和这里的起飞台差不多高，俯冲而下会有很好的助飞效果吧。

穿绿色飞行服，隐没在云雾之间的"阿尼玛卿山"的孩子们，似乎是为了熟悉这一带的气流而来。有一些教练模样的男人在旁陪同。姑且算是组成了稳定的编队，迦南便没有在意。但用那样的方式飞行，是很难适应"珠穆朗玛峰"的气流的。

虽说"珠穆朗玛峰"的孩子们也会去挑战"阿尼玛卿山"或者

"马特洪峰",但能够很好地适应别的山区的气流的,百中无一。

迦南抬头,眺望天空。

群青色的天空中,聚集着白色的碎云。迦南想,也许现在正是个好机会。

"喂——喂——"

与天空一样颜色的飞行服从头顶飘落。迦南望着多米诺的脸,露出一个笑容。

多米诺手上的动作细腻灵巧,为从手腕一直覆盖到脚踝的白色膜状翅膀提供了降落所需的平衡。降落,这个动作看起来很简单,然而若非飞行经验五年以上的老手,是很难掌握的。

"迦南你别犯傻!"多米诺恶狠狠地说,"你还要守护我们这个村庄。往天上飞的想法还是等到以后再说吧。"

"少管闲事。要不然你来干我这活儿啊。"

"那可不行。我还挺适合当老师的。咱们这些人生来就是要往高处飞的,可没工夫陪老头子们絮絮叨叨。这会儿倒好,你这个最强的狩人还想先跑路了。"

"我可没有打算往天上飞。"迦南把被看穿的惊恐隐藏在苦笑之下。

多米诺右肩稍沉,轻轻向右一倾,笔直地飞出三米开外。"那回头见。一大早到处都是练习生。这儿气流倒挺适合教学的,就是太闹腾了。"他边说边保持着向后的姿势,像颗石子似的,落下去了。

"别掉到海里去啦。"迦南说着,再一次眺望眼前的风景。

那缭绕着碎云的群山,使人想起搁在圆筒上的蒜白。仅从上空观察,每个蒜白的直径都在一百千米左右。绿色的茂林中,零星有村庄散落其间,几条河流在蒜白的顶端形成瀑布飞流直下,迎着拂晓的晨光,变成金黄色。据说孩子们在学堂里学画时,最喜欢描绘这幅景象。嬉戏玩闹间,倘若有人能够穿过这舞动在天空中的水流,也总是最令人敬服的。

虽然也曾有人提议，要用吊桥连接这些山山水水，但最终都不了了之。比起费力架设，且要靠双脚走过长达五十千米的大桥，肯定是飞过去更加便捷。

迦南打算去窥探一下海面，正往起飞台边缘走着，一位老人身着银装飞了上来，在迦南头顶三米处的位置停住了。除此之外，还有几名随行的人，都是看起来很面熟的警备队员。

"吓我一跳。有什么事吗？"迦南问道。

祖库阿村长的脸上，那与飞行服同色的胡须颤抖着。

"有敌人入侵！"他随着说话声缓缓降落，越过迦南的肩膀指向一名警备队员，"阿隆今早巡逻的时候，在村北的墓地发现了一个看不清真面目的可疑人物。一靠近，对方就钻进裂缝里逃走了。你们要是发现了什么奇怪的家伙，要立刻跟我们联络。"

"遵命，村长大人。"迦南说话时刻意使用了恭敬的口吻，祖库阿犀利地瞥了迦南一眼，指挥身后的警备队员准备出发，双翼迎风展开。之后他们便以惊人的速度直冲天际，转眼间没入云海之中。

"是第六个人了？"迦南搜寻着自己的记忆。

类似的入侵者，在从前的传闻中有四位，迦南四岁的时候也出现过一位。这次的入侵者恐怕也是从天上降落下来的吧。

有人在叫他的名字。不用回头看，就知道来者何人。"怎么了，贝内丝？"

"有空吗？"

"一会儿还有别的事。"

"咦——今天这么多人啊。"两人目光即将交汇之时，这位十六岁的少女移开了视线，望向天空。僧侣一般的短发下面，大大的眼睛闪闪发亮。唯有匆匆往来于天空中的飞行者们投下的银色阴影，时不时掩住那耀眼的光芒。

"据说有敌人入侵。"

"哪儿来的呀？"

"上面来的吧。下面可是大海啊。"

"大海……"她低声呢喃，却听见远方传来异样的响动，"迦南，那是什么！？"

贝内丝所指向的地方，是一片湛蓝的天空。许多看起来剧毒无比的黑点从那片空域中落了下来。测天所的警报响彻天际。

"是空鲛！快回到屋子里去！"迦南发出的指令混杂在几处警报声中。瞭望塔上的看守也注意到了险情，但终究迟了一步。比起看守们的双眼与大脑，还是那些恶魔的速度更迅捷。

起飞台的边上配备着长刀。迦南用固定在食指上的狩人专用钥匙打开锁。拿到武器的一瞬间，他纵身跃出。向下望去时视野中满是弥漫的白色雾气。是大海啊。

孩子们由警备队和领队的成年人保护着。而狩人的职责，便是歼灭这些危险的生物。

二十多匹凶兽里的三匹被迦南刺穿了肺，村民也都来助战，但空鲛还是逃走了。

最终约有十匹空鲛喷射着血雾掉下山崖，三匹逃窜，剩下的被捕获，送往加工厂。这下少说五天时间，"珠穆朗玛峰"的村民们是不需要为口粮担心了。就算"阿勒山"和"阿尼玛卿山"那边提出瓜分战利品的要求，村长也会严词拒绝吧。单论能力，祖库阿倒不愧是历代村长中最为出色的。

晌午时分，迦南拜访了拉斯科老人。在迦南的父亲成名之前，他被誉为最强的狩人，但与其他引退的狩人不同，他独自一人住在一间独门独户的房子里。

"贝内丝都告诉我啦,你还是如此身手不凡呐!单枪匹马解决三头怪兽还能毫发无伤,也只有你小子能办到了。比我、比你爹都强!"

迦南耸了耸肩,并没有再说什么。

老人又问:"死了多少人?"

"八个。所幸没有孩子。"

"其他山的人死了几个?"

"两个。"

"是在我们的空域里被害的呀。会被找碴儿吧。"

"那也没辙。"

见迦南一副嫌麻烦的样子,老人苦笑了一下,随即恢复了往常温和的表情,对迦南道:"这会儿看着你啊,真是……越看越像你爹了。"

"哦,是嘛……吃午饭吧。"迦南从包里取出面包和火腿,摆到桌子上。

"哎,老是这么麻烦你。这是你自己的口粮吧!"

"这没什么,我在加工厂里有个相好的,一直帮她往黑市上倒卖东西。以后还不知道有多少事得请教你呢。"

拉斯科老人直勾勾地盯着这个态度冷淡却并不惹人讨厌的年轻人。"你这性格也还是像你爹。迦南啊,想过往天上飞吗?"

"……没想过。怎么跟多米诺那家伙问一样的问题?"

"因为你的父亲曾经那样做过呀。他可一直都没变,第一次试着往天上飞,就是在你这么大的时候。"

"我也不是很想学他,你就当什么都不知道吧。哦不,得跟村长明说,我并不想往天上飞,这都是没有的事儿。"

"我可不想害你白白送死。以后还要靠你守着这山头啊。"

"还不是因为我好容易熬到了能被随意使唤的年纪。得了,这也没什么可说的。外面还有一堆什么空鲛、风船鲸、空气蛸、风蜘蛛之类的麻烦东西呢。这么一想狩人的数量就太少了。"

"……可不光得顾着上面啊。"老人的回答出乎迦南意料。

"你说什么？"迦南的反应慢了半拍。

"多谢你啦！"老人双手握住迦南的手，"快走吧，你给我带食物的事情被人发现就不好了。"

"预备——开始！"被教练的声音催促着，穿着飞行服的小小身影从崖边飞落。

悬崖距离地面二十米，降落到一半的时候，张开双臂，让膜状翼乘风而起。接着再降落五米，转为陡直上升，教练们则紧紧跟在孩子们后面。

他们没有形成编队。

以直径宽达一公里的陷坑底部为目标，孩子们从悬崖边依次纵身跃下。凡是膜状翼成长到足以支撑体重的孩子，都会在这里接受训练，然而那些徘徊飞行的身影，却大多是成年人。这便足以看出孩童数量的稀少。

迦南叹了口气，仰躺在地面上。此处人迹罕至，他因此格外喜欢。

天空映入眼帘，依旧那么湛蓝。直到有紫色开始混入，迦南的整个视野、整个世界，才渐渐被黑暗覆盖。唯有星辰闪烁，不至流于一色。

一时间，心头暖流涌动。

他想要飞上云霄。

他想知道，在那悠远的天空中，究竟隐藏着什么。即使那里空无一物。

有关父亲的记忆再次苏醒。

在全村乃至周边各个山头身手无人能敌的父亲,因与空鲛殊死搏斗,膜状翼撕裂成两半,无法再担任狩人的职位。退役之后,村里配给食物时却不曾顾及他过往的战绩。一家人艰苦地生活,只能仰仗在加工厂工作的母亲的工资和狩人同伴们的秘密资助。

就这样过了一年,在迦南初次飞上天空的第二天早上,父亲失踪了。

"真是个没用的男人。"老实巴交的母亲那时说的话,迦南还记忆犹新,"这就投海自尽了。"

迦南并不认同母亲的说法。"父亲是飞到天上去了。"

"小孩子懂什么?"

见母亲这般嘲笑,迦南诉说着往昔的回忆,为父亲辩解起来——

很久之前——就是狂风大作,把南边悬崖附近的六间房屋卷到空中的那一天——在暖炉边倾听风声的父亲,望着迦南的眼睛说:"多好的风啊!

"我一直都想被那样的风带走。那风直通天际,被裹挟而上的人,都能窥见天光。我还在做狩人的时候当然不可能随心所欲,但眼下,无论是村子还是你和你母亲,都不再需要我了。迦南啊,我如今很高兴,终于有机会得偿所愿了。"

回过神来,迦南已经被父亲抱在怀中。那是比村庄里任何人都更宽广温暖的胸膛。接着,他听见父亲的预言:"你母亲,她一定会说我是胆小鬼吧。那就相信她说的话吧。这对她、对整个村子都好。"

"父亲想要往天上飞吗?是一直都这么梦想着吗?为什么呀?"

"我也说不清楚。你的祖父、曾祖父也都这么想过。恐怕是从有了这个村子开始,咱们家族的人就有这个念想了吧。但是迦南啊,你要晓得,想要往天上飞的,并不是只有你父亲和先祖们。"

"啊?"

"你的朋友们——多米诺和贝内丝的父亲和祖父们,也都是一样的想法。虽然没有说出口,但他们时而仰望天空的表情,只要见过就会明白。说不定,整个村庄的男人们,不,所有生长在山上的人都是这么想的吧。"

"这是为什么呀?"

父亲摇着头道:"不知道。就像我们也不知道自己为什么生活在山上一样。"

不知何时,狂风渐止。父亲把迦南带到屋外。沉重的石门打开后,只听见哭声一片。都是被空鲛害死的人的亲属吧。

"看着天空。"

父亲捂住迦南的耳朵。丧失了一种感官之后,其他的感官便敏锐起来。

迦南深吸了一口气。听见哭声那一刻的伤感,转眼间消失不见。

夜空中,藏着数不清的星星吧。星星又为什么如此璀璨夺目呢?

"看见了吗?看见了就忘记吧。努力忘记吧。你继承了我和你祖父的血脉,总有一天也会成为狩人,但也总会有引退的那一天。到了那一天,你要想起此刻,和父亲一起看见的这一切。"

"呵呵,这又如何?"母亲嘲笑道,"因为看见了星星,就跑去跳海?咱们一家人的生计都靠大伙儿周济,也没见他有一句表示,你妈妈我可不是这么不讲体面的人。"

如此冷嘲热讽的妈妈,也在迦南七岁那年去世了。死时未有一句提及父亲。

迦南专注地望着天空。

那里究竟有什么?要不要去一探究竟呢?也许是空无一物吧。

忽然，天空被人的面孔遮住了，而且还是两张面孔。

"就知道你在这儿！"多米诺笑着说道。贝内丝则龇着牙一脸怒气。

"我们去拉斯科爷爷那儿了，爷爷跟我们说你刚去过。"

"去送东西吗？"迦南转过脸问道。多米诺和贝内丝，还有他们的家人，都没有忘记这个看似没用的老人曾经是最优秀的狩人。

多米诺笑着说："爷爷哭啦。爷爷知道你一个人单枪匹马面对怪兽还那么能干，高兴得不得了呢。我都喜极而泣了。"

"胡说八道！"贝内丝瞪了她一眼，"你压根儿没哭过吧。一直嬉皮笑脸的。"

多米诺耸了耸肩。

"说起来，爷爷叮嘱过不要把他哭的事告诉迦南吧。你都忘啦？真是多嘴！"

多米诺皱了皱眉："胡说八道什么啊，你这个母空鲛！"

"你说什么？"

"你们找我有什么事？"迦南插嘴道。

"对啦，有好玩的东西要给你看。"多米诺说着，拍了拍皮衣的口袋，望着贝内丝道，"你回避一下。"

"你这什么态度啊。"贝内丝怒道，"我才不要呢，我也有要紧的事情跟迦南说。该回避的是你才对吧。"

"你俩咋那么多事。"迦南忽地站起身，"你们搞不懂的事我也搞不懂。眼看天就黑了，风蜘蛛要出来了。快走吧。"

多米诺四下转转，快速打量了一圈，确认周边并无旁人，这才说道："好啦好啦，你们看。"

草地上放着一片长十厘米、宽两厘米左右的金属片，厚度不到一毫米。称作银箔恐怕更恰当些。

迦南将它捡起，露出惊讶的表情："好重啊，是什么做的？"

"我哪儿知道。别管什么做的了,你知道这是在哪儿找到的吗?"多米诺显得很是兴奋。

贝内丝呛声道:"呵呵,太可笑了。少装腔作势,有话快说。"

"在哪儿找到的?"见多米诺的脸色难看起来,迦南问道。催促了几声,多米诺才用手指了指头顶。

"难道是?"

仿佛耀武扬威一般,多米诺对仰望天空的贝内丝说道:"是这么回事:你们都知道我叔叔在测天所工作嘛。刚好十天前,他在屋顶观测天空的时候,这个东西就从天上掉下来咯。叔叔被稍微打到了点儿肩膀,都打青了。最后它好像掉在地上,嵌进石头地板里了。"

贝内丝用手指弹了一下那金属片。"这是人造的东西吧?这么说来,上面有人住着?"

"这样啊。"迦南又看了看手里的这个玩意儿,问多米诺,"有没有对它做过什么?"

"有啊。试过用火烧,用刀削,一点儿也伤不了它。刀反而被削坏了。"

"看起来,有比我们更智慧的生物住在天上啊。"迦南点点头,将金属片还给多米诺。脸颊毫不掩饰地因兴奋而颤抖。

"我想说的就是这件事啦。贝内丝你有什么惊喜要告诉大家呢?"

被人这么问,美少女一脸郁闷,望着多米诺,像是终于放弃了抵抗。"你们两个跟我来吧,就算遇见风蜘蛛也没关系。我想让你们见一个人。呃,姑且说他是个人吧。"

贝内丝带两人去的地方,是东边森林里的教堂废墟。五十年前,正在此处做礼拜的村民们遭遇空气蛸的围攻,被掳走近百人。自那以后,这里就被视为不祥之地,被废弃了。

教堂内部的神像和圣典早已被搬空的,但得益于建造时放出的屹立千年的豪言,空气仿佛被压缩过一般凝重。以风蜘蛛的能力很难闯入。

步入祭司室的一瞬间,迦南立刻得出了结论:这个生物并非人类。它的身体从头部开始直到脚尖、指尖,都覆盖着黄色光泽的布料。眼睛高高地凸起,巨大的圆眼窝上嵌着深色的玻璃。后背上背着银黑色的圆筒,伸出一根蛇纹管与脑后部相连。没长翅膀。这家伙是怎么跑到这里来的,迦南感到十分诧异。

两人同它一打照面,那家伙高高举起一把鹤嘴镐模样的东西。

"什么人?"它用尖锐的声音问道。

到底还是人类吧,迦南稍稍放下心来。

"是之前跟你提到的能帮你的朋友,别害怕。"贝内丝安慰道。

他放下鹤嘴镐。"明白了。你帮助过我,我相信你。"

"那就好。这是迦南和多米诺。"

"我叫高村。"

椅子只剩一把了,迦南和多米诺把它让给了贝内丝,自己靠墙站着。

"来这儿的路上听贝内丝说了。觉得有些难以置信,你真是从海底下面来的吗?"迦南低声问道。

那人点了点头,敲了敲鹤嘴镐的柄。"是的。我就是用这把镐爬上来的。你们唤作海的地方,就是我所在的世界。"

"你所在的世界,跟这儿像吗?海底的世界,到底是什么样的啊?"

"稍等一下。"高村说着,把右手放到头顶上。轻微的声响过后,他的头部竟竖着裂成两半。发出"嗖"的一声,像是空气泄漏的声音。

多米诺一声惊呼。

裂开的头部里面,是一张和他父亲差不多年纪的男人的脸。

高村调整了一下呼吸,皱着眉说道:"跟预想得差不多,温度变化不大,但是氧气太稀薄了。果然是海拔九千米的地方啊。这就是你们的胸膛变得那么厚实的原因吧……失礼了。"

他的脸上仍覆盖着布料。他大口大口喘着粗气说:"靠着这件衣服,好不容易爬上来了。九千米真是不容易啊。"

"你一直念叨着这个数字……是什么意思?"贝内丝转过头问道。

高村立刻答道:"那是这里与我所在的世界的距离。你们是住在接近一万米的天上啊。"

三人面面相觑。贝内丝花了好几秒钟才反应过来,问道:"天上?天上是指——"

高村看着她指向天井的指尖,说道:"对你们来说,天上指的是比此处更高的地方。但对生活在更下方的我们来说,包括你们生活的这个世界在内,都是天上。"

三人继续面面相觑,高村则频频点头,继续介绍:"先从我所在的世界和你们世界的关系说起吧。只不过,事情已经过去一万年了,我也只是复述从别人那里听来的话。"

"一万年?"迦南摸着下巴。手里捏了一把汗。

"是的。你们的先祖和我们一样,从前都住在下面,也就是你们所谓的海底。一万年前,由于剧烈的地壳运动,世界濒临毁灭。那时候有些人逃到了山上,那便是你们的先祖。"

那是一场大地陷没、海啸汹涌,房屋、工厂和人类都损伤过半的大灾难。

三人问起为什么人们不飞起来逃走,却被高村告知,那时的人类是没有翅膀的。

那时火山喷涌,巨大的热量将水化作蒸汽,遮蔽了太阳。蒸汽中混杂着沙尘,形成厚厚的烟雾层,搅乱了气候。遭到损毁的危险设施中泄漏的物质，被狂风卷起，洒向全世界。

不幸中的万幸是，由于这样的气候变化，危险物质反而无法到达那些已经逃往高山的人们的生存范围了。

在这终将一片死寂的大地上，也是有幸存者的，那便是当时有幸进入收容所的人。政府事先预测到灾难的发生，于是主导建设了这些收容所，内部配置了灾后重建所必需的技术和设备。

然而，地面环境恢复到适宜人类生存状态的时间比预想中长了千年以上，这期间很多技术都失传了。与航空航天相关的机械设计等技术便在此之列。

"我们的祖先和我们都知道曾经有一些人逃到高山里的事。总是期待着你们到下面来，或者我们到上面去，大家总有相会的那一天。就是没想到要等上一万年。但是，地上的人们忘不了你们。因为知道你们都还在繁衍生息。有的时候，也会有奇怪的生物或者你们的同伴从天上掉下来呢。这一万年间，我们重建了文明，重新掌握了一定的基础科技，终于有能力来到这高山上了。于是我们再一次对人类文明的另一支血脉产生了兴趣。"

高村按住左腕上键盘中的一个按钮。很快，玻璃眼中传出喝东西的声音。数秒过后，高村松开按钮。"这是热可可，能提神醒脑，还能暖身子的饮料。"说完，他盯着三人问道："想到下面看看吗？"

"那可不行。"贝内丝垂下眼帘。

"我跟贝内丝一样。"多米诺也如此回答。

高村盯着迦南看了一会儿，问道："那你呢？"

"下面没有空鲛或者风蜘蛛吗？"

"没有。下面所有的大型生物都是为了食用才生产出来的。虽然有一些危险的生物，但也不会轻易到我们居住的地方来。"

"那就好了。"

"迦南!"贝内丝惊恐地高声叫道。她意识到自己喜欢的人正惹祸上身。

"天上这些怪物的事情,我从贝内丝那儿听过。你们所谓的海,过去是放射能量带——也就是危险物质发生变异的那层大气层。但现在已经变得无害了。我们用热气球回收了那些有害物质,还配备了测量仪检测辐射量。现在的辐射值已经对人体无害。如果你愿意,随时都可以来下面看看。但是——"

"但是什么?"

现在轮到迦南他们望着这个来自海底的男人了。

"你们这个世界的领导者,似乎不想承认我们的存在呢。我被他袭击了,可我分明很有诚意地跟他解释过,我是从下面来的,是你们的伙伴。"

"像是村长干出来的事儿。"多米诺厌烦地说道。迦南也表示同意。

"他最讨厌新鲜的事物,觉得只有守护现在的生活方式才是身为村长的使命。不管你说什么他都会杀了你的吧。"

高村呆呆地看着这几个年轻人。"真的吗?你们真的这么认为?以我同你们的接触,你们比我所在世界的同龄人更成熟。就算如此,你们还是认同这样的想法?"

迦南点点头。他不能说谎,毕竟高村是不顾生命危险地来到了这里。

"我们这儿的人都是这么想的吧。难道不是吗?"

"我想找一个跟你们村长差不多地位的人好好谈一谈。你们能带我去吗?"

"不行啊,如果被发现,这人连带我们都要受罚的。"多米诺的语气中满是埋怨。

高村用拳头敲着膝盖。"但是,哪怕你们村子再怎么古板守旧,一旦知道地面上还生活着跟你们一样的人类,都会想要和他们取得联系吧。"

"是这样没错,但你之前不是都跟村长说过来意了吗?对村长来说,你只是个有可能毁灭这个世界的危险人物。见到就格杀勿论。"迦南从自己的声音里听到了绝望。

"怎么会这样?"高村长叹一声。室内光线忽地一暗,他下意识地望向窗口,看见了正在膨胀的白色块状物向着屋内爬来。

"是空气蛸,可恶,风蜘蛛也来了。"迦南吼道。

多米诺从腰带上拔出折叠弓。然而还没来得及搭上短箭,那怪兽便离开了窗口,长达三米的恶臭触手在空中挥舞,令人作呕。在头部与触手之间,深绿色的眼里倒映出三人的影子。别的窗口处也有许多松松软软的头部冒出来。

迦南大声呼喊:"大家快出去!我来关门。"

怪物的触手伸了过来。眼看就要被触手碰到的一瞬间,迦南飞身向上,空气锐利地嘶鸣,两支弓箭分别贯穿了怪物的头部和眼睛。

怪物因剧痛而疯狂挥舞触手。迦南灵活地从触手的空隙间钻过,逃到大门外,一脚飞踢关上木门。

迦南对等待着他的三人道:"去地下,关上铁门的话空气蛸和风蜘蛛都进不来的。"

"我们好像被埋伏了。"贝内丝盯着房间西边的墙壁说道。

红黑色的肉块舞动着爬了过来,比起蜘蛛来更像是螃蟹的脚。

"弓箭射不穿它!"多米诺惨叫。他一边飞起一边射箭。一声钝响,箭矢被弹了开来。

"它怒了!要过来了!"

蜘蛛开始加速。

"快去地下!"

"铁门锈上了,打不开!"贝内丝惊声尖叫。

"三人一起上!"迦南叫喊着,飞向祭司室的大门。

风蜘蛛离他们不过十米了。来得及吗,迦南毫无自信。

那三人抓住门把手向外拉,就在这时,那群空气蛸中的头领飞了过来。祭司室中也有事先埋伏着的怪兽。迦南侧过身体。怪物们互斗起来,风蜘蛛的脚刺穿了空气蛸,却没能占得上风,空气蛸的触手缠住了风蜘蛛红黑色的身体,将它坚硬的铁壳折断了。

"门开了。"

迦南翻身,向贝内丝声音的方向飞去。

"他们能平安到家吧?"

面对高村的疑问,迦南点头回应。多米诺和贝内丝都有家人。到了夜里还不回家,家里人就会要求搜救队出动。这样一来,三人跟高村有过接触的事情迟早会暴露。

"不知道为什么,那些危险的怪物夜里是不会出现的。"

"气候剧烈变化之后,才会诞生出这种怪物吧。这一万年间竟出现了这样的东西,你们都没想过要躲到海底生活吗?"

"因为传闻中有数百人溺死在海里。而且,或者是我个人的想法吧,比起脚下,我还是更向往头顶上的世界。"

"头顶上?"高村一脸惊讶地问道。

"是的。这里是地下室,所以你看不到啦,有机会到外面去看一次就知道了。只要向上望一望,就一定会觉得很震撼。"

"想勇攀高峰,是吧。果然如此。"

"怎么了?"

"你在这里生活得快乐吗?"

"不怎么样,说起来算是非常艰难了。空气稀薄,阳光又太强。空中到处是怪物，偶尔还有村民被一阵狂风刮得无影无踪。呼地刮过来，能一下子吹走几十个人。"

"时不时掉落到我们世界里的就是这些人吧。数量听起来倒是不少，但多半在中途就掉在哪处山上了。"高村赞同地点了点头，"即便如此，你还是觉得天空很美吗？"

"是啊……"

"想往高处攀登？"

"是啊……"

"想去见一见天空的尽头？"

"是啊……"

"世界毁灭的时候，将你们的先祖带到山上的，似乎是一位世界闻名的登山家。你说不定正是继承了他的血脉。嗯，一定是如此了。"

"我还是会继续在这里生活啦。"迦南小声笑道，"毕竟有狩人这份工作。到了这双翅膀不能用的时候，如果被人赶走的话，说不定会试一试。"

"在那之前，要不要到下面去看看？"

"啊？"

"既然我跟你说也说不明白，那就只能让你眼见为实了。我想让你亲眼看看，然后告诉大家，还存在一个更容易生存的世界。"

"更容易生存的世界？"

"那之后，你再向高处进发也挺不错的。这里的村民也不是人人都跟你一样吧。"

"说不定……是吧。"迦南只得苦笑。小时候每当说起自己对天空的向往，只会换来小伙伴们的嘲笑和好奇的目光。也只有多米诺和贝内丝不会笑他。

"好像有血腥味。"迦南嘟囔着，他听见了头顶上传来的脚步声。

村长和警备员们闯了进来,没有给两人任何反击的机会。他们将试图说明情况的高村绑了起来,从地下室带了出去。

"你等着接受处罚吧。先老老实实待在家里。"

面对语气冰冷的村长,迦南问道:"谁告诉你我们在这儿的?"他一边说一边望着高村的方向。

"是多米诺跟他家里人说的。你也不用生气。什么事儿都告诉那种大嘴巴才是你们的不明智。"

"受教了。村长,你打算怎么处置高村先生?"

"这是破坏村庄稳定的大罪,最高可以——处以极刑。"

"海底那边的世界似乎更适宜生存哦。"

"住嘴。"

"遵命。"

一行人在黑暗中行进。唯一的照明工具是警备员手上的火把。

迦南不断地思考,在后方有看守的情况下有没有手段可以脱身。可惜并没有。他轻声叹息着。

就在这时,狂风扑面而来,吹乱头发。

"起风了!快趴下!"不知是谁的喊叫声破风而来。

迦南条件反射一般,双脚蹬地飞起身。周围的人赶紧趴在地上,放开了高村。没人有余力再去管他。

迦南乘着风,靠近了只有上身被绑着的高村,将他拦腰抱起,冒着生命危险开始飞行。

耳蜗的深处,只有风的鸣叫。

突然,风向骤变。二人几乎贴地飞行,将将擦过树丛。

迦南高举起右手。灵巧地操控着拍打在膜状翼上的风,转而上升。翅膀展开到了极限。

"啊——!"他高声叫喊。脊椎在狂风中嘎吱作响。脱险了!骇人的气流被他甩在了身后。

"高村先生,我们这就去你所在的世界吧。"

"能行吗?这儿可有九千米高啊。"

"没问题。"

"那我也没问题。但你真的不要紧吗?"

"不——知道。抓紧我!"

到达最近一处悬崖的边缘,只花了不到一分钟。他们开始降落。转眼间,白色的海面近在眼前。投身其中,只感受到一片寂静。大海原来是这样静谧的世界。

高度五千米,看着手腕上的高度测量器,高村喃喃道:"马上就要冲出云层——冲出这片海了。看仔细了。"

就是现在。迦南听到高村的声音远远传来。

眼见为实。

下方闪闪发光的,是另一片海。海面上泛着数不尽的光点,等待着迦南的到来。

"这就是你们的世界?"迦南问道。他猛烈地咳了起来,胸口痛得仿佛在燃烧。

"别说话。这里氧气含量太高了。再说话肺要融化了!"高村说道。

接着迦南便失去了意识。

降落的地点是一条大街的正中央。

有许多双眼闪光的野兽一样的东西,从他们身侧滑过。从未曾见过的极小的月亮下面,巨大的建筑物将迦南和高村围在中间。

"这就是我们的世界了。你习惯了这里的空气,胸口的疼痛很快就会好的。这里没有狂风,也很少有怪兽。怎么样,大家一起移民来这里吧？"

"嗯，确实非常适宜居住。"迦南诚恳地说道。不知何处响起美妙的声音。他环顾四周，闭上眼仔细聆听，却无法确定声音的来处。

"附近有人弹钢琴呢。"注意到迦南的举动，高村向他解释。

"只要到下面来，想听多少都有。你也不想留下来吗？"

"真是好听的声音啊。"迦南睁开眼，向高村提出了一个要求。

迦南将收集来的这个世界的照片放进了帆布背包背在身上，告别了高村。此时，建筑物的一角上开始泛起白色的光芒。天亮了。

"你还会回来吧？"高村问道。

迦南沉默地举起右手。膜状翼已经裂开一半。"再飞一次我就完蛋啦。"

"都是我的错。让我弥补点什么吧。"

见高村脸色苍白，迦南说道："不用啦，托你的福我才下定了决心，还见识到这么美好的世界。从来没想过世界上还会有这么安定和平的国度。"

"一定要再回来看看啊。"

"我尽量。至少我会把背包里的东西交给村子里的反村长派。就寄希望于他们吧。你们也要再来登山啊。"

"那就这么说定了。"

"嗯，再会。"

这时，高村才终于意识到了什么。"你说把这些东西交给其他人，难道你不留在村子里吗？"

"不啦，我还要去更高的地方。"

"什么？"

"我还是适合去更高的地方。你就祈祷我一切顺利，得偿所愿吧。"

高村看着眼前的年轻人，又抬头望向天空，目光中满是祈愿。最后他又看向迦南。"你一定可以的，你是飞行的高手嘛。"

迦南紧紧握了握高村伸过来的手，然后离开了这条大街。

这是最后的机会了。一定要做点儿什么。

感觉到有人在敲打窗户，贝内丝跳起身来。天已经亮了。

"是迦南吗？"她走到外面。

窗户的边上放着一只帆布书包。她打开书包，看见了里面的东西。

"迦南——你要做什么？"她仰望天空。她知道他要去哪里。照片从手中滑落，在脚边散落一地。她的眼泪落在脸颊上。"不要啊，为什么要去那种地方？你都已经回来了呀！"

呼吸开始变得越发困难。右边的翅膀几乎完全破裂。这下恐怕不行了，迦南想。

他忽然对下面的那两重世界，涌起些微眷恋。然而，终究只有天空才是他梦寐以求的世界。

勇攀高峰，永无止境，向着天空，向着星辰……

湛蓝的天空已经在他身后。青紫色的世界里，星辰光辉璀璨。

那其中，有一颗星星的颜色格外与众不同。或许是错觉也说不定吧。于是，乘着已然微不可察的风，迦南挥舞着翅膀，向着那点星光，飞升而上，直冲云霄。

慈悲观音

著/（美）布鲁斯·斯特林
译/仇春卉

佐藤小姐走出了关押人质的营地，联络人正坐在一辆锈迹斑斑的丰田皮卡车里等着她。

佐藤在对马岛的向导是本地一份大报《真相黎明报》的明星记者吉田。吉田今年二十二岁，身材瘦高，头戴一顶斗笠，身穿脏兮兮的背心短裤，脚踏巴西人字拖鞋，还带着一条宠物小猎犬。

吉田帮助佐藤爬上皮卡的车斗，活泼的小狗吠了一声以示欢迎。

"怎么样，老太太还好吧？"吉田问。

"老太太遭了不少罪，看起来老了整整二十年。"佐藤答道。她拿出一条围巾包住脑袋，打了一个结，然后紧紧抓住护栏。"她以前上电视很漂亮的。你知道的，我参与了水井美惠子的竞选活动，那次经历算是我的政治启蒙了。"

吉田摘下头上那顶巨大的斗笠，注视着明亮的秋日晴空。然后他想起最好别暴露在监控之下，连忙把帽子戴回去。"你曾经帮助人质竞选？嗯，要是从这个角度深挖一下，你的故事应该挺有趣的。"

丰田车在坍塌的路面上颠簸前行。一台笨重的俄制高射炮占据了车厢的大部分空间，佐藤小姐和吉田只能一直站着。

这台坚固耐用的俄制高射炮是堪察加半岛的两个俄国雇佣兵押运来对马岛的。这两人都很年轻，一副百无聊赖的神情。他们那辆皮卡车的保险杠上面贴着一句荒唐的标语，竟称对马岛是俄国领土。不过这句话是用斯拉夫字母写的，所以根本没人留意，也没人去管。

那条小猎犬兴奋地吠个不停，为了把狗叫声压下去，吉田也提高了音量："我希望你已经告诉永井夫人了，我们报社的政治立场始终是坚决反对扣押人质的。永井夫人看过我的文章吧？《真相黎明报》是免费赠送给所有政治犯的。"

"我们去哪里？"佐藤顾左右而言他。她看到前方路面上有一个被地雷炸出来的大坑。

在对马岛上，佐藤有好几次险些丧命。幸好她总是小心谨慎，时刻处于警觉状态，所以总能化险为夷，没有被炸飞。她还学会了观察岛上的残垣断壁，就像神婆看茶叶算命似的：屋顶和墙上那些匀整的圆洞是拜美国军舰的大炮所赐，折断的椰树和地面的大泥坑则是本土临时政府的飞机投放炸弹的杰作；其余的炸弹则都是由对马岛制造，在对马岛引爆的。

作为海盗集散地，对马岛上有各式各样的炸弹：无线控制的腰带炸弹、袖珍手雷、爆头专用的手机炸弹、断腿专用的地雷、用来炸毁汽车的摩托车炸弹、用来炸毁房屋的汽车炸弹……倘若有人怒从心头起、恶向胆边生，甚至会造出一些能炸毁整条街的大卡车炸弹。

这个故事的核心，这场变异中的哥斯拉级的存在，就是"那颗炸弹"。日本历史中渐已被人淡忘的怪兽——那颗炸弹。虽然这只是一颗由朝鲜粗制滥造的、没什么准头的炸弹，可它把东京夷为平地，也彻底改写了日本的历史。

东京毁于朝鲜的偷袭之后,名古屋和札幌各自成了日本南、北地区的中心。在全国陷入混乱之际,各方势力都遗弃了偏远的对马岛,任由其自生自灭。从此,对马岛就像精密奥妙的电子设备一般,自己运转了起来。

第一批在岛上落脚的海盗其实是朝鲜难民。在东京毁灭之后,美国报复性地在朝鲜境内投放了数颗氢弹,把朝鲜炸成一片焦土。人们为了逃避战火,纷纷出海,成了新一代的"亚洲船民"。饥肠辘辘的难民拥上了对马岛,很快就使这个以旅游业为主的平静小岛不堪重负,原有的法律系统和社会秩序也随之崩溃。

随后,全亚洲所有在水路活动的犯罪集团都紧跟着朝鲜难民的脚步,纷纷拥上对马岛:台湾军火走私集团、韩国贩毒集团、香港三合会……甚至连俄国佬也从千岛群岛南下,漂洋过海来分一杯羹。这些消息灵通的国际强盗来这里只有一个目的:洗劫日本。因为自从日本的首都和政府消失后,这里已经成了全世界最新的、最富庶的一片"无主之地"。

美国人十分关注事态的发展,因为他们已经见过太多此类事件——在伊拉克、索马里、阿富汗、哥伦比亚、墨西哥、巴基斯坦和尼日利亚。"派驻地面部队"的策略对"全球化游击战"基本上束手无策。武装分子能够随时随地化整为零,换一个地方重新集结,顺便埋下许多路边炸弹对付美国大兵。

美国的军队已经分散在韩国、伊朗以及其他各条战线上,无法抽出兵力登陆对马岛。可美国拥有无比强大的空中火力以及精准的卫星定位系统,因此,为了平定这个崎岖多山的海盗岛,他们发动了猛烈的空袭,把岛上的港口、桥梁、发电站以及通信塔统统炸毁。

从此,对马岛陷入了深沉的黑暗和死寂之中——只有炸弹能够暂时打破这死寂。

在对马岛的这段日子里,让佐藤印象最深的不是炸弹,而是那一片深不见底的、时刻笼罩在她眼前和心中的黑暗——日本本土没有这种黑暗。无论是在南日本还是北日本,遭到破坏的电网很快就修复了。核灾难过后,国人的日常生活逐渐恢复,其光明和忙碌的程度已经赶上阿根廷了。可是对马岛从里到外依然是一片漆黑。

对马岛的黑暗是浓重的、压抑的、神秘的。没有霓虹灯,没有交通拥堵。没有电力,没有互联网。没有照明,没有供暖。没有银行和信用卡,更加没有护照。对马岛的海盗来自世界各地,无国籍、无政府的强盗,彼此间一言不合就拔枪相向。他们没有档案,没有证件,不用结婚,也不信仰宗教;他们没有警察和牧师,甚至连时钟也没有。

除了炸弹,对马岛上还遍布着一大群烧坏了脑子的瘾君子。无数小型快艇游弋在本土犬牙交错的海岸线上,船上的海盗有着不同的体形外貌,说着不同的语言。他们蜂拥上岸,抢掠那些宁静而富饶的小渔村,把能搜刮到的财物和能劫持的人质全部抓走。

对马岛上出现的全球性犯罪模式是崭新的,甚至还没有一个正式的名称。这就是佐藤所体验的对马岛——她在这里待的时间甚至比在名古屋那个沉闷的救灾办公室里待的时间还多。

"对了,我想打听一个人。"这辆改装的军车一边行驶一边发出"嘎吱嘎吱"和"哐当哐当"的响声。噪音中,佐藤对吉田说:"一个盲人,好像是个赌徒,也是个流浪的朝圣者。他经常在机电一体视像研究中心进出。"

"哦,你是说那个可怜老头儿啊,大家对他都很熟悉了。"吉田紧紧抓住焊在丰田皮卡车顶的一根铁条,"他简直成了机电中心的管理员了。他们任由他随便出入,因为这人是瞎的,不可能偷储存在那里的贵重硬件。早在东京爆炸之前,他就住在中心里面。"

佐藤听到这条重要情报，立刻警觉起来。"他在实验室里是个什么角色？"

"什么角色？就是一个无助的瞎子的角色呗。"吉田耸了耸肩，"那个所谓的'视像中心'据说是一家日本照相机公司的研发中心，可是我们都知道那是为了掩人耳目。很多古古怪怪的人在那地方进进出出……有外国科学家、军官、政客、银行家，甚至还有间谍和黑社会成员。这群人躲在那里不干好事。每个周末，我们对马岛的居民都必须招待他们，让他们喝得酩酊大醉，给他们在外面找小姐；有时候我们的人还亲自上阵服侍他们。可日本本土的媒体报道过这些事情吗？没有！完全没有！连一个字也没有提！"

"我们妇女运动组织知道对马岛上有一个军事实验室。"佐藤驳斥他，"我们也知道日本自卫队违反了日本宪法。那时候索马里海盗袭击了日本船只，而自卫队诉诸暴力，通过某些可以让他们撇清关系的第三方代理，偷偷地在海外对袭击者进行报复。"

吉田的脸色一沉。"你们这些女权主义反战分子，一点洞察力也没有，这就是你们的毛病！海盗也好，反海盗也罢，这两者根本就是一种对立统一的辩证关系！秘密地打击恐怖分子，这本身就是一种恐怖活动。长远来看，斗争双方最后都变成了一个样。你一旦摒弃了社会公义，那么剩下的一切都可以用利益来衡量了。"

听完吉田的马克思主义学术演讲之后，佐藤很识趣地避开了这个话题。"我知道你的读者们一定很赞同你的看法。我想问一下，你能不能介绍我认识这位'泽塔一号'呢？我需要跟他好好谈一谈。永井夫人说，每次他去实验室的时候，总会给人质捎去一些馒头和腌菜。既然他还懂得同情别人，证明这人坏不到哪儿去。"

吉田不耐烦地点点头，斗笠一上一下地晃动。"对啊，对啊，我也采访过你那位永井夫人。你知道吗，她有斯德哥尔摩综合征！这人是疯的。"

"永井夫人同情那些迫害她的海盗，这是宅心仁厚，你怎么能说她是疯子呢？"

吉田弯腰解开小狗的项圈扣。"她当然是疯子！她自己就身陷囹圄，却整天为了关押在日本本土监狱里的那些海盗哭哭啼啼，这不是笑话吗？"

"永井夫人是想促成双方交换囚犯，她希望结束目前这种双输的局面，她希望回去与家人团聚。对马岛应该与名古屋和平共处，虽然我们的首都没有了，可是我们依然是日本人啊。"

"交换囚犯是不可能的。"吉田咧嘴一笑，坚定地说，"名古屋万一真的释放他们，那些海盗转头就跳上小快艇，去绑架更多的政客——他们当初就是这样把永井美惠子抓来的。这年头，哪有政府会笨到这个地步？就连你们那个可怜兮兮的临时小政府也不会这么蠢。"

"虽然现在人质谈判进展缓慢，"佐藤强压着心中的激愤，"可一旦我们找到一个能做主的人释放了永井夫人，那么接下来的谈判肯定会进展顺利的。"

"你省省心吧。"吉田嘲笑说，"这里只要冒出一个能做主的人，美国马上就用无人机把他炸死了。他们老是干这种事情。"

"可是这个盲人海盗既然能自由出入关押人质的营地，他肯定有一定的政治影响力。也许他能够替我引见海盗女王喀德拉呢。很多迹象表明这位海盗女王喀德拉会对我的和平诉求做出正面的回应。"

"枉你在对马岛待了这么久，竟然还有这么弱智的念头，真是难以置信。"吉田说，"其实泽塔一号根本就没有用。他的半个脑袋和两只眼睛都被一个手机炸弹炸飞了。他现在就是一个穷困潦倒、衣衫褴褛的酒鬼。还有啊，他身上臭不可闻！至于那个喀德拉，她哪是什么女王。这几个月来没有人见过她的踪影，估计不是藏起来就是死翘翘了。

所以啊,你就别再想这两人了。泽塔一号早就是过时的旧闻了,而我今天刚刚得到一条重要线索,这可是一个惊天大新闻!我们今天要去寻找一个埋藏已久的宝藏!"

这时,皮卡车经过一片乱七八糟的窝棚——这里是一个黑市。这些破败的小棚子总是难逃一劫,摧毁它们的不是风暴就是大火,要么是汽车炸弹,或者是无人轰炸机。在那里看铺的海盗也是清一色的穷形尽相,看样子就不会比他们看守的窝棚更长寿。

对马岛的海盗窝棚外竖起了许多纸板招牌,上面有各种手写的文字:英语、韩语、日语、汉语、马来西亚语、菲律宾语,甚至还有菲律宾的塔加路族语。他们贩卖的各种商品全是偷抢回来的东西——这个海盗社会的经济系统建立在赃物的基础上。

这里有成堆成堆的旧衣服,有二手的中国产皮鞋,有豆子、豆腐干、鱼干、树皮、块根、种子、油炸昆虫;有些东西只是勉强可食用:海藻、水煮芋头茎、用肥皂刷洗过的橡实。还有人往透明塑料瓶里塞满了湿锯末,从中养出巨大的木耳。

此外还有手工制作的自行车零配件,各种生满红锈的、无法启动的电动工具,手工编织的竹篮子,生锈的萝卜刨丝器,带长烟囱的小土炉子。有些神情阴郁的女海盗领着一群破衣烂衫的小海盗,正在卖一捆捆的燃料:干草、芦苇秆,还有小树枝。

再往前是一片相对较富裕的区域,这里有一些用刷白了的混凝土砖砌成的小屋子,里面卖的是从日本汽车上拆下来的零配件。那些汽车虽然废弃已久,却还能贡献出座椅、大片大片的玻璃窗、镜子、金属线绕成的装饰物、发动机做成的铁砧,还有用排气管消音器改装成的油灯。

他们的丰田车开始沿着蜿蜒的道路上山了。

吉田用臂弯夹住护栏,然后用双手打开一张发黄的老式方格纸,显然是从哪个笔记本里撕下来的。"你懂英语是吧?那麻烦你把这张海盗藏宝图的内容读给我听听,好吗?"

方格纸上画着一幅地图,是对马城——一个沿着岛的东岸展开的小村落。这张地图极其详细,上面密密麻麻地标注着弹坑和骷髅,还有许多潦草的英文注解。

"地图总是这么复杂。"佐藤边说边眯起眼睛,神情有点沮丧,"我认出来一些死者的名字,还有他们遇难的日期……这个单词是'whacko',英语里是'疯子'的意思。另一个单词'wacko',也是'疯子',是另一种拼法。这里有一个'wako',这是日文罗马音的拼法呀。"

"对,这地图是一个计算机视觉领域的天才画的。"吉田边说边用手指敲着斗笠下留着板寸头的脑袋侧面,"电脑黑客就爱玩文字游戏。对马岛断电后,计算机完蛋了,他们那些程序员的脑子里也进水了。我的这个线人于是开始吸食韩国快速丸,然后连续几天几夜不睡觉,画下了这幅地图。他当时手上除了铅笔和纸,其他什么也没有!"

这时候,丰田车从一大片砖头和碎玻璃上面碾过,发出"嘎吱嘎吱"的响声。"这真的是海盗藏宝图?"佐藤说,"看起来是挺神秘的。"

"哈哈,这幅地图现在归我了,只是我的英语不太灵光。"吉田说。

"可是这地图到底是什么意思?"

"嗯,怎么说呢?对于我的读者来说,任何藏宝图都是轰动的新闻。可是这幅地图嘛,我相信能帮我找到竹中老大遗留下来的那一台自动狙击死亡机器人!竹中老大当年有一段时间还号称'海盗之王'呢!当然现在他已经死了——无人机投下的一颗炸弹就把他的整个帮派灭了,一个活口也没留。可是三年前,竹中可是对马岛有史以来最恐怖的海盗!"

吉田摇晃着手中的地图,以胜利者的口吻说:"我今天的工作就是要把竹中海盗生涯中最后一件大事写下来！每个人都会读我的独家报道！就凭我这一篇报道，我们这一期刊物就不愁卖了。"吉田把地图折好放回钱包里，然后不停地搓手，显得特别期待。

"请你停车好吗？我要去找那个流浪朝圣的盲人海盗。你能不能告诉我泽塔一号的真名是什么？他住在哪里？"

"你听我说，泽塔一号的脑子受过重伤，他连自己的名字都记不起来了。对马岛上每个人都没有正式身份，每个人！我的真名也不是吉田。"

佐藤突然觉得很受伤。"你的名字不是吉田？"

"我在对马岛上土生土长，本来也有个正式身份；可是美国佬把我们的市政府炸烂了，所有正式记录也就灰飞烟灭了。"

"可他们为什么称呼他为泽塔一号呢？这个绰号这么奇怪，肯定别有深意。"

"这是一句俏皮话，他们海盗的俏皮话。'泽塔'本来是指一些墨西哥缉毒警察变坏做了毒枭。海盗们对这种故事情有独钟——既是强盗，又有政府背景。其实历史上所有臭名昭著的大海盗背后都有政府撑腰的。每个海盗都觉得自己既是盗贼中的枭雄，又是一个无间道间谍警察。"

佐藤听了这番话并不觉得惊讶，因为她读了每一期《真相黎明报》，上面总有一些对马岛上邪恶海盗头子的事迹——他就是惯用夸张和美化的手法去吸引读者的眼球。可惜他们的小报没有照相机，所以只能配上木版插画。

"你想想奥萨马·本·拉登。"古田继续说，"这个全球头号通缉犯，竟然一直住在巴基斯坦的豪宅里，安安稳稳地做他的超级间谍。现在我们对马岛的故事其实就是本·拉登故事的翻版。这个世界已经成了本·拉登的世界，而我们正是活在他的世界里。"

"我听糊涂了。"佐藤承认道。

吉田用大拇指的指甲掐死了一只跳蚤,继续说:"我写过一本很重要的小册子,名字叫《全球海盗遗产》,你应该读一下。我在这本纪实性的小册子里记录了大量事实和数据,揭开了这个领域的神秘面纱。总有一天我会写一本完整的书,名字叫《国际海盗内幕》。凭着这本书,我就可以离开这个鬼地方!总有一天这本关于海盗的著作会让我蜚声国际,因为那些软蛋娘炮写海盗题材的时候都是纸上谈兵,只有我是一个深入海盗内部、亲身经历了这一切的资深记者!"

突然,皮卡碾过一堆瓦砾,把佐藤整个人颠起来,几乎撞瘀了。"我买不起你这本关于海盗遗产的重要小册子,你能借给我看吗?"

"不!绝对不行!一手交钱一手交货,我不提供免费共享服务,你也不能偷!我这本小册子没有电子版,是私人印刷限量版,只在对马岛这里出版发行。我是用一台老式的印刷机和本地手工制作的纸张印出来的!我这个小册子本身就是一件贵重的文化珍品!这样吧,你跟你在名古屋的赞助团体商量一下,给我在本土的银行开一个账户,正如我之前所说……"

"我们的救灾组织是不会参与海外洗黑钱活动的!"

吉田叹了一口气,说道:"我还一直希望你会变聪明点,哪知你依然是一颗'小丸子''一根泥棍'。你别问了,这是海盗的黑话,说了你也不会明白的。"

皮卡车一直在上坡。这是岛上最高的一条山脊,这里的坡道凶险陡峭,两侧是嶙峋的怪石,路上还埋着地雷。无人照料的山坡上长着大片大片的野草,沿着山势形成一级级阶梯。山上的大量度假屋已经废弃,破败庭院里的果树没人修剪,一个劲儿地疯长,纷纷从倒塌的围墙缺口里伸出枝丫。

"我们什么时候回城?"佐藤终于忍不住问道。

"嗯……我这篇报道的截稿日是星期三,可如果我愿意自己负责后期印制的话,就可以拖到星期四早上。"

"可我没空跟你去寻宝呀!我有更重要的事情要处理呢!"

"你这人怎么回事?有病啊?这世上还有比寻宝更重要的事情吗?再说了,竹中老大比你那个来自名古屋的笨蛋人质女政客重要何止十倍?!你知不知道,当初绑架你那个人质的海盗船长就是竹中呀!他才是大人物呢!一个身家过百万的海盗军阀,被全球二十个国家通缉,他比'矮子'古兹曼① 不知高到哪里去了!"

"你在说什么呀?"

吉田叹道:"他们杀死奥萨马·本·拉登之后,'矮子'古兹曼就成了全球第二大海盗了。唉,既然你没有拜读过我那本著名的小册子,你当然对海盗的遗产一无所知了。竹中成了对马岛的大军阀,他的地位就如同本·拉登在阿富汗,'矮子'古兹曼在墨西哥的锡那罗亚州一样。你知道竹中是怎样当上老大的吗?全靠日本高科技!他有一套由机电一体视像研究中心开发的增强版计算机视觉系统!他就是靠那个宝贝称霸的!"

吉田又把那张地图从钱包里掏出来,递给佐藤。"你看这些线条、夹角和几何视点,当你用铅笔把计算机视觉系统画在纸上的时候,就是这样子的。竹中偷了那台高科技杀人硬件,把它部署在这里。这幅地图画出了那件武器的准确位置。它一直埋藏在对马岛上,等着重见天日。"

佐藤很不情愿地瞄了一眼,那个狂热分子耐心地在图上画了至少上万根线条,还有密密麻麻的注释,全是图形符号和日英双关语。这人显然是个疯子。到底是什么驱使他发疯似的画出这么密密麻麻的图

---

① 臭名昭著的墨西哥毒枭。

案呢？复仇。

小猎犬哼哼唧唧的，吉田在它的耳朵后面挠了几下。"在竹中的故事里，许多人死于非命，可没有一个死在竹中的地盘上。这就是最好的线索了，看出来了吗？我就是通过这条线索，一路抽丝剥茧，把整个故事挖掘出来的，你洗耳恭听吧！每个人都认为美国在派无人机杀海盗，不过是美军用机器炸死恐怖分子的另一些案例罢了。对于《真相黎明报》来说，这种新闻不值一提，因为这些都是老生常谈了，无聊至极。没有读者愿意看这种报道。"

吉田吸了一口气。"可是，后来我发现——这张藏宝图也证实了我的推测——那套说法根本就不是真的！真相是，竹中从机电一体研究中心偷了一套日本研制的机器人视觉系统，连在一挺机关枪上，然后把这台杀人机器立在山顶。从此那台视觉机器人就像监控摄像头似的日夜不停地搜索岛上的海盗。如果你带着一把枪或者火箭筒，或者别的什么东西让你看起来像海盗……砰！一颗点五零口径的子弹马上就在你身上打一个大洞。"

"可是竹中自己也是海盗呀，为什么要杀其他海盗？"

"因为那个系统本来就是用来识别海盗的，他是从机电一体研究所偷来的，不是自己发明的。海盗是很蠢的，向来对高科技一窍不通。只有像我这么聪明的记者才能一直走在时代潮流的尖端。"

"哦。"

"竹中通过遥控技术把竞争对手一一消灭，而那挺机枪还给了他最佳的不在场证据，因为他从来没在案发现场附近出现过。他还带着大扎的鲜花出席死者的葬礼，真是个伪善的黑社会。他甚至在《真相黎明报》上面为死者刊登讣告呢！可是后来我终于发现了其中的真相，今天就是我摆出证据的时候了！我要把这个故事告诉每一个订阅我们刊物的读者！身为一个值得信赖的新闻工作者，我职业生涯的全部意义就在于此!"

"把地图给你的那位仁兄必定是个绝顶聪明的人。"佐藤总结说。

"哈!你少来这一套!"吉田漫不经心地说。他从军装短裤的宽松口袋里掏出一根韩国产的糖果。"我从来不会泄露线人的信息。"他把糖折断,扔了一点碎屑给小狗。"我和我的狗一定会把这台死亡机器嗅出来,然后带着战利品凯旋!独家新闻!试想,把机枪摆在我们那台巨大的机械印刷机旁边,何其壮观!现在你知道这事情为什么这么重要了吧?军用高科技永远是最具爆炸性的新闻话题!"

佐藤不说话,摆出一副唯唯诺诺的样子。过了一会儿,西面的天际传来阵阵雷声——一场暴风雨正在朝鲜半岛上空酝酿,也可能是迫击炮开火的声音?"吉田,我能不能回你们报社等?看样子你还要忙一段时间。"

吉田盯着她看。"你现在到底有什么紧急任务?要给你的那个囚犯送盒饭吗?你不上山顶的话是永远也不能真正了解对马岛的。海盗看起来很古怪是吧?嘿嘿,等你见到那些在山上种鸦片的阿富汗山贼再说吧。"

佐藤听着他胡说八道,只是礼貌地微笑不语。她比吉田年长,而且见识比他广博许多。吉田生长在这个小岛上,终日只看见蓝色的海岸和绿色的山丘;可佐藤是参与过东京搜救的!她甚至亲眼见识到狂怒的美国人是怎样报复朝鲜的。

也正因此,佐藤丝毫不惧怕对马岛的海盗。她孤身来到海盗的老巢,跟这群野蛮人谈判释放人质,名古屋的每位同事都认为她很勇敢。但海盗也只是人类而已,邪恶的人类,邪恶正是他们的弱点。佐藤害怕的不是邪恶,而是以正义之名发泄出的狂怒。海盗只是抢了就跑,可正义的仇恨能延续七代人!

俄国人的丰田车沿着一条陡峭的上坡路开进了一个废弃的停车场。

这里长满了大腿那么高的野草。这地方曾经被临时用作集结场所，曾有一些倒霉的海盗在这里被美国导弹打了个措手不及。四处散落着一些亮晶晶的东西，一看就是高科技设备的配件——显然，这颗炸弹的价值起码是它炸毁的那些卡车的十倍。

俄国佬一边开车一边骂脏话，变向时左摇右晃，好像喝醉酒似的，还不时来两脚恐怖的急刹车。他踩油门的时候，车子会散发出一股难闻的汽油味。佐藤默默忍受着这一切，又熬了一个多小时。陡峭的山路两旁排列着一些长满了霉菌的硬纸板，上面是喷雾涂鸦——这是海盗们在严厉警告别的帮派不得越界，否则格杀勿论。只是当时作画的海盗现已不知所终。

前方出现了一条比较像模像样的边界，可以称作海盗版的中国长城了。这是一堵用劣质水泥和混凝土渣块胡乱堆砌而成的围墙，有一人伸直了手那么高，顶上装了倒钩铁丝网。围墙旁边甚至还有一个警卫室。以前的海盗把围墙旁的树木全部砍光，造出一片易守难攻的开阔地带；可现在这里野木杂草丛生，把空地又吞回去了。

司机小心翼翼地打开一张残旧的对马岛地图，和同伴商量起来。另一个俄国佬戴着头盔，满身伤疤，也是一个满世界乱跑的游击队员，不过他看起来比司机醉得更厉害。

"我们迷路了。"吉田说这句话的时候竟然显得饶有兴致。这句话恐怕只能用在这个与世隔绝的海盗岛上了，因为世界上其他地方的人是不会"迷路"的。外面的世界有智能手机、天线塔和卫星定位系统；可在这个黑暗的小岛上，这一切现代化通信设备早就被炸得灰飞烟灭了。

"竹中的长城没在地图上标出来。"吉田说，"这片古老的树林多么珍贵呀，你看看被他摧残成什么样子？这个浑蛋！哈，我有一个好主意！我要让两位俄国朋友用高射炮把这堵墙打开一个缺口，然后我们直接开进去!"

"就怕那片死亡地带埋了地雷。"佐藤说。

"瞧你,老在唠叨什么地雷。竹中那些智能地雷的电池早就没电了,而且《真相黎明报》出钱请这些俄国佬过来,不就是为了这个吗?竹中已经死了好久了,没有人会介意我们破坏他的围墙。我这就让他们把高射炮准备好,这可是大手笔,肯定能为我的新闻稿增色不少!"

吉田大声向两个俄国雇佣兵喊话,大说着洋泾浜俄语,还不停地打手势。那两个俄国佬年纪不比吉田大,也不见得比吉田聪明,却能弄明白吉田的意思。他们连开了几炮,在震耳欲聋的巨响中,海盗的围墙被打出了好几个大洞。两个俄国佬乐坏了,每开一炮就欢呼一阵,对这台高射炮相当自豪。

高射炮的每一声巨响都穿过了佐藤的头巾,一直钻进她脑子里,同时也回荡在群山之间。突然,远处一片阴郁的山头也传来几下枪声,仿佛与这里的炮声对话——对方是不满,还是一起庆贺呢?

吉田的小猎犬从车尾一跃而下,子弹一般从杂草中穿过,化作一团毛茸茸的模糊身影,瞬间就跑进了一个刚打出的大洞里,消失在海盗围墙后面。

吉田弯下腰来,拾起一沓用大麻绳捆起来的《真相黎明报》。"快,跟着我的狗!"说着他就跳下了卡车。

"为什么?"

"因为那是我的狗呀!你想留在这里帮尤里和列奥尼德砸墙吗?那就请代我向他们致意吧!"

吉田开始追赶那条急切的小狗,佐藤紧跟其后。他们蹲下来,钻入一个刚打出的洞口,进了围墙后面。两人来到一片多年人迹不至的野地当中,野花的尖刺扎穿了他们的衣服,野草划破了他们的皮肤,"嗡嗡"叫的蚊子吸着他们的鲜血。

"你说过要带我去拜见海盗女王的。"佐藤高声喊道。她拨开潮湿的树枝，踩在湿漉漉的荨麻上，摸索着前进。"就算喀德拉躲起来了，也肯定躲不过你的法眼吧。如果你真的愿意去找她，肯定能找到的。"

"喂，你别再自作聪明了好不好？"吉田心不在焉地说，"喀德拉只是黑帮大佬的情妇罢了。'海盗之王'竹中老大就是她的男朋友，不过已经被炸成了肉酱。喀德拉本来是一个索马里来的野鸡，每勾搭上一个海盗就跟着对方混一段时间，然后再换新姘头。"

佐藤完全忽略了吉田不得体的措辞。"可是美国人、中国人和韩国人都一致同意，她就是对马岛的海盗女王。他们都认为，如果有人能大发慈悲帮我解决这次人质危机的话，那么这个人非喀德拉莫属。"

"那是主流媒体在胡说八道！这种观点符合他们的政治利益，所以他们才这样鼓吹。对马岛根本就不是喀德拉说了算，她只是一个和海盗纠缠不清的漂亮索马里女孩罢了。她碰过的每一个男人最后都死了，你知道为什么吗？我告诉你吧，因为她就是警察的线人！她把自己的男朋友出卖给中国人、美国人或者韩国人，反正是价高者得。"

吉田这番言之凿凿的话让佐藤陷入了沉思。两人走着走着就迷失在高高的野草丛中。

"难道这世上就没有正人君子了吗？"佐藤终于打破了沉默。

"确实没有！你换个角度想想，你一旦做了海盗头子的情妇，你总不可能跟他离婚，然后拍拍屁股走人吧？海盗杀人不眨眼，你要摆脱他就必须把他干掉。"吉田孜孜不倦地踩踏一大片被风刮倒的腐烂竹子，硬是踩出一条小路来。"出卖竹中的正是喀德拉！她害竹中那天晚上被炸得粉身碎骨，还拉了八十个人给他陪葬。那次可真是一场大屠杀！总有一天我会找到证据，证明喀德拉就是害死竹中的凶手，然后我就把这个故事写成书出版，读者们肯定会大吃一惊的！"

"你用那么恶毒的言辞来描述喀德拉，也许她根本不是你说的那样呢？也许她既不是海盗女王、警方线人，也不是妓女，更不是什么黑帮大佬的情妇。"佐藤提议说，"也许她只是一个普通的女人，在逃难过程中被各种残酷的男人侵占和利用。身为一个女人，她至少能够体会到女人身陷囹圄时的痛苦感受，也明白为什么我们要给这种非人的压迫画上句号。"

"哈哈，你这就错了。喀德拉本人就不是什么善男信女。"吉田说，"可是我倒不急着去推倒她的金漆招牌，因为喀德拉是一个绝佳的新闻素材！一个来自异国他乡的淫荡美女海盗，她的故事哪一个不是新闻热点？我甚至不用写什么，只要印了她的名字，报纸就不愁卖了。哎哟！等等！快看，看我的狗找到了什么？！好棒的乖狗狗！"吉田突然跪倒在地上。他穿着短裤，裸露的膝盖直接触到了地面。"这是对马岛人参呀！这荒山野岭里竟然长着人参！你能想象吗？野生人参比对马岛野猫更值钱！今天我真的走大运了！"

"你可以卖给有钱的韩国佬……"佐藤说，"要是还有韩国佬吃人参的话。"

"你是在说笑吧，啊？"吉田边说边站起来，还瞪了她一眼，"人参才是埋在对马岛地下的真正宝藏啊！要是我手上拿着一把铁铲而不是一沓报纸的话，我这就把它给挖出来。你知道吗，人参的根的形状就像一个埋在地下的人，里面有很多神奇的维生素。"

佐藤把手伸进她的手工编织袋里，拿出一瓶吃了一半的混合维生素丸。"有了这个你就不用去挖那些黑黑的陈年老根了。"

吉田抹掉手上的湿泥，然后干吞下一颗维生素丸。"好了，咱们一次就挖一件宝贝好了。竹中的机器人自动狙击枪就埋在这山头的某个地方。按照我这张地图的提示，我们已经站在宝藏旁边了！"吉田挥动手臂，指向四周一片崎岖不平的山林。从这里远眺，对马岛东侧山岭的景色一览无遗。"这一片区域是竹中的最爱，他打算在山顶这里深挖广积，建造秘密堡垒和掩体，必要时坚守阵地，战斗到最后一刻。他是想学太平洋战争的风格，就像一百年前二战时期的神风敢死队。"

"神风敢死队是开飞机的。"佐藤纠正他说，"他们不会在山上挖秘密堡垒。"

"喂！"吉田愤愤不平地说，"我是说'神风'本来的意思，也就是一千年前在我们岛上抗击蒙古侵略军的武士。"

"野草就像海盗一样霸道，海盗也像野草一样四处蔓延。"

"这句话说得真机灵！"吉田说。

"这是我从你的报纸上读来的。"

"我驾驭文字的能力实在高超！"吉田边感慨边四处张望，脸上露出警觉的微笑，"太不可思议了！气候变化的时候，野草长得多快啊！你一转身，那些草就把全世界都吞没了。核爆过后的东京就成了一片辽阔的无主之地、一个巨大的死城，里面长满了野草。而福岛受了辐射的变异树木，都长到十米高了！"

"福岛没有那么夸张。"佐藤说，"我去过福岛，那里一个人也没有，全是野生动植物，所以特别平静，特别漂亮。"

吉田眉头一皱。"福岛有什么野生动物？三只眼、会发光的变异海豚？"

"福岛那里有鲸，有西伯利亚白鹤，还有野生猴子。"佐藤笑道，"那些猴子挺好玩的，它们彼此相处得比人类之间的关系好多了。"

吉田仰头看着多云的天空，移动了一下手上那一沓报纸。"看来要下雨了！你刚才提到'神风'，一说完，马上就起风了。你有没有留意到，无论什么时候，只要你提到'天气变化'几个字，天气就真的会变。"

佐藤点头说："啊，可不是嘛，现在人人都这么说，就连本土的人也不例外。"

"我看到那条山沟的另一侧有些屋顶。"吉田说完，一手抱起小狗，另一手仍提着那一沓报纸。"我敢打赌那儿有个小村，我正好可以过去送报纸。而且咱们可以走到一个比狙击点地势更高的位置，从有利地形俯瞰，或许更容易发现那个狙击点。"

吉田这个年轻小伙，虽然不太理性，却充满活力。他一马当先，在高高的野草丛中扑腾，在盘根错节、恣意蔓生的丛林中勇往直前。佐藤跟在他身后，终于到了一片开阔地带。

竹中在这里建了一座隐蔽的警卫室，用来守护他在山侧开垦的那片毒品作物田。很多大树的树干上都钉着标志牌，虽然上面的字迹已经褪色，佐藤还是能看出警告的字眼，说这里是雷区。

天上落下一阵黏糊糊的、温暖的雨滴——这是暴风雨即将来临的先兆。

"有地雷啊……"佐藤喃喃自语。

"那些标志牌很可能是骗人的。"吉田建议道。他迈开轻盈的脚步，和吠个不停的小猎犬一起向前走。佐藤跟在后面，小心翼翼地踩着吉田的每一个脚印。

海盗的警卫室非常隐蔽——这座大棚子顶上铺着密密麻麻的干草，整个外壁都涂满了泥巴，外面还长着茂密的葫芦藤，只有几缕亮光通过几个歪歪扭扭的狙击孔射进屋子里。别说在空中侦察的军用无人机，就连人的肉眼也看不出来。

敞开的门上挂满了各式各样的海盗幸运符，真可谓集全球迷信用品之大成：用草扎成的锚、上身赤裸的美人鱼、非礼勿视的猿猴、大麻叶、戴头罩的骷髅；还有交叉的左轮枪、针筒、染血的骰子、道家阴阳符、闪电、忍者面具……

一进警卫室就有三级向下的台阶，凹凸不平的地面上横七竖八地铺着几张腐烂的榻榻米。棚子里没有装地板，只有捶打过的潮湿泥地。

干草药和蜘蛛网从房椽上垂下来，不住地晃荡。

小猎犬跑下台阶，朝着棚子最阴暗角落里的一堆发潮的干草狂吠不止。那个草堆突然坐直了，原来是一个正在睡觉的、身披着厚重蓑衣的流浪汉。

"小乖狗。"那盲人伸手摸到一根长棍拿起来，温和地说，"我认得你的声音，小狗狗。既然你在这儿，那么你的主人，那个记者，估计也不远了。"

"说得对。"吉田承认了，"没想到在这儿碰见你了，泽塔一号。"

"神风一吹我就困。"泽塔一号说。他戴着一顶有自行车轮那么大的斗笠，把脑袋被炸塌的地方遮住了。从上往下看，他就像岛上常见的那种长满杂草的一片草皮，完全无害。

泽塔一号用力嗅了几下。"嘿嘿，到底是哪一阵神风把你刮来了？还有你的漂亮女朋友……喏，就是站在你身边的那位。这么问失礼吗？"

"她不是我女朋友。"吉田说，"佐藤小姐是九大赈灾社团联盟派来的，是从本土过来的和谈代表。"

"这么说来，你是从名古屋过来的咯，佐藤小姐？"泽塔一号用指尖敲击手上那根朝圣者专用神棍，"我一听你说话就听出来了。"

"可我还没开口说话呢。"佐藤说。

"瞧，果然是从名古屋来的。"

"这些日子你都住在这个棚子里吗？"吉田问道，"最近我在对马城里没怎么看见你。或者说，自从那间赌场爆炸之后，你就销声匿迹了——嘿嘿，就是把你扫地出门的那间赌场。"

"呵呵，那就说明了——"泽塔一号笑了。亮光从狙击孔射进来，点燃昏暗的空气，也照亮了他诡异的笑容。"像你这样的青年才俊不会经常光顾妓院赌场，所以没有遇见像我这么放荡不羁的浪子。"

"好吧,作为一个记者,我可没少在那些场所花时间。我到现在还没被人干掉,很幸运吧。"

"那可能是咱们俩的作息时间在不同时区吧。"泽塔一号说,"像我这样一个又穷又瞎的废人,也不用区分黑夜白昼。全靠好心肠的陌生人施舍几碗红薯粥,我才没饿死。"

吉田年轻的脸上闪过一丝不耐烦的神色。"喂,你到底在这儿干什么呢?"

"我是在躲避暴风雨,顺便睡个懒觉啊。"盲人的脸上露出温柔的笑容,仿佛正在吐露心底的秘密,"我看不见闪电,留在室外的话恐怕会被雷劈死。我眼睛已经瞎了,只剩下一双耳朵;雷声总是会把我吓得整个人跳起来。"

"我才不信你的话呢!"吉田驳斥道,"就在不到一个小时前,佐藤和我才提到你,然后现在你就从这里冒出来了,就像那个'吃了秋茄子的儿媳妇'①。"

"你那些过时的谚语早就没有用了。"

"我的谚语过不过时有什么关系?显然是你知道我们要来,所以就躲在这里等我们!"

"其实是大慈大悲观世音菩萨保佑,"泽塔一号说,"所以我才能在这儿遇上你们这样的善人。你们也知道,我过去干了许多坏事。为了赎罪,我发誓要走遍对马岛上的六间观音庙。我正在朝圣路上,要走访岛上东南西北的观音庙。肯定是观音菩萨被我的虔诚感动,所以让我在这里遇贵人啊。"

"您太会说话了。"佐藤插话道,"感谢观音菩萨保佑,因为我也正在找您呢,泽塔一号先生。永井美惠子夫人让我代她问您的好。您也

---

①日本有句谚语"莫让儿媳吃秋茄子",这句话似与语境无关,像是吉田信口胡诌。

知道,永井夫人不幸被抓起来做人质,身陷囚笼。她告诉我,您对她很好。这是真的,对吧?"

"哈哈,这我就不知道了,小姐。"泽塔一号答道。他伸手调整头上那顶大雨笠的一根皮带子。"我这颗脑袋呀,以前被狠狠敲过一下,所以我想不起什么美智子夫人……她叫什么名字来着?反正我没有见过她。既然没见过,自然也就想不起来了,请你原谅。"他坐在原地点了点头,以示歉意。

"喂,你就别装啦!"吉田驳斥他说,"你连十岁小孩也骗不了!"

泽塔一号默默地抚摸他的长杖,态度依然温和谦恭。

"你这根长棍是从机电一体视像研究中心里面偷来的。"吉田说,"真是偷来的,对吧?"

泽塔一号笑道:"什么?像我这样一个又穷又瞎的流浪汉,连电脑屏幕也看不了,我怎么懂你们那些高科技呢?"

"你整天在那间该死的实验室进进出出,你这个谎话精!你用真皮把那根金属天线裹起来,又糊上泥巴来伪装,其实那根东西里面全是电子线路。这条拐杖根本就是一种雷达设备!"

小猎犬听出了主人语气中的愤怒,于是也开始对着一只蜘蛛狂吠起来。那蜘蛛被雨声惊动了,正沿着房梁慢慢向上爬。

泽塔一号看不见蜘蛛,他也没有仔细听,甚至没有转动一下他那被砸了一个坑的脑袋。但是,只见他拿起拐杖,猛地挥出,把蜘蛛砸成了一团。

"你不应该拿盲人的拐杖说事儿,吉田先生。这是很失礼的行为。"佐藤说。这时,雨越下越大了。

"佐藤小姐,从你甜美的声音我就可以听出来,你是一个心地善良的人。"泽塔一号站了起来。他的一双大脚长满了老茧,虽然穿着草鞋,依然发出阵阵恶臭。"不像这个爱管闲事的年轻人,老是拿着一些谣言传单四处招摇撞骗。我这就出发去附近的一间观音庙了，反正我只是一个瞎眼的糟老头子，在台风里淋得浑身湿透也不会有人可怜。"

"去什么去？告诉我，你为什么在这里等我们，要不你哪儿也别去！"吉田喝道。

"谁？你说我吗？我等你们做什么，我对你们没有任何想法。"泽塔一号说着，用手摇了摇一个用皮带系在破烂雨衣下面的小皮囊。"除非你愿意施舍几个金币，让我去赌场玩骰子输个精光。我可以在那里听骰子滚动的声音，还有那些黑社会赌棍的叫嚷声——这就是我唯一的人生乐趣了。"

"我陪您去观音庙。"佐藤马上说。

吉田大吃一惊。"你不能跟这个恶心的家伙走！你怎么能信任他呢？一个瞎子怎么赌骰子呢？他连点数也看不见！"

"那你还不如问为什么这个海盗岛上有金币呢！"佐藤大声说，"对马岛的破烂钱币谁愿意要啊？这些所谓金银珠宝都是假的，你爱怎么编就怎么编，反正你的那些金子在任何一个政府的地盘都不具备法律承认的价值！海盗的金子连垃圾也不如！"

泽塔一号发出雷鸣般的低沉笑声。"听你们这些聪明人说俏皮话真是有趣。可悲的是，我的脑袋受过重创，已经跟不上二位的节奏了。再见吧。"他用棍子敲着地面，慢慢地向警卫室的台阶走去。

吉田拦在他面前，两个人僵持了片刻。吉田恶狠狠地盯着他，而泽塔一号依然很温和，他慢慢地低下了那张饱受摧残的脸，面对着脚下的泥地。终于，吉田很不情愿地让开了道。

泽塔一号用棍尖探到棚屋门口的位置，径直走出去了。

佐藤紧跟在他身后。雨还在不停地下。密林中的小径就像一个险恶的迷宫，四处都是茂密的野蔷薇；被雨水冲洗过的山坡愈加湿滑泥泞，山石也松动了，可是泽塔一号走动的时候，脚步相当轻快。他那双穿着草鞋的大脚踩落在地上,每一步都那么果敢、那么决断,仿佛在棋盘上落下一颗颗棋子。

"请你不要再跟着我啦,谢谢。"泽塔一号终于停住了脚步。他说话的时候并没有转头看佐藤。

"我好不容易才找到您,"佐藤柔声说道,"我不想又让您走丢了。"

"也许你是爱上了我吧?"泽塔一号咯咯笑道,"你也知道,年轻女孩子总会被我迷倒。"

"也许吧。"佐藤说,"我是一个惹了许多麻烦的女人,而您却是一个那么有趣的男人。"

两团风暴云旋转翻滚着涌过来,阳光从两团云之间的缝隙里洒下来。在阳光中,雨水从枝叶上落下,鸟儿轻松地鸣唱。"我们这儿四处都是地雷,"泽塔一号说,"即使是你纤弱的小脚踩上去也还是会爆炸的。"

"哦,没事,我只要跟着您走就可以了。有您在这儿,我什么也不怕。"

"我们穿过地雷阵的时候,我给你唱首歌怎么样?"

"唱歌?是个好主意。"

"我知道一首老歌,是对马岛本地的山歌。那时候还没有卫星定位系统,也没有狂轰滥炸,这里还只是一个纯朴无瑕的小岛。小姑娘,你知道吗,那些年是太平日子啊。可即使在大白天,岛上密林里的小路还是很黑暗的。所以在对马岛长大的每一个男孩,还有绝大部分女孩,都知道一首用各个路标填词的山歌。我在朝圣路上唱的正是这首歌!"

于是盲人跟着自己脚步的节拍唱起歌来。每走十几步,他就把棍子高举过头,还不住地转动;然后左捅一下,右戳一下,戴着个大斗笠的脑袋左摇右晃的。他还用鼻子拼命嗅空气中的气味,唠叨了两句,又继续唱起来。他唱的本来就是日本小岛的方言,同时竟然还带着韩语的感觉,所以佐藤完全听不懂。

"这样的山歌……您是怎么学的?"佐藤终于开口了。

"我是从维克多牌手摇留声机上面听来的。"泽塔一号说,"这些民歌都是宫本常一先生收集整理的,后来人们还专门为这些歌设立了著名的水仙祭。可你是来自名古屋的娇贵女孩,对这些岛民老歌当然看不上了。"

"我也可以唱!"佐藤自告奋勇说。

"你这样做真是行善积德啊,因为我们盲人很懂得欣赏音乐。你都唱些什么歌?"

"我唱的歌,主题都是抗议不公,"佐藤说,"宣扬和平,抵抗压迫,呼吁销毁核武器,争取公民权利。噢,还有很多创作歌手私下写的、讲述当代日本女性困境的作品。"

泽塔一号仰头说:"难道你就不会唱一些开心的歌吗?"

"您是说儿歌吗?我还记得几首呢。"

泽塔一号把手伸进宽大的蓑衣里,把一条子弹带上面的几个袋子翻了个遍,掏出满满一把棕色的墨鱼粒。"你要吃点儿吗?"

"好的。"佐藤答应着,把那把东西从他手里接过来,却没有放进嘴里。

"我想请你帮我一个忙。"

"什么忙?"

"我在这一带藏了一些太阳能电池板,那些东西很值钱,因为它们可以发电……可是我忘记把它们藏哪儿了,只记得都挂在树上了。人们都以为海盗的宝藏是埋在地底下的,所以寻宝的时候从来不会抬头看。"说完,他咯咯地笑了。

"可是盲人怎么能爬树呢?"

"你不提那么多问题的话,会更讨人喜欢。"泽塔一号只是这样回答。

佐藤仰头凝视这片树顶，耐心地搜寻，终于在树冠中发现了一点闪光。确实有两块太阳能电池板。那个位置很高，哪怕是猴子也不可能把电池板带到更高的地方了。像泽塔一号这样体形的人，竟然能带着几块太阳能电池板爬那么高？不可思议！

佐藤并没有多问，只是把泽塔一号带到树干旁。

走近了她才发现，原来这里有一根隐藏至深的电线。埋线的人很狡猾，甚至称得上奸诈了——把电线外皮涂上迷彩，让电线穿过地上的落叶堆和荆棘密布的灌木丛。

这条线路蜿蜒回转，一直延伸到山坡上，最后消失在一个狙击手遮蔽洞里。这个死亡陷阱用沙袋堆砌而成，表面覆盖着藤蔓，只留了一条长满叶子的狭缝，就像骷髅的嘴巴。

这条狭缝是给洞里人观察外面动静用的。透过狭缝可以俯瞰美丽的对马城海湾；远处一片蔚蓝，是波澜壮阔的中国东海；还有一条丝带似的风暴锋面正翻滚着向远方的日本扑去。

遮蔽洞里散发着潮湿腐土的气味，这是废墟的气味。洞里蹲伏着一台冰冷严酷的机器：长长的枪管、脚架、齿轮以及裸露的电线……这挺机关枪被岛上的雨水和潮气腐蚀，已经锈成了一堆废铁。

"这东西是您造的！"佐藤说，"您知道它藏在这儿，所以它肯定是您亲手安装的。"

"我不记得这回事儿了。"泽塔一号说，"不过我们最好还是把它拆了吧，要是有人用它来玷污竹中的身后名，那就不好了——他可是一条响当当的汉子。还有，村井老大，村井也已经死的，我们还是别说他的坏话了。胜介老大虽然也不是友善之辈，可他死得那么惨，我们还是不要提了。"

泽塔一号喘着粗气，搬开那些沉重的沙袋，然后伸手进洞里摸索。他一边咕哝，一边扒开那堆乱七八糟的藤蔓，终于把狙击枪从掩体里拖了出来。他从上到下轻拍这把杀人的利器，嘴里念念有词。

然后，他迅速地把这挺生锈的大枪拆开了，就像寿司师傅给金枪鱼去骨似的。

佐藤提起话头："我的朋友，就是那位记者，他说这挺智能机枪杀了很多海盗。他们都死在对马城的街道上，在山下很远很远的地方，远得连人的肉眼都看不见。"

"这我就不清楚了。"泽塔一号说，"因为事发的时候我既不在现场，也不在这儿。恶人遭恶报的时候，我总是在很远的地方。"他把腐烂的沙袋撕成一条条碎布，将拆散的零件裹起来。"现在我要找水深的地方。虽然我是瞎子，可也知道水往低处流……"他说着说着就笑起来了，"我没办法拿这把枪，因为我走路时需要扶着棍子。"

"我帮您拿吧。"佐藤又自告奋勇了，"销毁武器总是好的。"

"千万别这样抬着枪管！"他一把抓住她的手，说道，"要是无人侦察机拍到一件重武器的轮廓，它就会立刻向我们俩开火了！我们不要走在山脊上，因为天上的无人机会认出人类的身形。而且那些会飞的机器能辨认出人类行走的姿势，所以你千万不要像正常人那样走路，要弯着腰，学动物行走。"

佐藤笨手笨脚地潜行，让泽塔一号很不高兴，于是他把自己那件乱蓬蓬的蓑衣解开，裹在她身上，加强伪装的效果。蓑衣散发着汗臭和霉味。

泽塔一号脱掉蓑衣之后，身上露出了两条十字交叉的子弹带。厚实的子弹带上有很多袋子——其中大部分是空的，其余的都散发着腐烂墨鱼的气味。可是在这团乱七八糟的废物当中，竟然缠着一个腰带炸弹！那是一套夹在一起的电线、一个电池组，还有七块小型塑料炸弹。

佐藤知道不该多嘴，所以没问。

两人伏低身子，鬼鬼祟祟地向山下走去。走着走着，她瞧见了一座倒塌度假屋的废墟。"我看到那儿有一个很大的游泳池，"她告诉他，"里面全是泥巴和蚊子。"

"要埋宝贝的话，湿泥巴比泥土更好用！"泽塔一号说，"我也知道，像你这么金贵的女士肯定不愿意碰到那些肮脏的烂泥。可如果你肯发发慈悲，帮我走进那片臭烘烘的沼泽，然后把枪递给我，我就能够在里面打几个滚，把枪埋了。"

在废弃的游泳池里，泽塔一号小心翼翼地把长棍靠在池边，然后开始挖坑。他一边发出"吭哧吭哧"的声音，一边把泥巴溅得四处飞扬，仿佛一头海象在撒欢。终于，他将这件破损的武器放在泥泞里，然后用脚拼命踩。枪被他踩进一团污秽之中，消失不见了。

终于完成了。泽塔一号问她："你现在还能看见宝贝吗？"

"看不见，没有人能看见了。"

"真的吗？"他说着拍死了几只饥饿的蚊子。

"真的。您现在站在齐腰深的泥巴里，那台机器怪物就埋在您的大脚下面，所以绝对没人能看见！"

"原来人人都和我一样瞎。"泽塔一号说，"我很欣慰。"他又发出了"咯咯"的笑声。"这就意味着每个人都会把这件事情淡忘。好了，我的活儿干完了，是时候走出这个泥坑了。我这样的老家伙已经累得半死，实在很难走出去呀。"说完，他伸出一只黏满了泥巴的大手。

"我够不到您呀。"佐藤说。

"为什么？你在哪里？"

"要是我再往前半步，就会陷进去了。"

"那就用我的棍子把我拉出去。"

"我好像没看见您的棍子。"佐藤一边说一边把长棍拿开,"不见了吧,我忘记您刚才放哪儿了。"

泽塔一号在泥坑里挣扎了一下,然后摘下斗笠,扔到游泳池外。他的颅骨上有一些古怪的疤痕,表面还长着一片片稀疏的白发。

"您现在的困境就和永井夫人的状况非常相似。"佐藤语调轻快地说,"四年来,人们总是答应我,会把她从那个监狱里放出来。她是我们政府的官员,是人民选出来的。而且她能成功当选,我也出了一分绵力。这次当我探望她的时候,她向我提起了您。她说您的心地十分善良。嘿嘿,我是发过誓的,如果不能带她走,我就永远不离开这个小岛!"

泽塔一号嘟囔了几句,像是不信。

"这就是我心中最神圣的誓愿。"她语气随意地说道。

"你在名古屋的朋友完全可以解决这个人质危机呀。"泽塔一号说,"如果一个政府太执着于避免伤及无辜,导致感情用事,那么这个政府是很愚蠢的。其实你只需要叫他们轰炸关押人质的营房,把他们全部杀光,然后把机电一体视像研究中心夷为平地。"

"不用那么残忍吧!我知道肯定会有更妥善的解决办法。"

"我可不懂运筹帷幄。"泽塔一号耸了耸肩,"我只能过一天算一天。我现在是建议你毁灭我自己的家呢,你千万不要把我的话当作耳边风呀。他们把我从索马里带回来的时候,就是把我安置在视像研究中心的。他们就在那里缝缝补补,把我重新修好。他们在我身上做一些让人吃惊的事情,那些都很残忍——不过这都是我自愿的。"

"我现在做的一切也是自愿的!"佐藤说道,"所以啊,很不幸,如果永井夫人不能重获自由的话,你就留在这个泥坑里陪她一起受苦吧。"

时间一分一秒地流逝,泽塔一号拼命挣扎,企图从泥泞中挣脱出来。可这些泥巴特别黏稠,他还得不时停下来驱赶蚊子,所以事倍功半。他似乎不太介意蚊子叮咬，可是蚊子发出的"嗡嗡"声却让他不胜其烦。

佐藤站在一旁，陪他一起挨蚊子咬。这很难熬，而且她很可能会因此感染疾病。

"我想到了另一个计划。"泽塔一号终于开口了，"你趁着去探望人质的时候，偷偷给她一把金属锉刀，她就可以自己把腿上的镣铐锯开。然后找一个狂风暴雨的黑夜，她的朋友可以把绳梯搭在围墙上，让她爬出来。接着她可以运用标准的潜行躲闪技巧，一直走到对马岛南端的铁风角。最后她可以游泳到达内因岛，那里就有澳大利亚的海军基地。"

"永井夫人不是特种兵，她是一个社会主义者、一位政治家，而且今年已经六十了。"

"我的策略还是不够好，真遗憾。"泽塔一号又拍死了一只蚊子，说道，"看来我真的要淹死在这个泥坑里了。"

"日本的领海上竟然驻扎着澳大利亚的军队，这已经够丢脸的了！"佐藤一巴掌打在自己被蚊子叮咬的脸上，"你的尊严都到哪儿去了？你的颜面呢？你的荣誉感呢？我们只是要把一个无辜的女同胞从绝境中解救出来，而你却在这里唠唠叨叨，好像这是世界末日似的。难道我们非要把自己炸个粉身碎骨不可吗？"

佐藤走来走去，不断用沉重的长棍敲着游泳池边。"日本在军事上面浪费了那么多钱，你们这群男人本应该为我们挡风遮雨，而不是反过来挥霍我们的血汗钱！你们到底把钱花在了什么地方？你们这群士兵又给我们提供了怎样的保护？我们的生活又有多安全？你们整天趾高气扬、耀武扬威的，老是对着扩音器喊口号，还拼命挥舞那面法西斯大旗。到头来被人一次偷袭，首都就没了！现在我们又被海盗弄得焦头烂额，我们越轰炸，他们就越疯狂！"

"日本本来就是一个海盗岛。"泽塔一号的声音很低沉,"有整整三百年,对马岛都是世界上最大的海盗岛。当年海盗统治这里的时候,日本还不存在呢!当时本土只有军阀割据,每逢春天就开始互相砍杀。世界各地的恶人都拥过来侵略亚洲,甚至葡萄牙那么远的国家也跑来了。"

"听你的口气,好像挺为这些恶人感到骄傲呢,流浪汉!"

"为他们感到骄傲?我就是他们的一分子呀!"

一头白色的小猎犬从倒塌的墙头跳进来,发疯似的狂吠不止。

"我早就应该把那笨小子的报馆给炸了!"泽塔一号说,"没有哪个目标比记者更容易对付了……不过他到底是土生土长的本地人,唉,这一切都不是他的错。是啊,是啊,我确实很同情他们一家人。"

佐藤看见小猎犬惊慌失措地来回奔跑,不停地叫,还痛苦地淌着口水。"我很讨厌狗,可是这条狗的举动有点不对头,我猜他是想让我们去救他的主人。"

"谁?我们?怎么救呀?"

海盗出现了。这是一群在山野密林中出没的海盗,有四十人左右。他们举着两根尖锐的钢柱,顶上插着两个人头——正是那两个俄国人:尤里和列奥尼德。看来这群海盗的心情不会太好。

他们多数是十来岁的半大孩子,一天学也没上过,带着一股狠劲儿。他们吆喝的时候神情凶悍,说话含混不清,各种语言混杂在一起,明显各有各的母语。这些人只有三个共同点:疤痕、恶心的文身……

还有血淋淋的新鲜伤口——身为俄国雇佣兵的尤里和列奥尼德确实战斗到了最后一口气。

有几个稍年长的海盗混杂在这群满身血污的狂暴少年当中,这些老海盗也就三十来岁,可却像六十岁那么苍老。虽然他们全副武装,可是每个人都双眼血红、举止慌张、焦躁不安,显然是刚吸了毒。海盗帮派并不是温暖大家庭，所以这些年长的海盗也不像父母般慈爱。他们看起来满腹牢骚，活像监狱里那些担任自治管理员的老监犯——虽然自己就是坏人，却要看管和约束一些更坏的人。

他们最后的战利品就是皮卡车上的那一挺高射炮。他们把这武器绑在一根扁担上，用肩膀挑着走。可怜的吉田也遭到了同样的命运：海盗们抓住了他，用皮绳把他的手腕和脚踝绑在一根扁担上面。

"你不用担心，佐藤！"吉田大声叫道，"我已经把报纸都卖光了。"

佐藤连忙拾起泽塔一号的金属长棍，扔到他身前。这个小动作其实没什么实际意义，她知道那群海盗一定会从她手里抢走这根棍子——可她不愿意背上"丢失长棍"的罪名。

众海盗看她公然挑衅，勃然大怒，于是一拥而上，劈头盖脸地一顿痛殴。佐藤也不抵抗，而是身体一软，顺势倒在潮湿的泥地上。他们对她拳打脚踢，揪着她的头发拖来拖去，把她的衣服剥光，把她的手脚胡乱绑起来，又向她撒尿，用泥土扔她的脸，用污言秽语骂她。

佐藤在适当的时机发出几声痛苦的惨叫，又巧妙地护住重要的脏器。那群孩子打了一会儿就厌倦了。

他们把四肢被绑住的吉田抬过来，扔在她身旁。泥泞中的吉田翻过身来面对着她。"我的报纸上其实有连环漫画。"他仿佛在吐露一个大秘密，"虽然他们不识字，可就算文盲也爱看漫画。"

佐藤用舌头在嘴巴里探索，看看有没有牙齿被打掉了。

"现代的国际海盗其实都是些头脑简单的家伙。"吉田继续说。

这群在深山中活动的对马海盗此刻正在端详泽塔一号。那老头虽然深陷泥坑，却很警觉地紧握着长棍。海盗们一时间拿不定主意，不知道该怎么处置这家伙。他穷困潦倒，身上一点值钱东西也没有；而且没有人愿意跳进泥坑把他挖出来。虽然老头身上的炸弹沾满了污泥，可海盗们很可能已经留意到了。

"他们会拿他怎么办?"佐藤问吉田。

"这个嘛,"吉田答道,"他们可以开枪打死他,就把尸体留在泥坑里。"

"要是他们开枪,他就会爆炸。我敢肯定他身上的炸弹安装了失效保护开关,他一死就会自动引爆。而且他很可能还安装了第二颗炸弹,等有人过去调查的时候也自动引爆。这是恐怖分子的标准装置。"

"你知道吗?"吉田一边说,一边探头探脑地窥视她被绑起来的裸体,"作为一个女权和平分子,你完全不像看起来那么弱不禁风嘛!你身上那么多伤疤是哪儿来的?有些海盗身上的疤痕还不够你多呢。"

"那些海盗可从没有参与东京的搜救行动。东京的摩天大楼都倒塌了,那些巨大的建筑物,倒了之后过了很久,还会再塌一次。"

"我猜你们总有一天会重建你们的东京吧?"

"不会,东京算是彻底完了,不过日本还没完!现在你给我听着,如果他们开枪打他,他就会爆炸。冲击波会把我们的耳朵震聋,还会炸伤我们。不过那群海盗就死定了,因为他们都站在爆炸范围内。"

这时吉田的小猎犬跑过来了,站在手脚被捆绑的吉田身边,轻轻地舔他的脸。"你别再跟我唠叨炸弹的事情了。"吉田埋怨道,"各种各样的炸弹我都了如指掌!我给《真相黎明报》写过上百篇关于炸弹伤人惨案的报道,每一篇都大同小异。"

突然,不远处传来一阵吉普车靠近的响声,海盗们顿时安静下来。那是一辆美国悍马军车,车厢外面插满了棕榈叶和各种红色的羽毛——紫红、粉红、品红、朱红——鲜艳的军车散发出一种迷幻的气息。车子迅速驶近,司机穿着军装,体格高大,沉默寡言。后座是一个身材高挑的非裔女人,看样子已经怀孕许久了。

那正是海盗女王喀德拉。她虽然挺着大肚子,却珠光宝气,好像把整个宝箱清空,将里面的金银首饰都挂在了自己身上:项链、手镯、耳环、黄金徽章、珍珠项链,头上还戴着一顶有半米高的、由皮革和羽毛制成的巨大皇冠。可除了这些饰物之外,海盗女王身上好像没怎么穿别的衣物。

"停车!"她用日语命令司机,然后观察眼前的形势。"哈哈哈!一下子就干掉三个擅闯禁地的小贼,随便把他们的骸骨扔进这个泥坑里吧,机会难得呀!"

"嘿,喀德拉,最近有什么新鲜事呀?"记者喊道,"肚里的孩子是谁的呀?"

"如果我想让你认识我的男宠,"仪态万方的海盗女王说,"我就不用躲在地底下了。我说吉田啊,这个又瘦又丑的裸体女人是谁呀?"

"佐藤是从日本本土来的和平主义者,她是来谈判释放人质的。"

"哎哟哟,"海盗女王说,"原来又抓了一个本土来的俘虏,太妙了!为什么不把她和其他俘虏一起锁在营房里面?马上把她带走!噢,等等——先给她松绑穿衣服,她这样子太难看了!还有,把那两个人头从棍子上拿下来,你们怎么那么粗俗呢!你能说话吗?"

"能。"佐藤答道。四五个海盗抓住她瘀青的手臂,把她揪起来。她勉强站直了,全身还在不停颤抖。"能,我可以和你说话。"

"你是从北日本来的?还是南日本?"

"我是从名古屋过来的。"

"那你只能怨自己不走运了。"海盗女王平静地说,"北日本的人是我的好朋友,如果你是从那儿来的,我就会当场释放你,还会尽地主之谊来招待你。我会送你丰厚的礼物,黄金、丝绸、外国的毒品,只要是你喜欢的,我都可以给你。可是既然你是从邪恶的南日本过来的,你肯定是替那些张牙舞爪的大公司卖命的犯罪分子!我正式起诉你们在对马岛海域过度捕捞!还有,你的另一项罪名是把有毒垃圾倾倒在美丽的对马岛上,严重损害了对马岛共和国的利益。所以我们把你扣下来做人质。你明白了吗？明白了？好！那我现在问你，你家里人愿意出多少钱来赎你？我是说美金。"

"喀德拉，"吉田抗议道，"你不能把佐藤扣下来做人质！她是名古屋政府派过来的谈判代表啊！多亏了她，南日本才知道我们这里还在扣留人质呢！你看，这一切已经谈妥了，报纸上面都已经刊登了这个消息啦。"

吉田的小猎犬助威般地吠了几声。

"把那个记者放了。"喀德拉说，"我们不能开枪杀记者，我们还要通过他的报纸发表正式声明、提出诉求。而且所有的外国情报组织都看他的报纸。这人还有利用价值。这条狗挺可爱嘛。"

一个十来岁的小海盗乖乖地过来把吉田身上的皮绳割断。"多谢了。"吉田边说边揉着被绳子磨破了皮的手腕。

"来人啊，现在把这条可爱的小狗给我毙了。"喀德拉一声令下，她那个粗壮的司机掏出一把镀铬的手枪，一枪打在小狗身上。动物顽强的生命力最后一次爆发，小狗尖叫着跑了几步，转了一个小圈，吐血身亡。

"来把这条死狗扔进那个脏泥坑里！死狗最恶心了。喂，你！那个脏兮兮的大个瞎子！对，说的就是你，像河马玩烂泥的那位。你把狗埋进泥巴里，我不爱看到那条死狗。"

"我看不见狗。"泽塔一号跟她讲道理，"我是个瞎子呀。"

"我说瞎子，那你在泥坑里面干什么呢？"

"美丽的、伟大的女王陛下，我本来是要去岛上的六间观音庙朝圣的。"泽塔一号回答，"我想请求神明饶恕我以前犯下的种种罪行。无奈我又瞎又蠢又笨，一不小心脚下打滑，就掉进这坑里了。我拼命挣扎，想爬出去，却越陷越深。唉，我几乎连探路的长棍也掉了。如果女王陛下愿意大发慈悲，把我从困境中拯救出来，我将会在余生中每日为您诵经祈福。"

"我喜欢这瞎子。"喀德拉说,"我总是很喜欢他,因为他懂得对我毕恭毕敬。你们每个人都应该向他学习。真是个讨人喜欢的家伙。来人啊,跳进泥坑里把他拉出来。"

一旦涉及往泥坑里跳,没有一个海盗听她的指挥。刚才她坐着悍马突然降临,浑身上下挂满了贝壳、假珍珠和人造水晶,众人都被她吓了一跳。可是大伙儿很快就对她丧失了兴趣,散兵游勇一般在林中散开。有人在拍蚊子,有人漫无目的地捡木柴,有人采集能吃的野菜,还有人脱了裤子蹲在树后面……

佐藤意识到他们不会马上就把自己杀了。虽然她被剥光了衣服,还挨了打,可是她一点儿也不惊讶,也没有丝毫畏惧。"能够拜见海盗女王,我很荣幸。"她大声说,语调很平稳。"人们总是告诉我您待人诚恳、温厚和善、深明大义。我曾经无数次求见您,今天终于得偿所愿,我这才明白人们为什么这样称赞您。"

"你在对我说话吗?你这个又瘦又丑的老女人!"

"我当然是在和您说话了。我想求您帮一个忙。"

"哼!你现在这副恶心样子,没资格跟我说话!来人啊,给这个和平主义丑巫婆穿件衣服!喂!你!辫子绑着骨头的那个小妞!对,就是你!把你的衣服脱下来给人质穿上,你和她的身材差不多。对,对,鞋子也脱了!尤其是鞋子!其余所有人听着,别再浪费时间了!本女王现在要和政府组织谈判!事关重大,你们都仔细听着,学习一下我的谈判手段和策略!好了,你,人质……还是什么人质谈判专家,随便吧,你打算从我手里购买多少个人质?你给我带了什么金银财宝?你好像没带什么东西嘛,除非有人已经把你抢光了。"

佐藤把一条肮脏的草裙系在腰间,把赤裸的手臂伸进那个海盗少女的粗糙帆布外套里。"我希望,"她说,"像您这么英明的领导人会释放一个无辜的女性,以彰显您高尚的情操。"

"哼,原来你也是那种货色!对吧?"海盗女王说,"你以为我没见过你这样的人吗?我早就看穿了你们那一套把戏,还'高尚的情操'?哼,你听好了,贱人!那些人质不是我抓来的!他们不是我绑架的,正如这个老头儿的眼睛不是我打瞎的!他们被关在这里也不是我的过错!因为只有这样你们才不会轰炸我们珍贵的高科技文化中心!"

"我们九大赈灾社团联盟从来没有轰炸过谁。"

"呸!你们当然干过!你们把炸弹扔在这里的无辜妇孺头上!那场景就像格尔尼卡画的《毕加索》一样①!我应该把那幅漂亮的画文在你干瘦丑陋的后背上!你这个一文不值的伪善人!如果你想让那个女人重获自由,你为什么不替她坐牢?嗯?"

"我早就愿意代替永井夫人做人质了!"佐藤说,"四年前我就已经同意这个条件了!我们马上就交换吧!请您放永井夫人回家,我代替她留下来做人质。"

"唉,天哪!又是这些废话,烦死我了!"海盗女王不买账,"那个可怜的瞎子快要淹死在泥坑里了,我还要听这个丑女人讲疯话,真闹心!每个星期我都被你们那些从本土来的臭官僚骚扰,听你们提出各种傲慢无理的要求;而岛上对我忠心耿耿的子民——就像这位瞎子——却在受苦,惨遭你们的压迫!"她转向那个一声不吭的巨兽般的司机说,"我要把他弄出来。你去取拖车用的大铁链。"

佐藤把注意力转向吉田。"哎,"她说,"好歹算是取得了一点进展。"说完她突然打住了——吉田竟在痛苦地抽泣,佐藤大吃一惊。

"你怎么了?"她问。

"海盗女王杀了我的狗。"吉田泣不成声。

---

①海盗女王把画家和作品名字搞混了。

"啊？你可是个战地记者呀，看见尸体不是家常便饭吗？"

"它是我最好的朋友啊！"吉田痛苦地扭动，不停发抖。

一个海盗走过来，拍了拍吉田的后背。"别太伤心了。"海盗用英语对他说。这位仁兄穿着奇异，佐藤刚才没在那群海盗中看到这个人。

这个新来的不速之客身上竟然穿着一件排雷服。他头上戴着一顶巨大的陶瓷头盔，前面镶了一块染色防爆玻璃盾。头部就隐藏在护盾后面，像一个三角形的乌龟脑袋。他还披着两片向下倾斜的巨大防爆护肩甲，保护颈部和肩膀，看样子像古代日本武士的盔甲。后背和腹部则镶着层层叠叠的棱纹防护板。可这副奇特的盔甲延伸到他干瘦的屁股那里就戛然而止了，他下身只穿着一条破烂的短裤和一双橡胶雨靴。

"那挺该死的机器自动机枪在哪里？"他用英语质问吉田，"你说好了今天把机枪拿给我的呀！"

"我没心情跟你说英语。"吉田用日语回答，"我太难过了！"

"那你还有个屁用啊？"那个没露脸的人藏在盔甲里说，"我把这么重要的新闻送给你，你需要做的只是把连接的电线从洞里挖出来，然后把那东西交给我，就那么简单的事情！"

"我不知道你的自动机枪藏在哪儿。"吉田苦恼万分，"你就别来烦我了。"

说来也奇怪，这是一群攻击性极强的海盗，却没有一个人过来找这个不速之客的麻烦。佐藤留意到这位怪客还随身带着一个泥泞不堪的袋子，里面装满了刚挖掘出来的地雷。原来他把那些宝贝从地里挖了出来，带在身边走来走去，就像拿着一袋萝卜似的。

"我知道你的自动机枪在哪里。"佐藤用英语对怪客说，"你是什么人？"

排雷怪客随意挥了一下左手——他的左手没戴手套，佐藤看到有三根手指缺了第一节。"小姐,我藏得很深。"他说,"你日后向人讲述这里的事情时,绝对不能提到我!你从来没有在这里见过我,而且这一刻你也不是在跟我说话!"

"你肯定有名字或者代号吧?"佐藤实事求是地问。

"听着!"怪客说,"你是日本人,对吧?你一定看过能剧吧?里面有很多勇敢的武士、鬼魂、大名、公主……诸如此类,都是超级传统的日本人。可剧里还有一些穿着黑色衣服的背景人,他们的衣服都是深黑色,相比之下,忍者的装束都很显眼了。嘿嘿,那就是我!我就是你们这个世界里隐藏至深的背景人。"

"原来你就是吉田的秘密线人。"佐藤总结说,"这藏宝图是你画给他的,你就是那个来自机电一体视像研究中心的黑客!"

"是的,不过我已经有很多年没回去过了。"看不见面孔的黑客说,"现在我的实验室被海盗用木板封住了,里面关押了许多像你这样从本土过来的笨蛋。好端端的一个高科技实验室,就这样被他们糟蹋了,真是让人痛心疾首。我们在那里有绝对的创作自由,只要我们能想到的都可以做出来。"

"我有个朋友就被关在里面,她也同样渴望自由。"佐藤马上说。

"什么?你现在想跟我谈条件呀?"黑客嘲笑说,"就凭你?一个穷鬼和平分子?你甚至不是体制内的人,只是从属于那个临时政府的某个外围组织。你能给我什么?写一张万亿日元的个人支票吗?收款人是'电子米老鼠'吗?哼,你根本不知道我们已经在这里取得了多么伟大的成就!我们已经超越了你们这个平凡的世界!"

"我知道你们是高度机密。"

"不!不!首先,我们当然是高度机密,这还用你说?其次,我们的机密和反恐战争有关!第三,我们的机密还涉及防止核导弹扩散!后来,实验室被委托给一家有黑帮背景的私营公司——这是一家与黑社会有暗箱交易的日本照相机公司，全靠黑帮做手脚，公司的股价才能一直保持高位。他们只管拨款给我们，完全不干涉我们的研发！当时我们真是快活似神仙啊！可惜，后来这一切都被朝鲜某个秘密核弹实验室的蠢货毁了！"

"可是我的人质依然是人质呀。"佐藤耐心地说，"她脚上还是锁着镣铐。你说那么多也改变不了她的困境。"

"我们从世界各地的车库里招徕了大量黑客，他们都是狠角色，每一个都达到了美国军方标准。"电子米老鼠沉痛地说，"可我们大部分人都不懂日语……到现在我也只能说一句'初次见面，请多关照'，除此之外就不懂了。"

"你对我说的这句话非常得体。"佐藤表示肯定，"可是你说得再好听，也改变不了人质身陷囹圄的事实呀。"

"你去看看那个陷在泥坑里的家伙。"电子米老鼠说，"他曾经是我们的人。虽然我从来不知道这家伙的名字，可我知道他很不错，而且是一个绝佳的实验对象。你想象一下，给一个双目失明的士兵植入一个有增强作用的触觉人机接口。通过这个接口，他能够实实在在地感受到他身处的这个三维空间里面的每立方微米……你知道什么是'优先感知'吗？"

"不知道，"佐藤边回答边盯着那群海盗，只见他们很不情愿地聚集在泽塔一号的周围。"我不知道。可是我知道他们肯定没法用那根铁链把他拉出来。"

"对，他陷得太深了，就像一头大水牛。"电子米老鼠说，"真是英雄落难，那家伙原来曾是一个货真价实的日本忍者特种兵呢，不但武功高强，而且十分忠诚——如果东京还在，他肯定还会给天皇敬礼呢。我不得不承认，我挺欣赏他的。"

"我也应该承认，"佐藤说，"我也很欣赏他。"

"他很勇敢，可惜两次炸弹爆炸，夺走了这世上对他重要的一切。不过他从来不抱怨，对自己的过去只字不提，只活在当下——很有禅意吧？他整天在岛上流浪，假装祈祷——嘿，也许他真的是在祈祷吧。要是有谁把他惹恼了，那些人就会被炸死。现在对马岛的这一部分区域其实密密麻麻地布满了红外瞄准激光，这些茹毛饮血的小飞侠彼得·潘当然看不出来，可他只要动一下手指，这群人都得死翘翘。"

"真的吗？"

"这不是明摆的事吗？天上那些死亡武器都听命于这个人。而他的高明之处在于，把那些坏蛋干掉之后，并没有自立为王。他为人高尚，不会做这样的事情，这就是我欣赏他的地方。也正因此，我从来没有……你懂的……在他的榻榻米下面埋地雷。他身上有一种罕见的崇高气质，就像一头威严的猛虎。"

"要是这里马上要被轰炸的话，"佐藤说，"那我们赶快撤吧。"

"急什么？我还要拿回我那套控制机枪的智能系统呢。"电子米老鼠说，"别误会，我要这枪也没用，要是这个哭哭啼啼的小丑把机枪架在那个共产主义报社的办公室里，我还会替他开心呢。可是我需要取回装在机枪微控制器里的视像代码。我们五个人在这个项目上倾注了整整三年心血，当时因为太忙，一直没时间给源代码写注释。这可是计算机视像代码啊！你知道这项工作多么艰苦吗？哎，你怎么可能理解这些呢？"电子米老鼠在他的防爆头盔里面长叹一声，"我为什么要跟你废话？"

"既然你那么想要这些代码，如果我能帮你拿到手的话……"佐藤说，"你能不能从那个计算机实验室里面释放一个人质出来？"

"哈，让我告诉你一个大秘密吧。"电子米老鼠说，"你那位人质永井夫人，根本就没有狱卒看守她！所有狱卒都死光了，都是拜那位泥坑大侠所赐。所以你一直在岛上瞎忙，却没有半点进展，而且永远也不会有进展。岛上的任何一个活人都与你的困局没有利益关系。"

"就这么简单?"佐藤说,"这里完全陷入了无政府状态……这就是真相吗?"

"这倒也不是。"电子米老鼠说,"我是一个无政府主义者,可你的问题其实很有日本特色。大家都只是忽视你的困境,以致到了谁要是提起这话题就显得失礼的地步。"

"我就是日本人,我最清楚这一套。"佐藤说,"既然没人愿意谈及'永井夫人被关押'这件事,那么即使她离开,也没有人会提起咯?"

电子米老鼠在盔甲里耸了耸肩。"去呗,尽管用你们日本人的方式解决,我没有异议。你做你的日本人,只要让我重新获得真正的黑客自由就可以了,对吧?我想要的只有自由!我说的不是免费使用软件,也不是开放源代码。我要的是完全的黑客自由,也就是说,我对任何人都没有任何义务和责任。这就是我在对马岛的最大收获!"他长叹一声,"即便我现在潦倒了,只剩下一张纸和一支笔,我也不愿失去这种自由!"

"如果你把我的宝贝——也就是永井夫人——给我,那么我答应你,我一定会把你的宝贝还给你。"

下起了毛毛雨,电子米老鼠擦了一下面罩上的烟色玻璃。"你要我相信你这个古怪的承诺?"

"是的。"佐藤说,"因为我是一个诚实的人,我有自己的道德标准。我承诺的事情,绝不食言。"

"每一个铮铮硬汉都觉得自己刀枪不入。"电子米老鼠说,"正如每一个良家妇女都以为自己永远不会去卖淫。可实际上每个人都会崩溃。只要现实足够艰难,谁都会顶不住、都会崩溃。唯一不会崩溃的人现在就困在那个泥坑里——因为他根本就不是人。"他叹了一口气,"我还没说我们在他脑子里安装了多少赛伯格玩意儿呢。那些技术细节不说也罢。"

"那么，一言为定？"佐藤说，"不达目的我绝不罢休。不救出永井夫人，我就一直缠着你！"

"缠着我？你之前根本就没见过我！我藏得那么深，我根本就不存在！从来没有人见过我！"

"好吧。"佐藤说。

"总之，咱们就算是一言为定吧。"电子米老鼠跟她确认，"不过你记住，不要找我！因为我随时随地都能找到你！"

这时，海盗女王突然满面怒容地来到他们跟前。在这么近的距离下，她的头饰就像一台沾满了羽毛的炮塔，居高临下对准了三人。只见她戴着金戒指、银手镯和珍珠扣，隆起的大肚子上还围着镶满闪亮饰片的腰带。

海盗女王用支离破碎的英语向电子米老鼠吼道："你为什么跟这个女人说那么多废话？你要背叛我吗？"

电子米老鼠的烟色玻璃面罩随意地扬了一下。"小姐，你听清楚了，别对我指手画脚！你要真的是海盗女王，我就海盗里的巫医！你手下的凶徒是我帮你招揽的；你的武器是我帮你搞来的；我还有一些高科技巫术，保证把你吓得连将来的孙子也是双头怪婴！所以啊，你给我滚一边去！"

"我从来都理解不了这个愚蠢的电脑男。"海盗女王对佐藤说，那副威严的面容此时皱成了一团，甚是沮丧，"他为什么要这样对我讲英语？"她伸手向东面一指，手镯发出清脆的碰撞声，"难道他以为那边是英国吗？那里是日本！"

"你告诉这位来自第三世界、生了八个小孩的模范母亲，"电子米老鼠说，"我不需要上地理课！叫她快滚！告诉她，泥坑里的忍者既然能炸死她的一号、二号和三号海盗男友，也能够把她炸了。"

"我是一个正派的女人!我最恨别人不尊重我!"海盗女王尖叫,"你这只没脸见人的乌龟!我要是让你死得痛快就太便宜你了!我现在就要用最残忍、最恐怖的方法把你弄死,我要杀鸡儆猴!你,和平主义女人,你总是哭哭啼啼的,就是因为整天看到别人受苦!你告诉我,一个人在世上能遭受的最大痛苦是什么?我这就给他尝尝滋味儿!"

"她说要用酷刑折磨你呀。"佐藤用英语翻译。

"去她的!这里是日本!"电子米老鼠耸了耸肩,"她的酷刑在这里算个屁啊?你告诉她,我可以随随便便表演个切腹给她看,还能谈笑风生!气死她!"

聪明的佐藤当然没有把这句话翻译出来。

这时,海盗女王回头看了一眼,只见那群海盗出工不出力,拖到现在还没把瞎子从泥坑里拉出来。"你用英语吓唬吓唬他,让他怕我,我会对你重重有赏!你别做出这样的表情……我可以把你的衣服还给你,你可以变回挨打之前的样子。你等着,我这就吩咐人把衣服拿来。"

说完,海盗女王转过身,扯着嗓子朝着那群散落四周的小弟发号施令。就在这时,半空中炸响滚滚惊雷,完全盖过了她的声音——台风雷暴终于来了。

此时正值"神风"频繁侵袭的季节,来自亚洲大陆的巨大风暴锋面正翻滚着向这个方向逼近。这股神风规模之大,非同小可。只见黑压压的云层铺天盖地涌过来,而且很可能带着辐射。神风夹杂着大量雨水,那些受污染的雨水来自朝鲜境内一个有城市那么大的核爆弹坑。看这架势,这场大暴雨能跟当年击溃蒙古大军的暴雨相提并论。

拇指大小的雨滴倾盆而下。"啊!烦死人了!"海盗女王一边咒骂一边撩起袍子,摇摇晃晃地走向悍马,躲回车里避雨。

暴风雨把树木吹得东倒西歪;呼啸的狂风在海面上卷过,船只顿时樯倾楫摧；对马岛的上空响起阵阵惊雷。

没有人能停留在这个级别的暴风雨中，所有人都作鸟兽散了。

佐藤和吉田跑进一间废弃的度假屋里，躲在倾斜的屋顶下。这本是一栋豪宅，可是东京的毁灭间接让它迅速破败：燃料短缺、淡水短缺、停电、被废弃、火灾……

一个没人捍卫的文明会以一种神秘的方式迅速没落；同样地，这栋美丽的小岛豪宅在空置之后，也变得破败不堪。各种脏污的物品覆盖了地面：被烟火熏黑的纪念品，饱含人类智慧的书籍，有品位的画作，意义深远的摄影作品……都是曾经重要的、文明的东西。

现在，这些文明的象征已全部辉煌不再了。这个世界在战乱的洗礼下，层层剥落，如今只剩废墟、瓦砾和虚无。在文明世界里，一树樱花尚能使人感叹物哀之美；可是眼前的暴风雨已经把整片樱花林夷为平地。经历了如此惨重的损失，已没人能够从头再来，连发誓重建的勇气都没有。在风雨激荡之下，人们只能随波逐流、蹒跚而行。

经过四小时的风吹雨打，风暴终于结束了。重重迷雾笼罩着对马岛，到处都是黑暗、阴冷和死寂。泳池的水溢到了池边，在余晖的映照下，仿佛重现了以往悠闲惬意的景象。

泽塔一号不见了，却有一架无人机栽进了那个游泳池里。这架机器光滑而完美。从上往下看，机背的颜色是珍珠白；从下往上看，机腹却像晴空一般蔚蓝。

自生之梦

著／（日）飞浩隆
译／丁丁虫

1

"我"在看电影。[①]

甚是无趣的异国乡村小道。

一辆卡车从砂石小道上开过，驶进了西班牙卡斯蒂利亚地方的山村。这是二十世纪四十年代。画面右侧出现的标识上用西班牙文写着"笑窝"，似乎就是这座村庄的名字。村子里的孩子们骚动起来。几个戴着帽子的人一打开车厢的门，孩子们便欢呼："电影！电影！"。车厢里面是电影胶片。这些人是巡回播放电影的。

"什么电影？"

"牛仔片？"

[①] 本节中描述的电影是1973年的西班牙影片《蜂巢幽灵》，其中有两姐妹观看1930年版电影《弗兰肯斯坦》的情节。

那几个男人回答："很好看的电影""最好看的电影，比以前的都要好看。"

孩子们的眼睛眨巴了几下，放出光来。

"我"在看电影。不，让我换个说法。此刻我所看的这部电影，（与其他无数作品一样）已经存在于我的内部，无论其中的哪个场景，都能瞬间调取。或许更好的说法是：我自己跳入这部电影，在其中遨游。

这些说法都没有错，但也都不正确。总而言之，我选择了一部电影——降落在开场之处。

电影继续播放。男人们在文化馆贴出海报。海报上是一张形状诡异的男性面孔。突出的额头上有缝合的伤口痕迹，眼睛半张，颈部刺了一根粗大的铁器。海报标题是"怪物之父"。

原来如此，这是弗兰肯斯坦博士，"怪人的作者"。我带着奇妙的信服感，在这电影中前进。字幕是用化学手段烧上去的。换句话说，这似乎是日本上映时的原始拷贝。年轻时的间宫润堂，说不定也看过同样的拷贝。

文化馆的大房间里聚满了人。男女老少纷纷抱着自己的凳子走进来。

素色的灰漆墙壁上用油漆涂了一个黑框，就算是银幕了。这个村子里放的电影，经常和墙壁上的裂缝、污垢混在一起。灰漆墙壁上的隐约反光映出观众的脸庞。一对年幼的姊妹并排看着画面。妹妹的眼睛特别大，非常可爱。

电影继续播放。黑白画面上，父亲和年幼的女孩登场了。那是某个湖泊的岸边，开满了无数鲜花。父亲说了句什么，离开了女孩身旁。女孩随手摘了一朵花把玩。

这时，阴影处出现了弗兰肯斯坦的怪物。看电影的孩子们全都绷紧了身子。女孩一点也不害怕,她对怪物说话。"一起玩吗?"怪物没有回答。女孩把花递过去,怪物跪下,开始和女孩一起玩。女孩天真无邪的举止,仿佛将怪物从逃亡的恐惧中解放出来,令他露出轻松的笑容。他将花瓣一片片撕碎,掷向水面。阳光在湖面上跃动闪耀。观看电影的孩子们瞪大了眼睛,沉浸在宁静而紧迫的氛围中。

场景切换。刚才的父亲,怀里抱着女孩在镇上奔跑。父亲的眼神一片空虚,显然是心完全碎了。女孩的手臂和腿都在半空中摇荡,无声地诉说着自己已经死亡。

孩子们屏住呼吸,脸上浮现出真挚的表情,没有半分生硬的演技模样。

其中尤其突出的是妹妹的那双眼睛,简直像要把电影的光线完全吞进去似的。

序言

这个故事——姑且不论这能否算是故事——是与著名作家、杀人犯间宫润堂的长篇对话记录。抱歉的是,在此不能登载全文。这场对话属于难以用文字对谈的形式加以记录的类型。它不是通常意义上的对话。对话者间宫润堂已经在三十年前故去,而采访者,也就是"咱"与"我"[1],也不是通常意义上的人类。

并且,这场采访、进行这场对话的行为本身,也正是与"忌字祸"的战斗。为了维持这一规模宏大的战斗,人类耗费了高峰时期百分之三的公共计算资源。这宏大的计算本身,正是这场对话的实体。

至此,我仿佛能够看到读者您犹如撞到小脚趾一般的痛苦表情,

---

1 本篇小说中第一人称代词用了两种表述,分别是"私"与"俺"。在日文中,"私"是女性用语,"俺"是男性用语。但汉语里没有这种区别,所以译文中一般不做区分,只在必须用时用"咱"表示男性的"俺",用"我"表示女性的"私"。敬请了解。

但我还要再滥用一次你的宽容。

在这个故事中登场的"咱"与"我",不是"以第一人称讲述故事的人指代自己的代名词",而更接近于临时分配给某种程序的专有名词。虽然是以"我"为主语,但并非一定是第一人称。建议您时刻记住,这两个字仅仅表示主语是"以'咱'和'我'这两个字表示的专有名词"。

当然,读者在阅读过程中可能会不知不觉代入第一人称。不过即便这样做了,也不会有什么障碍。把"咱"想象成男性的声音,把"我"想象成女性的声音,也不会有什么问题。这都在预计范围内。

以下将会讲述一个波澜壮阔的故事。将许多人逼入死地的绝代杀人犯间宫润堂,如何被从死之国召唤回来,又是如何讨伐可怕的怪兽的。不过,表面上只有平静的对话。正如不论如何喧闹的小说,展示它的只有安静的平板显示器或者纸张一样。

序言已经够多了吧。

现在,您可以离开这里了。

恰如您并非从任何地方来到这里时一样。

心怀此愿,告于汝知:Ite,Missa Est.[①]

2

电梯朝地下行驶。移动感包裹着"我"。

通往地下监牢的电梯。向着收容在地底监牢的唯一罪犯,我不断靠近。

电梯只有两部。面板上没有楼层数。数字和字母在一条纵列上随

[①]此为拉丁文,弥撒仪式的最后一句,意思是"仪式结束,散去吧"。据作者说,在此想表达的意思是"去吧,完成'计划'"。

机闪现，令人眼花缭乱。把我带到这里的法务省官员说，这是为了防止越狱者掌握自己的位置。只知道这是利用很久以前废弃的矿山修建的监狱，此外不知道详细的位置信息。

脚下传来微微的振动，寄存在不知何处的体重归还回来。我整了整衣领和裙裾，轻轻咳嗽一声。门打开，两名狱警站在门前，通过复杂的手续验证了我的身份之后，年长的狱警说："您辛苦了。现在就会见吗？"

虽然语气恭谨，但依然隐藏不了他的恐惧。这并不是因为他对我的年纪、经验以及体格缺乏信心。

走到通道深处，铁栅栏大门发出嘎吱嘎吱的古老声音，朝旁边打开。年轻的狱警列举了各条注意事项：不可靠近玻璃墙。不可传递铅笔、钢笔、回形针。不可接受任何物品。如果有东西要传递，必须通过食物窗口。此外，绝对禁止私人对话。

我忍俊不禁。——私人对话？对了，在这里，我需要以"人"的方式行动。

我的夹克是土气的格子花纹，手包和靴子也完全不搭。还有这戒备森严的监狱，不需要一项一项解释它的意义吧。

"那么——"在最后的铁栅栏门前，狱警站住了，"我们就到这里。"

我走进去，背后响起嘎吱嘎吱的关门声。通道左边是一长排嵌了铁栅栏的单人间，不过全都是空的。半当中孤零零地放了一把塑料椅子。椅子对面是间宫润堂的牢房。这座监狱里唯一的囚犯。

我坐到塑料椅子上，面对牢房。隔着厚厚的玻璃墙壁，正对面就是间宫润堂。

他盘腿坐在地上，背后靠着石头墙，看向我这里。

间宫润堂是他四十五岁时的模样。那是他身为小说家、编剧、诗人和批评家的巅峰时期，无穷无尽地诞生出巨量作品，令所有人都望尘莫及。——翌年,润堂坦承自己犯下了七十三件杀人的罪行,然后采用谁也无法插手的方法处罚了自己。自裁。

四十五岁的间宫润堂。身高一米五出头,全身都是结实的肌肉,体形犹如柔道高手。粗粗的脖子上有一张圆脸,头发剃得极短。他盘腿而坐,纹丝不动,却令人感觉他不管保持这个姿势端坐多久,也能转瞬跳起,全速奔跑。随时都能一步跳到我这里来吧。即便有玻璃墙壁,也无法安心。——但是,我抹去了这个想法。这样的想法本身就是危险的。

"你放心。我就在这里,不会动。"润堂仿佛看透了我的思绪,开口说,"你在观察我的姿势吧。确实,即便是这样坐着,我的身体也处于随时待机的状态。我掌握了这样的诀窍。不过我重复一遍,你放心,我并不打算伤害你。因为我渴望与人交谈。"

没有哪句话比润堂的"你放心"更可怕。

"你好,初次见面。"

"欢迎。有什么事?"

"想和你聊聊。"

"对话。这正是我所盼望的。话题是什么?关于我做过的事?还是关于接下来要做的事?"

"都不是。只是想请教你小时候起的生活。被父母、被教师责骂,向生活辅导员倾诉,诸如此类。今天希望您尽量少说。坦白而言,我知道你的每件事情。你所写的几百篇小说、随笔,我全都读过。"

润堂几乎没有眨眼,表情也毫无变化。微睁的眼睛固定在我身上,一动不动。

"——没有啊。"

"嗯?"

"没有气味啊,我是说。"润堂指向玻璃墙壁上开的圆孔,"如果有访客来到这里,就能通过气味知道上面的世界天气怎么样,有没有下雨,也能猜出肥皂、香水、化妆品的牌子。但是——"润堂的表情中露出极其微弱的一丝怪讶,"你没有气味。真是有趣。人类只要有活动,空气中的各种分子就会附着到衣服和头发上。你没有。"

间宫润堂是天才的分析师。即便是第一次见面的人,也能从极少的细节中描绘出真实的人物形象。仅仅通过毫无特别之处的对话,便能在不知不觉间,让谈话对象将自己的秘密和盘托出。那时候润堂便是经常从气味中获取信息。

所以我特意擦除了气息。

"你真的是人类吗?"他问。

"——你真的是人类吗?"我反问。

润堂刹那间沉默了。通常润堂都是侃侃而谈,不过也有技巧性沉默的时候。但现在并非如此。他在飞速思考,以至于回答延迟了片刻。你真的是人类吗?——他察觉到我这个问题的真意了吗?

"有趣。我原本以为不管什么话都早就听腻了,但这样的发展却是很新鲜。"

"间宫先生——"

他举手拦住了我的话。"还没问你的名字?"

我微微摇头,露出微笑。"我没有名字。"

润堂细细的眼睛闭了起来。

"没有气味,也没有名字。和我相比,你更有趣。而且你这一身——简直让人无比好奇的打扮!土气的夹克、破旧的靴子、让人无从下手调整的糟糕搭配。这身打扮肯定代表不了你的品位吧。"

"怎么说呢?"

"是有人指点的吗?"他问。

"唔,谁知道呢?"

"有什么缘故吧。故意选这样的衣服,是在表达什么讯息吧?"

我面临一个微妙的局面。如果只想令他察觉真相,其实并不困难;但要求只能给出几乎无迹可寻的隐秘线索,让他依靠自身的洞察力,找出这一状况背后的意义。

"啊……这么说来,我记忆中好像有过这样的场面。电影?"

"是的。"

"原来如此。"间宫润堂将脸凑近监室的墙壁。那是宛如建筑城堡用的厚重巨石堆砌而成的墙壁。外面是数十米的地下深处。不可能越狱。

"啊,原来如此,原来如此。——那么,你想谈的是什么呢?"

"想请你看看这个。"我从手包里拿出一本书。是一本大而陈旧的英文书。《白鲸记》。沉甸甸的。坚硬的皮革封面上,缀满了犹如树根、树瘤和老人静脉一样的凹凸。里面的书页全都膨胀着。

"掉到水里了吗?"

"请看看吧。"

我通过提供食物的抽屉,将书塞进房间里。润堂一打开书,便传来嘶啦嘶啦的刺耳声音。揭开书页,润堂的眉头紧紧皱在一起。

"这到底是什么?想当艺术家的年轻人创作的所谓'作品'?"

润堂凑到打开的书页上。

印刷的文字不停繁殖、从一行行的排版中溢出来,相互重合、相互吞噬,不断增大,直至将整个书页变得一片漆黑。文字穿透纸面,又与别的书页相互融合、吞噬。那病灶一直贯穿到封面,形成一个个书瘤。

"不,这本书没有做过任何处理。某一天,它突然开始变形,最后发展到现在这副样子。没有任何外部的干预。是文字本身弄的。

"这种现象,很多情况下是其中一行文字在不知不觉中开始增殖、变形。仔细查看,会发现单词中的字母交叠、反复,中间又出现空格,导致单词分裂成意义不明的新单词。这一过程逐渐加速,转眼之间,文字便从一行行的排版中溢出,行间也承受不住,两行文字相互推挤,单词也在这一过程中相互连接、吞噬,然后又继续分裂。"

这一现象有各种表现形式。有时是页面内的所有行螺旋状缠在一起,有时是章节的压缩与爆炸,有时是文字巨型化或者从纸上剥落下来,产生崭新的白页,然后又有新的文字群流入、繁殖。其实不需要细致的解释。躺在这里的书本尸体——被肿瘤吞噬殆尽的书本死尸,已经无比清晰地讲述了这种怪异的蹂躏有多么可怕。但这尸体还不是最终阶段。

"你以为我会相信?"

我耸耸肩,视线落在《白鲸记》上。"专程来到这里说谎,有什么意义呢?而且结果就在那里让你看,你还不信吗?"

间宫润堂对自己的五感抱有绝大的自信。相信自己的眼睛所看到的、自己的鼻子所闻到的东西。润堂始终很平静。"不止这一本书吧。"

"是的,很令人遗憾。成千上万本书都被这样的病魔感染了。而且——这些也是。"

我从皮包里取出一个塑料盒。这是录像带盒子。盒子封面上是身穿白衣的两个小女孩,她们身后红褐色的旷野无边无际。

"我没发现它有什么异常啊?"

"在电影放映时,半途会发生某种灾难。电影的内容会彻底改变。"

"能看看吗?"

"请。"

我将盒子递进监室里。

"很好,很好——"间宫润堂给了我一个狡黠的表情,"能不能把放映这东西的机器也塞进来?"

"如您所愿。"

"你怎么把设备搬进来?"

我没有立刻回答。

"设计、建设这个单人间的,不就是你吗?不,连这排牢房本身、这座监狱整体,恐怕都是你造出来的吧。而且——造出这个我的,也是你吧?你造出我,把我'加载'在这里。"

我满足地叹息了一声。间宫润堂的洞察力的确无比出色。虽然推测不能说完全正确,但也是无可挑剔了。这里补充一下:间宫润堂生前并没有在这样的监狱里坐过牢,这只是当前创造出来的架空场景。

"那么,我来准备观看用的设备。"

我伸手一指,单人间的角落里便出现了一台尺寸适中的机器。但润堂依然不动声色。"那么,你来这里的目的是什么?"

"只是想告知你这件事。存在这样的——我们称之为'忌字祸'的现象。然后,需要你像这样和我谈谈。"

间宫润堂慢慢闭上眼睛,随即睁开,然后说:"录像带呢?"他似乎挤了挤眼睛。

"你一定会喜欢的。"

我从手包里取出小小的盒式录像带。外壳一次成形,没有接缝,磁带是完全密封的状态。周全地排除了任何危险。

"监狱里的磁带。完全就是在说我嘛。"润堂仿佛很高兴地接过设备,按下键盘形状的操作按钮,"那么就让我现在看看吧。"

音质极其出色的哥德堡变奏曲,从犹如玩具般的扬声器里流淌出来。

"谢谢。不是古尔德①吧,不过也是相当了不起的演奏,非常——该怎么说呢——很像人类。"润堂露出满足的笑容,跟着旋律轻轻哼唱。

我不相信他的微笑。

那微笑也只是我通过文字技术创造出来的东西而已。

间宫润堂。

用我们的尸体拼凑出来的怪物。

忌字祸

爱丽丝·沃恩是不是"忌字祸"的第一个牺牲品,历来多有争论。不过这里并不打算讨论这一问题。就事实而言,她是最早的案例,而且由于这一案例横空出世的表现,沃恩的悲剧成为历史事件,烙印在我们的集体记忆之中。这一点同样不容置疑。

沃恩是著名诗人。在她十三岁生日大约三周之后的一个早晨,她和平时一样,一边在自家附近的路上跑步,一边构想新的诗歌。早上没有行人。家人还在睡觉。风中略微有了一些冬季的征兆,在那风中奔跑的时候,仿佛推开寒风般的紧绷感令人心旷神怡。路面基本上都是干的,不过空气中还残留着昨夜的雨水气息。

"# 宛若泪水洗净的眼眸""# 秋爽的清晨分外清澈"

写下这些片段的,是沃恩撒播在自己周围的无数"卡西代理端"。低功能版的卡西个体很小,几乎没有智能,不过借助于覆盖整个都市的普及浸透型服务群,便能发挥出便捷的秘书作用。与沃恩同样年纪的少女们,将它们作为身边的书记,将自己的行动和思考用文字记录下来。文体固然有各种形式,文章本身的质量也都令人不忍直视。只

---

①指格伦·赫伯特·古尔德,著名钢琴演奏家,代表作即为巴赫的《哥德堡变奏曲》。

是少女们对这些糟糕的文笔乐在其中。

输出的文本，与同时记录的地点、时间、气温、周围的景象等主要信息的链接一同送往 GEB。清除个人信息之后，这些内容成为 GEB 资源的一部分。全世界人的行为举止、喃喃自语，都以这种匿名的记录形式，不断堆积在 GEB 中。

爱丽丝·沃恩时常也会把卡西代理端的那些犹如废品一样的文章，编入自己的诗作。经过她的触摸，卡西的幼稚文章就会变成非常富有魅力的东西。

"# 长长的黑发束在脑后，加速奔跑却毫不喘息，沿路的糖槭红叶破碎了闪耀的朝霞。"

从几十个不同距离和角度记录下来的动作和声音，在她的血液和神经节点上收集的生理数据，以及沃恩在这一时刻"参考"的十几部文学作品和音乐，以及设置在火星、木星轨道上的传感器的观测数据——那天早上的爱丽丝，一边锻炼，一边感受着这些从普及浸透型服务群流入的、如同疾风一般的新鲜信息。

是无数信息在解构自身的存在，还是无数信息在建构自己——

聚精会神的奔跑中，仿佛感觉到身体和精神都被吸入了那细细的境界线。头脑中的广阔空间里，似乎可以看见无比遥远的水平线，那实际上也是她自己。水平线在远方微微振动。那声音引人侧耳细听。

那线条便是她的诗歌诞生的场所。

"# 在这个时代，人类基本上放弃了'写诗'的行为。"

"# 自从'缠结书架'与文字技术颠覆了人类的知识以来，便没有诞生出任何一项具有创造性的文学成果。"

"# 爱丽丝·沃恩是在那焚烧殆尽的荒野中衔着橄榄小枝落下的鸽子之一。"

"# 使用各种方向吹来的、出处和语气都大相径庭的文字，重新描绘自身的天才。"

"# 奔跑的感觉非常好。"

"# 水平线始终清晰可见,从那里始终能获得诗的灵感。"

"# 那种舒畅让人就想赶紧回家开始输出。"

"# 带着清爽的心情,一边奔跑,一边仰望明朗的天空。"

"# 在天空中看到奇妙的东西,不禁停下脚步。"

"# 飘动的头发垂落下来。"

"# 空中飘浮着石头。"

"# 飘浮在很高的地方。"

"# 实际上离我应该有十几米的距离。"

"# 形状和表面的质感都像是河边的鹅卵石,很光滑。"

"# 极常见的石头,飘浮在空中。"

"# 爱丽丝惊讶地揉了揉眼睛。"

"# 孤零零放一颗鹅卵石在那儿,天空就像不再空旷了一样。"

"# 并没有马格里特那样的幻想味道,只是一颗普普通通的石头。"

"# 然后。"

"# 一眨眼的工夫,石头消失了。"

爱丽丝感到很奇怪。刚刚在空中看到的东西,转眼就不见了。

这时候,爱丽丝已经受到了忌字祸的富有侵蚀性与破坏性的接触。对于沃恩而言,接触在不足一刹那的时间里便结束了,忌字祸也离开了。沃恩完全没有意识到发生了什么,重新开始锻炼,同时也继续诗集的构思。她跑完往常的路线,回到了自己家。沃恩的"内在"已经被破坏了,但她对此全无察觉。

她来到餐桌前面,一边让用人服侍早餐,一边想要将刚才看到的奇异场景告诉母亲。她在寻找词句的时候,微微侧首。

就这样冻结了。

沃恩为了说出通常不会使用的语句，在自己的记忆中搜寻。但是，忌字祸破坏了这一过程的重要部分。沃恩之所以成为沃恩的个性、她花费十三年时间构筑而成的"沃恩这一设定"遭到破坏，因此她无法启动参考过程。沃恩的意识失去了目的，然而也没有返回的途径，于是便"宕机"了。生物是富有柔韧性的系统，可以从睡眠、失神、意识浑浊中若无其事地复原。沃恩的意识也转而重新启动。

同一张桌子前面的家人甚至没有注意到这次重启。

但是"沃恩这一设定"已经损坏了。重启的时候，读取这一损坏设定的时候，沃恩究竟看到了什么，没有人知道。用人的卡西忠实记录了惨剧的整个过程。爱丽丝·沃恩在行凶期间一直发出惨叫。残酷的杀戮者虽然正是爱丽丝·沃恩自己，但那惨叫也让人感觉她比受害者更加恐惧、更加战栗。"沃恩家的餐厅"事件中共有两人死亡，三人轻伤。受了致命伤的母亲爬到厨房，为了阻挡女儿而推倒了冰箱。从结果上看，倒下的冰箱的确导致了女儿的死亡。而母亲本人也在送去医院之后两小时内死亡。

餐厅事件就此告一段落。

问题在于，爱丽丝·沃恩是一位诗人。

沃恩的诗，不是用笔在纸上写的那种。那样的诗已经绝迹了。她的诗，是在GEB——"永恒的黄金书屋"中肆掠的词汇之台风。借助卡西代理端的支持，爱丽丝一天中写出上百篇诗作也不稀奇。那些诗作一旦被追加到她在GEB的"诗集"中，词汇便依照自身的潜能，与以前写的诗相混合，或者反复增殖、分离，让整体都变得新鲜。在GEB中，同样的诗集成千上万，而爱丽丝的诗集比其他任何人的都富有活力。内省、艳丽、令人饥渴，不断驱散、吞噬他人的诗集，反复衰退与成长，形成罕见的巨大规模。如果说台风是"代谢热与水的生物"，那么也可以说爱丽丝的诗是一种"代谢词汇新鲜度的生命"吧。

这诗集与爱丽丝·沃恩随时保持连接。由于爱丽丝（和卡西代理端们）不断投入新的诗作，这台风处在不断的变化中，同时也不会丧失一贯性。

只要成为台风，必然会有人为此激动。有些人就喜欢追逐台风。许多人频繁访问沃恩的诗作，享受于它带来的猛烈风压。

这天早上也是一样。

"沃恩这一设定"的损坏也波及了语言台风。台风失去控制，爆发的语言风压导致几个前来访问的人刹那间毙命，同时也破坏了数百人的"设定"。其后果虽然各有不同，但其中也有一些行为酷似沃恩的案例。

这种情况也只算是一次灾害，可以说尚局限在一定的范围内。真正的灾难是在几秒之后，冲击开始波及无数连接在"沃恩台风"上的二次作品，像雪崩一般扩散开来。

这一切仅仅是忌字祸刹那间的心血来潮。

3

"咱"在看电影。

充满压迫感的平原占满了整个画面。干燥的土地上全是碎石。稀疏的矮草颜色发白，不知道是真的已经枯了，或者仅仅是画面拍摄的缘故。

前景立着两个女孩。一对年幼的姊妹。就是在文化馆看那部《弗兰肯斯坦》电影的姊妹。她们身穿同样的白色衣服，手里提着上学的书包，站在略高的地方，眺望视线所及处的干燥大地。脚下的土地缓缓延伸，融入视野中的辽阔平原，直到远方带着青色的山棱线为止。视线一览无遗，什么都没有。这是只有西部片中才能看到的质朴旷野。

风在吹。在我后方,放映机喀啦喀啦作响,那声音仿佛逐渐与风声融为一体——啊,这么说来,周围毫无变化的平原,不知什么时候,也变得与屏幕本身难以区分了。

平原上似乎笼罩着细微朦胧的雾气,微微摇曳。那是被风吹动的矮草,还是胶片的颗粒干扰,或者仅仅是观众的视觉噪声?

"那个带水井的房子。"

姐姐指指下面。有座小小的房子在朦胧的平原上若隐若现。旁边似乎有一口井。

"那边?"妹妹回应了一声。按照姐姐的说法,那里有电影中出现的弗兰肯斯坦的怪物——实际上里面住的是蜜蜂巢的精灵。

两个人站起身,走下山坡。背影逐渐远去,直到变得犹如豆粒般大小,溶解在风的、颗粒的、视线的噪声中。她们走向屏幕本身——电影的初始之处。

我绷紧了身子,生出一种不祥的预感。

这个地点,还有这部 1973 年上映的电影,似乎都已经落在忌字祸的射程之内了。预感逐渐变强。膝盖上的手紧紧握住。拳头咔嗒咔嗒地颤抖着。恨不得马上站起身逃出去。

但逃走是不允许的。

姊妹的身影终于消失了。平原上的朦胧摇曳愈发激烈,砂色的颗粒混乱起来。

就在这时——

流动的地面、平原的中央,呈现出一个半球形,犹如柔软的糖饴浮出巨大的气泡。半球以极快的速度生长、扩张,不断吸收地面,仿佛地面只是单纯的材质一样。半球自身不断成长,很快便占据了平原的大部分。但球体的边缘(球的断面)还在继续扩展。这个球体的大部分都在地面之下。

我做好了准备。这个球，比画面上所有的东西都大。比这电影更大。隆起转眼便抵达了屏幕边缘，随即突破出来，我所在的观众席前排也被吸进了球的表面。

我只能无奈地将视角转移到遥远的高处。回头去看，只见球体终于展现出完整的形态。砂色的石头，犹如迷路的小行星，飘浮在刚刚仍在放电影而眼下只是一片虚无的地方。

接着，球体就像是承受不住自身的重量一样，哗哗地朝内部崩塌。它的表面出现凹陷，崩塌引发新的崩塌，表面的形态轰然变幻。

在这场干燥的雪崩之中，我看到刚刚那部电影的各个场景一边继续播放，一边被吞噬进去。音轨中包含的全部台词、配乐和音效，犹如临死前的惨叫一般轰然作响。接着，那声音骤然切断，崩塌停止。回过神来的时候，小天体的表面上呈现出酷似梅里埃[①]哭泣月面的纹理。

当凹陷的形态崩塌，月球表面又像多米诺骨牌倒塌时一般重新变了模样，球体不再是月球了，而像是紧紧握住的拳头。手指与手指相互融合，骨节凸起。

4

高高的书架贴着墙壁，几乎顶到了天花板。书架被深色的皮革书脊填满。那是吸收光线的材质，所以在下午四点的时候，这间书房显得要比实际时刻更接近黄昏。书脊上的烫金文字都被磨光了，染色也黑黝黝的，只有微弱的光线从纤细的窗棂间照射进来。窗户是固定的，从地板直抵天花板，宽度约有半米。光线在形状复杂的中庭迂回半晌，

[①]即乔治·梅里埃，早期电影先驱，其代表作《月球旅行记》中有火箭扎进月亮眼睛中的经典镜头。

最终化作孱弱的形态，抵达这里。

　　窗边放着一把颇具古风的椅子，椅脚呈现出优美的曲线。椅背很大。"咱"要将间宫润堂放在那里——便放在了那里。

　　被放在那里的润堂咳嗽了一声，眨了眨眼睛。从单眼皮下的细长眼睛中，很难读出表情。眉毛很淡，整个脑袋都是圆圆的。润堂摸摸自己的脸，从脸颊一直摸到下颚，又摸了摸耳朵，侧头沉思。他的脖子又粗又短，矮矮的身躯很结实，也很成熟。临近四十岁的间宫润堂结实健壮，身穿立领衬衫，纯棉短裤。脚上是皮拖鞋。

　　"初次见面。这个房间怎么样？"

　　润堂似乎有些不满。"这衣服是怎么回事？脱不下来嘛。"

　　"你的衣服没有纽扣，没有拉链，没有绳子，当然也没有腰带，没有缝线。这是贴合你的身体纺织而成的，所以除非撕裂，否则脱不下来。"

　　这衣服是在这里与润堂本人一同描绘出来的——就在方才。

　　"这个场面看来不好对付啊。你占据了压倒性的优势。"

　　"正是为了请你明白这一点。"

　　"消灭我也是轻而易举？"

　　"是的。另外，你的话语对我也不会产生任何影响。"

　　你在我面前处于完全的劣势——如果这样宣称，间宫润堂必定会排斥。适当维持这个状态，是我的任务之一。虽然非常危险，但也不能避免。我们需要尽可能多的"润堂"，而每个润堂之间的差异也是越大越好。

　　"我特别想抗议的是，"润堂指指自己的左耳，"这个耳朵。我绝对无法接受。"

　　和右耳相比，他的左耳显得很不成熟。

　　唯有这只耳朵是十三岁时的模样。

"你应该知道吧,这只耳朵我在读小学的时候亲手割掉了。"

"我知道。那时候你还有两个姓。在学校是母亲的姓氏间宫,户籍上还是父亲的姓。你和母亲一同生活在人口三万的小小地方城市里。你割掉耳朵,是在女教师来家访,被你杀害的时候。"

"我没有杀她。她是自杀。"

"她用你的刀刺进自己的咽喉。"

"没错,柘植老师用了我的刀。谢谢你——我很久没有想起这个名字了。柘植雪子。"

"老师完全没有自杀的理由。夫妻恩爱,长女小学四年级,次子在上幼儿园。她的生活很幸福。"

"有理由。每个人都有理由。我仅仅是稍微推了她一下。"

"你唆使老师自杀。不是胁迫,也不是催眠,仅仅是通过交谈。"

间宫润堂具有可怕的能力,仅仅通过交谈便能将对象逼入死亡。至少他本人是这样写的。如果润堂有心,不管是什么样的对象,都会自己走向死亡。

七十三人。

他亲笔写下受害者的名单。

经确认,他手记中的所有人都真实存在。他们都和手记的记载一样,与润堂具有某种关联,死亡情况也和手记的描述一致。柘植老师是第八位受害者。当间宫润堂还在读小学低年级时,这种能力就已经发展起来了。最初的"牺牲品"是他班上同学的父亲。那个人崇尚暴力,动不动就威胁他人,所以在同学、教师和其他家长当中,都很有名。某天上班路上,他突然猛打方向盘,朝对面的车流冲过去,连续撞上好几辆车,当场死亡。而就在前一天傍晚,他曾经和润堂谈过话。

有的自杀是在交谈中发生,也有的是在几个月、几年后才发生。按照手记里的描述,润堂仅仅通过对话,就会将对象自己都已经彻底忘记的秘密或者罪恶暴露出来，并静静地加以谴责。

手记中再现了一场对话中的极小的一部分。那是润堂令同辈作家服毒自杀的对话。不管是谁，只要读到这段对话，都会认可手记的真实性。记录润堂语言的文字，会引发怪异的感觉，就像虫子一样扭动不停，似乎要爬进抓着手记的指甲缝隙中间。润堂记录下的当面辱骂，至今还有无数机构在进行分析。

"——仅仅通过对话。"

"也没有那么夸张。"润堂似乎很无奈地回答，"柘植老师单靠语言还不行。她很坚强。为了逼迫她，我也不得不付出耳朵。后来再也没有那么费力的对手了。对我来说，那是人生最大的耻辱和污点。我不想再做一次那样的蠢事。换句话说，这只耳朵，是我人格的核心。但是你让我又长出了耳朵。这是蔑视我的尊严。"

他话语中带着愤怒，但外表上看不出来。眼神中是无聊、不高兴又略有些兴趣的情绪慢慢混合在一起的冷静——就像是冷却的浓粥表面凝结的膜。那是他的标志性眼神，不管是谁，听到间宫润堂这个名字，眼前就会浮现出那种眼神。

"成人的头部，小孩的耳朵。我的技术可以轻松实现。这项技术本身，便是我的核心。虽然你自负于自己的能力，但连离开这间没有上锁的房间都做不到。在我看来，你只是无足轻重的存在而已。"

润堂的眼神变得锐利起来。"我不要这样的耳朵。"

"那你可以再做一次。虽然没有剃刀，但你可以把它拽下来。"

"如果你下令扯掉，我就会用力扯掉它吧。"

坦白地说，我很惊讶。润堂已经逼近核心了——不，他就站在核心上。

"……的确如此。你在我们手里。"

"我们。我们。"润堂没有放过一个字。仅以对话就能杀人的人，有着超人的分析能力。"这是某个项目吧。我是项目中的素材。"

"的确。"

"复原小学生的耳朵,自如地操控行动,穿上无法脱下的衣服。有这样的技术吗?"

"你自身就是这种技术存在的证明。"我勉强这样回应。

"至少我似乎不是物理的实体。是在信息层面模拟我吗?"

"某种意义上是这样。但要模拟真实人物的肉体、精神和行动,从复杂性上考虑,你也知道这是不可能的。尤其是目标人物早在三十年前就已经死亡了。"

我的任务,就是让间宫润堂认识到这一点。他是死者,不是这个世界的人。尽管如此,通过我们的文字技术,可以暂时将他唤醒。

我们——在GEB中展开的数千代理端各自描绘出的数千个间宫润堂。我将事实告知了其中一个。告知、催促其认知。

你是死者。

一个拼接而成的怪物。

不完全的亚哈船长。[①]

然后——

"假如我没有被模拟……"死者、怪物、亚哈船长从椅子上站起来,和我正面相对。结实的矮小身躯。犹如柔道高手般的自然站姿。背后的细窗,像是煮沸的松脂一样变换颜色。夜晚正在逐渐渗透。我感觉润堂的身躯仿佛正在散发夜晚的气息,一时不知如何开口。是被他的气势压迫了吗?润堂朝我迈出一步,凑近我。"假如是这样,你在做什么?"

"我——"我感觉到润堂恐怕已经得出了结论,但还是告诉他,

[①] 指《白鲸记》中的捕鲸船船长亚哈。

"我在'书写'你。"

\# 书信[①]
那个所有人都幸福的时代一去不返
祈祷再度与神相会

自从在内战中分别之后,每天都在祈祷
这失去的村庄
祈祷费尔南多和女儿们活下去

这个家,除了房子,已经完全变了
里面的东西消失去了哪里……
这么说不是因为乡愁
这几年,没有这样的感觉

身边周围许多东西都失去了、损坏了
留下的只有悲伤
和失去的东西一起
仿佛真实体会人生的力量也消失了

这封信你能收到吗
外面来的消息有些混乱
请让我知道你平安无事

[①] 这是电影《蜂巢幽灵》中女孩母亲写给他人的书信。

真心的

特蕾莎

5

"我"在破旧的公立住宅的一个房间里。这是在小小的地方城市郊外农田中建起来的三层小楼。粗糙的榻榻米,受过阳光的暴晒,经过擦拭,又落满尘埃。窗户已经有许多年没有擦过,变成一片煞白,只能隐约看见外面的田畦。金色的稻穗被前一天的台风吹倒,就像是柴犬背上剥下来的皮铺在那里似的。

"我"将视线从铝框的窗户上移开,落在浮现了无数圆圈的纸门上。回过头,少年正座在布团上。黑色的中裤和白色的衬衫。左耳已经没了,鲜血将衬衫从肩膀到胸口都染得通红,但浸湿了布团的血并不是少年的。在他对面,一位女教师也是正座的姿势,上半身朝前扑出,额头落在榻榻米上,双手绕在咽喉下方,刀尖从脖子左边穿出来。距离死亡还不到一个小时。外面远远传来"晚霞渐淡"的音乐,伴随音乐的还有"小学生们快快回家"的通告声。那是柘植雪子长女的声音,不过少年也许不知道吧。他刚搬到这座镇子不久,转校还不到两个月。

"平君,平庭彦君。"

我招呼了一声,少年像是吓了一跳似的抬头看我。他亲手反锁了玄关的门。

"谁……"

少年正式成为间宫润堂是在五年后。最早使用润堂这个笔名,是从初二的文集开始。平庭彦,这是少年的名字。这时候的他体格还很纤弱,就像真正的孩子。

"不要动。出血刚刚要停。"

当然，让伤口转眼痊愈也毫不费力，但我更想保持现状。延伸到房间的砂砾小道，脱轨的障子门，堆满了塑料袋和脱下的衣服以至于无处落脚的地板。过时的游戏机。其中散落着未开启的书信。天花板上垂下来的黑绳。灯泡坏了，摘下来了。

仅仅站在这里，就能真切感觉到束缚庭彦的贫困。

"没事吧？很重的伤呀。"

当然不会没事。实际上庭彦在割掉耳朵的几分钟后，因为剧痛和失血而昏厥了。此刻我对事实做了大幅润色，才"写"了这一出。为了更加深刻地刻画平庭彦的形象。

"刚才你和老师在做什么？"

我坐到庭彦旁边。

"只是在谈话。"

与名字给人的印象相反，她是个矮矮胖胖的浅黑女子。肩膀很宽。粉红色短袖衬衫的袖口里露出来的手肘很粗糙。头发又短又硬。

"只是谈话，就会刺自己的喉咙？"

"……"庭彦没有反应。

"这是第八个了吧？"

少年的眼神刹那间有些摇曳，随即掩饰住自己的狼狈。

"一定要做到这种程度吗？"

"……"

少年低垂的脸上，浮现出无法掩饰的另一种感情。非常沮丧——更准确地说，是近乎绝望。在这里的，是一位渴望某种东西，但无法实现愿望的孱弱少年。我颇感意外，只好坐在庭彦旁边。

"你是不得不做到这种程度的吧。"

"……"

"转校过来没过久,你就写了一篇作文。'柘植老师笑嘻嘻的,声音很大,握手很用力,手上的皮肤很结实,让我很吃惊。后来听说是打垒球的缘故。这么黝黑的老师,以前在哪个学校都没见过。'"

平淡无奇的文章。这很重要。

间宫润堂一生写了十万张稿纸以上的文章。无论哪篇文章,都充满了过剩的表述和奇怪的技巧,并且在读者手中也充满了仿佛要钻进去似的异样运动感。从小学一年级所写的郊游作文开始,就一直如此。但是,唯有这一次,他写了平淡无奇的句子。

"你……喜欢柘植老师吧?"我用自己的手握住庭彦的手。很凉的手。"不是对女性的那种喜欢。不过,你被柘植老师的手触摸过,感觉到了什么吧。"

庭彦的手紧紧攥着,就像他封闭的心。

"你有可怕的'才能'。但你觉得,如果是柘植老师,应该能承受得住,是吧?但你控制不住那种'才能'。老师的承受力越强,你的力量也就越强。最后直到割下耳朵,逼迫老师……"

说到这里,我忽然发现一件事。

庭彦的手没有手指。

准确地说,是所有的手指都融合在一起,仿佛被紧紧捏在一起的石头。我条件反射地想要抽开自己的手,但是抽不开。

"……?"

仔细一看,我的手被封在这个没有缝隙的手里。

"……你的手,已经拔不出去了。"一个声音轻轻地说。

没有道理。我——我们在这个书字空间中,拥有绝大的世界描写权限。我们通过"书写"描绘出这个世界,所以要将我的手从这个石头一样的手里拔出来,应该轻而易举……这时候,我终于意识到,"我的手,被封在这个没有缝隙的手里"——能够这样写的,除我之外,再无他人。

或许还有?

不明白。不明白。

"可以听我说说吗?"庭彦的声音很平静。"我发现有一点很方便。只要这样被按住手,你就不会像老师那样死掉了。也不会逃跑。也不能捂住耳朵。可以一直、一直、一直听我讲下去。"

是谁在写庭彦的台词?

是我吗?

是忌字祸吗?

或者——是庭彦自己吗?

"不管多长的话,你都会听下去。"

6

"间宫润堂率领三艘宇宙舰,开始攻击火星卫星轨道上的岩石状智慧生命体",或者"蛮人润堂,双腿跨在从水中出现的怪物身上,用尽全身力气,将石枪的枪尖刺入怪物光滑的后背",诸如此类,只要这样书写,立刻就会成为现实。这是"我们"所在的书字空间、谷德尔的缠结书架以及通过文字技术架设而成的巨型伽蓝的特质。细致的描写其实并不是非常重要,只要能够确定构成根基的言辞,确定哪怕仅仅一行句子,麇集而来的卡西代理端便会堆积起相应的细节描写。GEB的代理端与民间用品有着巨大的性能差异,威士忌一般干涩炙热的文体也罢,鲜奶油一般旋转而滑腻的文章也罢,都能比人类做得更加贴切、多彩,独具一格。

因此,我们现在是在一艘破旧帆船的船长室里,和间宫润堂相对而坐。这个时代还没有蒸汽机。房间的每个角落都弥漫着海藻和油脂的臭气,所有地方都湿漉漉的,沾染了潮水的湿气。

"那,我又有什么惹你不高兴了?"润堂愁眉苦脸。他的一条腿换成了假肢,和亚哈船长一样。

"因为你逃得快。"

"不是说那个。是说这里的饭。"饭桌上放着腌猪肉和土豆汤。

"离开母港已经一年了。要想吃新鲜的食物,那就做好船长的工作。如果抓到鲸,就能吃到烤霜降肉①了。"我提醒他。

捕鲸船才不关心鲸肉。就算眼前切下一片沾血的新鲜肉片,这艘裴廓德号上的船员也不会张口的吧。

抹香鲸的巨大头部储存着巨量的油。这被称为鲸蜡,又叫脑油,是蜡烛和润滑油的原料。从它的皮下脂肪里也能采集大量油脂。在石油普及和植物油价格降低之前,人类可以说就是在鲸这一资源的数量范围内活动的。鲸。为了狩猎这种散布在辽阔海洋里自由活动的油田,人类组成了最具适应性的系统——捕鲸系统。将鲸钓上来切割的巨大装置、船上绳索的堆放方式、人员的招募方法、租金的分配、船与船之间的协议。一切都以捕鲸这一活动为中心。人类历来如此。适应得过分了。

"——你是船长,谁都不用怕,只管吃就好了。"

"船长?像疯子一样咒骂船员,最后把自己绑在'忌字祸'上沉到海里是吧。"

我笑了。

"没必要按照《白鲸记》的剧本行动。这艘船并不是在找忌字祸。"

"对了——"硬邦邦的肉甚至能戳出声音,润堂终于丢开了叉子,"你真的很啰唆,你们都这样吗?"

---

①鲸鱼尾部的肉。

"因为采访是工作。交谈。这样你就会给出反应。这个反应虽然是卡西当场写出来的,但以某种方法综合这些反应,就能在其他场所描绘出虚拟的你。积累细微的描点,计算出'间宫润堂'这个复杂而庞大的存在。"

"有趣。问一答十。你没感到不安吗?没有怀疑实际上是我在采访你?"

润堂果然是剖析人心的名手。

"那也无所谓。不管怎么样,对我们想要做的事,都没有影响。"

"真是够冷淡的。好吧,有信心总是好事。但是我有一个疑问。想请你回答。"

"请说。"

"如果这个我,是你在写的话,'这个我'不管怎么想,都不可能是间宫润堂,而应该只是'你'而已。"

"这是很关键的疑问——我可以稍微展开谈谈吗?"

波浪拍打船舷的声音。船身的嘎吱声,船员们说话走动的声音,在我们的对话背后浮动。

海浪晃动着整艘船。

包裹我们的这一切,都仅仅是在极细微的领域中以超高速书写出来的文字。

"我"的实体是卡西的高机能扩展版,实际上位于这个场景,也就是船舱的外面。因为所谓书写,是要在外部做的。

首先必须说明GEB的产生过程。无论如何都要让润堂理解。否则,"间宫润堂"不可能与忌字祸势均力敌地战斗。

"润堂先生,记得谷德尔吧。"

"你在取笑我吗?别说谷德尔,卡西我也知道。谷德尔不就是那个开发了全新的万维网检索算法——叫什么来着……网页排名?转眼间颠覆了整个市场的企业吗？"

"……是的。谷德尔巧妙地融合了检索和广告，巩固了经营的基础，进而遵循'整理人类一切信息'的企业宗旨，以疯狂的势头不断拓展自己的事业。新闻的自动编辑、地图、相册、视频动画、操作系统开发……然后，在2009年，将全世界图书馆的藏书数字化之后提供给用户。这项服务的正式名称是'谷德尔的缠结书架'，简称GEB[①]。"

"这些都记得。将出版的一切书籍连同图版一起电子化、切碎、发酵，形成泡菜状的数据云，以此赚钱是吧？我没有任何兴趣。"

"是吗？为什么这么想？"

实际上，润堂也在写这类作品。

"我基本上不读书。初中三年刚好读了七百册，这就足够了。读书之类只是基础训练。和俯卧撑什么的一样，早就腻了。"

"训练什么？"

"训练如何钝化自己的力量。我的语言过于强大了。小学一年级的时候，我写郊游晕车的事，老师读了就吐得一塌糊涂。我读书是为了参照样本，看看降低到哪种程度能让普通人阅读。说实话，纯粹浪费时间。"

"你写了那么多作品，都是反复斟酌过的吗？"

"当然。把本心直接扔出来，根本不是艺术吧。虽然没人看透这一点。"

的确，如果润堂放肆地以真心写作，不知道读者看到一半会怎么样。

"总之不管怎么说，还是有点用处的。虽然没上高中，没有学历和现金，靠这个也能挣钱。"

[①] 英译本中给出GEB的全称为Gödel Entangled Bookshelf。

"这样写出来的书,不是也被谷德尔的服务项目收录进去了吗?"

"所以说被收录也无所谓,虽然确实导致书的销量有点下降。"

"是吗?这个暂且不说了吧。总之,GEB就这样开始了,和预计的一样,积累了巨量的文字。一开始是全世界图书馆的藏书,然后逐渐扩展搜集对象,最终发展到所有刊物、印刷品、政府和上市公司的文件,还有印刷术发明之前的手写本、手抄本。也就是把世界上的一切'书籍'全都吞噬进去。

"当然,电影和音乐也有同样的项目。通过高度发展的图像解析技术,将画面上的内容和音乐的效果言语化,读取到GEB的文脉中——借用你的说法,就是成为泡菜的一部分。

"最早围绕著作权的纠葛纷争,现在回想起来,真的都是些细枝末节的问题。

"GEB的真正意义之一,在于将世界上一切'纸面'的信息,都吞进谷德尔的肚子里。"

"肚子里?"润堂问。

"人类总感觉是通过谷德尔检索万维网,实际上只是在检索存进谷德尔肚子里的虚拟万维网而已。而且是在那肚子里,以独特的算法解析、解体、相互关联、排序。即使对于那些元数据,也在做同样的处理,在代谢检索查询的同时不停变换。"

"'纸'上写的东西,也收在同样的肚子里——"

"从某种意义上说,像这样收进GEB的文章,都是匿名的。当然,书上还是带有作者或者出版人的信息,但裁剪得太碎,相互关联又在不断推进。而且作为检索结果,用户首先读到的是书的内容。GEB这座图书馆里,书都是书脊朝里插在书架上。"

"这也无所谓吧。我对于作者们'是我是我'纠缠于权利的做法本来就敬而远之。"润堂评价了一句。

"另外还有几件事情。其中之一是，'纸'上埋藏的信息，比谷德尔想象得更加多样。一旦被书写、记录下来，便会大量出现没有任何人阅读，也没有任何人理解的信息。比如说，仅仅是十九世纪，在欧洲的一小块地方爆发的小型战争，就会产生无数公文。那些都是异常琐碎的文字——投递给外交官的宴会邀请函。一件外套、一个背包的采购申请。伴随领土割让而产生巨量土地账册的改写。几万人赏赐事务的文件等等。数量无穷无尽。至于说回忆录，从大政治家的回忆录，到士兵赠送给图书馆的私人亲历记，也是包罗万象。"

"大量的琐碎资料，如果也接受谷德尔式的解析——如果与万维网的信息自由自在地结合对照——会诞生出前所未有的洞见吗？好吧，大概有这个可能。其他的事情呢？"润堂追问。

"LEBAB 1.0 的开发，以及卡西代理端的出现。"

一个大浪打来，烛台摇曳不已。我们在船舱墙壁上映出的影子也摇摆不定。我在这个船舱之外，没有书写任何东西。在这里，只有船舱和大海的感觉而已。虚空中的船长室。

"那，LEBAB 是什么的缩写？"

这一次轮到我微笑了。"不是缩写。只是巴别塔'BABEL'这个单词的倒序拼写而已。那谷德尔全力以赴开发、综合而成的多语言翻译引擎，但它并不仅仅是商业或交流的工具。LEBAB 更加深刻——其目的是保护面临灭绝危险的弱势语言。即便讲述那种语言的人全部死亡，也能将之传承下去。包括已经灭绝的语言、现行语言的古老形态等等在内，LEBAB 大致覆盖了一万种。也就是说，向谷德尔中添加一篇文章，当即就会生成一万种不同语言的版本。

"收藏在图书馆里的文字书写，仅仅是纸张和墨水。不管谁打开书库，抽出书来翻阅，内容都是相同的——"

"但是，一旦化作电子数据，最终就不是这样了。"润堂插话。

"没错。之前从未被翻阅过的文本,开始和其他的文本、绘画、音乐发生联系。于是诞生了作为联系媒介的卡西代理端[①]——复杂适应性系统代理。卡西赋予文章一种'感受度',它自己采取行动去满足需求,不断组织、联想、结合,产生出更高的智力价值。"

"那就是你的祖先吗?"润堂问道。

"是的。卡西不断响应检索请求,无休无眠地耕耘GEB内部——于是,GEB就变得过于复杂,再没有哪个人能够理解它的内部状态。虽然能够评测它的规模和构造复杂度,但也仅此而已。其实质、其内部诞生出怎样的意义,没有人知道。

"一个谁都无法把握的意义、思维和联想的巨型复合体——这已然等同于'第二自然'的出现了。从这个意义上说,人们知道那里有什么,也可以使用它,但再也无法理解了。"

"就连你们也不行?"

"一只蚂蚁理解整个蚁穴的构造吗?我们也受限于自己的机能。卡西推测用户的检索意图,参考多个原始出处,书写出最为合适的结果——虽然极其高效,但本质上只是一个检索、书写代理,寿命非常短暂。"

"每当有人进行检索的时候,你们就会诞生于世,书写答案,然后被废弃?"

我点点头。"因需生成,然后消亡。在某种意义上说,我们就是这样的卡西的集合。"

"集合?"

"'我'是卡西的临时合作工作形态,是数千、有时数万单位的微小代理各自作出报告,然后这些数量庞大的报告依照某些约束条件被

[①] 英语译本中给出卡西(Cassy)的全称 Complex Adaptive Software Systems,复杂适应性软件系统。

总结、书写出来——简单来说就是这样。"

"好像有点复杂。"

"……人类不一样吗？"

润堂露出苦笑。"那么，现在所写的这个，你和我的对话，也是检索的结果吗？"

"是的。"

"那么我想问的是——"润堂的身体略微前倾。仅仅这个动作，周围的气氛就变了，"发出检索指示的是谁？另外，你到底在 GEB 的什么地方检索？"

"间宫先生，可以回到你最开始的疑问吗？"

"唔？"

"你的疑问是这样的——在这里的间宫润堂，如果仅仅是'书写'出来的东西，而进行书写的又是卡西，并且你不是模拟的产物的话，间宫润堂到底是从哪里涌现出来的？"

"哦，是吧。"

"然后就是现在的问题：谁在检索、在哪里检索。回答是这样的：'我们'所检索的，是你的超过十万页的作品，还有作品中直接引用或提及的其他一切作品——被翻译成一万种语言的所有版本，再加上与它们发生联想关系的庞大作品群，包括你非常喜欢的电影、音乐。"

润堂仰天大笑。"也就是说，从我和其他什么人写的东西当中提取词句拼接起来，书写出来的就是这间船舱、这根蜡烛、这顿饭菜、戴着这条假肢的我？"

"没错。你现在说的这些话，当然也全都有出处，虽然是以词语为单位打散汇集而成的。"

"原来如此，将死亡的词句拼接起来，让我像在讲话一样，把我'书写'出来。我是词汇尸体拼凑成的吗？但是，真的仅靠这种做法，我就能成为间宫润堂?"

"你一个人远远不够。但'我们'针对间宫相关的作品群,同时开展数以万计的检索,书写出巨量的结果。这些文本作为单位要素,又在其他场所进行计算。数以万计的间宫润堂和平庭彦重合在一起,便会产生一个连润堂本人都未曾意识到的整体的间宫润堂。"

"我还是无法接受……"润堂的语气显得饶有兴致,表情也差不多是津津有味的模样。他在寻找适当的表述。"那么假设'我'成功与忌字祸相遇了——又能做什么?凡是人类的智力资产,忌字祸都能让它改变,对吧?我既然也只是文字,自然不可能有胜算吧。虽然说失败的是你们,并不是我。"

"彼此都是对等的。忌字祸的形态,也只不过是文字而已。"

"哦?"看来,即便是润堂,也尚未理解这一点。

"忌字祸在展现自身的时候,必然是采用岩石、砂砾、小天体之类的形态,但并不代表那就是它的'实体'。它也许在GEB之外确实有实体,不过也可能只是在词汇中自然发生的现象。

"能够确定的是,忌字祸只能通过GEB被发现。就像是音乐必然是作为某种媒介的振动形式而出现的一样,又比如不管什么小说都必须通过词汇来表现。

"与其说忌字祸能够重写词汇,不如说忌字祸存在于被重写的行为之中。既然如此,我们只要比忌字祸写得更快、更强就够了。对吧?"

"这就是说……"润堂兴味索然地说,"期待我做的就是,飞快而大声地说教吗?"

"完全正确。"

爱丽丝·沃恩

这天早上,爱丽丝·沃恩很早就醒了。外面天色还很暗。爱丽丝从小就不是喜欢赖床的孩子，不过这一天之所以立刻爬起来，也有另外的原因。

她在继承自祖母和妈妈的漂亮书桌上展开电脑终端，无声无息地连接上谷德尔光纤视镜。终端显示器的画面内出现了模仿古老显像管的子画面。子画面上有一个架在十字架上的男性身影。沃恩无瑕的视线，被男子的身影深深吸引。那是真挚淳朴的眼神。

男子全身都是血。因为全身的皮肤都被剥开了。从胸口到腹部，沿着身体的中线，左右对称地剥出两块皮肤，吊在上方，宛如翅膀一般。而男子还活着。

这不是拷问。这个人正在自杀。通过自动化装置，按照预定的顺序将自己解体，这种自杀方式愚不可及，简直像是个低劣的玩笑。但令人震惊的是，在这显像管上呈现的身影，却洋溢着一种庄严感。这种庄严感究竟从何而来？爱丽丝十分不解，她已经连续看了三天自杀实况。

准确地说，这场自杀，早在三十年前就已经完成了。这个人身为作家，登上名声与财富的顶点，却坦白自己具有通过交谈杀人的能力。他留下数量庞大的手记，从此销声匿迹，但突然又在谷德尔的视频服务上现身，开始向全世界转播自裁的实况。

迎来生日的爱丽丝，视听年龄限制被放宽了一些。她四处浏览，偶然间发现了这个视频。如此人工性的、展示性的自杀！捆绑男子的十字架本身也是医疗机器人，十几根机械臂各司其职，根据预先接受的指令，对这个下达指令的人进行处理。当然，这一臭名昭著的行为，爱丽丝以前就听说过。

她读过很多润堂的作品。虽然拐弯抹角的斟酌韬晦令人苦笑不已，但如果去除那些奇怪的装饰，就会展现出抒情的、惹人爱怜的心像。其中洋溢的孤独之感触，犹如崭新床铺上的凉爽床单，让爱丽丝非常喜欢。

录像开头（这时候还没有架在十字架上），男子说："我想一点点从这世界上消失。我在忏悔自己的罪孽，也不再犹豫。我将从外侧开始，一点点切取、削落，慢慢减少自己。我可能中途就会毙命吧，不过我想尽量不让你们知道我是何时死去的。当最后一片从这个十字架上削落的时候，我就消失了。然而罪孽不会消失。所以我惩罚自己承受与这罪孽相称的业苦，直至最后。"

扯淡。

爱丽丝当即认定，这是在说谎。

并不是说他的公开自杀是伪装的，他本人其实还活着。而是说，他说自己想要消失，这是言不由衷。爱丽丝甚至觉得，他在讲完这些之后说不定会再吐个舌头说："刚才都是骗人的"。

他不可能想要消失。更应该说，他根本不想消失。

爱丽丝觉得自己完全理解他。作为一个具有同样语言才能的人。

他肯定是想逃到哪里去吧，爱丽丝想。不是转身向后逃走，也不是欢喜雀跃地远遁。硬要说的话，可能类似于——散逸？

没办法。语言就是"那样的东西"。稍不留神就会变得支离破碎，逃之夭夭了。

但是……有点太快了吧，润堂先生——爱丽丝在心里低语。

男子那犹如翅膀的皮肤被仔细取下，机器开始剥除胸部的肌肉。格斗家一般的结实胸口痛苦地扭曲着。

爱丽丝在这里暂停了视频，站起身，脱掉睡衣。她穿着内衣来到窗边，确认外面是个好天气。天已经亮了。

只有这个时间，爱丽丝才会脱离卡西代理端。她默默凝望逐渐明亮起来的天空。高处的飞机云抢先一步沐浴朝阳，熠熠生辉。

天空中似乎有强风。眼见着飞机云扭曲成无法理解的文字。对了。

爱丽丝小时候沉迷于阅读天上的文字，让父母很是担心。

应该能读，年幼的爱丽丝想。那是风在天上写的文字。

6

单人间的大型电视上只剩下石头和虚空。

电影在中途落向自己的内侧，成为形状扭曲的色块，化作哭泣的月面，抑或紧握的拳头，飘浮在那里。孤独地。

"这就是'忌字祸'。"我向身穿囚服的润堂解释，"现在已经不限于书籍了。它会感染GEB读入的一切著作，带来各种各样的变化，最终到达这种萎缩或石化的阶段。有时也会超出单个作品，通过联想网络传播到其他作品上，导致受害情况急速扩大，又像忽然放弃一样消停下来。反复这个过程，在GEB中啃噬出越来越多无法恢复的空洞。"

间宫润堂似乎对画面和解说都不感兴趣，一直在摆弄手边的机器。听完了两遍，又倒回去。

"可是，我还是不明白'忌字祸'这个名字的由来。谁起的这个名字？"

"名字是GEB系统起的。不过润堂先生，这是你作品的题目。"我也许是露出了得意扬扬的表情，"那是一部连续短篇集，讲述一本每次阅读都会看到不同故事的书。书的开头，引用了刚才这部电影中的一节。女孩们的母亲写的信，寄给电影中未出现的人物——"

"哦……我忘了，"润堂的声音显得兴味索然，让我有点不解，"不过，作品受害虽然也波及刚才的录像，但只是限于GEB内部吧。问题有这么严重吗？"

"有许多作品只在GEB里有备份，不过问题更加复杂。实际上，作为一个企业的GEB很早就破产了，GEB现在是由若干民间非营利团体共同管理的公共空间。

"许多人使用卡西,将自己的行动记录、服务日志等写到这里。这些写入的数据中删去了个人身份信息,所以对于上传的个人而言,并无实际利益,但还是有十几亿人参加到这个行动中来,再经过翻译,形成联想与结合的网络。在这里,收纳了当今世界所有生机勃勃的细节。可以说,这里终于能够不再纠缠于才能、自我、署名,成为属于世界的文本。

"至少现代人是这样看待GEB的。这是积蓄了人类一切'产出'的庭院,并由卡西这个园艺师打理,绽放出各种鲜花。如果这座庭院荒芜了,人们的精神就会迅速枯萎吧。不不,GEB已经是人类精神的一部分了。正如朝阳、大海、云峰一样。也像是暖炉、书本、戏剧一样。无论付出何种代价,GEB都必须抵抗忌字祸。"

间宫润堂手边的机器又开始奏响《哥德堡变奏曲》。这首曲子将开场咏叹调的安静主题做了三十次变奏,最后又返回到咏叹调。

"我想确认一件事。"

开场咏叹调结束之际,润堂终于开口了。预期听到第一变奏的我,耳中听到的却是第三十变奏,也就是被称为"集腋曲"的部分。

"这是……?"

"我把播放顺序反了一下。刚才是最后的咏叹调。"

磁带上录制的音乐不可能那样播放。我正要反驳,却愕然顿住。这是可能的。

只要那样书写即可。

可是,是谁在书写?

我故作平静地问:"你要确认什么事?"

"你说,你们书写的是对检索请求的回应,是吧?"

"嗯……"这个变奏应该引用了若干德国民谣。都叫什么名字来着？

"那么回答我。是谁在检索？"

我不打算回答。这是需要一直隐藏到最后的答案。但我的嘴自顾自地动了起来。究竟是怎么回事？

"检索者是——忌字祸。"

"我"不是第一人称代词。在GEB内部，没有主观、内面、意识。只有单纯的文字联系。书写"我"的不是"我"。"我"只是单纯的专有名词，在某处——是的——在某处书写而已。

"忌字祸在向GEB提问？"

润堂似乎从一开始就有所察觉。他依旧平静地对我说。

"嗯……"

"正确地说，是你们将之解释为提问。你们将忌字祸带来的危害，定义为讲述、提问、检索请求，并基于此种定义，加以对应。这也并非没有道理。就像裴廓德号的一切都调整为最适应捕鲸行动一样，GEB的一切都是为了回应检索。无论感知到任何刺激，都会进行检索并给出回答，作为对刺激的回应。实现此目的所必需的小小结构，也就是你们，会被大量制造出来。就像是生物体的免疫结构一样。忌字祸提问。你们回答。换言之，至今为止所写的一切，包括此刻我的分析在内——都是忌字祸对GEB的'采访'。"

接着，间宫润堂命令我。"你来这里的时候，得到了一个紧急脱离密码。把它告诉我。"

我想起来了。这里的电梯没有楼层数，而只有红光显示的混乱文字。润堂按照顺序，把它记了下来。

"谢谢。"

监狱的构造产生了变化。不知什么时候，我被封闭在玻璃墙壁里面。润堂换了一身整洁的西服，站在走廊里。

"非常感谢你们。我之所以能够成为真正的间宫润堂,不是因为你们检索了我的文章。而是因为,检索者是你们。"

我哑口无言。——他发现了?发现了我们的真相?

"我当然发现了。我的小说的讲述者,无一例外,只有'咱'和'我'。你们大约就是解析我的小说产生的卡西,你们深刻体会到讲述者的言行。你们是我的分身。我自己在检索我的作品群。我也发现了你是我的哪部作品中的人物。好久不见,看起来很有精神哪。"

如果卡西能够感动就好了。

"告诉你吧。你那土里土气的打扮,是我上小学的时候母亲穿的。不过也是祖母的旧衣服了。"

润堂脸上露出令人难以置信的温柔微笑。

他的一只手上提着的录音机里,还在演奏着集腋曲。

向着自由。

我的身体突然变轻了,回到了讲述人的位置。

润堂背着身子,举起一只手,向我道别。他一边倒转播放着《哥德堡变奏曲》,一边朝深处走去。

恐怕此刻无数个间宫润堂都开始脱离了各自的领域吧。

但这依然处于预想范围内。

通过将忌字祸接触过的内容作为条目进行检索查询,我们已经书写了巨量的检索结果。其集合的规模太过巨大,各个"书写"之间发生相互作用,不断自发地组织形成复杂的构造。我所在的这个场景,也是这一构造的一部分,因而即使不描绘润堂,也能够维持稳定。

我的视线,移到无人的单人房中那空荡荡的显示器上。

忌字祸飘浮在灰色的虚空中。

如果他那么温柔,何不直接告诉我们忌字祸的真实来历呢?或者正因为太温柔了,所以才不告诉我们?

人类长久以来热切盼望了解的、从没有真正获得过的东西，就攥在这颗石头中。对于人类的著作而言，那东西太过"强烈"。著作承受不了那样的强烈程度，于是变质、失活，变成了石头。

所以，没有名字。

不是憎恨，

不是爱，

也不是生或死，

"咱"也罢，"我"也罢，活着的任何人，都无法阅读这颗石头。

不过——

不过，此刻正在不断产生的那个构造体，也许可以阅读。在那个地方——随着忌字祸的提问脉冲不断形成的智能文本器官。就像是从胚胎发育成器官一样。

储藏知识的不灭的语言器官。

那就是我们的计划。

蜂巢的精灵们

爱丽丝·沃恩独自步履蹒跚地走着，忽然间来到了一个巨大开阔的地方。

那里比周围略高，脚下的地面再往前便开始带上了坡度，眼下是辽阔的平原，远方隐约可见山峦的棱线。

这幅景色与某时某处看过的电影相似，但也有很大的不同。准确地说，脚下踩的也并不是地面。

那是很有弹性的表面，像是编织出来的某种肉质材料。视线所及之处，不管是斜坡、平原、棱线，全都是这种素材。仔细观察表面，会发现那是无数微小的六角形毫无缝隙地排列在一起。

"太过分了，润堂这个混蛋——"爱丽丝怒气冲冲。"这里明明是我的'诗集'!"

改动爱丽丝的"诗集",需要庞大的计算空间。这个空间是由高度认可爱丽丝才能的奖学金财团借与的。在她死亡时,忌字祸的危险性也几乎同时激增,这里也就直接变成应对忌字祸的总部,并且直到目前为止,依旧保持这个状态。

GEB 中,随时在向此处发送数千个"书写出的间宫润堂",无休无止。那些久远的词句在这里反复地相互联想结合,逐渐产生出精妙的构造、微小的平面六边形和截角八面体。蜂巢构造。

以爱丽丝的"诗集"为骨架,润堂的思绪、欲望、文采缠绕其上,不断增殖。填充而成的脏器,构成了这幅绝美的景象。

"肯定躲在哪儿呢。一定会把你揪出来。"

这景象是电影《蜂巢幽灵》中的著名场景。这一点具有某种意义,爱丽丝想。

——主人公是一个小女孩,她在这个斜坡下面,遭遇了躲在"带水井的小屋"中的逃兵。之后,经过若干事件,女孩在"森林与水的旁边、梦与现实连接的地方",遇到了弗兰肯斯坦。

眼前的平原中央,原本应该是小屋的地方,有一个球体,一半都埋在地下。巨大的忌字祸,端坐在那里。

"你也在啊。久等了。"

在弹性太好、难以立足的地面上,爱丽丝踮起脚后跟,用双手保持平衡,从斜坡上跑下去。忌字祸就像是用山一样的巨石随便削出来的粗糙球体,给人一种坚硬、高密度的印象。那岩石的肌理看上去冰冷寂静,感觉不到迫切的危险。

远远望去,球体像是埋在平原里,但靠近了看便会发现,更准确的描述是,地面在不断扭曲、隆起,将忌字祸吞噬进去。地上冒出若干矿质线条,像是固定绳一样牵住忌字祸,顶端变成结实的钩子,扣进球体的表面。钩子周围有许多伤口,显示出为了固定球体,有过激烈的斗争。

固定绳也曾是一些著作吧。或者可以说,那些著作受到忌字祸的侵蚀,变成了矿物质。地表与忌字祸接触的部分也在缓慢石化,也许马上就会狂暴起来,挣断绳索——想到这一点,爱丽丝的表情变得严肃起来。

翻越起伏的地面,爱丽丝绕到忌字祸的背后,随即倒吸了一口冷气,暂时停住了脚步。

古老的木制帆船搁浅在忌字祸上。甲板上有个人影。

间宫润堂。

但爱丽丝屏息不是因为这个。

从她这个角度去看,那个石球一样的忌字祸,毫无疑问,正是破开海面钻出来的巨鲸的头部。

"亚哈船长不是戴着假肢的吗?"

"非要按照某人写的东西来,太没意思了,"间宫润堂粗短的双腿把染了油渍的甲板踩得哐哐作响,"这次就这样,让我随便搞吧。"

"好吧,随你。我说,这东西这样就会变乖了吗?"

"谁知道呢。现在是安静了。挺可怕的。"

"不过,为什么忌字祸总是石头的形态?"

"这个表层的构造不是忌字祸。这是受害变质的其他著作、书本、电影的庞大尸体。本体在它的内部。这家伙用自己杀死的书本做自己的铠甲。仔细阅读这些石头上的纹理,说不定多少还能还原出原本的文章。"

"我的诗?"

"你的诗……"间宫润堂目不转睛地盯着比自己还高的少女,问道,"我说,你是谁?"

"初次见面,"爱丽丝·沃恩露出洁白的牙齿,微笑起来,"我是你的房东。虽然现在嘛,就像你看到的,我是幽灵。"

如果间宫润堂是用语言的尸体缝合而成的"怪物",那么这里的爱丽丝·沃恩就连尸体都不是,只能说是"幽灵"而已。

在物理世界的爱丽丝与忌字祸接触死亡之后,计算空间内写入的大量间宫润堂与之发生相互作用,产生出复杂的组织。

那么,原本在那里的爱丽丝的诗——绝对不是可以随意散逸的东西——去了哪里呢?

"不想榨取忌字祸的脑油吗?"

"脑油是什么?"

"是这副铠甲下面的,忌字祸的本质。人类在自己所写的文章中埋入的东西,有很多连自己都没有意识到。原因很简单。因为一件事情,不知几百人、不知隔了几百年、不知用几百种不同的语言在书写。但之前没有将它们联系起来的方法——直到GEB的多语言著作间超高速联想结合意义生成算法,偶然间将之挖掘出来了。

"但是,GEB无法处理挖掘出的结果。因为它们从未有过名字。无法处理的东西,只能丢弃。GEB丢弃了不知几百万次。一旦发现,就是丢弃、丢弃、不断丢弃。直到积累成"忌字祸"这个动态构造,卷土重来。

"在这鲸头里,装的就是那些无名之物。没有名字,所以位于'书写'之外。只能通过风的缀织书写。"

爱丽丝讲了飞机云的事。

"我们看不见风。只能在飞机云扭曲的时候，通过那形状看到。忌字祸也是一样，看不见。只有在著作扭曲、死亡、化作石头的时候，才能看见那种力量。看见那种欲望解放出来。"

爱丽丝指指石头表面。"——我说，润堂先生。再没有别的地方还有这种没名字的东西了。它的价值非常高吧。"

"价值是有的吧。油田一样的价值。"

"GEB虽然空守着宝山无法利用，但我想人们还是有很大的期待。他们准备了这个计算空间，期待你榨取好多脑油，满满装上一桶回去。"爱丽丝笑嘻嘻地说。

"原来如此。那么，采访的下一个问题是？"

"嗯？"

"不必装傻了。我并不敌视你——爱丽丝·沃恩，你是站在忌字祸一方的吧。"

爱丽丝的诗集被忌字祸吞噬了。爱丽丝的诗集有着巨大而猛烈的势力，并且总是不断进军，对于萌芽期的忌字祸而言，这是非常醒目的存在。而且，爱丽丝本人也被卷了进来。

在摄取的过程中，爱丽丝的诗集扭曲、崩坏、石化。它恐怕也构成了现在这个岩石肌理的一部分。

间宫润堂走到船边，伸出手，用手指触摸冰凉的岩石。

"所以说，我是幽灵。你的词句连同骨肉都埋葬在GEB里。卡西把它们挖掘出来，通电激活。而我的诗歌，变成了鲸皮的一部分。"

润堂具有超人分析能力，从一些东西里读取征兆、加以综合的能力。这个平原上的所有物体、智能文本器官全域，都在共享这种能力。通过读取被固定的忌字祸，将爱丽丝从岩石表面读取出来。

"对了,润堂先生。"

"什么?"

"有件事想问你。"

爱丽丝抬头望天。在这里,天空虽然透明,但也是和地面由同样的素材构成。

人类的语言,温柔地抱着忌字祸。

犹豫了片刻,爱丽丝开口问:"你真的杀了很多人吗?"

"……是的。所有人只是因为和我交谈,便选择了死亡。他们活不下去了。"

爱丽丝露出不满的表情。"真是固执呢。那我换个问法。你在手记中写到,你是为了杀人而交谈的,说那是你的嗜好。但那是骗人的吧?"爱丽丝的语气很严厉,"割掉耳朵应该不是为了保险。因为你的能力应该足够'强大',不需要那么做。你希望老师恢复正常。而且,希望抹杀自己的力量。是吧?"

"……"

"只要读了润堂先生的书,立刻就会明白。润堂先生就是一个小小的'忌字祸'。与你交谈的人——那七十三个人,通过交谈,发现了自己到底是怎样的人。就像是内心里埋入了一只眼睛——具有润堂先生那种强大分析能力的眼睛。日常的行为、小小的口头禅、隐秘的骄傲、想要遗忘的过去、头脑中的回忆,那所有的一切相互发生联系,彻底暴露出'自己这一构造'。自己所做的举动、所说的话,都被透视、解读,投射回来。每时每刻都在投射。这是地狱呀。"

"……那仅仅是开端而已。"润堂开口说,"变质是发展性的,不会停留在单纯的自我知觉上,最终会抵达更广泛的根源地点。内部的构造全面崩溃。遭遇这种后果的人非常少。但是谁能坚持那么久,我终究无法预测。"

"那，润堂先生，仅仅通过说话，亲近的人就会死亡，这很可怕吧？"

"……有趣的是，我自己无法破坏自己的内面。就像锤子不能锤自己一样。"

"润堂先生。GEB图书馆虽然是无署名的，但卡西还是找到了你的作品。忌字祸想要读取更多的你。必须是你。大概，你的话语就是那么珍贵。"

"……"

"您死得太早了呀。"

"……是吧，太早了。我也终于糊涂了。本来打算用好些年时间精心准备的，如果能有这么有趣的东西展示，那还是活得更长一些为好。"

鲸的头部犹如巨大的纪念碑一般，朝天空竖起。它在撕咬天空。这柔软的脏器迟早会被撕咬下来的吧，爱丽丝想。

到那时候，人类的语言就终结了。沐浴着无数的脑油。

"那么，接下来怎么办呢？"

"……"

就这样，在忌字祸被困住期间，这两个人才得以对话。

怪物与幽灵。

"在这儿多坐一会儿行吗？"

"想坐多久都可以。"

"嘻嘻。谢谢你，很多很多。"

间宫润堂正要抚摸忌字祸的表面，忽然意识到自己的一只手紧紧握着。

究竟握了多久了？连握着这件事都没有意识到。因为没有任何人这样书写过，但是仿佛从活着的时候就是这样了。

他尝试把手指张开。肌肉和关节都萎缩了。僵硬，一动不动。润堂想用另一只手撬开。爱丽丝也来帮忙。细细的手指插进润堂的拳头，把嘴凑上来用牙齿咬，想要撬开。

费了很长时间，两个人都汗流浃背。手终于摊开了。

"……"

两个人不禁发出不成词句的声音。

在那手里，握的是平庭彦的犹如小小花瓣一样的耳朵。

《蜂巢幽灵》的内容引用自吉冈芳子的日本语字幕。关于 GEB 的内容受到了新城一马、林让治的启发。在这里表示感谢。

版权信息

《物哀》

"Mono no Aware" © 2012 by Ken Liu

《分手之绝响》

"The Sound of Breaking Up" © 2012 by Felicity Savage

《禁区武器高隆比娜》

"Chitai Heiki Koronbīn" © 2012 by David Moles

《无差别化引擎》

"The Indifference Engine" © 2007 by Project Itoh

From Project Itoh Archives, published by Hayakawa Publishing in 2010, originally appeared in SF Magazine (Nov issue) in 2007

《树海》

"The Sea of Trees" © 2012 by Rachel Swirsky

《内在天文学》

"Endoastronomy" © 2012 by Toh EnJoe

《一览无余》

"In Plain Sight" © 2012 by Pat Cadigan

《金色面包》

"Golden Bread" © 2012 by Issui Ogawa

《一息一画》

"One Breath, One Stroke" © 2012 by Catherynne M. Valente

《鲸肉》

"Whale Meat" © 2012 by Ekaterina Sedia

《山海民》

"Mountain People, Ocean People" © 2012 by Hideyuki Kikuchi

《慈悲观音》

"Goddess of Mercy" © 2012 by Bruce Sterling

《自生之梦》

"Autogenic Dreaming: Interview with the Columns of Clouds" © 2009 by TOBI Hirotaka

From NOVA 1, published by Kawade Shobo Shinsha in 2009.

The Future Is Japanese © 2012 VIZ Media.
Originally Published in English by Haikasoru, an imprint of VIZ Media, LLC.
See Copyright Acknowledgement for individual story copyrights.
Simplified Chinese translation rights © 2018 by New Star Press Co.,Ltd.
All rights reserved.

著作版权合同登记号：01-2018-6560

图书在版编目（CIP）数据

日本未来时：日本科幻与科幻日本／（美）真澄·华盛顿，（美）尼克·马马塔斯编；丁丁虫等译. —北京：新星出版社，2018.10
ISBN 978-7-5133-3043-5

Ⅰ. ①日… Ⅱ. ①真… ②尼… ③丁… Ⅲ. ①科学幻想小说-小说集-日本-现代 Ⅳ. ① I712.45

中国版本图书馆 CIP 数据核字（2018）第 076432 号

幻象文库

日本未来时：日本科幻与科幻日本

（美）真澄·华盛顿　（美）尼克·马马塔斯 编　丁丁虫 等 译

统筹策划：陶凌寅
责任编辑：汪　欣
责任印制：李珊珊
封面设计：周　南

出版发行：新星出版社
出　版　人：马汝军
社　　址：北京市西城区车公庄大街丙3号楼　　100044
网　　址：www.newstarpress.com
电　　话：010-88310888
传　　真：010-65270499
法律顾问：北京市岳成律师事务所

读者服务：010-88310811　　service@newstarpress.com
邮购地址：北京市西城区车公庄大街丙3号楼　　100044

印　　刷：北京京都六环印刷厂
开　　本：910mm×1230mm　　1/32
印　　张：11
字　　数：217千字
版　　次：2018年10月第一版　2018年10月第一次印刷
书　　号：ISBN 978-7-5133-3043-5
定　　价：45.00元

版权专有，侵权必究； 如有质量问题，请与印刷厂联系调换。